KB126036

탐라의 여명 5

탐라의 여명
5

이성준 지음

學古房

인생은 짧고 예술은 길지만
인생처럼 생생하고 드라마틱한 예술은 없다
어느 인생이든 예술을 뛰어넘는
에너지와 열정, 고뇌가 있다
우주의 신비가 고스란히 담겨 있다
언어로 표현할 수 없는 이 모든 것을
감히 인생이란 단어 속에 가두고 있을 뿐

인간은
남의 도움 없이는 단 하루도 살 수 없는 존재
받은 도움을 되돌려주지 못하지만
다른 사람에게 돌려줌으로써
살아있음을 증명하고
살아가는 존재임을 뼈저리게 느끼며
버려진 삶이지만 소중히 보듬으며
자신을 토닥이며 하루하루를 살아간다
하여 그 어떤 예술보다 더 예술적인
하루하루를 알뜰살뜰 꾸며간다

2023년 봄
횡성호수 옆 만취재에서

李成俊

▌차례

한바다에서

1

망망대해.

보이는 것은 바다뿐이었다. 바다만 끝도 없이 펼쳐져 있었다.

바다가 전부였고, 바다가 세상이고 세상이 바다였다.

아득하게 보이던 산동반도도 물속에 잠겨버리고 텅 빈 수평선엔 아무 것도 없었다. 도사공은 한 동안은 이럴 것이라 했다. 가도 가도 끝이 보이지 않는, 길이 없는 길을 가야 한다고.

'길이 없는 길'이란 말을 듣는 순간, 광석은 문뜩 두려웠다. 그 말이 마치 죽음을 의미하는 것 같았기 때문이었다. 분명 영주 도사공이 곁에 있고, 건너편 배에는 형 광건이 있었지만 아무도 없이 오직 혼자인 듯한 느낌이 들었다. 아니, 자신마저 증발해 버려 오직 바다만 펼쳐져 있는 것 같았다. 그렇게 바다는 모든 걸 지워버렸다.

첫 기착지는 강화도라 했다.

원래 영주로 가려면, 조난이나 표류 등 안전사고 예방을 위해서 요동반도를 거쳐 조선반도 연안을 끼고 도는 연안항로를 이용한다고. 그러나 그 항로는 이용할 수가 없다고 했다. 그 항로를 이용하려면 고구려 해역을 지나야 하는데, 광석네 배가 태자도 배인 걸 알면 고구려 수군이 그냥 두지 않을 것이기에 연안항로를 버리고 원양항로를 이용할 것이라 했다.

고구려가 몇 년 전부터 자국 해상을 철저히 감시하기 시작했고 특히 얼마 전부터는 자국 해안 감시를 위해 인원도 대폭 증원했다고. 그럴 때 고구려 해상을 지나가다간 무슨 일을 당할지 모르니 안전하게 산동반도 아래까지 내려갔다가 북상해 강화도로 가자고. 요동이나 산동반도에 갔다 오면서 백제에 안 들리고 갈 수는 없다고 했다. 항로로 보면 백제에 들르지 않는게 좋지만, 백제 도성인 위례성(慰禮城. 현재의 서울)에 들러야 선적한 물품들도 팔고, 필요한 물품들도 살 수 있으니 위례성엔 꼭 들러야 한다고 했다. 그러니 위례성에 들렀다가 조선반도 연안을 타고 영주로 내려가자고. 그래서 첫 기착지를 위례성으로 들어갈 수 있는 강화도로 잡고 있다고.

강화도는 고구려 도성인 평양보다 한참 아래쪽에 있는데 백제의 중심항이라 했다. 백제의 수도인 위례성까지는 150리 내외라고. 한수(漢水. 한강)를 타고 가면 위례성에 바로 닿을 수 있어, 강화도에 기착하면서 위례성에 안 들른다는 건 안주만 먹고 술 안 마시는 격이나 다를 바가 없으니 꼭 들려야 한다고.

도사공은 국내성이 남자의 성이라면 위례성은 여자의 성이라 할 수 있고, 국내성이 아버지의 품이라면 위례성은 어머니의 품이라 했다. 국내성이 강인하고 굳센 성이라면 위례성은 부드럽고 따뜻한 성이라 했다. 위례성엔 없는 것이 없고, 술집도 즐비해서 험한 바다를 건넌 보람을 느낄 수 있을 것이라 하면서 도사공은 벌써 군침이 도는지 입 먼저 다셨다.

그러나 광석에게는 그게 문제가 아니었다. 언제쯤 육지가 보일지 그게 궁금했다. 가도 가도 바다라 과연 육지에 닿을 수 있을지 걱정스러웠다. 그러자 맨주먹이 다시 말했다.

"한바다에선 조급증을 던져불렌 안 헙데가(안 했습니까)? 조급증은…… 사람을 말리는 마음의 불이우라."

그러면서 한바다에서 거리란 숫자에 불과하다고 했다. 가도 가도 바다와 물마루뿐인 한바다에서 거리를 말한다는 것은 아무 의미도 없는 일이라고.

배가 한바다에 들어서자 맨주먹은 제일 먼저 조급증을 버리라고 했었다. 조급증을 가지면 단 일각도 버티기 힘드니 느긋하게 여유를 가지라고. 그러지 않으면 배를 몰 수도, 탈 수도 없다고. 그때는 그 말을 이해할 수 없었다. 그러나 사흘 동안 망망대해에 떠 있어보니 이해할 수 있을 것 같았다. 가도 가도 끝도 없고 아무런 변화도 없는, 한바다 위의 삶이란 기다림의 시간이 아니라 견딤의 시간이었다. 아니, 망각의 시간이었다.

뱃사람들은 위례성과 태자도와의 거리가 천리가 넘지만 정확한 거리는 자신들도 모른다고 했다. 요동반도를 지나 고구려 해역을 거쳐 들어갈 때 열흘에서 보름 정도 소요되니 해류나 조류, 바람을 고려하여 서남쪽인 산동반도 쪽으로 내려갔다가 동북쪽으로 틀어 올라가야 해서 최소한 열흘은 넘게 걸릴 것이라 했다. 그렇다면 앞으로도 최소한 예니레는 꼬박 가야 하는 길이었다.

그런데 그것도 바람 방향이 맞았을 때나 가능한 일이지, 역풍이라도 만나게 되면 그 시간은 두 배나 세 배로 무한정 늘어날 수 있다고 했다. 그러니 단순하게 거리만을 생각해서 도착시간을 예상했다간 피 말라 죽는다는 것이었다. 닻을 내리고 밧줄을 묶어놓고 땅을 밟는 순간까지는 결코 끝나지 않은 게 항해라 했다.

그런 도사공의 말이 맞음을 증명이라도 하듯 사흘 밤낮을 한바다에 떠 있었다. 보이는 것이라곤 푸른 바다뿐. 가끔씩 물마루에 뭔가가 보이기도 했지만 그건 신기루였다.

"이 아무것도 없는 바다에서 어뚷게 길을 탖는 겁네까? 밤엔 별이라도 보고 길을 탖는다 해도 낮엔 아무 것도 보이는 게 없디 않습네까?"

그러자 도사공이 광석을 빤히 쳐다보더니 되물었다.

"기럼 패수에선 어뚷게 뱄 몰았습네까?"

"기야 강엔 눈에 보이는 게 있디 않습네까? 물표 같은 게."

"기럼 물살이나 깊이는 어뚷게 알았습네까?"

"기야 주변 지형을 보고 알기도 하고…… 댜꾸 다니다 보믄 물속이 보이디요."

"물속이 보인다는 건?"

"물 흐르는 속도나 물 색깔로 알디요."

그러자 도사공이 무릎을 탁 치며 소리를 질렀다.

"바로 그겁네다. 강만 흐르는 게 아니라 바당도 흘릅네다. 해류라는 것도 있고, 조류라는 게 있고. 그것이 바당이 흐르는 겁쥬(거지요). 기러니 바다에서도 속도를 짐작하여 어디쯤 와있는지 알 수 있고 말이우다. 또한 광석 선장이 말한 대로, 바다에도 색깔이 있습네다. 한 메칠 바당을 잘 보다 보믄 바당 색이 보일 겁네다.”

“기럼 강에서나 마탄가디로 물의 속도와 색깔을 보고 현재 위칠 안단 말입네까?”

“그거 아니믄 뭘로 알 수 있갔시요? 달른 방도가 있갔습네까?”

“기게 뎌, 뎡말입네까?”

광석은 놀라 말을 더듬기까지 하는데 도사공은 여유롭게 고개만 끄떡였다. 놀라기는 아직 이르고, 놀랄 일도 아니라는 듯했다. 그걸 모르고선 원양항해를 할 수 없다는 뜻인지도 몰랐다. 하여 광석은 마음을 가라앉히고 도사공에게 묻기 시작했다. 그러나 도사공의 대답은 아주 간단했다.

“바당은 기리 간단치가 않습네다. 한 번 들어선 알 수도 없을 거고, 여러 번 다니면서 배와사 헐 겁네다.”

“기렇디만 기억할 만큼 기억할 거이고, 내래 덕으믄서 듣고, 들으믄서 덕을 테니 뎜 알려듀시라요.”

광석이 조르자 도사공이 어디서부터 말을 해야 할지 모르겠다며 머뭇거렸다. 그러자 광석이 바로 도사공을 찔렀다.

“기럼 바다 색깔부터 어뚷게 다른디 뎜 알려듀시구래.”

“그거 첨……. 난들 어뚷게 다 알갔습네까만…… 사람덜은 바달 하나의 색으로 볼지 몰라도, 육지만큼이나 많은 색을 가지고 있디요. 하늘 같이 퍼렁허기도 허고, 누르죽죽허기도 허고, 탁허게 거무죽죽허기도 허고, 불그죽죽허기도 허고, 하양허기도 헙네다. 그걸 몰르고선 배가 어디에 있는디, 어딜 지나는딜 알 수가 없고 말이우다.”

도사공이 떠듬떠듬, 영춧말과 조선말을 섞어가며 설명을 시작했다.

바다도 멈춰 있지 않고 흐른다. 흐르는 물, 즉 해류는 남쪽에서 올라오는 따뜻한 물(난류)과 북쪽에서 내려가는 차가운 물(한류)이 있다. 그 물이 만나기도 하고 흩어지기도 하면서 바다도 흐르고 돈다. 그렇기 때문에 물의 성질에 따라 바다 색깔이 다르다.

따뜻한 물이 흐르는 곳은 바다가 투명하고 푸르다. 물이 따뜻하면 물에 떠다니는 것들(플랑크톤을 말함)이 적기 때문이다. 그러나 차가운 물이 흐르는 곳은 물에 떠다니는 것들이 많기 때문에 녹색을 띄게 된다. 그래서 물 색깔을 보고 그 물이 따뜻한 물인지 차가운 물인지를 알 수 있다. 또한 물 색깔을 보고 어디쯤 위치하고 있는지를 알 수 있는데 지금 우리가 있는 곳은 난류와 한류가 만나는 곳 어디쯤이다. 그러니 난류가 올라가는 곳까지 가야 위로 올라가는 난류를 타고 기착지인 위례성으로 들어가게 될 것이다.

바다는 보통 파랗게 보이는 것이 정상이지만 지역에 따라 바다의 색깔이 다르다. 대표적으로 지금 우리가 위치한 곳의 바다는 누런색을 띄는데 황하에서 유입되는 누런 황톳물 때문이다. 황토가 흘러내려 오랜 세월 동안 바다 밑바닥에 침전되어 물빛이 누렇게 보이는 것이다. 하여 황해라 부른다.

그러나 영주 남쪽으로 내려가다 보면 붉은 바다가 있는데 더운 지역이라 그 수온에 적응해 살 수 있는 붉은 색깔의 해조류가 많아 바닷물 색깔이 붉게 보이는 것이다. 또한 물빛이 군청색으로 진한 곳이 있기도 하다. 그 이유는 잘 모르지만 비가 많이 내리는 지역의 바다에서 볼 수 있다. 명주(明州. 현재의 영파)나 안남(安南. 현재의 베트남) 쪽을 가다 보면 가끔 볼 수 있다.

녹색이나 갈색의 바다도 있다. 더운 지역이나 여름철에 가끔 볼 수 있는데, 여름에만 나타나는 것으로 보아 아무래도 날이 더울 때만 나타나는 것 같다. 가끔은 흰색 바다도 볼 수 있다. 산호들이 많거나 모래가 많은 얕은 바다다. 그런 바다에선 배 밑창을 조심해야 한다. 까딱하다간 배가 모래톱이나 산호초에 올라앉기 때문이다.

이런 속성을 안다 해도 태풍이 불거나 큰 바람이 분 후에는 색깔이 바뀌곤 하니 유심히 봐두지 않으면 바다 위에서 길을 놓치기 십상이다. 그래서 바다 색깔로만 위치를 추정하는 건 어렵고 다른 것들과 함께 묶어 위치를 파악하는 게 좋다. 그 대표적인 것이 해류의 흐름이고, 그 다음이 계절에 따라 부는 바람의 방향이다. 해류의 흐름은 일 년 내내 변하지 않기 때문에 그 흐름을 파악하고 있으면 위치 파악이 정확하다. 그러나 계절 바람은 사계절이 다르기 때문에 계절과 연결시켜 알아두어야 한다.

광석은 도사공의 말을 들으며 기억할 것은 기억하고, 기록할 것은 기록하면서 도사공의 말을 하나도 빠트리지 않으려고 바삐 머리와 손을 놀렸다.

"기럼 바로 미추홀로 가디 않고 여기로 내려온 건 뭐 때문입네까?"

"그거사…… 바람과 조류 때문입쥬."

지금은 봄과 여름이 바뀌는 때라 바람 방향이 일정하지 않고, 조금이라 밀썰물 차이도 별로 없다. 따라서 바람이나 조류보다는 해류를 타고 미추홀로 갈 생각으로 내려온 것이다. 산동반도에서 남쪽으로 흐르는 해류를 타고 내려가다가 동쪽으로 가면 북쪽 요동반도 쪽으로 올라가는 해류가 있으니 그 해류를 이용해 보려는 것이다. 방향이 일정하지 않은 바람을 이용하기보다는 해류와 바람을 함께 이용할 수 있는 접점을 찾기 위해 남하했다가 북상하기 위해서라고.

"기럼, 원양항해를 위해선 바람, 조류, 해류까디 알아야 하는 겁네까?"

"그것사 말헐 필요가 없쥬. 그 중 어느 하나만 몰라도 대천바다 (넓고 넓은 한바다) 위에서 시간을 다 보내사 헐 거고 잘못햇당은 허천더레(엉뚱한 곳으로) 가던지 떠댕기당(떠다니다가) 죽을 거난 (테니)."

도사공의 말을 듣는 광석은 떨렸다. 바람뿐만 아니라 해류며 조류, 바다의 색깔까지 알아야 원양항해를 할 수 있다는 말에 두려움이 앞섰기 때문이었다. 요동반도를 오가거나 섬의 모양이나 거리, 요동반도의 지형을 물표 삼아 서안평이나 용머리를 오가는 일과는 비교가 되지 않을 정도였다. 요동반도나 용머리를 오가는 일은 방이나 마당에서 노는 일 정도밖에 되지 않는, 항해 축에도 못 끼는 일임을 알았기 때문이었다.

"응, 이젠 윈펜으로 틀라. 윈펜에 드신(따뜻한) 물이 뵈염져."

도사공이 어느 한 곳을 유심히 바라보더니 배를 왼쪽으로 틀라 했다.

"뭘 보고 왼쪽을 트는 겁네까?"

"저——디, 윈펜에 뵈래봅서. 거무죽죽ㅎ고 찐헌 바다가 잇지 안허꽈(않습니까)? 기것이 따뜻한 물이 흘르고 있다는 겁네다. 검다고 해서 흑조(黑潮. 쿠로시오해류)라고 허는데, 저리로 가믄 위로 흐르는 물을 탈 수 있을 겁네다."

"기러믄 보통 때 영주로 갈래믄 이 항로를 타고 계속 내려갑네까?"

"예. 보통은 산동반도를 끼고 아래로 내려가다 동쪽으로 틀어 큰 바다를 건넌 후 백제나 삼한에 들렀다가 가거나 사잇섬(현재의 추자도)이나 흑도(현재의 흑산도)로 방향을 잡고 내려가기도 헙쥬."

그러더니 나무궤짝에서 둘둘 말린 가죽 뭉치를 꺼냈다. 그리고 그 중에서 하나를 펼쳐놓았다. 그것은 선으로 연결되어 있는 그림이었는데 군데군데 화살 모양의 그림(화살표)이 그려져 있었다.

"이게 뭡네까?"

"바다 지돕쥬. 우린 이걸 가지고 댕기면서 항해헙쥬. 우린 직금 요──디쯤 있는 겁쥬."

도사공은 선과 선 한가운데를 손으로 가리켰다(도상의 별표 부분).

"기럼 이거이 뭡네까? 휘어딘 화살텨럼 그려딘 거 말입네다."

"기거가 해류를 폐적(표시)한 겁네다. 그 화살 방향이 해류가 흐르는 방향이고."

"기럼 이거이 해류를 표시한 지도란 겁네까? 이거이 조선반도고?"

"예. 이거가 조선반도고, 왼펜 우에(위)가 요동반도, 왼펜 알(아래)이 산동반돕쥬. 아래 바다 한가운디 있는 것이 영주고……."

광석은 놀라지 않을 수 없었다. 도대체 이런 지도를 어떻게 만들었고, 이런 지도를 가지고 다니며 항해를 한다는 게 믿어지지 않았다. 땅의 모양이나 지형을 표시한 지도는 나라에서 관리하고, 그걸 비밀로 하는데 일개 도사공이 이런 지도를 가지고 있다는 것도 그랬지만 해류의 흐름을 화살표로 그려놓은 걸 보니 기가 찼다.

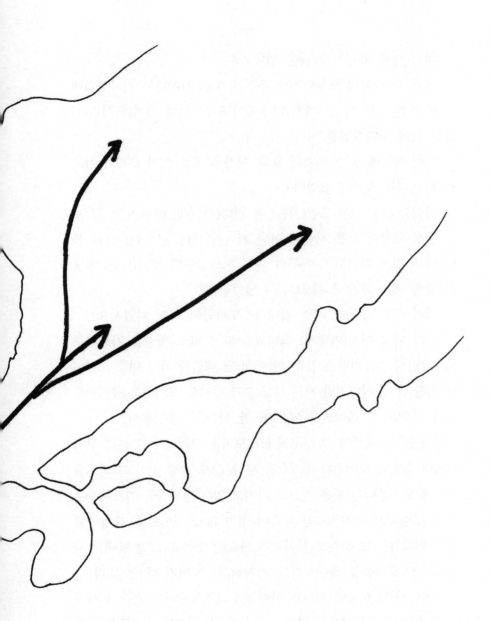

"기럼 땅에 표시한 점들은 뭡네까?"

"기건 각 나라의 도성이거나 우리가 주로 기착하는 기착점입네다. 우리가 지금 갈 딘 여기 미추홀이고, 그 안에 폐적(표시)되어 있는 것이 위례성입쥬."

"기럼 여기래 산동, 여기래 요동, 여가 국내성, 여가 우리가 가댜 하는 위례성이란 말입네까?"

"기렀습네다. 지돌 초암(처음) 볼 건디(것인데) 바로 아는 걸 보난 광석 대장이 보통 사람은 아닌 거 같습네다. 난 이걸 초암 볼 땐 아무 것도 모르갔고 아무리 봐도 모르갔던데. 한 십 년, 열댓 번 항핼 해본 후제사 제오(겨우) 알갔던데."

"기럼 이건 누구래 기린 겁네까? 도사공이 직접 기렸시요?"

"나가 이걸 어떵(어떻게) 그리갔습네까? 나도 뱃길을 가르쳐준 도사공안티서 물려받은 겁쥬. 한 이십 년 배질을 하니 대충 모양이나 위친 알 것 같았지만 지돈 기릴 수가 없어서, 도사공을 물려받으면서 이 지도도 물려받앗우다. 배 한 척 값은 주엇우다."

도사공은 아직까지 그 누구에게도 보여준 적이 없는 지돈데 광석에게만 특별히 보여준다며 생색을 냈다. 그도 그럴 것이 그 지도를 남에게 보여준다는 것은 자신이 가지고 있는 항해술을 가르쳐주는 셈이고, 함부로 보여줬다간 목숨이 성치 않을 것이었다. 대항해를 하기 위해서는 그 무엇보다 지도가 필요할 것이고, 그걸 탐내는 사람이라면 도사공을 죽여서라도 가지려 할 것이기 때문이었다.

광석이 지도를 보며 자신의 머릿속에 그려놓으려는 순간, 도사공이 지도를 말더니 궤짝에 담아 자물쇠로 잠가 버렸다. 가죽을 무두질해 그 위에 붓으로 그려놓은 지도는 그야말로 보물 중의 보물인 것 같았다. 그런 지도가 한두 장이 아니라 수십 장은 될 것 같았다. 광석은 이번 항해를 통해 어떻게든 그 지도를 확보하고 싶었다. 맨 주먹의 도움 없이 항해를 하려면 그 지도가 꼭 필요할 것이고, 팔거나 넘겨주지는 않을 것이기에 어떤 수를 쓰든 그 지도를 필사해두고 싶었다. 그리만 된다면 이번 항해를 통해 얻을 수 있는 그 무엇보다 소중한 걸 얻는 셈일 테니까.

2

　한바다에서의 삶은 나를 버리는 일이 아니라 나를 지우는 일에서부터 시작된다고 할 수 있었다. 나란 존재마저 다 지우고 바다와 하나가 되었을 때 드디어 존재할 수 있다는 역설이 진리가 되는 공간이 바로 한바다였다.

　아무 것도 보이지 않는, 보이는 것이라곤 짙푸른 바다뿐인 한바다에서 사람이란 하나의 점도 못 되어 애초 없는 것이나 마찬가지였다. 열 척의 배가 떠있었지만 그마저도 하나의 점이 되어 버리는 무한대의 공간에서는 자신을 지워야만 존재할 수 있을 것 같았다.

　광건은 이물에 앉아 한바다를 바라보며 인간 존재와 무존재無存在에 대해 생각하고 있었다. 존재하면서 존재하지 않고, 존재하지 않으면서 존재하는 자신을 느끼고 있었다. 파도를 타넘으며 흔들리는 배도 몸을 스쳐 지나는 바람살마저 느낄 수 없을 만큼 그냥 바다와 하나가 되어 가고 있을 즈음이었다. 자신이 존재하고 있음을 깨닫게 하는, 후다닥 현실로 돌아올 수밖에 없게 하는 소리가 들렸다.

건너편에서 광석이 소리를 질렀기 때문이었다.

"형! 거기서 뭐해?"

"어?!"

광건은 자신도 모르게 자신을 살펴보고 만져보았다. 존재하고 있었다. 실체가 없는 상태가 아닌, 생각만으로 존재하고 있는 게 아니라, 형체를 가진 실체로 존재하고 있었다. 하여 스스로 놀랄 수밖에. 그러는 자신이 이상한지 광석이 다시 소리쳤다.

"돌았네? 난 딕금 세가 빠디는데 형은 세월 똥게 돌고 있냐고?"

"돌긴……. 담깐 딴생각하고 있었디. 긴데…… 왜?"

현실로 완전히 돌아오진 않았지만, 아우가 목소리를 높이자 광건도 덩달아 목소리를 높여 물었다.

"여기래 어딘 둘 알아?"

"여가 어딘데? 텨음 와본 사람이 기걸 어띠 알갔네?"

"예가 물 도는 바다래. 톰 있으믄 밸 돌려야 하니낀 형이 킬 닪으라고. 기래서 부른 기야."

"기래, 알았다. 기런 거 뎌런 거 달 배우고 덕어두라."

광건은 자리에서 일어서며 광석에게 소리를 질렀다.

"기건 걱명 말라. 내래 하나도 빠딤없이 배우고 덕어둘 테니낀."

"기래, 고생하라."

광건은 고물을 향해 걷기 시작했다. 바람 방향이 바뀌고 있어 안 그래도 돛 방향을 틀어야 할 것 같았다. 시도 때도 없이 바뀌는 바람 방향에 돛줄을 잡는 웃동무(항해와 배의 속성을 아는 고참 사공. 보통 배 한 척에는 사공, 웃동무, 화장을 기본으로 구성됨)가 고생하고 있었다. 잠시도 마음을 놓지 못해 긴장해있는 그들을 안쓰러워하던 참이었는데 마침 육손이가 돛줄을 잡고 있었다. 미안하고 안쓰러운 마음이 들어 키를 잡기 전에 돛줄을 같이 당겨줄 생각으로 그쪽을 향해 걸었다.

"바람이래 댜꾸 바껴서 고생하디?"

"이렆시요. 이거래 배와둬야 나도 대장텨럼 이런 밸 몰고 다니디요."

"기래. 기런 마음으로 배와두면 이보다 더 큰 배도 몰 수 있을 기야. 이번 기회에…… 키 답는 것도 배와두고."

"예? 기게 뎡말입네까?"

육손이는 듣고도 안 믿기는지 되물었다. 아무래도 자신의 귀를 의심하는 모양이었다.

"기래. 이데 키 답을 때도 되디 않안?"

"예. 고맙습네다. 고맙습네다. 열심히 뱁갔습네다. 도사공한테 배우믄 딴사람들한테 배운 것보다 두 배나 빨리 배운다니 이번에 다 배와버리갔시요."

"기래, 기래. 기런 마음으로 뭐든 열심히 하라. 댜, 이데 내가 줄을 풀 테니낀 바딱 당겨 묶으라. 기래야 풀리디 않디. 기러고 당길 때보다 풀 땐 돛이 휙 돌아가디 않게 텬텬히 푸는 거 잊디 말고 텬텬히 풀고 싶을 땐 힘으로 할 생각 말고 돛줄을 여러 번 감아서 쬐꼼씩 늘여듀면 되니낀 기 방법도 달 익혀두고."

"예. 잊디 않고 기억하고 있시요."

"기래, 기래야디."

광건은 녀석이 기특해 머리라도 쓰다듬어주고 싶었다.

아직 열다섯이니 배를 탈 나이가 아니었다. 그런데도 손가락 여섯 개란 장애를 딛고 도사공이 되어 남들 보란 듯이 살겠다고 배를 타기 시작한 녀석이었다. 다른 사람이 아닌 광건에게 배워서 광건 보다 더 큰 배를 몰고 싶다며, 사정사정하여 작년부터 대장선에서 화장(배에서 밥 짓는 일을 맡아 하는 사람) 일을 시작한 녀석이었다. 그리고 이번 대항해 때는 화장 그만 하고 돛을 맡으라고 하자 도사공이라도 된 듯 펄쩍펄쩍 뛰었던 녀석이었다. 그래서 그런지 처음 하는 돛줄 관리도 곧잘 했다. 원양항해는 바람 방향이 수시로 바뀌고 바람 세기도 변덕스러워서 돛줄 잡는 일이나 돛을 올리고 내리는 일이 만만치 않을 텐데도 녀석은 열성이었다.

"댜, 푼다."

"예. 듈 댱았시요."

"기래, 당기라."

줄을 풀어주자 녀석이 제법 능숙하게 줄을 당겨 기둥에 묶었다. 묶는 방법은 다소 서툴렀지만 줄을 팽팽하게 감아 매는 게 광건의 뒤를 이을 날도 멀지 않은 것 같았다. 한 5년에서 7년만 배우면 대 항해까지는 아니더라도 작은 배 정도는 맡겨도 될 것 같았다. 해서 광건은 지나가는 말처럼 슬쩍 흘렸다.

"교대하믄 이물로 와서 키 댱는 법도 배와 보갔네?"

"기, 기게 뎡말입네까? 오늘 킬 댱아봐도 되갔습네까?"

"킬 댱으라는 게 아니라 댱는 법을 배와두갔으믄 오라는 말이 야."

"예, 알갔습네다. 가고말고요. 예, 꼭 가갔습네다."

"기래, 기래라."

광건은 함박웃음을 짓는 녀석을 향해 고개를 끄덕여 주었다. 녀석은 뚜렷한 목표가 있으니 뭘 배워도 빨리 배울 것이었다. 자기와 광석이 그랬듯, 뚜렷한 목표야말로 적극적으로 배우게 하고 행동하게 하고 사람을 성장시키는 원동력이 아니던가.

영주까지 대항해 허락이 떨어지자 광건과 광석은 아예 영주 도사공의 그림자가 되어 따라 다녔다. 숙식도 함께 했다. 그래봐야 별 차이는 없을지 모르지만 형제는 그러기로 결정했다. 얼굴이나 성질은 딴판인데 그런 면은 둘이 꼭 닮아 있었다. 새로운 것에 대한 호기심이나 배우려는 의지, 끝을 보려는 열정은 그야말로 난형난제였다. 그런 형제의 속성이, 단 하루라도 빨리 도사공의 항해술을 습득하겠다는 의지가 행동으로 나타난 것이었다.

도사공이 야만인이든 아니든, 어떤 신분이든, 나이가 어찌 되든 상관없었다. 그의 빼어난 항해술을 배울 수 있다면 아무 것도 따지지 않기로 했다. 또한 배움의 자세를 갖추기 위해 도사공─나중에야 알았지만 도사공의 이름은 맨주먹이었다.─을 사부에 준해 깍듯이 대하기로 했다. 사람들의 이목이 있어 사부라 부르지는 않았지만 사부에 대한 예우를 하기로 한 것.

광건과 광석이 영주 맨주먹을 깍듯이 대하자 다른 사람들도 그를 깍듯이 대했다. 두 형제가 그런 태도를 취할 때는 그만한 이유가 있겠거니 여기는 눈치였다. 특히 광석의 태도를 보며 눈을 부비는 사람들이 많았다. 광석이 누군가. 태자도의 악동 아닌가. 구명석뿐 아니라 마석과 범포, 심지어는 태자마저도 어려워하지 않는 그가 영주 도사공을 어려워하자 눈을 부비고 볼 수밖에.

그런 두 형제의 태도에 맨주먹은 부담스러워 했다.

"잠시 밸 고치기 위해 머물고 있는 사람한테 너무 대접이 과해서 몸 둘 바를 모르갔습네다.”

그러자 광건이 나직하게 말했다.

“기럴 까닭이 하나도 없습네다. 이렇게 만난 것도 다 인연이 있어 기런 건데 기 인연을 가볍게 할 순 없디요. 기러니 마음 편히 가디시라요.”

그 말에 옆에 있던 광석이 바로 받았다.

“기러믄요. 어띠 됐든 우릴 탖아온 손님 아닙네까? 기러니 정중히 모셔야디요. 기러고 필요한 게 있으므는 언데든 말씀만 하시라요. 우리 형제가 뭐든 도와드릴 테니깐요.”

“예. 그건 고맙수다마는……. 게나제나(아무튼) 낡(나무)을 구해사 뱀 고칠 건디…….”

“낭구는 둠 시간이 걸릴 겁네다. 뭍으로 가는 사람 편에 부탁해 두긴 했디만, 마음에 드는 낭굴 구할래믄 시간이 둠 걸리갔디요. 너무 늦어디믄 우리 형제가 직접 다녀오기라도 할 테니낀 기것도 걱뎡 마시라요.”

나무를 핑계로 영주 뱃사람들을 태자도에 발을 묶기로 했으니 나무는 천천히 구해올 생각이었다. 그러나 그걸 도사공에게 발설할 수는 없었기에 광석이 둘러대고 있었다. 그걸 알 리 없는 도사공은 머리를 조아리며 고맙다고 했다. 특히 두 형제가 직접 다녀오기라도 하겠다고 하자 금방이라도 무릎을 꿇어 절을 할 듯이 덤볐다. 황급히 광건이 말렸으니까 망정이지 길바닥에서 절을 했을지도 몰랐다.

그렇게 맨주먹과 관계를 맺고 숙식까지 같이 하며 보살피자 맨주먹이 광건 형제의 말이라면 팥으로 메주를 쑨다 해도 믿을 정도가 됐다. 그러자 두 형제는 맨주먹에게 더욱 바싹 달라붙었다. 강배나 몰던 사람이라 바닷배에 대해선 전혀 모르니 좀 알려달라며 정보를 하나씩 캐냈다. 물론 들은 얘기는 광석이 다 기억했다가 맨주먹이 없을 때 재빨리 적어두었고.

그런 상황이라 광석은 신혼 재미를 볼 시간도 없었다. 맨주먹과 바싹 붙어 다니며 정보를 캐내느라 간난이와 함께 잘 시간은 고사하고 집에 갈 시간마저 없었다. 광건은 그게 걱정이었다.

"아무리 이 일이 급해도 새색실 더리 두면 안 되는 기야. 기러니 가끔은 집에 가서 댜고 오라. 이덴 나만 있어도 되디 않네."

맨주먹과 숙식을 같이 한 지 보름쯤 지나자 광건이 아우에게 말했다.

"기 무슨 뚱딴디 같은 소리네? 기러다가 내래 없을 때 도사공이 래 아듀 중요한 걸 말하믄 어띠 할라고?"

"난 뭐 바보네? 기 정돈 나도 할 수 있어야. 도사공이래 하는 말을 기억했다가 몰래 덕어두면 되디."

"거 탐, 형 기억력을 어떻게 믿갔수? 기러니 기딴 소리 말라."

그러자 광건이 불쑥 화를 내며 소리를 높였다.

"내래 배냇병신이네? 기러니 집에 돔 다녀오라. 대항해 떠나기 전에 아이를 멩글어야 마음 놓고 다녀오디."

"기건 나보다 형이 더 급하니 형이나 집에 돔 다녀오슈. 남은 낼모레 아들 돌잔티한다고 난린데 형은 딕금까디 뭘 했수? 딘따 아들이래 멩글어야 할 사람은 나가 아니라 장남인 형이니 형이나 집에 돔 다녀오슈."

그렇게 두 형제는 입씨름을 하면서 누구 하나 집엘 다녀오지 않았다. 옷을 갈아입을 때나 아니면 집에 들르지도 않았다. 목표를 향한 열의와 집념은 그야말로 막상막하였다.

그 덕에 그 짧은 기간 동안 남들은 감히 엄두도 낼 수 없는 맨주먹의 기술을 얼마간 터득했고, 요동에 나가 쌀을 구해왔고, 대항해 준비를 마치고 예정일보다 빨리 돛을 올릴 수 있었다. 지성감천이란 말을 쓰는 사람도 있었지만 광건은 목표에 대한 열의와 집념의 결과라 믿고 있었다. 뜻이 있는 곳에 길이 있고, 길이 보이면 그 길로 매진하는 게 뜻을 이루는 최선의 방책임을 광건은 그 일을 통해서도 깨닫게 되었다. 그러니 육손이도 머잖은 날 대장선보다 더 큰 배를 몰고 바다를 누비게 될 것이었다.

"나 먼텀 가 있을 테니 다른 사람들 눈에 띄디 않게 오라. 알갔디?"

"예, 대장."

육손이 녀석이 다시 함박웃음을 지었다. 광건도 녀석에게 함박웃음으로 화답하고 고물로 발길을 옮겼다.

3

맨주먹은 광건 선장에게 자신이 아는 것을 성심성의껏 알려주었다. 뱃일을 배워보겠다고 혼례를 치른 지 며칠 되지 않은 새신랑이 신혼의 달콤함마저 포기하는 정성이 갸륵했기 때문이었다. 또한 자신에게 찰싹 달라붙어 온갖 정성을 다하는 한편, 한 가지도 놓치지 않고 배우려는 모습은 자신의 어렸을 때를 떠올리기에 충분했다.

맨주먹이라는 이름에 걸맞게 그는 철저히 혼자 일어서야 했다. 아비는 그가 태어나기도 전에 고기잡이 나갔다 돌아오지 않았고, 어미마저 그가 일곱 살 나던 해, 다른 사람은 감히 엄두도 내지 못하는 흐린내(물살이 세게 흐른다고 붙여진 바다 이름)에서 물질을 하다 썰물 때 쓸려갔다. 아비 얼굴도 못 본 유복자를 먹여 살리겠다고, 남들이 피하는 바다에서 줄곧 물질을 해온 것이었다. 어미의 시신도 찾지 못했다. 아비와 어미를 모두 바다에 보냈고, 그 흔한 돌무덤도 하나 없었다.

어미마저 잃게 되자 일곱 살 난 천애고아를 돌볼 사람이 없었다. 긍휼히 여기거나 안쓰럽게 생각하는 사람도 없었다. 오히려 자신들에게 손이라도 내밀까봐, 밥이나 축낼까봐, 멀리했고 피하려 했다. 보이기만 해도 고개를 돌리는 정도가 아니라 손을 내저었다.

다행히 한 마을에 외할머니가 살고 있어서 그는 목숨을 보존할 수 있었다. 외할머니가 외삼촌과 다투면서까지 그를 거두지 않았다면 그는 그때 굶어죽었을지도 몰랐다. 아니, 굶어죽기보다 사람들 눈총과 등쌀에 말라 죽었을 것이었다.

그렇게 외할머니 도움으로 외갓집에서 눈칫밥을 먹다 열세 살에 배를 타기 시작했다. 더 이상 눈칫밥을 먹지 않기 위해 그는 혼자 힘으로 무엇이든 해야 했다. 그 방법이 바로 배를 타는 일이었다. 먹고 자는 일을 해결하는 것은 물론이고, 푼돈이라도 얼마간 받을 수 있는 일이란 배를 타는 일밖에 없었다. 또한 양친을 모두 바다에 떠나보낸 그는 일곱 살부터 지긋지긋한 섬을 떠날 생각을 키워왔었다.

외롭고 서럽고 슬플 때면 그는 어미가 떠난 흐린내에 나가 앉아 있다 돌아오곤 했었다. 거기서 울면서, 눈물과 콧물을 흘리며, 속에 꽉 찬 것들을 비워내었다. 더 이상 쌓아뒀다간 죽을 것만 같은 것들을 그렇게 남몰래 비워냈다. 그걸 비워내는 장소로 어미가 떠나버린 흐린내만한 곳이 없었다.

거기에서 하소연을 하고 자신의 심정을 전언하면 어미가 알아들을 것 같았다. 아니, 가장 한스러운 곳에서 자신의 한을 풀어내는 것이 가장 좋을 것이라 생각했는지도 모를 일이었다. 그렇게 감정의 찌꺼기들을 비워내고 돌아올 때면 늘 건들개에 들러 배들을 유심히 살피곤 했다. 지긋지긋한 섬을 벗어나 바다 밖으로 나가기 위해선 배를 타야 했고 그러려면 배들을 잘 살펴봐야 했기에 건들개를 빠지지 않고 들렀다. 그리고 한참 동안 배들을 유심히 살폈다. 언젠가 배를 타고 섬을 떠날 것이라 다짐을 하며.

그러다 열 살을 넘어서면서부터는 흐린내 대신 건들개에 나가 감정의 찌꺼기들을 비워냈다. 언젠가 배를 타고 지긋지긋한 외갓집에서, 아픔과 슬픔뿐인 섬에서 벗어나리라 다짐하면서 힘겨운 하루하루를 견뎠다. 그러던 중, 열세 살 때 섬에서 최고 이름난 도사공 개똥이 눈에 띄어 뱃사람이 되었다. 그리고 개똥이에게 보답하기 위해, 배에서 내쫓기지 않기 위해 궂은일을 도맡아 하며 뱃일을 배웠다. 언젠가 자신도 개똥이 같은 도사공이 되어 바다를 누비며 다니리라 다짐하며.

그런 전력이 있었기에 맨주먹의 눈엔 광석 대장의 행동이 예사롭게 보이지 않았다. 자신처럼 힘든 어린 시절을 보냈는지 목표에 매진하는 그의 모습은 사람을 감동시키기에 충분했다. 하여 광석 대장이 묻는 것에 대해 성의껏 대답해 주었고, 필요하다면 그가 묻기 전에 먼저 알려주기도 했다.

그런데 놀랄 일은 그의 비상한 기억력이었다. 자신도 남들보다 기억력이 뛰어나 한 번 보고 들은 것은 잊지 않고 기억하고, 눈썰미가 남들보다 빼어난 편이었다. 그 덕에 도사공의 자리에 오를 수 있었고 그런데 광석 선장은 자신을 능가하는 것 같았다. 한 번 보고 들은 것은 잊어버리지 않았다. 그렇다고 일부러 기억하기 위해 노력하는 것 같지도 않았다. 차분한 성격도 아니고, 다소 왈패기질까지 가지고 있었는데도 기억력만은 비상했다. 흘려버릴 만한 일들마저 다 기억했다. 복잡한 숫자까지 한 번 들으면 잊어버리지 않는 데는 혀를 내두를 수밖에 없었다.

　그럴수록 맨주먹은 더 많은 것을 알려주었다. 남들 같으면 하나씩 차근차근 알려주어야 할 일이었지만, 광석 선장에겐 한꺼번에 많은 것을 알려줘도 상관없을 것이란 판단이 섰기 때문이었다. 보통사람이라면 한꺼번에 많은 것을 알려주면 헷갈리기도 할 것이고, 잊어버리기도 할 것이었다. 아무리 기억력이 좋다 해도 자신이 몇십 년 간 습득한 기술을 한꺼번에 습득하지는 못할 것이었다. 그렇지만 광석 선장은 흡수력이 빼어난 솜처럼 맨주먹이 흘리는 모든 정보들을 하나도 빠짐없이 빨아들였다.

　오늘도 그랬다. 망망대해에서 바다를 구별하는 방법과 해류에 대해 묻자 맨주먹은 자신이 아는 모든 것들을 알려주었다. 그러자 그는 연신 고개를 끄덕이며 들었다. 마치 끄덕이는 고갯짓으로 기억력을 자극하는 것처럼. 그리고 맨주먹이 말을 마치자 맨주먹의 말을 다 기억했는지, 해류를 따라 올라가기 위해 배를 돌릴 때쯤엔 먼저 판단을 내리고 건너편 광건 선장에게 배 돌릴 준비를 하라고 했다. 아니, 배 돌릴 준비하라고 하며 형을 놀리고 시비를 붙었다.

그럴 때는 영락없는 개구쟁이나 왈패였다. 극과 극을 오가는, 참으로 묘하면서도 재미있는 인물이었다.

형을 고물로 내몰더니 광석이 빙긋 웃으며 말을 걸어왔다.

"나 혼차 고생시켜 놓고 댜긴 펜안히 뱃전에 앉아 풍광을 즐길라고? 기렇겐 안 되디, 안 되고말고. 안 기렇습네까?"

"심술도 원……. 성(형) 펜안한 꼴을 보지 못해서……."

"기렇디요. 성 편할 걸 보믄 속이 뒤딥혀 못 견디갔시유. 기러고 텨음 디나는 바다에서 딕금 킬 답아보디 않으믄 언제 또 킬 답아보갔시유? 다 댜길 생각해서리 알래둔 거이니 성도 알아먹을 기야요."

자신의 속마음을 숨기고 악의적인 말로 상대를 자극하는 광석 대장의 화법을 알게 되자 그가 다시금 새롭게 보였다. 속마음을 그대로 드러내지 못하고, 반대로 드러내는 것도 자신과 닮아있었다. 자신만 그러는 줄 알았는데 자신과 같은 사람이 있다는 건, 반가우면서도 거부반응을 불러일으키는 그 무엇이었다. 뭐랄까? 낯선 사람에게서 불쑥 자신의 모습을 봤을 때 느끼는 감정이랄까. 제발 자식들이 자길 닮지 말기를 바라며 감추고 조심했던 걸 가르치지 않아도 자식들이 그대로 따라 할 때의 당혹감이랄까. 뭐 이런 복잡한 감정이 일었다.

맨주먹도 속을 반대로 표현하는 사람이었다. 좋으면 좋다, 반가우면 반갑다, 고마우면 고맙다고 말해야 하는데 자신의 감정을 반대로 드러내곤 했다. 그러면서도 싫거나 밉거나 마음에 안 드는 건 직설적으로 표출해서 사람들과 친해지지 못했고, 오해를 사기도 했고, 미움을 받기도 했고, 사람을 잃기도 했다. 그런데 그런 감정 표현의 근원은 도사공 개똥이에게 있었다. 열세 살에 개똥이 사공을 만나 15년 넘게 함께 생활하다 보니 자신도 모르게 몸에 배어버린 습관이었다.

그가 모셨던 도사공 개똥이는 무뚝뚝하고 자신의 속마음을 표현할 줄 모르는 사람이었다. 아무리 목숨을 내걸고 거친 바다와 싸우는 뱃사공이라 해도 그 정도가 심했다. 마음이 거친 사람은 아닌 것 같은데 말과 행동이 거칠었다. 그래서 상대에게 상처를 주기도 했고, 미움을 받기도 했고, 사람들에게 외면을 당하기도 했다. 하여 그 밑에선 오래 버티는 사람이 없었다. 한 항차를 하고 나면 도망치기 일쑤였다. 맨주먹에게 배를 탈 기회가 온 것도 그 때문이었다. 출항할 날은 다 됐는데 화장 녀석이 나타나질 않은 것이었다. 하여 틈만 나면 건들개에 나가 배를 살피곤 하는 맨주먹에게 화장일을 제안했던 것이었다. 비록 나이는 어리지만 끈기가 있어 보이는 게 쉽게 도망치지는 않을 것 같았고, 총기도 있어 보여 잘 가르치면 자신의 뒤를 이을 수 있을 것 같아서였다고 했다. 그러나 그런 사실을 알게 된 것도 배를 타고 나서 한참이 지난 후였다.

개똥이와 함께 한 항차를 견디는 일도 쉽지 않았다. 특별히 사람을 못 살게 구는 건 아니었지만 자꾸만 거부반응을 불러일으키게 했다. 화장이 하지 않아도 될 일을 자꾸 시켰고, 화장에게 필요 없는 일을 자꾸 가르치려 했다. 그러다 마음에 들지 않을 땐 가차 없이 야단을 쳤고 손찌검에 발길질을 하기도 했다. 나중에야 그게 뱃일을 가르치기 위한 것이었고, 일종의 담금질이었다는 사실을 알았지만 어린 그가 감당하기엔 너무나 힘들었다. 잠도 제대로 잘 수 없었고, 마음 놓고 쉴 수도 없었다. 숨을 곳이라도 있으면 숨고 싶었지만 코딱지만 한 배라 숨을 곳도 없었다. 하루하루가 고역이었다.

하여 달포쯤 뭍에 나갔다 돌아오자 다시는 그 밑에서 일을 하지 않으리라 결심했다. 배를 타도 다른 배를 타고 싶었다. 그런 그의 마음을 읽기라도 했는지 건들개에 닻을 내리며 그가 말했다.

"한 항차 해봐시난(해봤으니) 밸 모는 일이 어떤 일인지, 뱃일이 얼마나 고된 일인 줄 알아실 테쥬(알았을 테지). 잘 생각해보라. 잘 생각해봥 아니다 싶으믄 다신 여기 얼씬거리지도 말고."

자기가 건들개 주인이라도 되는 양 건들개에 나타나지도 말라고 했다.

그 말을 듣는 순간, 맨주먹은 놀라지 않을 수 없었다. 자신이 섬을 떠나고 싶어 건들개에 나온다는 사실을 알고 있었기 때문이었다. 그러나 더 놀라운 것은, 그걸 알고 있었기에 목숨을 걸지 않고는 항해할 생각을 하지 말고 배를 타는 일이 얼마나 힘든 일인지 알라고 일부러 괴롭혔던 걸 알았기 때문이었다. 배 타는 일과 뱃일을 쉽게 생각했다가 나중에 후회하지 말고 처음부터 배질이 어떤 일인지, 뱃일이 얼마나 고되고 힘든 일인지 알라고 일부러 그랬음을 알자 괜히 억울했다. 그랬다면 귀띔이라도 해 줄 것이지 그에 대해선 일언반구도 없다가 다신 배를 타지 않겠다고 마음을 먹은 후에야 알려주는 게 얄밉기까지 했다. 그렇지만 이미 배를 내리겠다고 결정을 내린 후라 그의 말이 귀에 들어오지 않았다.

한 항차 화장 몫을 챙겨들고 외갓집으로 돌아가자 외할머니가 눈물 콧물로 맨주먹을 맞았다.

"어디, 어디 보게. 다친 딘 엇이냐(없니)?"

외할머니는 다신 못 볼 줄 알았던 손자가 살아 돌아오기라도 한 듯 맨주먹의 몸을 구석구석 살폈다. 그러더니 눈물 콧물을 닦아내며 개똥이와의 사연을 풀어놓았다.

그날, 개똥이가 외갓집을 찾아와 맨주먹에게 대해 묻더란다. 자꾸 포구에 나오는 게 밸 타고 뭍으로 나가고 싶어 하는 것 같은데 무슨 사연이 있냐고. 하여 외할머니가 맨주먹의 사연을 알려주자 개똥이가 말하더란다.

"제대로 흐고, 키워볼 만흔 놈이믄 돌아올 때 데려올 거고, 아니다 싶으믄 바닷물 속에 처박아 버리쿠다(버리겠습니다). 그걸 허락해주쿠가(허락해주겠습니까)?"

그 말에 외할머니는 망설이지 않을 수 없었다. 유복자로, 부모도 없이 외갓집에 얹혀사는 천덕꾸러기였지만 외손자의 목숨을 남의 손에 내맡길 수는 없었다. 아직 세상 물정 모르는 놈이라 험하다는 뱃일을 견뎌내기 힘들 것이고, 그리되면 목숨을 잃을 테니 그걸 자기 마음대로 결정할 수가 없었다. 그렇다고 당사자에게 물으면 배 안 타겠다고 할 게 뻔했고. 쉽게 결정을 내리지 못하고 망설이고 있자니 개똥이가 한 가지 조건을 더 내걸었다.

"그 대신…… 될 아이다 싶으믄 나가 삯도 늠보단 더 줄 거고 나가 알아서 다 키와주쿠다(키워주겠습니다). 제대로 된 도사공으로 키와주쿠다."

그 말에 외할머니는 흔들릴 수밖에 없었다고 했다. 외갓집에서 천덕꾸러기로 머슴이나 다름없이 사느니, 눈칫밥 먹기는 어디서나 마찬가지니, 뱃일이라도 배워두면 장차 배는 곯지 않겠다 싶었기 때문이었다. 그래서 모진 결정을 내려 개똥이에게 딸려 보냈는데 달포 만에 말짱한 모습으로 돌아왔으니 감격스러우면서도 대견할 수밖에.

외할머니 말을 들은 맨주먹은 눈물을 흘리지 않을 수 없었다. 자신도 모르는 새에 자신의 운명이 결정됐다는 게 서러웠고, 외할머니의 고뇌에 찬 결단도 가슴 아팠지만, 달포 간 개똥이한테 시달린 것도 쓰렸지만, 바닷물에 던져지지 않고 용케 살아 돌아온 것도 대견스럽게 느껴졌지만, 개똥이 사공이 자신을 눈여겨보고 될 성 부른 놈으로 판단했다는 게 기꺼웠지만, 개똥이 사공에게 인정받았다는 게 그 무엇보다 기뻤다. 맨주먹은 비로소 배에서 내려 집으로 돌아오기 직전에 개똥이가 자신에게 했던 말을 이해할 수 있었다. 자신은 합격점을 주겠지만 모든 결정은 당사자가 직접 해야 하니 잘 생각해서 판단하라는 말이었던 것이었다.

그렇게 해서 남들은 한 항차도 버티기 힘들다는 개똥이와 함께 배를 타게 됐고, 뱃일을 배웠다. 그러나 개똥이 사공은 속마음을 잘 드러내지 않았다. 속마음을 드러낼 때는 오히려 반대로, 악의가 있는 것처럼 꾸며 드러내기 일쑤였다. 그런 그의 속성을 모른다면 단 하루도 버티기 힘들 정도였다.

그걸 알아가기 시작하면서 맨주먹은 자신을 절대 그러지 않으리라 다짐을 하곤 했다. 그랬는데 그러지 않으려고 할수록 자신도 모르는 새에 개똥이의 표현법을 몸에 익혀버렸고, 그 표현법이 이젠 자신의 표현법이 되어 버렸다. 여리디 여린 속마음을 강하고 억센 말로 표현하는. 속마음을 그대로 드러내지 못하고 오히려 정반대로 표현하는. 그래서 남들에게 오해를 받고, 인정받지 못하고, 미움을 받고, 배척당하는. 그런 자신과 닮은꼴이 눈앞에 한 사람이 더 있으니 맨주먹이 놀랄 수밖에.

○ 4

　항로를 바꾸기 위해 배를 돌리기 시작하자 광석 대장이 맨주먹에
게 찰싹 달라붙었다. 조금 전 얼굴 가득 피어나던 장난기는 싹 지워
져 있었다. 진지한 모습으로 이제 맨주먹의 일거수일투족을 관찰하
며 질문을 쏟아낼 것이었다.

　이미 요동반도와 산동반도를 갔다 오며 경험했던 일이었다. 처음
엔 낯설기도 했고, 짜증스럽기도 했다. 항해 중에 누가 곁에 붙어
서서 꼬치꼬치 캐묻는 일은 없었다. 선원들 스스로가 필요하다 싶
으면 눈치껏 익혀 두고, 꼭 필요한 사항은 맨주먹이 자진해서 알려
주는 정도였다. 그런데 광석 대장은 맨주먹의 항해술을 한꺼번에
다 뺏어갈 생각인지 별의별 것을 다 물었다. 그러다 보니 광석 대장
이 묻는 말에 대답하느라 항해에 집중하기 어려웠다. 배를 고치느
라 태자도에 머물며 받은 대접 품치고는 너무 비싸다는 생각이 들
기도 했다.

　질문도 마구잡이가 아니었다. 배질을 했던 사람이고 눈치가 9단
이라 질문이 여간 매섭지 않았다. 맨주먹이 대답하기 곤란한 내용
도 많았다. 경험상 알고 있을 뿐 그 이유에 대해선 생각해보지 않았
던 것들을 묻는 통에 난감할 때도 많았다. 그럴 땐 광석 대장이 자
신의 아는 바를 토대로 그 이유를 추측해보고 자신의 판단이 맞는
지 확인하기도 했다. 그런데 그의 추측을 들어보면 그 이유가 맞을
것 같았다. 맨주먹은 경험상 아는 것들의 이유를 그는 정확히 짚어
내곤 했다. 그래서 그와의 대화는 맨주먹에게도 결코 무익한 건 아
니었다.

"밤에 이런 곳에 이르면 어뜩케 합네까? 눈에 뵈는 게 없어 바다 색으로 구분할 수도 없으니 밸 돌릴 수가 없디 않습네까?"

광석 대장이 궁금의 촉수를 세우며 물었다. 역시 한 수 앞을 내다보는 질문이었다.

"그땐 그냥 가는 대로 내려갑주. 아무 것도 안 보이는디 밸 돌릴 수가 없으니 말입쥬."

"기럼 하룻밤을 공티는 거 아닙네까? 아니디, 기만큼 더 올라가야 하니낀 이틀을 공티는 셈 아닙네까?"

"경흔 셈입쥬. 건디…… 이름난 뱃사공은 밤이 들기 전의 미릇(미리) 자기 위치영 배 속돌 확인헙쥬."

"아무리 기래도 어뜩케?"

"밸을 보멍 방향을 찾아 갑쥬."

"밸이라니요?"

"하늘에 떠있는 밸 말이우다. 지금도 밸덜이 하늘이 꽉 차게 떠 있지 않습네까?"

"기 별들을 보믄서 밸 몬다 말입네까?"

"거믄 다른 방법이 잇우쿠가?"

"어뜩케? 어뜩케 별을 보믄서 방향을 잡는단 말입네까?"

광석 대장이 덤비자 맨주먹은 야간항해에 대한 정보들을 풀어냈다. 상제별(북극성)과 상제의 수레인 일곱별(북두칠성)을 좌표 삼아 하는 천문항해를.

상제별은 늘 하늘 가운데 떠 있으면서 방향을 알려주는데, 상제별이 떠 있는 곳이 북쪽이므로 그걸 기준으로 동서남북을 파악한다고 했다.

수레별은 하루에 한 번 동에서 떴다가 서로 지기 때문에 동과 서를 분명히 알려주고, 또한 시간까지 알려준다고. 수레별의 위치를 보고 대충의 시간도 알 수 있기 때문이다.

"하기야 야간에 항해하기 위해선 뚜렷한 좌표가 있어야 하갔디요. 기런데 기 좌표를 북극성과 북두칠성으로 잡는다니, 놀랍기만요. 북극성과 북두칠성을 좌표로 잡는 줄은 몰랐시오. 뎡말 놀랄 노잡네. 나뿐만 아니라 우리 고구려 사람들도 북극성과 북두칠성에 대해선 달 알고 있는데 어디 돔 알려듀시라요."

"그럽쥬. 밤하늘에서 상제벨을 찾기는 쉽지 않쥬. 수없이 쏟아지는 별들 중에서 상제벨을 찾는 건 한바당에서 굴매기(갈매기) 찾기나 다름없으니낀."

맨주먹은 자신이 알고 있는 천문 지식을 풀어놓기 시작했다.

밤하늘에서 특정 별을 찾는다는 건 거의 불가능하다. 시간에 따라 별자리가 달라지고 관측 위치나 계절에 따라 고도가 달라지기 때문이다. 그런데 북극성은 늘 북두칠성을 거느리고 있으니 북두칠성을 기준삼아 북극성을 찾아야 한다.

북두칠성은 국자 모양—괴魁라 하는 머리 부분과 표杓라 하는 손잡이 부분—의 일곱 별이니 밤하늘에서 쉽게 찾을 수 있다. 이 중에서 머리 부분은 천추성天樞星, 천선성天璇星, 천기성天機星, 천권성天權星으로 이루어져 있는데, 천추성과 천선성의 거리를 가늠한 후, 두 별을 이은 방향으로 두 별 거리의 다섯 배쯤 앞으로 가면 북극성이 있다. 북극성은 뜨고 지는 법 없이 일 년 사시사철, 언제나 그 자리를 지키고 있으니 북쪽을 바로 알 수 있다.

이런 북극성과는 달리 북두칠성은 하루에 한 번 뜨고 지기 때문에 시간과 방향을 알려 준다.

해가 완전히 지고 난 술시(戌時. 저녁 7시쯤)에 북두칠성의 위치를 관찰하는데, 봄엔 동쪽, 여름엔 북쪽, 가을엔 서쪽, 겨울에는 보이지 않는다. 그리고 한 달에 한 점(點. 두 시간)씩 동에서 서로 이동한다. 입춘에는 동쪽인 묘방卯方에 있다가 경칩에는 인방寅方, 청명에는 축방丑方으로 이동하고 소서小暑엔 서쪽인 유방酉方으로 이동한다. 그러니 달에 따라 달라지는 북두칠성의 위치를 정확히 알고 있으면 시간을 구하는 일도 어렵지 않다.

또한 북두칠성은 한 점에 한 방위씩 동에서 서로 이동한다. 술시에 묘방에 있던 것이 해시亥時엔 인방으로, 자시子時엔 축방으로. 그러니 달만 정확히 알고 있고, 술시에 북두칠성이 위치할 자리만 정확히 안다면 시간도 계산할 수 있다. 그래서 북두칠성을 '시간의 신神'이라고도 하는 것이다. 그래놓고 맨주먹은 덧붙였다.

"입하가 지난 지 한 달이 넘었으니깐 오늘 술시엔 수레가 해시亥時와 자시子時 사이에 있어야 하는데, 지금 유방酉方에 있는 걸로 봐서 자실 조금 넘긴 것 닮은게(같구먼)."

수레별의 위치를 보고 시간까지 계산하자 광석 선장이 혀를 내둘렀다.

"명말 놀랍습네다. 기럼 모든 사공들이 기런 걸 안단 말입네까?"

"알다마다요. 그걸 몰라선 야간항핼 못 하니깐."

"기렇기만요. 별을 모르고선 방향을 답을 수 없고, 방향을 답디 못하고서야 항해가 불가능하갔디요."

"건디…… 아무리 벨자릴 잘 안다 해도 낮에 이것저것 봐서 미릇(미리) 알아두지 않으믄 안 됩쥬."

천문항해를 하기 위해선 낮에 미리 바람, 방향, 해류 등을 판단한 후에야 가능하다고. 그래서 도사공은 항해 중 잠시도 긴장의 끈을 놓으면 안 된다는 사실까지 들려주었다.

"기럼 도사공이래 판단을 달못하거나 뱃길을 달 모르믄 바다 위에서 헛된 시간을 낭비하는 경우가 많갔네요?"

"경허기도 헙쥬. 어떤 땐 멧날 메칠을 헤매기도 허고…… 믄저(먼저) 나산 배가 늦게 도착허는 경우도 있고 늦게 나산 배가 믄저(먼저) 도착허는 수도 하난(많으니깐)."

그 말에 광석 선장이 고개를 끄덕였다. 또 뇌리에 새기기 위해 머리를 움직이는 것 같았다. 그도 그럴 것이 그는 영주에서 돌아올 땐 혼자 힘으로 이 길을 따라 태자도로 돌아가야 하니 더욱 명심해야 할 것이었다.

이런 질문과 대답 속에 배가 방향을 틀었고, 바람 방향이 바뀌어 역풍이 불기 시작하자 맨주먹은 하치기(갈 지之 자 항해. 바람이 불어오는 방향으로 지그재그로 방향 전환하며 앞으로 나가는 방법)를 준비했다. 그러자 광석 선장이 재빠르게 눈치 채고 물었다.

"바람 방향이래 높바람(북풍)으로 바껴서 하티길 해야갔군요."

"예. 그래서 사공 3년에 고개 돌린다고 했는디, 광석 대장은 멧 달 되지도 안 해신디 벌써 고개가 틀어진 모양이우다. 딱 보난 아는 것이……."

맨주먹은 광석 선장의 빠른 판단력과 한 번 알려준 걸 기억했다가 활용하는 능력이 감탄스러워 칭찬을 하고 말았다. 그러자 광석 대장이 부끄럽다는 듯 말을 받았다.

"쇠가 꼬릴 흔들다 쇠파릴 답은 걸 뭘 기리…… 도사공이 원체

달 알려듀시니 한 번 맞뤄본 거이디요."

광석 대장이 머리까지 긁적이며 부끄러워했다. 그럴 땐 또 어린 애였다. 그런데 광석 대장만큼이나 촉이 빠른 한 사람이 광석 대장의 다음 말을 막았다.

"광석아, 높바람이래 부는데 하티길 해야갔디? 도사공에게 물어보라."

건너편 배에서 광건 대장이 목청을 돋우며 말했다. 그러자 광석 대장이 화가 난 목소리로 형에게 소리를 질렀다.

"기런 정돈 형이 알아서 판단하슈. 어린애요? 턱 보믄 딱 알아야디. 언뎨까디 물어보믄서 항햴 할 생각이유?"

"기래도 정확히 알아야 뱀 안전하게 몰 게 아니네?"

"기 정도도 판단 못 하믄 배에서 뛰어내리슈. 어탸피 듁을 사람이 하루 이틀 더 버틴다고 달라디디도 않을 거이고……."

"뎌, 뎌 놈을 기냥……. 아무튼 달 물어보고 알아두라. 도사공이래 늘 모시고 다닐 순 없디 않네."

"걱뎡도 팔자유. 형이나 정신 탸리고 바닷길이나 달 알아두슈. 남 똥 쌀 때 힘 듀디 말고 자기 똥 쌀 때 힘 바쨕 듀란 말이유. 도사공이 옆에 있을 때 똑바로 배워두란 말이유."

"기래, 알았으니긴 너도 달 배워두라. 나보다 너가 한 번이라도 더 다닐 게 아니네."

"알갔수. 하티기로 가자요."

"기래, 알갔다."

두 형제의 대화를 들으며 맨주먹은 부러움과 함께 두려움이 몰려들었다. 형제간에 티격태격하는 것 같으면서도 서로를 염려하고 격려하는 모습은 형제 없이 혼자 살아온 맨주먹에게 부러운 것이었다. 두 형제를 보고 있으면 형제가 있다는 게 얼마나 든든하고 큰 재산인지를 새삼 깨닫게 됐다.

그와 함께 불쑥 두려운 생각도 들었다. 아무래도 이번 항해를 통해 자신이 30년 넘게 배워온 항해술을 두 형제에게 다 뺏길 것 같았기 때문이었다. 두 형제는 그렇게 맨주먹이 두려워할 정도로 눈치도 빠르고 습득력과 응용력도 남달랐다. 그렇지만 다시 만날 수 없을 터이고, 경쟁할 상대도 아닌 만큼 자신이 아는 바를 다 알려준다 해도 별 문제는 없을 것이란 생각에 다소 마음이 놓였다.

형제간에 입씨름을 하며 모든 배들이 하치기를 시작하자 광석 대장은 훌쩍 선실로 들어가더니 한참 후에야 나왔다. 아무래도 조금 전에 들은 것들을 글로 정리하고 나오는 것 같았다. 그는 맨주먹이 만났던 뱃사람 중 유일하게 글을 아는 사람이었다.

뜻하지 않은 만남

5

첫 기항지인 미추홀에 닻을 내린 것은 태자도에서 돛을 올린 지 한 달여 만이었다.

요동반도를 돌아 등주(登州. 현재의 봉래蓬萊)를 바라보며 바다를 건너고, 산동반도를 돌아 적산(赤山. 현재의 석도石島에 있는 산. 보통 석도를 지칭함)이 눈에 보이자 한바다로 나섰다. 그게 태자도를 떠난 지 보름 만이었다. 그리고 망망대해로 들어섰다.

망망대해로 들어선 후 헤매고 헤맨 끝에 큰물섬(현재의 덕적도德積島)에 닿았다. 망망대해를 헤매다 처음 조선반도가 보이기 시작하자 영주 도사공 맨주먹이 이제 다 왔다고 했다. 그러나 그건 말뿐 조선반도가 물마루에 흐릿하게 보인 후에도 닷새 넘게 항해를 계속해야 했다. 그러니 맨주먹이 다 왔다는 말은 정말 다 온 게 아니라 한바다를 무사히 건넜다는 뜻이었다. 아무 것도 눈에 보이지 않는 한바다를 벗어나 이제 눈에 보이는 물표를 확인하며 연안항해를 하게 됐다는 말인 셈이었다.

　큰물섬에 들러 물을 싣고 하루를 머문 후에 조류를 기다렸다가 새벽 같이 배를 띄웠고 바람과 조수를 탄 배는 두 시진 만에 미추홀에 닿았다. 밀물 때라 물살이 얼마나 빠른지 돛이 없어도 배가 쓸려 갈 것 같았다.

　"이제부턴 물땔 맞추지 못허믄 돛도 필요 엇입네다. 게난(그러니) 물땔 아는 게 밸 제대로 모는 방법입쥬(방법이지요)."

　큰물섬을 떠나기에 앞서 맨주먹이 조수의 중요성을 알리며 물때를 설명했지만 광석은 그 말을 귀담아 듣지 않았다. 비록 강배를 몰고 다니긴 했어도 조수에 대해서는 자신도 알고 있었고, 태자도로 옮긴 후에는 조수를 이용하여 항해하곤 했으니까. 그런 기초적인 건 이미 자신도 알고 있었기에 맨주먹의 말을 귀담아 듣는 척했지만 사실은 귓등으로 들어 넘겼었다.

　그런데 큰물섬을 떠나 미추홀까지 가면서 맨주먹이 왜 조수의 중요성을 장황하게 설명했는지를 실감하게 되었다. 사리 때 물살은 지금껏 봐왔던 물살과는 비교도 하지 못할 정도였다. 정말 물때를 잘못 맞췄다간 배가 옴짝달싹 못하는 정도가 아니라 물살에 휩쓸려 배가 전복될 것 같았다. 그만큼 조수의 힘은 대단했다.

　"요딘(여긴) 조류가 아주 센 디난(곳이니) 그 시간을 잘 기억해둬사 헙네다."

　미추홀에 배를 대기 앞서 맨주먹이 내 말 허투루 듣지 말라는 듯, 다 이유가 있으니 알려주는 것이지 일 없이 떠드는 게 아니라는 듯, 다시 한 번 조수의 중요성을 강조하자 광건은 재빨리 물때에 대한 정보를 기록하기 시작했다. 영주에서 혼자 돌아오고, 돌아가려면 물때에 대한 정보를 알아두어야 할 것 같았기 때문이었다.

사리와 조금, 밀물과 썰물 시간, 지역에 따른 편차 등을 세세히 알려주자 광석은 재빨리 기록했다. 여태껏 물때는 모든 바다가 같을 줄 알았는데 지역에 따라 물때가 하루 정도 차이가 있음도 처음 알게 되었다. 그리고 그 차이가 나는 분기점이 되는 지점도 자세히 기록했다. 물때는 현장에서 눈으로 확인할 수 있으니 적어 둘 필요까지는 없다고, 물때의 중요성만 알아두면 된다고 말했지만 광석은 맨주먹의 성의를 생각해서라도, 태자도로 돌아갈 때 허둥대고 헤매지 않기 위해 빠짐없이 적어 두었다.

밀물을 타고, 백제 수군의 안내를 받으며 미추홀 월곶포(현재의 김포시 월곶면 보구곶리, 용강리 일대)에 도착했다. 그런데 월곶에는 생각지도 못한 일이 그들을 기다리고 있었다. 포구에 도착하니 군사들이 쫙 깔려 있었고, 탁자까지 내놓은 채 군관이 나와서 기다리고 있는 게 아닌가. 포구에 닿으면 검문과 검색이 있을 줄이야 알았지만 동원된 군사들이며 삼엄한 경비에 맨주먹도 놀라는 듯했다.

"원래 데렇게 합네까?"

광석이 놀라 묻자 맨주먹도 심상치 않은 분위기에 놀랐는지 말을 더듬었다.

"그, 글쎄요. 더러 해상을 통제할 땐 군사들이 많이 배치되긴 하디만 저렇게까지 하진 않습네다. 뭔 일인지 몰라도 큰일이 있나 봅네다. 아무래도 조심해야 할 것 같습네다."

맨주먹도 이해할 수 없는지 고개를 갸웃거리며, 그렇지만 이제 어쩔 수 없지 않느냐는 듯 말했다.

배가 포구로 들어서자 군사들이 포구를 통제하더니 탁자에 앉아 있던 군관 옆에 서있던 다른 군관이 소리를 질렀다.

"어디서 오는 밴가?"

"요동에서 오는 그 뱁니다."

광석네를 안내하던 배에서 수군 하나가 받았다.

"알겠으니 도사공만 내리고 나머진 대기하라 해라."

"예, 알겠습니다."

그렇게 대답한 후 광석과 맨주먹이 타고 있는 배를 향해 소리를 질렀다.

"도사공 둘만 내리고 나머진 모두 배에서 대기하라."

수군의 명령에 광석은 맨주먹과 함께 둘만 배에서 내려 군관이 앉아 있는 탁자 앞으로 갔다. 두 사람이 배에서 내리자마자 병사들이 그들을 포위한 것은 두 말할 필요가 없었고.

탁자 앞에 선 채 인사를 하자 탁자에 앉아있던 군관이 물었다.

"어디서 왔다고?"

"이 밴 주호 뱁네. 지금 요동과 산동엘 갔다가 주호로 내려가는 길입구요. 기러고 뒤에 있는 다섯 척은 산동 배로 주호까디 가믄서 장살 해보갔다고 해서 우리와 함께 가는 겁네다."

"산동이면 우리 백제 강역인데 어떻게 고구려 해상을 통과해서 여기까지 왔다는 말이냐?"

"안 기래도 고구려가 바달 막고 있어서 요동을 거텨 한바달 건네 왔습네다."

"그, 그게 정말이냐? 그럼 너희들이 정말로 원양항핼 했다는 말이더냐?

군관이 놀라운지 눈이 휘둥그레지며 물었다.

"기렇습네다. 뱃놈에게 길이 따로 있습네까? 가는 데가 길이디요. 목숨을 걸고 한바달 건너왔습네다."

"알갔다. 기럼 요동에서 온 길을 자세히 고하라. 거짓이 있다간 살아남디 못할 것이다. 알갔느냐?"

군관은 아무래도 믿기지 않는지 바짝 긴장한 채 맨주먹과 광건을 쳐다보았다. 그러기를 잠시. 군관이 다시 물었다.

"정말 산동에서 원양항해를 해서 온 건가?"

"기렇습네다. 고구려래 바달 막고 있어서 다른 방도가 없었습네다. 기렇다고 미추홀과 위례성에 안 들릴 수는 없고. 해서 한바달 건넜디요."

"그건 그렇지. 조선반도에서 우리 백젤 안 들리면 어딜 들리겠나. 선적한 물목도 물목이지만 원양항해에 대해 자세히 보고하라."

군관은 백제인임을 은근히 뽐내면서도 원양항해에 관심을 보였다. 그래서였을까? 처음과는 달리 목소리가 부드러워져 있었다. 아무래도 원양항로를 자세히 알아내어 상부에 보고하려는 듯싶었다.

맨주먹의 주도로 태자도에서 미추홀까지의 항로를 자세히 보고하였다. 군관은 맨주먹의 말 중간중간 질문을 하며 원양항로에 대해 자세히 적었다. 그런 후에 싣고 온 물품들을 맨주먹이 말하는 대로 받아 적었다.

"싣고 온 물품과 보고한 내용이 틀림 없으렷다?"

"예, 기러합네다. 여기서 한두 번 장사하는 것도 아니고, 앞으로도 장살 계속해야 하는데 어띠 거딧으로 고하갔습네까?"

"알겠다. 일단 물목들을 확인할 테니깐 여서 잠시 기다리라."

두 사람에게 그렇게 말한 후 군관은 곁에 서 있는 다른 군관에게 명을 내렸다.

"여기 물목이며 수량을 적었으니 확인해 보라. 틀림이야 없겠지만 철저히 확인하라."

다른 군관 하나가 장부를 가지고 떠나자 군관은 두 사람을 향해 다시 말을 걸었다.

"자, 병사들이 물목을 확인할 동안 원양항해에 대해 자세히 말해 보라. 나도 산동 태생은 아니지만 우리 조상이 산동 출신이라 언제든 꼭 한 번 가보고 싶어 그러니, 하나도 빠짐없이 자세히 말해보라."

군관은 좀 전에 옆으로 밀어두었던 죽편을 다시 펼치며 말했다. 산동까지의 해로에 대한 궁금증도 궁금증이지만 자신의 출셋길을 놓치고 싶지 않은 관리의 욕심도 분명 있는 것 같았다.

맨주먹은 다시 태자도에서 미추홀까지의 항로를 되뇌기 시작했다. 그러자 군관은 속기라도 하듯 휘갈겨 썼다. 글자를 아는 광석도 제대로 읽을 수 없는 글자들이 대부분이었다. 아무래도 초서를 쓰는 듯싶었고 자신만 알 수 있게 속기한 후에 정서할 생각인 모양이었다.

그렇게 군관 앞에서 한 시진쯤 원양항로에 대해 다시 얘기하고 있자니 장부를 가지고 갔던 군관이 되돌아왔다.

"이상 없습니다. 반입 금지 품목도 없고요."

"알겠다. 그럼 다른 사공들도 내리게 하라. 먼 바달 건너온다고 좀이 쑤실 테니."

군관은 맨주먹과 광건이 부탁하지도 않았는데 앞질러 편의를 봐주었다. 아무래도 두 사람의 환심을 사고 싶은 모양이었다.

"이제 여서 장사하고 싶으면 장사하라. 그리고 저녁에 부를 테니 청廳으로 들어오라. 궁금한 게 많으니깐."

원양항로에 대해 적은 죽편들을 챙기더니 군관은 서둘러 자리를 떴다. 아무래도 속기한 내용을 잊어버리기 전에 정서한 후 궁금한 것을 묻기 위해 다시 부르겠다는 말인 듯했다.

맨주먹과 광석은 배에서 내린 광건과 사공, 뱃사람들을 이끌고 주막으로 갔다. 뱃사람들에겐 배에서 밥을 지어 먹으라 할 수도 있었지만 오랜 항해에 대한 보상도 해주고 싶었고, 오랜만에 육지도 밟아보게 하고 싶어 주막으로 함께 데리고 갔다. 그러나 반은 배위에 남겨두었다. 불미스러운 일이 있을 수도 있었기에 배를 다 비울 순 없어서, 교대로 국밥을 사 먹었다.

밥을 먹고 위례성으로 가져갈 물품들을 내리기 시작하자 사람들이 몰려들었다. 아침에 배가 들어올 때보다 더 많은 인파였다. 포구가 아니라 장이 선 듯했다. 포구에 기대어 사는 사람들, 소매상, 거간꾼까지 몰려들었다.

"배 대는 곳이 곧 장이디요. 덕분에 우리도 여서 쓸 여비를 마련할 수 있고 말입네다."

사람들이 몰려들기 시작하자 맨주먹은 의례 있는 일이란 듯 말했다.

북방 사람들처럼 요란하지 않게 조용한 가운데 흥정이 이루어졌고 얼마간 팔기도 했다. 그러고 있노라니 피륙과 모피 전부를 사겠으니 자신에게 팔라는 거간들이 달라붙었다. 광건과 광석 형제가볼 땐 엄청난 가격이었지만 웬일인지 맨주먹은 주문 받은 물품이라며 나중에 거래하자 튕겼다. 그러면서도 물품의 질이나 우수성에 대해선 입에 침이 마를 정도로 장황하게 소개했다. 일단 거간들에게 물품을 보여주긴 하되 거래는 차후에 할 생각인 모양이었다.

"기 정도믄 파는 게 낫디 않습네까? 두어 배는 남갔던데."

광석이 보다 못해 맨주먹에게 말하자 맨주먹이 씨익 썩은 미소를 흘리며 받았다.

"기게 무슨 말입네까? 기렇게 해서 장살 어뜧게 합네까? 죽을 둥 살 둥 싣고 온 물품인데……. 여 사람들 약기가 쥐보다 더 합네다. 기러니 위례성엘 들어갔다 온 후에 팔아도 팔아야디요. 여서 파는 것보단 두 밴 더 받을 겁네다. 기러니 서둘디 마시라요. 죽을 고비 넘기면서 힘들게 바닫 건너 왔는데 거간들 아구리 채워줄 필요가 뭐 있습네까? 그 거간들이 손해볼 짓을 할 것 같습네까? 두고 보시라요. 위례성에 가보면 그 자들의 속내를 속속들이 알 수 있을 테니깐요."

맨주먹의 말에 광건과 광석은 서로 쳐다보지 않을 수 없었다. 어수룩해 보이고, 배나 다룰 줄 알지 장사엔 젬병인 줄 알았는데 그게 아니었기 때문이었다. 배를 모는 일도 능수능란했지만 장사치들을 다루는 솜씨도 그에 못지않아 보였다. 지금껏 알아왔던 맨주먹과는 딴판이었다.

하기야 사들인 값만 생각하면 이득이 남는 셈이지만 망망대해를 넘어온 물품이고 보니 현지 가격을 모른 채 팔아넘길 수는 없는 일이기는 했다. 그러니 현지 상황을 파악한 후에 거래하는 게 맞겠다 싶어 맨주먹이 하자는 대로 하기로 했다. 아니, 맨주먹에게 맡긴 채 맨주먹이 하는 걸 배우기로 했다.

6

　오후 시간을 이용해 포구에서 한바탕 장사를 한 후, 날이 저물기 시작하자 관청으로 갔다. 아침에 만났던 군관에게서 보자는 연통이 왔기 때문이었다. 광건은 남아 뒤처리를 하기로 하고 맨주먹과 광석만 병사를 따라 갔다.

　관청에 들어서니 아침에 만났던 군관이 밖에 나와 있었다. 아무래도 궁금한 게 많았던 모양이었다.

　"들어갑시다."

　군관이 하대하지 않고 예삿말로 재촉했다.

　두 사람은 군관을 따라 관청 옆에 있는 방으로 들었다. 안에 들어보니 군관의 집무실인 듯했다.

　"내가 이곳을 책임지고 있는 방어사防禦使네. 그렇게 놀랄 것 없네. 큰물섬에서 원양항해를 해서 이곳으로 오는 배가 있다기에 내가 직접 나갔던 것인데, 짐작대로 궁금한 게 한두 가지가 아닐세."

　방어사란 말에 두 사람이 깜짝 놀라하자 방어사가 두 사람을 진정시키며 말을 마쳤다.

　"예, 하문하시지요. 소인들이 아는 대로 다 말씀 드리갔습네다."

　맨주먹이 머리를 조아리며 말했다. 그건 광석도 마찬가지였다. 감히 방어사와 만날 줄은, 이렇게 독대할 줄은 꿈에도 몰랐기 때문이었다.

　"그래. 그래주면 고맙겠네."

　그렇게 시작된 방어사와의 대담은 밤이 깊도록 계속되었다.

　방어사는 잠시 쉬자며 저녁을 대접해줬고, 차도 내주었다.

방어사가 묻는 것은 대부분 항로와 항해법, 그리고 기항지에 대한 질문이었고, 그에 대한 대부분의 답변은 맨주먹이 했으나 어떤 때는 광석이 대답하기도 했다. 맨주먹의 대답 중 전문적인 용어나 사공들만 쓰는 용어에 대해서는 방어사가 알기 쉽게 광석이 보충 설명했다. 그때마다 방어사는 빙긋 웃기도 하고, 고개를 끄덕이기도 하고, 놀라기도 하면서 귀를 기울여 주었다.

그런데 놀란 사람은 방어사만이 아니었다. 가끔은 광석도 놀랐으니 광석이 짐작하지도 예상하지도 못한 대답이 쏟아졌기 때문이었다. 또한 방어사의 얘기를 듣고 있자니 백제 수군의 바다에 대한 관심과 경계태세, 기동성과 통신체계에 놀라지 않을 수 없었다.

먼저 광석이 놀란 것은 방어사가 직접 이곳 월곶까지 왔다는 점이었다. 방어사는 원래 이곳에 주둔하고 있는 병사들을 지휘하는 무관직이 아니라 했다. 미추홀을 중심으로 해상의 수군을 지휘하는 장군이란 것이었다. 그런 그가 하루 만에 이곳까지 직접 행차를 했다는 게 놀라웠다. 아무리 광석 일행이 요동에서 황해를 횡단하여 왔다 해도 방어사가 직접 나설 일은 아닌 것 같았다. 여기 월곶에 주둔하고 있는 무관에게 시켜도 충분할 것 같은데 바다에 대한 관심이 아무리 높고, 해상 경계를 철저히 하기 위해서라고 해도 이해가 되지 않았다.

두 번째는 방어사가 자신들에 대해 속속들이 알고 있다는 점이었다. 요동반도에서 출발하여 황해를 횡단하여 큰물섬에 닿았고, 영주와 태자도 뱃사람들이 타고 있다는 사실뿐만 아니라 배의 숫자며 적재하고 있는 물품까지도 다 알고 있었다. 그런 세세한 사실까지 방어사가 알고 있다는 것은 그들이 큰물섬에 머물렀던 하루 동안 이곳 월곶을 거쳐 방어사에게까지 보고됐다는 뜻이었다. 그런 사실을 알고 방어사가 그들을 만나기 위해 달려왔다는 뜻이기도 했고. 그런 신속한 통신체계와 보고체계가 놀라울 수밖에 없었다. 하루에 두 번 교차하는 물때를 이용해 큰물섬에서 긴급 전령을 보냈다는 뜻이니 그 체계야말로 놀람 그 자체였다. 무범 왕자와 병택 군사에 따르면 과거 낙랑이 그런 통신체계를 갖추고 있었다고 하는데, 백제 수군의 통신체계도 그에 뒤지지 않을 것 같았다.

그러나 광석의 놀라움은 거기서 끝이 아니었다. 맨주먹의 말을 듣고 있자니 놀랄 만한 일이 한두 가지가 아니었다. 그 첫째가 맨주먹도 횡단항로를 이용한 것은 이번이 처음이라는 사실이었다.

물론 맨주먹 말마따나 선배 도사공—맨주먹이 이름을 알려줬지만 자세히 듣지 않아서 기억나진 않지만—을 따라 횡단했던 경험은 두 번 있지만, 도사공으로서 직접 선단을 이끌고 횡단한 것은 처음이라 했다. 그 이유가 오로지 광석과 광건, 그리고 태자를 비롯하여 태자도 주민들에 대한 보답을 위해서라고 했다.

"그럼 말 그대로 목숨을 건 항해였구만?"

방어사가 놀라며 묻자 맨주먹이 겸연쩍은 듯 광석을 슬쩍 돌아보더니 대답했다.

"기런 셈입디요. 기래서 이쪽 도사공한테도, 사공들 누구한테도 말하디 않았습네다. 괜한 불안감을 키울까 싶어서 말입네다. 기렇디만 뱃사람이란 바다에서 듁을 각오를 하디 않고는 엄두도 낼 수 없는 일이라 여겼기에 모험을 해보기로 했디요."

"죽을 각오를 하디 않고는 엄두도 낼 수 없는 일이라……."

방어사는 의미심장하게 그 말을 되새기더니 한 동안 말이 없었다. 아무래도 그 말로 인해 떠오르는 사연이 있나 보았다. 그러더니 다시 물었다.

"그래, 그럼 그렇게 목숨을 걸면서까지 여기로 온 이유는 뭔가?"

방어사가 눌러두었던 물음을 마침내 던졌다. 어쩌면 그는 그 이유를 알고 싶어 여태껏 두 사람을 잡아두었다는 투였다.

"기것도 다 이똑 도사공 때문이었다고 하는 게 맞갔디요. 은헬 갚고 싶어서 말이우다. 소인이 볼 때 태자돈 결국 백제를 비롯하여 조선반도와 교류해야 하고, 그러자믄 횡단항로를 열어야 하디 않갔습네까? 고구려가 저렇게 모든 해상을 봉쇄하다시피 하고 있으니 말입네다. 그래서 그 항로를 알래주고 싶었습네다. 고구려가 앞으로 어떻게 나올지 몰르니 이번 기회에 우리도 그 길을 다시 열어두고 싶기도 했고 말이우다."

더듬더듬 조선말과 섞어가며 맨주먹이 말을 마치자 방어사가 다시 물었다.

"그럼 요동에서 큰물섬이나 변산을 거치지 않고 횡단하는 방법도 있겠군?"

"예, 있습네다. 보통은 요동반도를 거쳐 산동반도까지 갔다가 되돌아갑네다. 그러긴 해도 다른 길이 없는 건 아니우다."

맨주먹은 바닷길에 대한 이야기를 펼쳐놓았다. 그러나 조선말이 익숙지 않은 그는 말을 더듬기 일쑤였고, 가끔은 알아듣지 못할 말까지 해서 정확하지가 않았다. 대충 얘기를 정리하면 이랬다.

해류와 바람을 따라 이동하기 때문에 영주에서 대륙으로 들어가는 길은 주로 연근해를 이용한다고 했다. 영주에서 출발하여 다도해를 끼고 북상해서 삼한과 백제를 거쳐 고구려에 들렸다가 요동반도로 들어간다고. 그런 다음 산동반도까지 들어가는데 돌아갈 때는 왔던 길을 되돌아가는 게 일반적이지만 가끔은 다른 항로를 이용한다고 했다. 산동에서 석도를 거쳐 연운까지 내려갔다가 동쪽으로 방향을 틀어 흑도(黑島. 흑산도)를 좌표로 삼아 황해를 횡단한 후 다도해를 거쳐 다시 영주로 돌아간다는 것이었다. 한 마디로 황해 전역을 누비고 다니는 셈이었다.

"그럼 그때도 물색이나 조류, 별을 봐서 횡단을 하고?"

"기러합네다. 다른 방법이 없디 않습네까? 그때 가장 중요한 것이 경험자들이 전해준 경험담입네다. 우리 영주에는 그런 경험자들이 제법 있어서 그 경험담이 지도인 셈이라 할 수 있습네다."

"그럼 도사공은 요동이며 산동을 몇 번이나 다녀봤는가?"

"소인은 서른 번 넘게 다녀봤습네다. 소인보다 웃 도사공과 함께 열 번 이상 다녀봤고, 소인이 도사공으로 다닌 것만도 스무 번이 넘습네다."

"그럼 물길을 손금 보듯 하겠구먼?"

"그렇진 않습네다. 바다가 좀 넓어야 말입지요. 서른 번이 아니라 삼백 번을 다녀도 다 알긴 힘들 거우다. 경험을 밑천 삼아 목숨을 내건 항해를 계속 하는 거입쥬."

"그렇구만. 그래서 뱃사람 몸은 상어나 고래 밥이라 하는 거겠고?"

"그러하옵네다. 밸 타는 순간부터 밸 내리는 순간까진 살아있어도 살아있는 게 아니랜 봅네다. 바람과 파돌 만나 언제 바다에 내던져질지 모르난 말이우다."

그 말을 하며 맨주먹은 참았던 한숨을 조용히 내쉬었다. 뱃사람의 비애가 서린 한숨인 것 같았다. 그런 맨주먹을 측은한 눈길로 바라보더니 방어사도 한 동안 말이 없었다. 뱃사공에게 바다가 곧 일터이자 전쟁터요, 삶의 공간이자 죽음의 공간임을 느끼는 듯했다. 그런 뱃사공의 삶이 측은했던 모양이었다.

"잘 알았네. 내가 괜한 얘길 해설랑……."

방어사가 두 사람을 달래는 듯하더니 다시금 정색을 하며 물었다.

"그런데 말일세…… 태자도란 섬은 어디 있는 섬인가? 말을 들어보니 보통 섬은 아닌 것 같고, 그 섬에 큰 은혜를 입은 듯한데?"

"그, 그게……."

그 물음에 맨주먹이 광석을 쳐다보았다. 그러자 광석은 이야기하지 말라는 뜻을 눈빛에 담아 전했다. 태자도가 알려진다면 좋을 게 없었다. 아직 제대로 정비되지 않은 상태에서 여기저기 알려지면 위험만 가중될 뿐이었다. 해서 태자도에 대한 언급을 하지 말자고 약속까지 해놓고도 맨주먹이 부지불식간에 태자도를 언급하는 순간 광석은 철렁했었다. 그래서 방어사가 물어도 태자도를 언급하지 않으려고 무진 애를 써 왔는데 한 번 입에 오른 그걸 기억했다가 방어사가 묻자 광석은 다시 한 번 가슴이 철렁 내려앉는 것 같았다. 그걸 알아먹었는지 맨주먹도 말을 더듬었다.

"왜 발설해선 안 되는가? 아니면 내가 알아서 안 될 것이 있는 가?"

"기, 기것이……."

그러자 광석이 맨주먹의 말을 가로막으며 대답을 했다. 방어사가 묻는 말에 대답을 안 했다간 목숨이 붙어있기 힘들 것이란 생각이 들었기 때문이었다. 해서 광석이 나서서, 알아도 상관없는 일만 대충 알려주려 하자 방어사가 먼저 말했다.

"고구려 태자 영이 도망쳐 섬으로 들어갔다던데 그 섬을 말하는 것인가?"

"예?"

둘이 동시에 놀라며 눈을 휘둥그레 뜨자 방어사가 의미심장하게 웃으며 덧붙였다.

"들리는 바에 의하면 최근엔 낙랑국 최후의 왕자 무범과 갈사국 왕자 인섭까지 그 섬에 들었다고 하던데 그게 정말인가?"

광석은 몸이 싸늘하게 식는 것 같았다. 심장은 평상시보다 더 크게 쿵쾅거리는데 피는 일제히 멈췄는지 정신마저 아뜩했다. 그건 맨주먹도 마찬가진지 그의 얼굴에도 핏기가 사라지고 없었다.

"놀랄 것 없네. 내가 여기까지 달려온 건 횡단항로를 알고 싶어서이기도 하지만 태자도 소식이 궁금해서이기도 하니. 실은…… 나도 낙랑국 유민일세."

"예?"

또다시 둘이 동시에 소리를 질렀다.

"그리 놀랄 것 없네. 젊어서 고국에서 도망쳐 와 이제 20년이 넘었으니 내 조국은 백제라 할 수 있지. 그렇지만 우리 왕자께서 살아계시고, 태자도에 깃을 틀었다는 소문을 듣고는 어떻게든 자세한 내막을 알고 싶어 하던 참이었지. 그러는 중에 태자도에서 한바달 건너 상인들이 왔다는 말을 듣자, 가만히 앉아 있을 수가 있어야지. 잊고 싶었고, 잊었다고 생각했는데 기게 아니었던 모양이야. 그래서 우리 왕자와 태자도 소식을 들을 수 있을 것 같아 이리 온 거니깐 좀 알려주게."

광석은 고개를 들어 방어사의 얼굴을 쳐다보았다. 처음 보는 사람이 분명한데도 낯이 익어보였다. 그러나 분명 처음 보는 사람이었다. 그런데도 낯이 익어보였다.

그러다 불현듯 한 사람의 얼굴이 떠올랐다. 바로 병택 군사의 얼굴이었다. 병택 군사와는 전혀 다른 사람인데도 문뜩 병택 군사의 얼굴이 겹쳐졌다. 그러자 궁금해졌다. 만약 방어사가 낙랑 멸망 시 군사였다면 병택 군사를 알지도 모른다는 고약한 생각이 들었다.

"기럼 혹시 기병택 장군이라고 아십네까?"

"누구? 기병택 장군? 도사공이 기 장군을 어찌 아나?"

이번엔 방어사가 깜짝 놀라며 소리를 질렀다.

그러자 광석이 자신도 모르는 새에 고개를 끄덕이고 있음을 깨달은 것은 방어사가 다시 소리를 질렀을 때였다.

"고개만 끄덕이지 말고 빨리 답해보라. 기 장군을 어찌 아는가 묻지 않는가?"

광석이 한참을 머뭇거린 끝에 기畿 군사의 근황을 전하자 방어사는 죽었던 이가 살아 돌아오기라도 한 듯 펄쩍 뛰었다. 그러더니 밖에다 대고 소리를 질렀다.

"여봐라! 밖에 누구 있느냐?"

그러자 낮에 방어사 곁에 서 있던 군관이 바로 대답하며 들어왔다.

"지금 당장 월곶포로 가서 태자도 도사공을 뫼셔 오라. 정중히 예를 갖춰서."

"옛! 알갔습네다, 방어사!"

군관이 나가자 방어사는 한동안 아무 말도 하지 않고 술만 마셨다. 뜻하지 않은 병택 군사의 소식에 충격을 받았는지, 병택 군사와 무슨 말 못할 사연이 있는지 무거운 한숨을 안주삼아 술만 마셨다.

악연惡緣과 선연善緣

7

광건까지 불러들인 방어사는 광건에게 술을 권하더니 조용히 자신의 이름을 소개하는 것으로 이야기를 시작했다.

"내 이름이 기상도畿常度인데, 원래 이름은 초복이었지요. 초복에 태어났다고 하여 아버지가 지어주신 이름이지요. 그런데 백제로 들어온 후에 이름을 바꿨고 칭성稱姓도 하게 됐는데, 기병택 장군의 성인 기씨를 쓰고 있지요. 그래서 백제 사람들은 나를 기상도라 부르고요."

방어사의 말은 존댓말로 바뀌어 있었다. 세 사람을 단순히 태자도에서 온 상인이나 사공이 아니라 자신의 손님으로 대접하겠다는 뜻인 듯했다. 그건 광건을 깍듯이 손님으로 맞이하는 모습에서도 얼마간 알 수 있었다. 방어사는 광건이 도착했다는 전갈에 자리에서 일어나 방 밖으로 나가 광건을 맞이했고, 광건이 광석의 형이자 대장선 대장이란 말에 고개를 숙이는 모습에서 이미 알 수 있었다.

광건이 올 때까지 말없이 술을 마시더니 그때 이미 마음의 결정을 내린 모양이었다.

방어사는 잊혀져가는 전설을 되새기듯 담담한 어조로 자신의 이야기를 풀어놓기 시작했다. 자신의 치부이자 조국 낙랑의 부끄러운 멸망사라 누구에게도 얘기한 적이 없다고. 자신의 아내나 아이들도 모른다며. 세 사람을 만나지 못했다면 평생 가슴에 묻어두었을 얘기라고 전제한 후.

초복은 병택 휘하의 군관이었다. 더 정확히 말하자면 병택의 부관副官이었다. 그러나 처음부터 병택 밑에 있었던 건 아니었다. 간수看守로 옥을 지키던 그가 하루아침에 병택의 부관이 된 것은 참으로 기묘한 인연 때문이었다.

국왕에게 대항하며 호동 왕자와 궁주와의 혼인을 반대하던 병택은 결국 옥에 갇히게 되었다.

궁주를 연모해 호동 왕자와의 혼인을 반대한다는 소문이 돌기 시작하더니 어느 순간 궁주와 밀애를 나눴었다고 바뀌는가 싶더니 궁주를 겁탈하려 했다는 말로 바뀌었다. 거기에다 부여나 백제와 내통하고 있거나 첩자일지도 모른다는 말까지 보태졌다. 한 마디로 누군가의 모함을 받고 있었다. 고구려에 빌붙어 있는 끄나풀이 낙랑 궁전에 똬리를 튼 채 병택을 모함하고 있었다. 그러나 그런 사실을 안 것은 한참 후의 일이었다. 진실을 알기 전까지 병택은 국왕과 왕실 모독죄에 반역죄까지 범한 죄인일 뿐이었다.

초복은 그런 것을 별 관심을 갖지 않았었다. 일개 간수인 그에게 그런 일은 머나먼 별에서 일어나는 일만큼이나 먼 세상의 일이었기 때문이었다. 가끔씩 다른 간수들이 입에 오르내리는 병택이란 이름 정도나 알고 있을 정도였다. 그랬는데 떠도는 소문이 거짓이 아니었는지 병택이 전격적으로 옥에 갇히게 되었다. 장군이 옥에 갇혔다면 분명한 혐의가 있다는 뜻이었고 국왕의 재가가 있어야 가능한 일이었기에 병택의 범죄 사실은 의심의 여지가 없었다.

병택이 옥에 갇혔다는 말을 들은 초복은 병택이란 작자의 얼굴을 보고 싶었다. 궁주를 겁탈하려 했고 조국을 배반한 인간은 과연 어떻게 생겼는지 그 낯짝이라도 보고 싶었다. 참수일이 오늘이 될지 내일이 될지 모른다는 소문에 초복은 병택이 갇혀 있는 옥으로 찾아갔다. 입을 봉한 채 일체 얘기하지 않고 버틸 뿐 아니라 물도 한 모금 안 마신다는 소문이 그를 더 자극했는지도 몰랐다. 뻔뻔하면서도 죄를 뉘우칠 줄 모르는 작자의 쌍판에 침이라도 뱉어주고 싶었다. 초복에게 조국은 목숨을 바쳐 지켜야 할 울타리이자 절대 무너트릴 수 없는 성이었다. 비록 일개 간수로 살고 있지만 조국이 없다면 그 무엇도 존재할 수 없다는 신념을 가지고 있었기에 조국을 배신하고 왕실과 궁주를 능욕한 작자를 그냥 둘 수가 없었다. 죽기 전에 뼈에 새길 만큼의 모욕과 고통을 주고 싶었다.

해서 병택이 옥에 갇힌 다음날 번을 서게 되자 만사를 젖혀두고 병택부터 찾아갔다. 병택은 옥 안쪽 벽에 붙어 가부좌를 틀고 앉아 있었다.

"퇴! 조국을 팔아먹은 놈이 어디서 꼿꼿하게 앉아 있네? 너 같은 놈은 갈가리 찢어 씹어 먹어도 시원찮은 놈이다."

초복은 다짜고짜 눈을 감고 있는 반역자에게 침을 뱉으며 욕을 해댔다. 그러나 죄인은 꿈쩍도 하지 않았다. 이미 다른 간수들에게 당할 만큼 당했는지 그 어떤 반응도 보이지 않았다.

"이런 개만도 못한 새끼. 개도 기런 딧은 안 할 거이다. 나라를 팔아먹은 것도 부족해 궁줄 겁탈하고 기걸 감튜려고 국가 대살 방해해? 기런 좆 대가리 한 번 보댜. 기 좆 대가리래 어뚷게 생겨먹었길래 기런 딧을 하는가 어디 둠 보댜고."

초복은 들고 있던 창을 옥살 안으로 집어넣고 흔들며 소리를 질렀다. 그러나 죄인은 꿈쩍도 하지 않았다. 창끝이 자신의 사타구니 가까이 갔는데도 아무런 반응을 보이지 않았다. 창끝이 자신의 사타구니를 찌르기를, 그 창끝에 고자가 되기를 바라는 사람처럼 가만히 있었다.

"법만 없고 왕명만 없었다믄 뎡말 콱! 불알을 까버리고 싶디만 기래도 장군이라고 기 어떤 가혹행위나 폭행을 금한 대왕의 명이 있어 기릴 수 없음이 한스러울 뿐이다."

초복의 이 말은 진심이었다. 왕명이 없었다면 그는 벌써 병신이 되었을 것이었다. 병택은 간수들이 싫어하는 죄인의 조건을 다 갖추고 있었다. 간수들은 간姦 자가 들어간 죄나 반역죄를 최악의 범죄로 규정하여 죄인을 못살게 굴고 폭행을 하곤 했다. 그런데 병택은 궁주를 겁탈하려 했고 반역죄까지 저질렀으니 간수들이 가장 증오하고 싫어하는 범죄자였다. 그런 죄수들은 간수들에게 '밥'이라 불리며 온갖 폭행을 다 당했다. 병신이 되거나 죽기까지 했다. 그래도 별달리 문제 삼지도 않았다. 간수들이 입을 맞춰 적당히 이유를 대면 상부에서도 적당히 눈감아주었다. 한 마디로 옥살獄殺을 얼마간 인정해주고 있었다.

대왕도 그런 사실을 알고 있었던지 병택을 옥에 가두면서 특명을 내려놓았다. 병택에 대해서는 그 어떤 가혹행위나 폭행을 금한다는 것이었다. 간수장이나 간수들은 그걸 궁주의 입장을 고려한 처사라고 생각하고 있었다. 궁주 마음의 상처를 덜어주기 위해서이거나 궁주가 연모했던 사람에 대한 배려라고. 또는 궁주와의 불미스러운 일이 확산되는 걸 방지하기 위한 것이라 판단했다. 그건 다른 죄수들과 합방시키지 말고 일반 죄수들과 분리된 옥에 혼자 가두라는 명에서도 알 수 있었다. 또한 간수 외에는 그 누구도 죄인 병택에게 접근하지 못하도록 했으니 간수들의 반감은 더욱 커져 있었고, 초복은 그 반감을 숨기지 않고 직접 표현한 것에 지나지 않았다.

초복이 죄인 병택을 자극했으나 어떤 반응도 보이지 않자 골이 났다. 아니, 약이 올랐다. 궁주 겁탈 미수에다 모반죄까지 지은 죄인이 너무나 당당하게 버티고 있는 게 아니꼽고 눈꼴 시렸다. 잘못했다고 빌거나 뉘우치는 빛이라도 보인다면 화가 가라앉았을지도 몰랐다. 그런데도 도도하고 뻔뻔하게 앉아있는 모습을 보자 화가 치솟아 올랐다. 생각 같아선 옥문을 열고 들어가 몽둥이찜질을 하거나 육횟감 다지듯 다져주고 싶었다. 그러나 자물쇠를 간수장이 지니고 있었고 죄인 몸에 상처도 낼 수 없는 상황이라 벨만 꼬였다. 해서 있는 욕 없는 욕, 자신이 알고 있는 온갖 쌍욕을 다한 후에 돌아서려니 더 화가 나서 견딜 수가 없었다. 욕을 하면 개운하기라도 해야 할 텐데 화만 더 치솟아 올랐다. 그런 놈을 그냥 놔두는 건 죄악처럼 여겨졌다.

그런데 마침 그때였다. 화를 돋운 뒤끝이라 그랬는지 문뜩 오줌이 마려웠다. 그와 동시에 한 가지 생각이 떠올랐다. 그게 죄인에게 상처를 입히지 않으면서 가장 치욕스럽게 할 수 있는 방법일 것 같았다.

"기래, 너 같은 놈은 내 오줌이나 먹고 살아라."

초복은 나가려던 몸을 돌려 바지를 까 내렸다. 그리고 자신의 양물을 최대한 높이 들어 죄인을 향해 있는 힘을 다해 오줌을 갈겼다. 그랬다고 오줌발이 죄인에게까지 미치지는 않았지만 통쾌하기는 했다. 죄인도 그런 초복의 행동에 깜짝 놀랐는지 초복을 빤히 쳐다보았다.

"왜? 내 좆 대가릴 보니 또 색욕이 동하네? 색욕이 동하믄 일루 오라. 내 좆 대가릴 너 놈 똥구멍에다 텨박아둘 테니낀, 이 인간 말종 새꺄!"

그러면서 오줌 한 방울까지 알뜰살뜰 옥문 안으로 털어놓았다. 언제 참수 당할지 모르지만 지린내나 실컷 맡으며 살게 하고 싶었고, 사람 이하로 취급함으로써 최소한의 죄책감이라도 느끼길 바랐다.

"기래, 앞으로 오줌이 마려우믄 올 테니낀 내 오줌 냄새나 실컷 맡다 둑으라. 기것도 대왕께서 봐둔 덕이니낀 성은에 감사하다 둑고."

그렇게 시작한 오줌 갈기기는 죄인이 석방되는 날까지 계속 되었다. 번을 설 때는 오줌을 최대한 참았다 죄인 앞에다 갈겼고, 오줌이 마려울 때마다 병택의 옥 앞으로 가서 쌍욕을 하며 오줌을 누었다. 옥은 측간이 따로 마련되어 있지 않아 늘 고약한 냄새가 났지만 초복이가 갈긴 오줌 냄새 때문인지 옥 안은 그 어느 때보다 고약하고 더러운 냄새가 났다. 그러나 초복은 그 냄새가 그 어떤 냄새보다 고소하기만 했다. 병택이 그 놈이 지금보다 더 지독한 냄새가 나는 지옥에 떨어지기만 빌고 있었으니까.

"기렇게 온갖 몹쓸 짓을 다하며 하루라도 빨리 참수되기만을 기다리고 있는데 덜컥 석방이 되는 게 아니겠소? 석방 되는 정도가 아니라 승차까지 해서 궁궐 경비대장으로 들어앉았으니 그때 내 가슴이 어쨌겠소? 허허!"

방어사는 아직도 그때 뛰던 가슴이 느껴지는지 가슴을 쓸어내리더니 앞에 놓인 잔을 홀짝 비웠다. 그 모습을 바라보던 광석 일행도 앞에 놓인 술잔의 술을 입에 털어놓았다. 가슴이 타는 것은 방어사만이 아닌 듯했다.

그런 그들의 마음이 짚히는지 방어사는 다시 입을 열어 병택과의 일을 끄집어냈다. 다시는 자신의 이야기에 공감하며 진심으로 들어줄 사람을 다시 만날 수 없을 것이라 생각하는지도 모를 일이었다. 그건 햇볕에 옷을 널어놓자 이가 따뜻한 곳을 찾아 솔기 밖으로 스멀스멀 기어 나오는 것처럼 너무나 자연스러운 것이라 할 수 있었다. 세 사람은 방어사의 가슴 깊이 숨어있던 이를 밖으로 기어 나오게 하는 햇볕의 조건을 다 갖추고 있었다. 병택 군사를 잘 알고 있는 사람을 다시 만난다는 건 어쩌면 불가능할지도 모르기에.

"기 장군께서 날 부를 날이 오늘일까 내일일까 전전긍긍하고 있자니 마침내 궁에서 날 부른다고 하더만. 이제 죽었구나 싶었지요. 아니, 궁으로 끌려가느니 차라리 죽고 말자고 생각했지요. 그런 내 마음을 미리 읽기라도 했는지 나를 보더니 경비대원들이 다짜고짜 포박하고 입에 재갈까지 물려버리는 게 아니겠소?"

방어사의 이야기가 다시 시작되자 앞에 앉은 세 사람은 일체의 행동을 멈추고, 숨소리마저 낮추며 귀를 기울였다. 원래 술이 센 건지 긴장감 때문인지 몰라도, 술을 제법 마셨는데도 세 사람은 말짱해 보였다. 그건 방어사도 마찬가지인 듯했다. 평생 가슴 속에만 간직할 줄 알았던 이야기를 털어놓게 되니 마음이 홀가분해지면서 술기운마저 다 빠져나가는 모양이었다.

경비대장실에 도착하자 경비대장이 기다리고 있었다. 그를 보자 갑자기 오줌이 마려웠다. 하여 몸을 움찔거렸다. 요의를 참기 위한, 부지불식간에 보인 몸의 반응이었다. 그러자 경비대장이 소리를 질렀다.

"날 보니 또 오줌이 마렵네? 싸고 싶으믄 싸라. 아니, 갈기라. 한 두 번 당한 일도 아니닪네?"

경비대장이 놀리듯 뱉었다. 초복이 자신 앞에서 오줌을 갈길 때보다 더 통쾌한 듯했다. 그러더니 좌우에 서있는 병사들에게 명했다.

"재갈을 벗기라. 무슨 말을 하는디 들어보자."

그 말에 병사 하나가 재빨리 재갈을 풀었다. 그와 거의 동시에 경비대장이 물었다.

"왜 끌려왔는디 아네?"

"⋯⋯."

"기럼 왜 끌려왔는디도 모른 태 끌려온 거네?"

"기건 아닙네다."

"기럼 안다는 말인데?"

"기렇습네다."

"기럼 왜 끌려왔는디 말해보라."

"경비대장께 몹쓸 딧을 했기 때문입네다."

"몹쓸 딧이라니? 구체적으로 말해보라."

"경비대장께 오듐을 갈기며 욕보였기 때문입네다."

"틀렸다."

"……?"

"틀렸다디 않느냐? 다른 이율 대보라."

"기, 기럼 경비대장께 온갖 쌍욕을 해댔기 때문입네다."

"기것도 아니다."

"기럼 먹을 것도 제대로 안 듀믄서 온갖 악담을 했기 때문입네다."

"기것도 틀렸다."

"이것도 틀렸다, 뎌것도 틀렸다, 말장난하디 말고 날래 듁이시라요."

"듁을 각온 돼 있다는 말이렷다?"

"기거야 디은 죄가 있는데 어띠 살길 바라갔습네까? 또한 도마에 올른 괴기가 칼 맛 소금 맛 안 보려하믄 말이 되갔시요?"

"디은 죄가 대톄 뭔디도 모르면서 뭔 죌 디었다는 거네?"

경비대장은 초복을 놀리고 있음이 분명했다. 그렇지 않다면 굳이 말장난을 할 이유가 없었다. 잡은 쥐를 앞에 놓고 날카로운 발톱으로 쥐의 머리통을 콕콕 쥐어박는 고양이나 다름없었다.

그러자 초복은 마침내 결단을 내렸다. 살아서 여길 빠져나갈 수 없을 바에야 조금이라도 빨리 죽고 싶었다. 죽어서라도 이 자리에서 얼른 벗어나고 싶었다. 하여 마지막 말을 준비했다. 옥에서야 자기 처지가 있어 초복에게 어떤 반응도 보이지 않았지만 지금은 하룻강아지를 앞에 놓고 장난치는 범인만큼 조금만 자극을 주거나 모욕을 주면 바로 이빨을 드러낼 테니 그러기로 마음먹었다. 해서 대차게 대답했다.

"이럴 듈 알았으면 왕명이고 뭐고 다 무시하고 기때 때려듁였어야 했는데 기러디 못한 게 후회스러울 뿐이요."

그러자 경비대장이 반응을 보였다. 그런데 그 반응이 예상 외였다. 껄껄껄 웃더니 목을 다듬은 후에 말했다.

"기래, 기게 정답이다. 국가에 반역하고 궁주까디 겁탈하려 했던 죄인을 기렇게 증오하믄서, 너의 말마따나 대왕과 국가에 대한 충성심이 불타고, 불의를 보믄 그냥 넘기디 못하믄서 왜 나같은 중죄인을 듁이디 않았느냐? 기게 바로 너의 달못이댜 죄다."

"아무리 기래도 왕명을 어띠 어긴단 말이요. 비록 옥졸로 말직중의 말직이디만 왕명을 어기는 건 불충이기 때문에 듁이디 못했소."

"기건 핑계일 뿐이다. 전장의 장수는 왕명을 거역할 수도 있다 했다. 기런데 넌 왕명만 생각했디 상황을 고려하딜 못했다. 기때 날 듁였어야 진정한 충이었단 말이다. 기랬다믄 이런 상황도 없었을 테니긴. 뱀을 듁일 땐 머리부터 꼬리까디 완전히 아작을 내야디 어설프게 듁였다간 뱀 독에 되려 당하디. 딕금이 바로 기런 상황 아닌가? 안 기래?"

"기렇다믄 기때 듁이디 못한 게 한스러울 뿐이요."

초복이 이를 바드득 갈며 말을 뱉어냈다. 처음 잡혀왔을 땐 두려움에 오줌이 마려웠다면 이젠 진짜 경비대장에 대한 적의가 오줌으로 나오려는지 참기 힘든 요의가 밀려들었다. 그래서 다시 한 번 몸을 부르르 떨지 않을 수 없었다.

"기럼 돟다. 포승을 풀어듈 테니 어디 한 번 해보라. 포승도 풀어 듀라."

"대장! 기건……."

뒤에 있던 누군가가 말리려 했다. 그러자 경비대장이 그를 막았다.

"아니, 됐다. 시키는 대로 하라."

잠시 머뭇거리는가 싶더니 병사 하나가 포승줄을 풀어주었다. 그러자 경비대장이 칼걸이에 걸어두었던 칼을 내리더니 초복 앞으로 다가와 넘겨주었다. 그러고는 한 발 뒤로 물러서며 말했다.

"댜, 여기 서 있을 테니 시작하라. 대신 기회는 한 번뿐이다. 옥에서 날 듁일 기휜 이미 놓텼고, 마디막 기회니 더 이상 기휜 없다. 알갔느냐?"

경비대장이 씨부렁거렸지만 초복의 마음은 이미 정해져 있었다. 자기 칼솜씨로 경비대장을 공격하여 죽일 수는 없을 것이었다. 그러니 경비대장을 공격하기보다 자결하는 것이 이 기묘하면서도 부끄럽고 후회스러운 자리를 일각이라도 빨리 정리하는 길이었다. 그 외에 여기서 빠져나갈 방법은 없었다. 하여 칼을 뽑는 즉시 자신의 심장을 찌를 생각이었다.

초복은 눈앞에 있는 칼을 노려보았다. 팔만 뻗으면 잡힐 거리였다. 그리고 경비대장은 그 칼에서 두 발 정도 떨어져 있으니 빨리만 움직인다면 자결할 수 있을 것 같았다.

계산을 마친 초복은 길게 숨을 내뿜었다. 마지막일지도 모르는 숨은 보통 때보다 길고도 거칠었다. 뭔가가 폐를 찌르는지 미약한 통증마저 느껴졌다. 숨을 다 내뿜었다 싶자 이번에는 천천히 숨을 들이마셨다. 그렇게 숨이 다 들어차자 숨을 멈췄다. 그리고 재빨리 칼을 뽑아 자신의 심장을 향해 깊숙이 찔렀다.

그러나……

이놈이! 소리와 함께 칼은 바닥에 떨어졌고 그와 동시에 다시 묶어라 소리에 병사들이 달려들어 초복을 꽁꽁 묶어 버렸다. 삼시간에 일어난 일이라 초복은 다른 행동을 전혀 할 수가 없었다.

"네 이놈! 어띠 이리 비겁하네? 내가 옥에 갇혔을 땐 혼차 나라 걱정을 다하고 대왕에 대한 충성심에 불타는 듯하더니 비겁하게 혼차 듁으려 하다니 말과 행동이 뎐혀 안 맞디 않네? 기럼 나 앞에서 떠들었던 말은 다 헛소리였단 말이네?"

"왜 이릏게 비참하게 만드는 거요? 기냥 듁게 해듀시요. 부탁이요."

"만약 너와 같은 마음이었다믄 나도 옥에서 자살했어야디. 수단과 방법을 가리디 말고. 너한테 기런 수모와 치욕을 다 겪으면서도 내가 버틴 이유가 뮌 둘 아네? 바로 네 놈 때문이었다. 네 놈이 하는 말 한마디 한마디가 내 가슴을 후비다 못해 어떻게든 살아 대왕과 나라의 은혜를 갚고 말갔다고 다짐하게 했다. 그래서 난 네 놈을 은인이라 생각하고 불렀는데 네 놈은 날 옹졸한으로 생각하고 있으니 어띠 너와 뜻을 나누갔느냐? 가라. 입으로 충을 떠드는 놈보다 오줌을 갈기며 행동하는 놈이 필요해 불렀는데 네 놈도 입으로 충을 떠드는 놈일 뿐이었어. 썩 꺼디라. 기 놈 풀어듀고 당장 이 방에서 내쫓아 버리라."

그러더니 아직 분이 덜 삭은 숨소리로 바닥에 떨어진 칼을 집으려 하는지 몸을 숙였다. 바로 그 순간, 초복은 자신도 모르는 새에 엉뚱한, 그야말로 한 번 생각해 보지 않았고 생각할 수도 없는 말을 뱉고 말았다.

"기럼, 장군을 모함해 옥에 가둔 이들을 듀일 기휠 듀시구래. 장군을 듀이딘 못 했디만 그들을 듀일 기휠 듀십시요."

그러자 경비대장이 숙였던 몸을 일으키며 받았다.

"탐말이네? 이번에도 말뿐인 말은 아니갔디?"

"기렇습네다. 방금 듀었다 다시 살아난 놈이 어띠 헛소릴 하갔습네까? 믿어듀십시요."

자신도 모르는 새에 나오는 말을 하다 보니 자신 속에 감춰져 있던 게 무언지 비로소 분명해지기 시작했다. 불의에 대한 저항심, 배은망덕에 대한 증오, 권모술수에 대한 적개심이었다. 경비대장은 이미 그걸 읽고 자신을 불렀는데 자신은 그걸 미처 깨닫지 못했던 것이었다.

9

"그렇게 해서, 기게 인연이 되어 병택 장군을 모시게 됐지요. 병택 장군의 부관으로 늘 곁에서. 그러니 병택 장군은 생명의 은인이자 아버지 같은 분이시지요."

방어사는 병택 군사를 생명의 은인이자 아버지 같은 분이라고 정의하고 있었다. 그 말에 광건의 머릿속에 을지광 대로의 모습이 떠올랐다.

두 분은 전혀 다른 분인데 한 분으로 느껴지는 건 아무래도 두 분의 심성과 행했던 일이 같기 때문일 것이었다. 병택 군사가 태자도에 들어온 지 얼마 되지 않았고, 그 분과 별다른 교류가 없어 그 분을 잘 몰랐었는데 방어사의 얘기를 듣고 있자니 병택 군사의 인품이 보이는 듯했다. 그래서 태자도로 돌아가면 깍듯한 예로 그 분을 모시기로 다짐했다. 그런 생각을 하고 있자니 훌쩍 자신들 곁을 떠나버린 을지광 대로가 다시 그리웠다. 그렇게 방어사의 얘기를 들으며 광건은 병택 장군과 을지광 대로를 동시에 생각하고 있었다.

여름밤은 깊어가고 있었다. 그러나 더위는 느껴지지 않았다. 시원한 공기가 열어놓은 창을 넘고 있었기 때문이라기보다 방어사의 이야기가 더위를 느낄 수 없을 정도로 사람을 빨아들이고 있었기 때문이었다. 술을 꽤 마셨는데 취기가 오르지도 않았다. 좋은 안주 때문이기도 하겠지만 술과 함께 어우러지는 방어사의 얘기가 너무 감동적이어서 그런지도 몰랐다. 방어사의 얘기는 그만큼 광건의 마음을 적시고도 남았다.

"병택 장군 같은 분을 곁에서 모시고 살았던 날은 내 인생에서 가장 행복했던 한때였지요. 말단 옥졸에 불과했던 날 군관으로 임명하여 부관으로 삼는 것으론 부족했는지 글까지 가르쳐주셨지요. 남들 눈이 있어 영내에선 힘들다고 판단하셨는지 집으로 불러서. 그런데 지금 생각해보면 기건 글을 가르쳐주기 위해서라기보다 혼자 생활하는 내가 끼니를 거를까봐, 밥이라도 제때 먹이려고 그랬던 것 같아요. 기래서 그땔 생각하면 지금도 행복한 미소가 그치질 않고요."

애기하며 수염을 쓸어내리는 방어사의 손길은 그날의 따뜻한 체

온을 다시 느끼기 위한 것처럼 보였다. 아니면 병택 군사가 평소 했던 버릇을 따라 하는지도 모르고. 그만큼 그의 행동 하나하나엔 어떤 의미가 담겨 있는 것처럼 느껴졌다.

"그런데 그런 날이 길지는 못했지요. 길지 않았기 때문에 더 사무치는지도 모르지만, 더 큰 이유는 뜻밖의 망국 때문인지도 모르지요. 다 알고 있겠지만 임진년壬辰年에 자명고각을 무력화시킨 고구려가 우리 낙랑을 급습했고, 우린 손쓸 틈도 없이 항복할 수밖에 없었으니깐. 어찌 그런 일이 있을 줄 알았겠소? 부끄러운 일이지요. 암, 부끄러운 일이고말고. ……그렇게 우린 뜻하지 않게 나라를 잃었고, 서로 헤어졌지요. 그리고 오늘까지 병택 장군이 죽은 줄만 알았고. 그런데, 뜻하지 않게 세 사람을 만나 장군 소식을 듣자, 잊어버린 줄 알았던 과거가 떠오르는 걸 보면 사람이란 참……."

여기까지 얘기한 방어사는 잠시 숨을 고르며 생각을 정리하는 것 같았다. 그윽했던 방어사의 눈이 천장을 향한 건 아무래도 눈에 고이는 눈물을 감추기 위함인 것 같았다. 고생이라곤 모르고 살았을 듯한 얼굴과 몸집에 그렇게 많은 사연을 담고 있듯, 호수처럼 맑은 눈 속엔 깊이도 알 수 없는 눈물이 가득 고여 있는 것처럼 느껴졌다. 망국인으로서, 남의 나라에서 방어사가 될 때까지 얼마나 많은 눈물들을 모아왔겠는가. 광건으로서는 짐작도 못할 눈물이 고여 있을 것이었다. 그리고 보면, 방어사는 무장보다는 이야기꾼에 어울릴 눈을 가지고 있었고, 그의 눈은 이야기를 듣는 사람들이 빠져들기 좋은 호수와 같아 보였다.

병택 장군의 배려와 도움으로 부관이 된 초복이 병택 장군의 은혜를 갚기 위해 분골쇄신 하고 있자니 어머니가 몸져누웠다는 전갈이 당도했다.

소식을 들은 초복은 안절부절 못했다. 시골에서 사람을 사서 소식을 전할 정도라면 그만큼 위중하다는 뜻이었다. 그렇다고 자리를 비울 수도 없었다. 그때 초복은 병택 장군의 밀명을 수행 중이었기 때문이었다. 이러지도 저러지도 못해 냉가슴을 앓고 있으려니, 하루는 병택 장군이 불렀다.

"부관! 자네 요좀 뭔 일이 있네?"

"아, 아닙네다. 아무 일도 없습네다. 긴데 기건 왜 갑재기?"

"긴데 왜 안색이 안 똫고 안절부절 못하나? 나한테 숨기는 거라도 있네?"

"어, 없습네다. 소관이 어띠 대장께 숨기는 일이 있갔습네까?"

"기래? 기럼 자네 오마니께서 몸져누웠다는 말은 뭔 말이네?"

"예? 기, 기걸 대장께서 어케?"

"왜? 부관인 자네에게 일어나는 일을 내가 모를 둘 아네? 사람이 궁궐 앞까지 자넬 탖아 왔다갔는데? 자네한테 귀가 열이라믄 나에겐 귀가 백 이상일세. 기 정도 귀가 없이 어띠 궁궐을 디킬 수 있갔네?"

"……."

초복은 할 말이 없었다. 병택 장군의 말마따나 궁궐 경비대장은 궁궐 경비를 담당하는 외에 수많은 첩자와 세포들을 거느리고 있는 정보통이 아닌가. 그런 그가, 사람이 궐문 앞까지 찾아와 모친이 병중에 있다는 소식을 전하고 갔는데 모를 리가 없었다. 궐 안팎에 그의 눈과 귀가 있음을 간과한 것이었다.

"집에 다녀오게."

"예? ……이렇습네다. 소관이 맡고 있는 사람들이 있디 않습네까?"

"자네 없다고 경비대가 마비되갔네? 다른 사람 시킬 테니 다녀오게. 몸은 여 있디만 마음은 고향집에 가 있는 사람한테 무슨 일인들 맘 놓고 맡기갔네? 기러니 하루라도 빨리 갔다 와서 맡은 일에 충실하게."

"기, 기렇디만……."

"어허! 자네 없어도 경비댄 돌아간다 하디 않았네. 기러고 간 김에 고구려와 인접한 군郡의 상황도 둠 살펴보게. 고구려군이 움딕일래믄 제일 먼뎌 변방에 있는 태수들을 포섭하거나 매수하디 않갔나? 기게 자네에게 새로 내리는 명일세."

경비대장의 명에 초복은 군례 대신 고개를 숙여 인사를 했다. 생각 같아선 큰절이라도 올리고 싶었다. 세세한 것까지 살펴 섬세하게 배려하는 경비대장에겐 그것도 모자랄 것이었다. 그렇지만 사석이 아니었고, 더군다나 궁 안이라 큰절을 할 수는 없었기에 큰절을 대신해 공손하게 고개를 숙였던 것이었다.

그런데 그게 마지막이었다. 초복이 고향인 싸릿골을 향해 지름길인 산길을 달려가고 있을 즈음 고구려군은 도성을 향해 달려가고 있었던 것이었다. 그리고 초복이 고향집에 닿기도 전에 낙랑은 반나절 만에 항복기를 내걸어야 했고.

초복이 고향집에 도착해보니 어머니는 숨만 붙어 있을 뿐 그렇게 기다리던 막내아들의 얼굴도 알아보질 못했다. 그런데도 의원 한번 찾아보지 못했다고 했다. 가난이 죄였다. 가난한 사람은 병에 걸릴 자유마저 없질 않은가. 가난한 사람에게 병은 곧 죽음이었기에. 그러나 초복은 어머니를 그렇게 보낼 수가 없었다. 회생시키지 못한다면 최소한 자신의 모습만이라도 알아볼 수 있게 하고 싶었다. 그렇게도 바라던 군관복軍官服을 입은 자신의 모습을 어머니께 보여드려야 어머니를 보내드릴 수 있을 것 같았다.

초복은 급히 의원을 불러다 어머니 상태를 확인하게 했다. 진맥을 마친 의원은 고개를 저었다. 숨이 붙어 있는 게 신기할 정도라고, 기맥이 다 빠져나갔다고 했다. 막내아들이 올 때까지 기다렸던 모양이라는 말까지 했다. 그리고……. 의원이 말이 거짓이 아님을 증명이라도 하듯 어머니는, 거짓말처럼, 초복이 도착한 그날 밤에, 숨을 거두고 말았다.

어머니 상을 치룬 초복은 떨어지지 않는 발길을 돌렸다. 아무리 상중이라 해도 국경지대에 있는 군현의 상황을 살피고 오라는 경비대장의 명을 수행해야 했기 때문이었다. 경비대장은 가볍게 얘기했지만 상을 치러야 할지도 모르는 초복에게 그런 명을 내렸다는 것은 그만큼 시간이 촉박하다는 뜻이었다. 그러니 국가의 녹을 먹는 자로서의 의무가 자식의 의무보다 중할 수밖에 없었다.

그런데……

국경지대인 입기현(入岐縣. 낙랑으로 들어오는 고개가 있다고 붙여진 명칭. 속명은 들고개)으로 가던 초복은 도저히 믿을 수 없는 광경을 목격했다. 고구려군이 낙랑의 관리들이며 장수들을 끌고 가고 있었다. 잘못 봤을 거라 생각하고 길가에 몸을 숨긴 채 살펴보니, 끌려가는 사람들은 분명 낙랑의 관리들이며 장수들이었다. 얼굴이며 이름까지 익은 사람도 섞여 있었다.

초복은 눈을 의심하지 않을 수 없었다. 자신이 도성을 비운 게 열흘 남짓이었다. 하루 만에 고향에 달려왔고, 5일장을 치르고, 삼우제를 지내고 길을 나섰으니 말이다. 그런데 그 사이에 무슨 일이 있었기에 관리들이며 장수들이 잡혀가는지 알 수가 없었다.

초복은 길을 버리고 산길로 말을 몰아 행렬의 앞쪽으로 달려갔다. 꼭 확인해야 할 게 있었다. 대왕과 왕비, 갓난 왕자와 궁주들도 같은 신세인지 확인해야 했다.

"아닐 게야. 아니고말고……."

초복은 온몸을 옥죄여오는 불안감을 떨쳐내려고 자기주문을 걸었다. 제발 아니기를 바라며 바람을 갈랐다.

그렇게 국경 부근의 산마루에서 국경을 내려다본 초복은 하늘이 무너지는 듯했다. 정확히 보이지는 않았지만 대왕과 왕비, 궁주와 왕족들로 보이는 사람들이 이미 국경을 건너 고구려로 멀어지고 있었다.

"아니, 어뜧게, 어뜧게 이런 일이……."

말이 제대로 생각나지 않았다. 머리까지 휑 비워져 버리는 듯했다.

말에서 내린 초복은 가슴을 치며 울었다. 그러나 소리마저 낼 수 없는 상황이라 속울음을 우는 수밖에 없었다. 소리마저 낼 수 없는 울음은 가슴을 꽉 막았다. 가슴 위에 무거운 것이 얹힌 것처럼, 모든 숨길이 무엇에 막힌 것처럼 숨마저 제대로 쉬기 어려웠다. 어머니를 잃고서도 보이지 않았던 눈물이 하염없이 흘러나왔지만 가슴은 답답하기만 했다.

한참 동안 속울음을 운 초복은 마침내 일어섰다. 그리고 멀어져가는 대왕을 향해 세 번 큰절을 올렸다. 그리고 바로 말 위에 올랐다.

도성을 떠나올 때 강상군(江上郡. 청천강 위쪽에 있는 현이란 뜻)

태수의 동태를 특별히 잘 살펴보라던 경비대장의 말이 떠올랐고, 고구려군이 이 길을 이용하고 있다면 더이상 확인할 필요가 없었다. 강상태수와 입기현령이 고구려에 포섭됐거나 매수됐음이 분명했다. 그렇다면 태수와 현령을 그냥 놔둘 수가 없었다. 그들은 매국노였다. 그러니 그들을 살려두는 것보다 더 큰 수치는 없을 것이었다.

먼저 현령을 처치한 후 태수까지 없앨 결심을 하고 초복이 몸을 돌리려던 찰나였다. 언뜻 낙랑군 고위 무관복이 눈에 띄었다. 말에 오르려던 초복은 다시 몸을 낮춰 고위 무관복을 한 이를 살폈다. 복색으로 보거나 거느리고 있는 군사들을 보니 태수가 분명해 보였다. 말을 탄 채 거들먹거리는 품이 포로들을 끌고 가는 고구려군을 전송하고 돌아가는 길인 모양이었다.

"원수는 외나무다리에서 만난다더니……."

초복은 이를 갈며 태수를 노려보았다. 그러나 태수 주위에 군사들이 많아 섣불리 공격했다간 오히려 초복이 당할 수 있었다.

초복은 뻗쳐오르는 화를 누르며 생각에 생각을 거듭했다. 일격에 태수를 죽이고 도망치지 못하면 자신이 위태로울 것이었다. 그러니 일도필살一刀必殺의 방법을 찾아야 했다. 그 방법을 찾기 위해 고심하고 있자니 어느 새 태수 일행이 초복이 몸을 숨기고 있는 산마루를 오르고 있었다.

그런데……

하늘도 무심하지 않은지 군사들 대부분은 무장을 하지 않은 상태였고, 무장을 한 사람들은 태수 주변의 넷뿐이었다. 고구려군이 모든 군사들을 무장 해제시키면서도 태수 보호를 위해 호위무사들에게만 무기를 소지하게 한 모양이었다.

무장한 사람이 넷이라면 한 번 해볼 만했다. 병택 장군으로부터 전수받은 검술이 무르익지는 않았지만 넷 정도는 상대할 수 있을 것 같았다. 거기에다 지형지물을 잘 이용하여 측면을 공격한다면 적의 저항을 줄일 수 있을 것인데, 지금 초복이 있는 곳이 마침 비탈길이라 측면을 공격한다면 그 효과는 더 클 것이었다. 그러니 태수 일행이 비탈길을 벗어나기 전에 공격을 해야 했다.

계획이 선 초복은 산의 모양을 둘러보았다. 조금만 내려가면 완만한 경사지였고, 그 경사지를 이용하여 측면을 급습하면 될 것 같았다. 초복은 말을 끌고 왔던 산길을 따라 되돌아가기 시작했다. 그리고 점찍어둔 자리에 이르자 몸을 낮춘 채 태수 일행이 지나가기를 기다렸다.

태수 일행이 산을 넘어 비탈길을 내려가기 시작하자 초복은 말에 올랐다. 주인이 등에 오르자 말은 달리려고 땅을 차기 시작했다. 그러나 초복은 말 목을 두드리기도 하고 쓰다듬기도 하면서 말을 진정시켰다. 그리고 드디어 태수 일행이 초복 앞을 지나려는 순간 초복은 고삐를 느슨하게 풀어주며 말 허리를 발로 두드렸다.

안 그래도 달리고 싶어 안달하던 말이 온힘을 다해 내달렸다. 왼손에 말고삐를 잡고, 오른손에 칼을 든 채 1백여 보를 달려 태수 앞에 닿자 초복은 호위무사를 향해 칼을 우에서 좌로 그었다. 그러자 호위무사가 칼을 세워 막았다. 팔에 묵직한 통증이 일 정도로 칼과 칼이 부딪히자 호위무사의 칼이 팅겨져 나갔다. 그 틈을 놓치지 않고 초복은 태수를 향해 좌에서 우로 그어 올렸다. 다시 묵직한 통증이 일었고, 태수는 악! 소리와 함께 말에서 떨어졌다. 그걸 본 초복은 말고삐를 좌로 틀었다. 태수 후방에서 호위하던 무사가 덤벼들었기 때문이었다. 그와 맞붙어 싸우기 시작하자 나머지 호위무사 둘도 덤벼들었다. 그러나 무장하지 않은 나머지 군사들은 뿔뿔이 흩어져 도망치기 시작했다.

셋과 어우러져 수십 합을 버티던 초복은 군사들이 흩어진 틈을 노려 도망치기 시작했다. 세 명과 싸우는 것도 버거운데 칼을 놓친 호위무사까지 합세하자 힘겨웠다. 그리고 칼을 맞은 태수가 꼼짝도 않는 것으로 보아 단칼에 숨이 끊어진 모양이었다. 그러니 목표는 충분히 달성한 셈이었다.

초복은 있는 힘을 다해 도망쳤다. 입기현은 자신의 고향이라 지리도 익었고, 어디로 도망치는 게 가장 효과적인지도 아는 만큼 퇴로는 이미 열려 있는 것이나 다름없었다. 호위무사들이 욕을 해대며 쫓아왔지만 들은 체도 않고 말을 몰았다. 궁에서 사육한, 나라 안에서는 제일가는 군마인 만큼 말도 제값을 톡톡히 해줄 것이라 믿고 달리고 또 달렸다.

"그렇게 강상태수를 죽이고 도망은 쳤지만 사지를 벗어나자 갈 곳이 있어야지요."

난감했던 당시 정황이 떠오르는지 방어사가 미간에 주름을 세우며 한숨을 내쉬었다. 광건도 도망쳤던 경험이 여러 번 있었기에 그 말이 가슴에 와 닿았다. 그래서 자신도 모르는 새에 고개를 끄덕이고 말았다. 어떤 나무인들 비바람과 눈보라 안 맞으랴마는, 곧게 뻗어 있어 그런 시련을 겪지 않았을 것이라 여겼던 방어사에게 그런 아픔과 시련이 있었다는데 놀라지 않을 수 없었다.

하기야 낙랑유민이었다는 말을 듣는 순간 말로 못할 아픔이 있었을 것이라 짐작은 하고 있었다. 그러나 동안童顏에다 단정하고 품위 있는 모습을 봐서는 그런 시련을 모르고 산 사람처럼 여겨졌다. 그런데 방어사의 얘기를 들을수록 그가 대단해 보였다. 나무는 자신이 겪은 시련을 나이테로 단단한 껍질 안 속살에 숨겨 놓는다고 했다. 그런데 그는 시련과 아픔들을 부드러운 인상으로 감추고 거북이 등껍질보다 딱딱하고 선명한 아픔테를 가슴 속에 숨기고 있었던 셈이었다. 그 아픔테를 안에다 아로새기면서 밖으로 드러내지 않게 위해 그간 얼마나 많은 시간 동안 뼈를 깎았을까 싶자 다시 한 번 그를 우러러 보지 않을 수 없었다.

그래서였을까? 조용히 듣기만 하던 광석이 드디어 입을 열었다.

"기런 아픔이나 시련을 겪고도 어찌 이리 온화하고 부드러운 인상을 가디고 계십네까? 소인으로서는 감히 상상도 못하갔습네다."

광석도 광건과 비슷한 생각을 하고 있었던지, 광건의 말을 대신하고 있었다. 그러자 방어사가 껄껄 웃으며 대답했다.

"강하게 보이믄 생존할 수 없으니깐 부드러운 인상을 보호색으로 가졌겠지요. 타국에서 살아남기 위한 전략이라고나 할까? 타국에서 강하게 보인다는 건 결코 장점이 될 수 없는 거 아니겠습니까?"

그러더니 광석 일행에게 술잔을 권하고 나서 자신도 한 잔 마셨다.

10

맨주먹은 방어사의 얘기를 알아듣기 힘들었다.

많은 곳과 나라를 다녀봤지만 방어사처럼 높은 벼슬아치를 만나는 것도 처음이었고, 그런 사람과 마주앉아 얘기를 나누리라고는 생각조차 해보지 않았다. 그런데 뜻하지 않게 방어사와 자리를 함께 하게 됐고, 방어사의 얘기를 듣고 있었지만 맨주먹이 이해하기 힘든 것들이 많았다.

특히 거대한 조직인 나라와 관련된 일들이나 그와 관련된 대왕이니 장군이니 대장이니 하는 관직, 군이네 현이네 하는 조직과 태수니 현령이니 하는 게 의미하는 게 뭐고, 어떤 조직이고 사람인지 알 수가 없었다. 묻고 싶었지만 그럴 수는 없었다. 광건과 광석도 숨죽인 채 듣고 있었고, 특히 이야기에 끼어들 것 같은 광석마저도 다소곳이 듣고 있는데 자신이 나서서 이야기의 흐름을 끊을 수가 없었다. 감히 방어사 앞에서 그럴 용기가 나지 않았고, 그건 방어사나 광건·광석 형제에 대한 예의가 아닐 것 같았다. 하여 궁금하고 답답했지만 가만히 듣고만 있었다. 바짝 긴장한 채, 자신이 동원할 수 있는 지식과 상상력을 총동원하여 이해해보려고 노력하면서. 그러다 보니 차츰 귀가 열리기 시작했고, 방어사가 탈출하기 위해 바닷가로 달려간 얘기를 할 때부터는 자신이 알아들을 수 있는 얘기였기에 더 관심을 가지고 들었다.

"백제와 무슨 인연이 있었던지, 바다를 디키며 살 운명이었던지, 무작정 바닷가로 달렸지요. 이제 낙랑은 고구려군이나 그 앞잡이들에게 점령당했을 것이라고 판단하고 바닷길을 이용해 탈출할 생각으로."

방어사가 다시 이야기를 시작했다. 그윽하게 울리는 목소리로. 가슴속에 묻어둔 얘기라 그런지 과거 얘기는 동굴 속에서 울려나오는 소리인 듯 그윽하면서도 낮게 울렸다. 과거란 그런 울림 속에 있는 것인지, 그 울림이 과거를 들춰내는지는 모르지만 그의 이야기에는 묘한 울림이 있었다.

"그렇게 말을 몰아 바닷가로 달려갔으나 바닷길을 이용하는 일도 만만치가 않았지요. 피란민들이 바닷가를 메우고 있었으니까요."

바닷가는 피란민들로 뒤덮여 있었다. 어디서 온 사람들인지, 낙랑에 그렇게 많은 사람들이 살고 있었다는 사실이 믿기지 않을 정도였다.

피란민들은 대부분 맨몸이었다. 변변한 옷가지도 챙기지 못한 채 몸만 빠져나왔는지 피란민들의 꼴이 말이 아니었다. 남부여대男負女戴란 그래도 마음의 여유가 있을 때 얘기지 너무나 순식간에 당한 일이라 이고 질 틈마저도 없이 몸만 빠져나온 듯했다. 그런 그들이 살기 위해, 살아남기 위해 발버둥 치는 바닷가는 그야말로 전쟁터였다. 상황이 그러다보니 초복은 그나마 사정이 나은 편에 속했다. 맨몸으로 달려오긴 했지만 말을 가지고 있었고 병택 장군이 준 여비도 가지고 있었으니까.

바닷가에 도착한 초복은 바로 배를 수소문하기 시작했다. 그러나 배를 구할 수가 없었다. 먼저 당도한 사람들이 벌써 배를 타고 떠났고, 떠난 배는 아직 돌아오지 않은 상태였다. 어쩌면 다시 돌아오지 않을지도 모른다고 했다. 사공인들 멸망한 낙랑으로 돌아오겠냐는 것이었다.

초복은 초조했다. 고구려 앞잡이였던 강상태수를 척살했으니 태수 졸개들이나 빌붙었던 놈들, 고구려군이 가만히 있지 않을 것이었다. 끝까지 쫓아오지는 않았지만 호위무사들은 초복이 도주한 곳을 알고 있으니 어떻게든 찾아 나설 것이고, 벌써 찾아 나섰는지도 모를 일이었다. 그러니 일각이라도 빨리 도망치는 게 상책이었다. 그러나 방법이 없었다. 배가 없는 한 바다를 건널 수가 없으니까.

그렇지만 어떻게든 빠져나갈 방법을 찾아야 했기에 초복은 남포(南浦. 청천강과 바다가 만나는, 현재 남포항 부근) 주변을 돌고 또 돌았다. 그러나 별 뾰족한 수를 찾을 수 없었다. 더군다나 바람과 파도가 세지는 겨울에 접어들고 있어 설혹 배가 있다 해도 배를 띄울 사공이 있을지 모르겠다고 했다.

평생을 남포 해안에서 살았다는 노인을 만난 후 허탈하게 발길을 옮기고 있을 때였다. 댑으라!는 외침소리에 소리 나는 쪽으로 고개를 돌리니 세 명의 남자들이 예닐곱 살 난 사내애를 뒤쫓고 있었다. 그 뒤에는 허청거리는 몸으로 한 여자가 뛰어오고 있었고. 아무래도 사내애가 여자의 물건을 훔쳐 달아나자 사내들이 녀석을 쫓는 모양이었다. 초복은 가던 길을 멈추고 사내애가 달려오는 쪽으로 몸을 돌렸다. 그리고 녀석이 곁을 지나기를 기다렸다가 뒷목 깃을 낚아챘다.

"네 이놈! 어딜 도망갈래고?"

그러자 녀석이 몸을 비틀며 초복의 손아귀에서 벗어나려고 발버둥 쳤다. 그럴수록 초복은 녀석이 캑캑댈 정도로 옷깃을 잡아 올렸다. 드디어 사내들이 당도하자 녀석은 일체의 반항을 포기한 채 발버둥을 멈췄다. 더 이상 반항해봐야 소용없음을 녀석도 깨달은 모양이었다. 하여 초복은 녀석의 옷깃을 놓아주었다. 그러자 사내 중 하나가 녀석에게 다가오더니 목을 졸라 잡으며 손찌검을 하며 욕을 해댔다.

"개 간나 새끼! 거렁뱅이 주제에 어디서?"

그러자 사내애가 씩씩거리며 사내를 노려봤다.

"어디 가재미 눈깔을 뜨며 디랄이네, 디랄이."

사내가 다시 손을 들어 올리자 초복이 사내의 팔을 잡았다. 아무리 잘못을 했다 해도 사내의 우악스런 손동작은 도가 지나쳐 보였고, 사내가 하는 말로 보아 도둑질을 한 게 아닌 것 같았기 때문이었다. 그런 초복의 판단은 잘못된 게 아니었다. 여자가 쫓아오며 소리를 질렀기 때문이었다.

"네 이놈들! 그 애가 뭔 달못이네. 어밀 겁탈할래는 걸 막은 것도 죄네?"

그 말을 듣는 순간, 초복은 사내를 잡은 손에 힘을 주며 사내를 노려보았다. 만약 여자의 말이 사실이라면 죄인은 사내애가 아니라 사내들이었다. 그런 자신의 판단이 맞는지 확인하기 위해 나머지 사내들을 쏘아보자 사내들이 멈칫했다.

그러는 사이, 여자가 뛰어오더니 사내애를 쓸어안고 울부짖었다.

"사람의 탈을 쓰고 어띠 이럴 수 있네? 하늘이 무섭디도 않네?"

이제 모든 상황이 뚜렷해졌다. 초복은 잡고 있던 사내의 팔을 비틀었다. 그러자 나머지 두 명이 덤벼들었다. 초복은 팔을 비틀고 있던 사내를 밀쳐낸 후 달려드는 두 놈을 발을 들어올려 내질러 버렸다. 수적 우위만 믿고 덤벼들었다가 급소를 맞은 두 사람은 킥! 숨넘어가는 소리를 내지르더니 땅바닥을 뒹굴기 시작했다. 그 위에다 초복이 소리를 질렀다.

"살고 싶으믄 두 모자 앞에 무릎 꿇고 용설 빌라. 기러믄 용서하갔디만 안 기랬다간 황천길 갈 둘 알라."

소리를 지르자 팔이 비틀렸던 녀석부터 무릎을 꿇었고, 누워 뒹굴던 놈들도 숨을 고르는가 싶더니 무릎을 꿇었다. 발동작이며 몸놀림, 칼을 차고 있는 것으로 보아 초복의 무예를 짐작하는 것 같았다.

셋이 무릎을 꿇고 사죄하자 초복은 비로소 여인의 얼굴을 봤다. 비록 피란 중이라 얼굴이 다소 꾀죄죄했지만 풍기는 인상만큼은 근본이 있는 여자 같았다. 하여 초복은 예를 갖춰 말했다.

"급한 와중이라 상황을 파악하지 못해 무례를 범했습네다. 너그러이 용서하시기 바랍네다."

그러자 여자도 옷매무시를 가다듬은 후 인사를 하며 대답했다.

"아닙네다. 무례라니요? 생면부지인데 도움을 듀셔서 오히려 감사드립네다."

"이렇습네다. 긴데 어떠다……?"

"다 야욕과 탐욕 때문이디요. 고구려나 뎌 사내들이나 다를 게 뭐 있갔습네까? 기럼 이만……."

역시나 초복의 판단이 잘못되지 않은 모양이었다. 여인은 이 간결한 말로 상황을 정리하고 자리를 뜨려했다. 많은 뜻을 내포한 자신의 말을 알아들을 수 있으면 알아들으라는 뜻인 듯했다. 하여 초복이 돌아서려는 여인에게 말을 던졌다.

"욕심도 욕심이디만 그 욕심을 막아낼 힘이 있었다믄 달라딜 수 있었갔디요."

그러자 여인이 초복의 얼굴을 뚫어지게 쳐다보았다. 해서 초복이 덧붙였다.

"바람이 불 땐 나무에 엉킨 덩굴을 걷어내디 않는다고 했습네다.

바람이 댠 후에 걷어내도 충분하니깐요."

그 말에 여인은 고개를 숙이더니 가만히 서 있었다. 그러자 초복은 사내들과 두 모자를 주막으로 데리고 가 사건의 전말을 들었다.

"기게 인연이 되어 난 그 사내들의 도움으로 남포를 떠날 수 있었고, 그 여인과 사내애까디 얻었으니 사람의 인연이란 참으로 알다가도 모를 일이디요."

방어사가 거기서 말을 멈추더니 앞에 놓인 술잔을 들어 술을 마셨다. 지난날은 그에게 늘 갈증을 불러일으키는 모양이었다. 그러나 술을 다 마시지는 않았다. 한 모금으로 입과 목을 축이는 정도였다. 풍채로 보거나 걸걸한 목소리로 봐서는 말술도 너끈할 것 같아 보이는데, 자제하는 것 같았다. 아무래도 맑은 정신으로 자신의 과거사를 들려주기 위해 그러는 것 같았다.

그러나 광건과 광석, 맨주먹은 술잔을 다 비웠다. 방어사가 얘기하는 동안은 미동도 하지 않고 듣다가 방어사가 술잔을 들면 그걸 신호로 술을 마시고 있었다. 방어사가 어려워서이기도 했지만 방어사의 이야기에 귀 기울이는 한편 이야기를 끊지 않기 위해서인 것 같았다. 술을 마시기 위한 자리가 아니고 방어사의 이야기를 듣기 위한 자리임을 그들도 모를 리 없었기 때문이었다.

세 사람이 술잔을 비우고, 안주를 집어먹고, 다시 술잔을 채우기를 기다렸다가 방어사가 다시 입을 열었다.

"여인은 피란민이라고만 얘기한 후 입을 다물어 버려서 사연을 들을 수 없었지요. 그리고 나도 그걸 굳이 캐묻고 싶지도 않았고 말입니다. 감추고 싶은 걸 캐물을 이유도 없었고, 캐물어도 얘기하지 않을 게 뻔했기 때문이지요. 한참 후에야, 백제에 도착하고서도 한참 후에야 안 사실이지만, 그 여인과 사내애는 낙랑 장수의 아내와 아들이었지요. 도성을 지키던 장수였는데, 대왕이 적군에게 항복하자 자결한 후 성벽에서 몸을 던진……. 그런데, 사내들을 추궁하니 세 사람은 남포에서 배를 만드는 목수들이라고 밝히더구만요. 통나무 밑에서 추위를 피하려고 조선소에 들어온 여자에게 찝쩍대자 아들인 사내애가 돌을 던지며 덤벼드는 바람에 쫓았던 거라고.”

그게 인연이 되어 초복은 사내들에게 배를 주문했다. 타고 온 말을 넘겨주고 배를 부탁했던 것이었다.

그러나 목수들은 배를 만들려면 최소한 한 달 이상이 걸린다고 난색을 표했다. 또한 그 돈으로 배를 만들기는 힘들다고 했다. 하는 수 없이 배 대신 뗏목을 부탁했다. 배를 구할 수 없다면 뗏목으로라도 남포를 떠나야 했기 때문이었다. 그러자 여인도 초복에게 부탁했다. 자기 주변에도 이곳을 꼭 떠나야 할 사람들이 몇 있으니 같이 떠날 수 있게 도와달라고. 하여 뗏목 두 개를 부탁했다.

통나무 열 개를 엮고 그 위에 평상을 얹은 형태의 뗏목으로 만들되, 노를 저을 수도 있고 돛을 달 수도 있게 만들어 달라고 했다. 그리고 초복은 수중에 있는 돈을 전부 털어 양식을 준비했다. 밥을 지어먹을 수는 없을 것이기에 육포와 미숫가루 같은 비상식량을 준비했다.

그렇게 열흘 만에 뗏목 두 개를 마련했고 물과 양식도 뗏목에 실었다. 그러나 뗏목은 마련했지만 뗏목을 움직일 수 있는 사람이 없어 고민하고 있자니 목수들이 자신들이 배를 몰 줄 아니 같이 가게 해달라고 했다. 다른 데로 가도 달라질 것은 없겠지만, 고구려의 노예가 되는 것보다는 나을 것이니 함께 데려가 달라는 것이었다. 그러면서 뗏목 하나를 더 내놓았다. 초복이 주문한 뗏목을 만들면서 자신들도 떠날 생각을 하고 미리 만들어둔 듯했다. 그렇게 하여 목수들 가족 여덟에 여자가 부탁한 사람 열셋을 세 대의 뗏목에 나눠 싣고 남포를 떠났다.

뱃길은 험하고 더디고 위태로웠다. 사공의 몸은 제 몸이 아니라 상어나 고래밥이라는 말이 왜 생겨났는지를 절감했다. 뗏목으로는 먼 바다로 나갈 수 없어 연안을 따라 남하하자니 물때가 뗏목을 가만두지 않았다. 밀물 때는 뭍으로 밀어붙이더니 썰물 때는 한바다로 끌고 갔다. 돛을 올려 바람을 이용하여 목표점을 향해 움직여보려 했지만 그마저 쉽지 않았다. 돛과 치는 정조停潮 때나 가능한 일이지 사리 때는 무용지물이었다. 사리 때라 배를 띄우지 않는 게 좋을 것이란 해안가 사람들이며 목수들의 충고를 무시하고 어떻게든 남포에서 벗어나야 한다는 생각에 배를 띄웠다가 그 값을 톡톡히 치러야 했다.

돛을 달았다 내렸다를 반복하고 돛의 방향을 바꾸며 별의별 방법을 다 써봤지만 하루 이동거리는 20리 남짓밖에 안 됐다. 조수에 떠밀리고 흘러 다닌 거리는 백 리를 훌쩍 넘었지만 실제 이동거리는 그에 반의반 정도였다. 거기에다 바다에는 조류뿐만 아니라 해류라는 것도 있어 가만히 있으면 남쪽으로 내려가지 않고 북쪽 고구려 해상으로 쓸려가니 어떻게든 남쪽으로 움직여야 한다는 것이었다.

하여 잠시도 마음을 놓을 수 없었다. 배를 움직일 사공이 목수 한 사람뿐이라 초복도 목수를 도와 한시 반시 가만히 있을 수가 없었다. 돛을 올렸다 내렸다, 돛 방향을 바꿨다 하며 돛을 주로 관리했지만, 가끔은 키를 잡기도 했다. 그리고 또 가끔은 목수 대신 노를 젓기도 했다. 그러자니 무예로 단련된 손에 물집이 잡히다 못해 터져 물이 줄줄 흐르고, 며칠 후부터는 피가 나기 시작했다. 팔이며 어깨, 허리 할 것 없이 쑤시고 아프기 시작하더니 온몸이 아파 몸을 움직이기조차 힘들었다. 그러나 배는 남쪽을 향해 움직이기보다 조류와 해류에 밀려 떠돌기만 했다. 그나마 북풍이 불고 있어 북상을 막았지 바람마저 없었다면 고구려로 흘러가고 말았을 것이었다.

조류와 해류에 밀리고 쓸리며 바다를 헤맨 지 열흘 만에 조금을 맞았다. 초여드레가 되자 간만의 차이가 뚜렷이 줄어 배를 움직이기가 훨씬 수월해졌다.

"딕금이 기휩네다. 다시 조금이 올라믄 보름을 더 기다려야 하니 딕금이 백제든 삼한이든 갈 수 있는 마디막 기휩네다. 이제 먹을 것도 다 떨어뎠고 물도 없습네다. 기러니 독금만 힘을 더 내시라요."

사공 격인 목수가 초복에게 당부했다. 그만큼 초복은 몸을 움직일 힘마저도 없었고, 그건 목수도 마찬가지일 것이었다. 그러니 그 말은 초복에게 하는 말이면서 자신에게 하는 말일 수도 있었다. 이번 조금을 이용해 백제든 삼한이든 닿지 못한다면 결국 바다에서 죽을 수밖에 없기 때문에. 더군다나 그는 가족 넷을 거느리고 있는 가장이었기에 홀몸인 초복보다 더 비장해 있었다.

"알갔네. 나도 심을 낼 테니 자네도 심을 내게. 마디막이다 생각하고 힘을 다 쏟아보댜구."

그렇게 새로운 다짐을 하고 밤낮없이 뗏목을 몰아 남하하기 시작했다. 그리고 사흘 만에 백도(白島. 현재의 백령도) 앞을 지났지만 들리지 않고 계속 남하했다.

목수가 백도에 들러 물과 양식을 보충하자고 했지만 허락하지 않았다. 조금 때 목적지에 닿지 못한다면 다시 보름을 기다려야 했고, 그러다간 물귀신이 되고 말 것이란 생각에 남하를 계속하라고 했다. 백도에 들린다 해도 난민인 그들이 양식을 구할 수 있을지도 걱정됐고, 돈도 없었다. 또한 기왕에 사활을 걸었으니 그에 맞게 움직이는 게 맞을 것 같았다. 더군다나 이제 바람살이 더 세졌고 바다도 거칠어서 하루라도 빨리 목적지에 닿지 않으면 버티기 힘들 것 같았다.

그렇게 목숨을 걸고 항해를 계속한지 나흘 만에 백제 해역으로 들어섰고, 닷새 만에 큰물섬에 닿았다.

큰물섬에 닿자 백제 군사들이 뗏목에 오르더니 몸수색을 한 후 뗏목을 검색했다. 검색할 게 없었지만 꼼꼼하게 살폈고 짐까지 다 풀어 살폈다. 그리고 초복의 군관복과 칼을 찾아내더니 물었다.

"이건 누구 칼이고 군복입니까?"

"제 겁네다."

"군관이었습니까?"

"기렇습네다."

"알겠소. 조사 후에 돌려드릴 테니 인제 내리시오."

검색을 마친 군졸들이 일행을 배에서 내리게 하더니 포구 앞에 있는 관청으로 데리고 갔다. 수군 지휘소나 통제소인 모양이었다. 거기에서 일행을 대표하여 초복이 군관에게 조사를 받았고 나머지는 초복 옆에 서 있었다.

출발지, 목적지, 출항 이유 등을 익숙하게 물었다. 아마도 난민들이 제법 거쳐 간 모양이었다. 초복은 낙랑을 떠날 수밖에 없었던 사정을 진술했다.

강상태수를 살해했다는 진술에 군관이 다소 놀라는 듯했다. 그러나 티를 내지 않으려고 했다. 여인과 사내애를 구하는 장면에서는 깊이 고개를 끄덕이기도 했다. 그리고 낙랑을 떠나 보름 가까이 바다를 헤매고 다녔고, 백도에 들리지 않고 항해를 계속한 이유를 말하자 초복의 얼굴을 뚫어지게 쳐다보기도 했다. 군관은 초복의 말을 잘 들어주었다. 아무래도 초복의 군관복과 칼로 초복의 신분을 얼마간 알고 있는 것 같았다.

조사를 마치더니 더운밥을 주었다. 미숫가루와 포로 보름을 버텼다는 말에 따뜻한 밥이 그리울 것이라 생각하고 배려해주는 것 같았다. 그런 군관의 배려로 일행은 닷새간 통제소에 머물면서 물때를 기다리다 밀물을 이용해, 군선軍船을 타고 월곶포에 닿았다.

"그렇게 해서 우린 백제에서의 삶을 시작했지요. 그렇지만 난민인 우리가 머물 곳이 있어야지요. 목수들은 그나마 가족들과 함께 오면서 입을 거와 돈도 챙겨왔고 배 만드는 기술도 가지고 있어 그럭저럭 버틸 힘이 있었지요. 그렇지만 두 모자와 난 가진 거라곤 몸뚱이뿐이라 막막했지요. 나야 남자 몸이라 기나마 나았지만 그 모잔 그야말로 물 밖으로 내던져진 물고기나 다름없었지요. 그래서 그 모자를 내가 거둘 수밖에 없었고…… 그렇게 같이 살기 시작한 게 오늘에 이르고 있지요."

방어사는 백제에서의 삶을 그렇게 간단히 정리해 버렸다. 난민으로, 백제에서의 삶이 만만치 않았을 것인데도 그 말은 생략해 버렸다. 하고 싶지 않은 모양이었다. 하기야 수치 반 모욕 반일 게 뻔한

이야기를 하고 싶지는 않을 것이었다. 그 다음은 듣는 사람이 알아서 판단하라는 뜻인 듯했다. 그런 방어사의 마음을 짐작했는지 광석이 조심스러운 어조로 물었다.

"긴데 어뚛게 방어사까디 올랐습네까? 난민 신분에 군문에 들어가는 일도 쉽디 않았을 게 아닙네까?"

"그건…… 큰물섬의 그 군관 도움이었지요. 그 군관이 나를 잘 봤는지 동료들이며 상관에게 부탁을 했고, 그 덕에 백제 군문에 들어서게 됐지요."

"기럼 기 인연이 아딕까디 이어디고 있갔군요?"

"휴──. 그렇게만 됐으면 얼마나 좋겠습니까? 그 군관은 나를 백제 군관으로 앉히고 얼마 없어, 그해 겨울, 표류하는 낙랑 유민들을 도우려다 풍랑을 만나 실종되고 말았지요. 그래서 난 수군을 지원했고, 수군으로 오늘까지 살고 있구요."

그 말엔 모두들 한숨을 쉬었다. 괜히 아픈 과거를 들추게 했다고 생각하는지 광석은 그 누구보다 긴 한숨을 내쉬었다.

"괜한 걸 여쭤가디고…… 죄송합네다."

"아, 아닙니다. 벌써 20년이 지났는데……. 이젠 그 군관 얼굴마저도 가물가물합니다. 세월은 그렇게 잔인하면서도 냉정한 것인가 봅니다."

말은 그렇게 하면서도 방어사의 가슴 속에선 그 군관의 모습이 되살아나는지 앞에 앉은 사람들에게 손을 들어 술잔을 권한 후 자신 앞에 놓인 술잔을 들어 단숨에 들이켰다. 그러더니 미안하다는 듯 말했다.

"그나저나 쓸데없는 내 얘길 하다 보니 밤이 깊었군요. 당장 내일부터 바삐 움직여야 할 사람들을 너무 오래 잡아둔 것 같습니다."

"아닙네다, 별 말씀을요. 쇤네들도 머나먼 이국땅에서 지인을 만난 듯 반가웠고, 방어사의 말씀을 듣다보니 새삼 느끼는 바가 많았습네다."

여태껏 침묵으로 일관하던 광건 대장이 받았다.

"아닙니다. 아버지나 다름없는 병택 장군 소식을 듣게 되자 그만 평상심을 잃었던 같습니다. 그러니 너그럽게 이해하시구려."

"아닙네다. 남의 도움 없이는 단 하루도 살 수 없다는 게 인생살이라던데, 장군의 말씀을 들으며 다시 한 번 기걸 깨닫게 됐습네다. 오늘 뜻하디 않게 소중한 인연을 맺었고, 기게 다 병택 장군의 은덕이기에 돌아가믄 방어사를 대신해 정성을 다해 모시갔습네다."

"고맙습니다. 그렇게만 해주신다면 오늘 하루는 내 인생에서 가장 값진 하루가 될 것입니다."

방어사가 말을 하며 고개를 숙이자 세 사람도 일제히 고개를 숙여 인사를 했다. 그리고 자리를 파했다.

밤잠 못 들 방어사를 남겨두고 배로 돌아가려니 발길이 떨어지지 않는지 건석 형제는 자꾸만 뒤를 돌아다 보았다.

"방어사 기 양반 오늘밤 잠 한숨 못 댜갔디?"

"왜 안 기렇갔네? 우리도 이렇게 힘든데. 사람이 인연이란 탐…… . 기래서 덕은 쌓은 대로 가고, 죈 디은 대로 간다는 모냥이야. 기러고 자신이 쌓은 덕을 자신이 되받디는 못해도 기 자식이나 후손들, 또는 아는 사람이 언뎬가는 받는다더니 기 말이 그른 게 아니었어."

"기러게. 우리도 덕을 베풀며 살아야 할 텐데."

건석 형제는 그런 말을 주고받으며 자꾸만 뒤돌아봤다. 그런 형제를 바라보는 맨주먹의 가슴은 이슬 맞은 풀잎보다 촉촉이 젖어들고 있었다.

위례, 위대한 도읍

11

방어사의 도움으로 광건네는 백제를 두루 돌며 장사를 할 수 있었다.

월곳포에서 한바탕 장사를 마치고 수로水路를 이용해 미추홀과 위례성(慰禮城. 현재의 잠실 일대)까지 가서 장사를 했다. 방어사가 내준 통행증이 없었다면 엄두도 낼 수 없는 일이었기에 방어사의 도움이 절대적이었다고 할 수 있었다.

처음에는 월곳에 배를 메어두고 육로를 이용해 미추홀로 들어가 장사를 했다.

미추홀은 비류백제의 첫 도읍지로, 좀 더 정확하게 말하면 고구려와 백제 건국에 핵심적인 역할을 했던 소서노召西奴의 두 아들 중 맏이인 비류沸流가 조선반도로 들어왔을 때 잠시 머물렀던 곳이라 했다.

비류와 온조溫祚 두 형제는 고구려에서 나와 패수浿水와 대수(帶

水. 현재의 임진강으로 추정)를 건너온 후 미추홀에 잠시 머물며 도읍을 정하기 위해 산천을 두루 살폈단다. 그런데 두 형제의 뜻이 갈렸다.

바다를 중시하는 비류는 미추홀에 자리 잡으려 했지만, 농업과 방어를 중시하는 온조는 하남(河南. 현재의 잠실벌 일대)에 자리 잡고자 했단다. 두 형제는 의견을 조율해봤지만 쉽게 결론이 나지 않았다. 서로 성향이 달랐고 추구하는 바가 달랐기 때문이었다. 그렇게 두 형제가 갈등하자 신하들도 갈등했다. 형인 비류를 따르는 사람들이 대부분이었고, 동생인 온조를 따르는 사람은 그리 많지 않았다. 아무래도 장자인 비류에 동조하거나 옹호했던 모양. 그 숫자가 십 대 일 정도였으니 비류를 따르는 신하는 백이었고, 온조를 따르는 사람은 십이었다고. 아무튼 도읍을 놓고 갈등하던 형제는 세력을 나누기로 결정했다.

비류를 따르는 사람은 미추홀에 남고 온조를 따르는 사람은 하남으로 떠나게 된 것. 하여 비류는 백제百濟란 명칭을 쓰고, 온조는 십제十濟란 명칭을 쓰게 됐다고. 그런데 미추홀은 땅이 습하고 물이 짜서 살기에 적합하지 않았다. 결국 얼마 없어 비류는 동생 온조가 사는 하남으로 도읍을 옮겼단다. 일설에는 비류가 자신을 따르는 무리들을 이끌고 왜倭로 건너가 백제란 나라를 세웠다고도 했다. 아무튼 결론이야 어찌 되었든 미추홀은 버려진 도읍지라 할 수 있었다.

그런 곳이라 그런지 미추홀은 도읍의 면모를 찾아보기는 힘들었다.

그렇긴 해도 미추홀은 도읍지가 갖춰야 할 것은 다 갖추고 있었다. 평지성과 산성, 바다를 제어하기 위해 바닷가에 세워놓은 임해

성臨海城들이 그것이었다. 또한 평지성 주변에 넓게 자리하고 있는 마을들은 한때 도읍지임을 증명이라도 하듯 번듯했다.

성안은 가지런히 정리되어 있었다. 궁궐터를 중심으로 사방으로 곧게 뻗어있는 대로大路며, 그 대로를 동맥 삼아 좌우에 늘어서 있는 집들이며 집터들이 철저한 계획하에 건설됐음을 알려주고 있었다. 또한 여기저기 서 있는 크고 화려한 건물들이며 주춧돌과 궁궐터로 남겨 놓은 드넓은 공지는 그곳이 짓다만 궁궐임을 대변하고 있었다. 그러나 주체세력이 떠나버리고 차마 떠나지 못한 사람들이 모여 있는 곳이라 성은 활력을 잃고 있었다.

건석 형제는 그런 미추홀을 다니며 장사를 했다. 모직과 모피 등을 주로 팔았고, 쌀과 철기 들을 사들였다. 그러나 미추홀에 오래 머물지는 않았다. 사람들도 많지 않았고, 장도 활성화되어 있지 않아 돈벌이가 시원치 않았기 때문이었다.

"여서 세월 보낼 게 아니라 위례성으로 가봅세다. 이번 기회가 아니믄 도성 안으로 들어가기도 쉽디 않을 거인데, 기게 낫디 않갔시요?"

광석의 말에 맨주먹은 안 그래도 왜 그 말이 안 나오느냐 싶었는지 즉답했다.

"흐고말고(그렇고 말고)……. 하루라도 빨리 위례성으로 갑세다. 가서……, 아무튼 그게 시간을 버는 일이니낀."

맨주먹은 광석만 있는 게 아니라 광건도 함께 있다는 사실을 깨달은 듯 가서란 말 뒤에 이어질 말을 꿀꺽 삼키고는 시간을 아끼자고 말을 맺었다. 그런 맨주먹을 향해 광석이 빙긋 웃는 게 아무래도 광건이 없는 자리에서 두 사람이 뭔가를 꾸몄던 것 같았다. 그렇다고 캐묻고 따질 계제는 아니었기에 광건은 모른 체하고 넘어갔다.

월곶포로 돌아온 맨주먹의 행동이 이상했다. 별다른 일이 없는 것 같은데도 뭐가 그리 바쁜지 혼자 포구로 나섰다. 밥도 안 먹으려는지 주막에 닿자마자 밥 먹고 있으라며 포구로 나가더니 한참 동안 나타나질 않았다.

"뭔 일이 있구만 기래."

주막 밖으로 나서는 맨주먹을 의심의 눈초리로 쏘아보며 광석이 중얼거렸다. 말은 하지 않았지만 광건도 비슷한 생각을 하고 있었기에 동생의 말을 그냥 넘길 수 없었다.

"기래 보이디? 뭔 일이 있나?"

"뭔 일은 뭔 일? 우리 몰래 또 무슨 수작을 버리려는 거디."

"수작을 부리다니?"

"아, 뎌 늙은이래 장사하는 것 못 봤수? 어르고 뺨 티는 게 보통 능구렁이가 아니던데, 우릴 따돌리고 뭔 일을 꾸미는 게 분명해. 아니믄……."

"아니믄?"

"아, 거 탐……. 생각 둠 하게 기다리슈. 댜꾸 기렇게 또아대니 뭔 생각을 하갔수?"

광석이 광건의 입을 막더니 한동안 뭔가를 골똘히 생각하는 듯했다. 아무래도 심상치 않은 기운이 느껴지는 모양이었다. 그건 광건도 마찬가지였다. 맨주먹이 저리 급히 움직일 때는 필시 그럴 만한 사정, 광석이나 자신에게 말 못할 무슨 일이 있음이 분명해 보였다. 그러나 광건은 좋게 생각하려 했다. 이제 위례성으로 들어가 본격적인 장사를 해야 할 텐데 엉뚱한 짓은 안 할 것 같았다. 혼자 해결해야 할 일이 생긴 것이라 생각하려 했다. 그러나 광석의 생각은 다른 모양이었다.

"설마 우릴 두고 혼차 위례성으로 들어가는 건 아니갔디?"

"기럴리야? 패牌가 나한테 있어서 혼차는 위례성 근처에도 못 갈 텐데."

"기렇디? 기럼 뭐디?"

형제가 맨주먹의 행보를 궁금해 하며 늦은 아침을 먹고 있자니 맨주먹이 헐레벌떡 주막으로 뛰어들었다.

"주인장, 여기 장국 한 사발 더 주슈. 아, 제오(겨우) 해결했네."

"뭘 해결했다는 겁네까?"

광석이 궁금증을 참지 못하고 밥을 입에 가득 담은 채 웅얼거리듯 물었다.

"성으로 가는 배."

"성으로 가는 배라니? 기게 무슨 말이요?"

이번엔 광건이 물었다. 맨주먹은 알아들을 수 없는 말을 하고 있었다.

"기게……. 위례성으로 가자믄 밸 빌려야 합쥬. 허가 받은 배가 아니믄 한술 뎅길 수 없어서."

"둄 알아듣게 말해 보시라요. 기게 무슨 말입네까?"

"그게……. 말하자믄 기니깐 우선 배부터 채우고."

그러더니 광건의 대접을 빼앗듯 잡아당기더니 허구허구 먹기 시작했다. 그러더니 자기 몫의 장국이 나오자 그것까지 말끔히 먹어치웠다.

"아, 잘 먹었다. 잘못햇이믄 아침밥도 굶을 뻔했네."

트림까지 하며 맨주먹이 능글맞은 웃음을 흘리며 두 사람을 쳐다보았다.

"우리 성 밥까디 다 먹었으니긴 이제 말해 보시라요. 우리 밸 놔두고 밸 빌리다니 기게 무슨 말입네까?"

광석이 쏘아붙이자 맨주먹이 혀로 입 주위를 닦으며 대답했다.

"여긴 다 기렇게 합네다. 한순 허가받은 사람만 다닐 수 잇이난(있으니깐)."

그 말에 광석이 덤벼들 기세를 보이자 광건이 말리며 말했다.

"자세히 말해 보라요. 기게 무슨 말인디."

"기러니긴……."

맨주먹의 말은 대충 이랬다.

백제는 고구려를 비롯한 타국의 공격에 대비하여 한수 통행을 제한한다는 것이었다. 월곶을 종점으로 하여 나라로부터 허가를 받지 않은 배는 한수를 운항할 수 없다는 것. 따라서 위례성이 있는 하남으로 들어가자면 나라로부터 허락을 받은 배를 구해야 하는데, 그걸 잊고 있다가 월곶포에 배를 대면서 도강하기 위해 물품들을 옮겨 싣는 배를 보자 생각이 나서 배를 구하러 급히 갔다 왔다는 것. 다행히 하남에서 오늘 아침에 나온 빈 배가 있어서 다행이지, 자신이 발 빠르게 움직이지 않았다면 하루나 이틀은 공칠 뻔했다고. 이제 모든 문제가 해결됐으니 하남까지는 느긋하게 풍광을 감상하며 가면 된다고. 사공들이 위례성까지 동행하며 길을 안내해 줄 테니 따로 신경 쓸 일도 없다고.

"기런데 기 말을 왜 인저사 하는 겁네까?"

맨주먹이 말을 마치자 광석이 덤비듯이 말했다.

"뭘 말입네까?"

"미추홀이나 위례성을 손금 보듯 한다고 안 했시요? 기런데 다른 사람 손을 빌려야 한다는 말을 왜 안 했느냐 말입네다."

"그런 세세한 것까지 미주알고주알 말할 필요가 뭐 있갔수? 그런 건 현장에서 해도 늦지 안할 건데……."

광석이 기가 차다는 듯 맨주먹을 바라보자 맨주먹이 한 마디를 덧붙였다.

"장사친 장살 줄바로(똑바로) ㅎ는 게 중요ㅎ지 다른 건 뭐 따질 게 있습네까? 그러니 이제부턴 나 ㅎ자는 대로만 하기요."

그러면서 몸으로 광석을 툭 밀었다. 그러자 광석이 맨주먹에게 덤벼들며 소릴 질렀다.

"나만 허풍 쎈 둘 알았더니 나보다 더 쎈 사람이 여 있었구만 기래. 다시 뻥텼다간 각오하시라요."

"그래도 내가 있으니깐 편안히 가는 줄 압세. 나 없었으믄 오늘 안에 배는 고사ㅎ고 고생만 진탕했을 겁네. 나도 ㅊ암(처음) 올 땐 이틀 날력(날짜) 버리믄서 제오(겨우) 알아냈으니긴."

아닌 게 아니라 경험 있는 맨주먹이 없었다면 하남으로 가는 방법을 알기 위해 동분서주했을 터였다. 몸이 고달팠을 건 물론이요, 초행길인 걸 뱃사공들에게 들켰다면 뱃삯도 만만찮게 뜯겼을 것이었다. 그러니 맨주먹의 경험과 발 빠른 대처는 시간과 돈을 벌어준 셈이었다.

"기럼요, 기렇고 말고요. 기러니 광석이 뎌 놈 말에 신경쓰디 말고 도사공이래 알아서 다 해듀시구래."

광건의 말에 맨주먹이 광석을 바라보며 씨익 썩은 미소를 흘렸다. 봐라! 형한테 좀 배워라는 의미가 담긴 미소였다. 그러자 광석이 자기 가슴을 치며 소리쳤다.

"아이쿠 가슴이야! 앓느니 듁디 듁어."

그러면서 슬쩍 웃음을 흘리자 맨주먹도 따라 웃었고, 그 모습을 본 광건도 웃지 않을 수 없었다. 맨주먹도 뱃사람이라 허풍이 없진 않겠지만, 광석과 며칠 같이 있더니 그새 물이 들었는지 풍이 세진 것 같았다. 모르긴 몰라도 광석의 허풍에 기죽지 않기 위해 도사공도 허풍을 떨었던 모양이었다. 허풍은 그 어떤 전염병보다 감염 속도가 빠른 전염병이고, 그 전염병은 단둘이 있을 때 가장 빨리 전염되지 않는가.

백제는 한수漢水를 대동맥으로 가지고 있는 나라라 할 수 있었다. 한수는 조선반도 중앙을 동에서 서로 흐르며 물고기와 벼를 키워 백제 백성들을 먹여 살리고 있었다. 또한 풍부한 수량과 넉넉한 강폭, 그리고 깊은 수심은 이동로와 수송로의 조건을 다 갖추고 있어 동서를 연결하고 있었다. 하여 패수가 고구려의 젖줄이라면 한수는 백제의 젖줄이라 할 수 있었다.

그러나 패수와 한수는 달라도 너무 달랐다. 패수가 남자의 강이라면 한수는 여자의 강이라 할 수 있었다. 강 주위에 바위나 산도 많지 않았고, 암초들도 거의 없었다. 밤에도 쉽게 항해할 수 있는 천혜의 수로였다. 패수에서 잔뼈가 굵은 건석 형제가 볼 때 한수는 너무나 안락하고 평화로운 강이었다.

한수를 따라 올라가다 보니, 한수를 사이에 두고 좌우에 펼쳐진 평야에는 벼가 한창이었다. 미추홀에서 위례성까지는 온통 논이어서 그곳에서 나는 쌀만으로도 식량 걱정은 안 해도 될 것 같았다.

"돌아갈 땐 쌀을 사서 가야갔어."

"기러게 말이유. 부럽기 그디없시요."

광건이 드넓게 펼쳐진 논을 보며 말을 꺼내자 광석이 기다렸다는 듯이, 바로 받았다. 식량의 소중함을 누구보다 잘 알고 있었기에 드넓은 평야에 넘실대는 벼야말로 그들에게 가장 부러운 자원이자 산물이었다.

"딕금은 벼들이 뎌기 있디만 우리가 돌아올 때 모두 거둬들인 후일 테니 기때 사면 값도 쌀 기야. 기러니 배가 미어터디게 싣고 가댜."

"기때만 살 게 아니라 앞으로 여길 계속 왔다 갔다 해야갔시요. 이렇게 넉넉하고 풍성한 곳을 기냥 디나티믄 안 돼디. 암 안 되고말고."

광석이 농담처럼 얘기하고 있었지만 강을 따라 펼쳐진 평야를 부러운 눈으로 바라보고 있었다. 왜 안 그렇겠는가. 광건도 앞으로 조선반도에 오게 되면 이곳에 꼭 들리리라 다짐하고 있었는데, 눈치나 총기가 광건보다 빼어난 광석이 그걸 놓칠 리 없었다. 더군다나 자신들이 배를 몰고 가는 게 아니라 남이 모는 배를 타고 유람하듯 가고 있으니 강을 따라 이어지는 풍광에 눈이 가는 건 어쩔 수 없는 일이었다.

12

한나절 만에 하남에 닿은 일행은 삼밭개(송파나루. 현재 잠실 일대) 근방의 주막에 들었다. 싣고 온 물품들을 하역하는 동안 점심을 챙기기 위해서였다. 제때 밥을 먹을 수 없는 처지라 시간이 날 때 챙기기로 한 것이었다.

주막은 제법 규모가 있었다. 위례성과 나루를 바로 곁에 두고 있어 찾는 사람이 많은 것 같았다. 셋이 들어가 마당에 펼쳐진 평상에 앉자 주모가 달려오더니 해사한 얼굴에 걸맞게 혓바닥을 굴려댔다.

"뭘로 드실라우? 손님들은 돈도 많은 것 같은데 국밥 말고 닭백숙 드실라우? 온갖 약재를 놓아 푹 곤 씨암탉이라 먼 길 오가는 손님들은 거의 닭백숙을 드시는데……."

주모는 주문을 받는 게 아니라 닭백숙을 강요하고 있는데도 거부감이 일지는 않았다. 화사한 얼굴에 간드러지게 굴리는 혀 때문인지도 몰랐다.

"기래, 닭백숙으로 듀슈. 이럴 때나 아니믄 언감생심 어띠 기런 걸 먹어보기나 하갔소?"

역시 제일 먼저 반응을 보인 것은 광석이었다. 주모의 미색과 나긋나긋한 말투와 강요를 강요답지 않게 돌리는 말솜씨에 녹아난 것이었다. 해서 광건이 막으려 하자 맨주먹이 그런 광건을 막으며 주모에게 말했다.

"좋은 걸루 줘사 갈 때 또 오지."

"그걸 말이라고요? 딱 보니 위에서 오신 대상들 같으신데 잘 모셔야 다음에도 또 오시죠. 그건 걱정 마세요. 저도 장사 오늘만 하고 끝낼 사람이 아니니까요."

그러더니 눈까지 찡긋하며 돌아섰다. 그러자 광건이 맨주먹에게 나무라는 소리를 했다.

"도사공까디 와 이러는 겁네까? 닭백숙이래 한두 푼 하디 않을 거이고, 이 주막에서 제일 비싼 걸 텐데⋯⋯."

"예, 맞습니다. 아마도 그럴 겁네다. 그러니 주모가 닭백숙을 시키라고 했갔지요. 기렇지만 길게 보믄 그게 우리한테 득이 될 것 같아 그러자고 했던 겁네다."

"득이라니요?"

"이 주막에 드나드는 사람들이 많으니 주모 여기저기서 얻어들은 게 많을 거고, 아는 사람도 많을 거 아닙네까? 그런데 우리에게 가장 필요한 게 뭡네까? 정보 아닙네까? 그걸 멀리 가지 않고 여기서 다 얻을 수 있을 것 같지 않습네까? 아까 주모가 닭백숙을 강요하는 꼴을 보니 보통내기가 아니던데, 잘 사겨두면 손해 보지 않을 테니 두고 봅서(보세요).

맨주먹의 말이 다 끝나기도 전에 사내 서넛이 다가와 말을 붙이는 게 일행이 닭백숙을 주문하는 걸 눈여겨봤거나 주모가 그새 사람들을 붙인 모양이었다. 거간들인 모양이었다. 아니면 나루에 둥지를 틀고 도매하는 상인들인지도 몰랐고. 아무튼 맨주먹의 말이 맞아떨어진 셈이었다.

주문한 닭백숙은 나오지 않고 사내들만 몰려들었다. 그러나 맨주먹은 밥 먹고 나서 얘기하자며 말을 못 붙이게 했다. 닭을 잡고 삶자면 반 시진은 넉넉히 걸릴 텐데도 그 시간 동안 기다리라는 것이었다. 사내들이 싣고 온 물목만이라도 좀 알려달라고 조르자 맨주 먹은 대놓고 귀찮다는 듯 대답했다.

"아, 왜 이러슈. 다 먹고 살래고 이러는 건데 밥 먹을 때까지도 못 기다리겠다는 거요? 그럼 말도 꺼내지 마쇼. 그 정도 못 기다리 는 사람하곤 말도 섞기 싫으니깐."

그렇게 사내들을 눌러놓고는 느지근히 닭고기를 뜯었다. 평소 같 으면 벌써 자리에서 일어나 딴 일을 챙기고도 남을 시간인데, 사내 들의 애간장을 녹이려는 심산인지 여유를 부리다 못해 심술이라도 부리듯 음식을 즐겼다. 그래놓고도 미진한지 주모를 불러 뜨거운 숭늉까지 얻어 마시고서야 밥상에서 물러났다.

"아무래도 행수인 것 같은데 우리와 거래하시지요. 이 나루에서 우리보다 값을 후하게 쳐주는 거간이나 상인은 없을 겁니다."

"그렇고말고요. 멀리 갈 필요 없이 여기서 거래하시지요."

사내들이 맨주먹을 행수로 오인하고 맨주먹에게 덤벼들었다. 맨 주먹은 당연히 그럴 줄 알았다는 듯이 사내들과 말을 섞기 시작했 다. 사내들은 빛깔 좋은 말로 맨주먹을 구슬렸고, 맨주먹은 죽을 고비를 넘기며 싣고 온 귀물貴物임을 강조했다. 그러나 구체적인 가 격 협상이나 조율은 하지 않았다.

사내들은 맨주먹이 정확한 가격을 모를 거라 생각하고 가격을 제시하지 않는 것 같았고, 맨주먹은 사내들이 거래할 만한 자들인 지를 저울질하느라 가격 얘기는 꺼내지 않는 것 같았다. 그렇게 본 격적인 얘기는 꺼내지도 않은 채 빙빙 변죽만 울리고 있자 광석이 답답하다는 듯 끼어들었다.

"기거…… 살 사람들도 아닌 것 같은데, 이제 기만 가댜우요. 성안에 들어가믄 살 사람들이 널렸을 낀데 날래 들어가봐야디요."

"안 그래도 기럴 생각이었시오. 아무래도 먼 데서 왔다고, 값을 모를 줄 아는 모냥인디, 살 마음이 없는 것 같습네다. 가자우요."

맨주먹이 광석의 말을 받으며 자리에서 일어나려 하자 사내들이 다시 덤벼들었다. 멍석을 깔아놓았을 땐 뭉기적거리더니 멍석을 걷으려 하자 이제 놀아보겠다고 덤비는 꼴이었다.

구체적인 가격으로 금방이라도 사고 팔 것처럼 서로가 흥정을 했지만 결국 거래는 이루어지지 않았다. 사려는 쪽은 적극적으로 덤벼들었으나 맨주먹은 팔 마음이 별로 없는 것 같았다. 죽을 고비 넘기며 싣고 온 물건을 헐값으로 후려친다고 역정을 내며 일어서 버렸다. 그러자 광건과 광석도 맨주먹을 따라 일어섰다.

"이제 대충 값을 알앗이난(알았으니) 성안에 들어가서 팔아봅세다."

맨주먹이 주막을 나서며 낮게 말했다.

"기럼 애시당초 팔 마음이래 없었던 기야요?"

광석이 궁금하다는 듯 묻자 맨주먹이 광석을 돌아보며 씩 웃으며 말했다.

"값도 모르는데 어떻게 팝네까? 다 값을 알아볼래고 술 쓴 거쥬. 월곶보다 두 배는 더 부르는 게 성안에 들어가믄 세 배는 더 받아질 것 같습네다. 기러니 날래 성안으로 가자우요."

맨주먹은 금방이라도 거래할 것처럼 상대를 유인하여 정보를 얻어낸 게 대견한지, 자신의 뜻대로 가격을 받을 수 있을 것 같아 기쁜지 두 팔로 활개를 치며 한 번 더 속삭였다.

"성안에서 안 팔리믄 여기 와서 팔믄 뒈고, 성안에서 팔리믄 팔아

버리믄 뭴 거난 이예 장산 다 한 셈이우다. 저치들 우리가 나올 때까지 저기서 기다릴 테니 두고보라우요.”

그 말에 광건과 광석은 서로 마주보지 않을 수 없었다. 순진한 정도가 아니라 숙맥인 줄로만 알았는데 전혀 딴판이었기 때문이었다. 쥐새끼 정도는 뺨 맞고 가기 좋을 정도로, 장사엔 닳고 단 고수 중의 고수였다. 하기야 그런 능력이 없었다면 어떻게 황해 연안을 제 집처럼 다니며 장사를 했겠는가. 맨주먹의 말마따나 배에 오를 땐 목숨을 용왕님께 맡겨놓고 목숨을 걸고 물건을 싣고 다니지 않는가. 그 목숨 값을 헐값에 팔아넘길 수는 없을 것이었다. 그렇긴 해도 보기와 다른 맨주먹의 장사 수완은 놀라움 그 자체였다.

월곶에서 짐을 실어다 준 사공들의 도움으로 일단 마차 한 대를 빌려, 싣고 온 물건들을 덜어냈다. 모직류와 모피, 태자도에서 건조한 해산물 위주로. 물건이 팔리면 배에 실려 있는 물품들은 상인들이 알아서 싣고 간다는 맨주먹의 말에 따라 상인들에게 선보일 물품들만 나눠 실은 것.

위례성은 전형적인 배산임수背山臨水의 명당에 자리 잡고 있었고, 성에서 10여 리 떨어진 곳에 산성도 갖추고 있었다. 한 마디로 도읍지로 최고의 자리에 위치해 있었다.

도성의 규모도 엄청났다. 광건이 패수를 오가며 국내성을 봐 왔지만 국내성보다 크면 컸지 결코 작지는 않을 것 같았다. 도성 규모 못지않게 도성 주변에 펼쳐진 크고 작은 마을들을 거느리고 있어 자족적인 도시로 손색이 없었다. 거기에 강과 바다를 통해 다양하고 질 좋은 물품들이 모여드니 가히 만백성이 배를 두드리고 춤을

추며 살 만한 곳이라 할 수 있었다.

　두 형제가 도성 앞에 선 채 한동안 넋을 잃고 바라보고 있으려니 맨주먹이 속삭이듯 말했다.

　"아직 놀라긴 이릅네다. 들어가 보믄 입이 딱 벌어질 겁네다. 그러니 어여 들어갑세다."

　맨주먹의 재촉에 광건은 광석을 바라보았다. 광석도 놀라기는 마찬가진지 감탄하는 표정으로 도성을 바라보고 있었다. 그런 자신의 모습을 들킨 것이 부끄러웠던지 광석이 재빨리 응수했다.

　"뭐 위례성이라고 다르갔슈? 우리래 안 가 본 성이 없는데 위례성도 같갔디요. 기래, 이데 들어가 봅세다."

　광석이 활개를 치며 앞장섰다. 그런 광석을 보며 광건은 웃지 않을 수 없었다. 맨주먹에게 지지 않기 위해 세상 모든 성을 다 다녀 본 것처럼 뻥을 치는 것도 그랬지만, 자기가 다 안다는 듯이 앞장서는 모습을 보고 있자니 쓴웃음이 나오지 않을 수 없었다. 무슨 일이든 앞장서지 않고는 못 베기는 그의 적극성이 부럽기도 했지만, 아무래도 광석을 좀 눌러놔야겠다는 생각이 들기도 했다. 만용엔 그만한 대가가 따를 것이기 때문이었다.

　"기다리라. 패牌도 없는 놈이 어딜 먼녀 간다고 기러네. 앞선다고 먼녀 갈 수나 있간?"

　그 말에 아탐, 기렇디 하는 표정으로 광건을 바라보더니 광석도 무안한지 씨익 웃었다.

　위례성 안으로 들어서자 눈이 휘둥그레짐을 느낄 수 있었다. 밖에서 봤던, 생각했던 것보다 훨씬 번화하고 정비가 잘 되어 있었기 때문이었다. 광건이 도성을 본 적이 없었기 때문인지도 모르지만 상상 이상의 대도시였다. 곧게 뻗은 대로며 그 대로를 기점으로 좌우로 뻗은 길들, 대로 좌우에 이마를 마주하고 늘어서 있는 규모 있는 집들, 그 집들 뒤로 이어져 있는 크고 작은 집들은 대번에 계획된 도시임을 느끼게 했다. 장기판이나 바둑판을 보는 듯했다. 아니, 그 정도가 아니라 방금 세수를 마치고 곱게 화장하고 나선 여인의 얼굴을 보는 듯했다. 이목구비가 또렷하고 살결 고운 여인. 거기에 생각이 미치자 아내 마씨의 얼굴이 떠올랐다.

'달 디내고 있갔디? 광석의 말을 들어 아이라도 하나 만들어 놓고 올 걸. 기랬다믄 내가 없는 동안 덜 적적했을 거인데……. 아니야. 두 아들을 제대로 키울래믄 당장 아일 가뎌선 안 돼. 이뎬 내 아들들이니 기 아들들을 달 키워야 을지광 대로 은헬 됴금이라도 갚디. 딴 생각하믄 안 돼. 암, 안 되고말고.'

광건의 생각이 엉뚱한 곳으로 흐르는 걸 느꼈는지, 자기도 모르는 새에 촌티가 온몸으로 표출되고 있었는지 맨주먹이 광건 곁으로 다가오며 물었다.

"나 말이 맞디요? 이래서 고구려가 사내라믄 백젠 여인이라 하디요. 딱 보니 곱게 차려입은 여인 아닙네까? 여자들은 또 어떻고요? 사내들 살살 녹이는 게 일품이디요."

맨주먹은 긴 항해에 지친 몸을 여인의 살내로 달랠 생각에 가슴과 아랫것이 부풀어 올랐는지 그 어느 때보다 들뜬 목소리로 주절거렸다.

"백젤 세운 사람이 여자라더니 기 말이 사실인가 봅네다. 이건 도성까디도 여자 모습 기대롭네다."

광석도 광건과 비슷한 생각을 하고 있었는지 광건을 바라보며 비릿하게 웃으며 말을 붙였다.

"헛생각 말고 날래 가댜. 딕금 여자 생각할 때네? 날래 물건 팔아 놓고 영주로 가야디. 기래야 하루라도 빨리 태자도로 돌아갈 수 있을 거이고, 우릴 기다리는 사람들 목도 덜 빠디디."

광건은 광석과 맨주먹의 젓갈 냄새 나는 엉뚱한 생각을 잘라버리기 위해 엄한 목소리로 잘라 말했다. 한가로이 여자 생각이나 하며 여자 타령할 때가 아니었기에, 자신도 모르게 돋아나는 여자 생각을 잘라버리기 위해서였다.

13

성문을 통과해 운송을 맡은 뱃사람들의 안내를 받으며 성 중앙에 있다는 한말장(성 중앙에 있는 큰 마을에 서는 장이란 뜻)으로 마차를 끌고 장으로 들어서려는데 일행 앞을 막는 사람이 있었다.

"어디서 싣고 오는 뭐요?"

입성을 보니 돈깨나 있는 사람인 것 같았다. 나이도 지긋하여 사십은 족히 돼 보였고, 장사에 잔뼈가 굵은 사람이 아니라 벼슬아치 같아 보였다.

"물 건너 요동에서 싣고 온 물건들인데…… 어띠 기러시오?"

광건과 광석은 가만히 보기만 했고, 맨주먹이 앞으로 나서며 응수했다.

"그럼 월곶에서 성안까지 직접 싣고 왔다는 말이오?"

"기렇소."

"어떻게? 어떻게 성안으로 들어올 수 있었소?"

상대가 놀라는 표정으로 물었다.

"방어사와 잘 아는 사이라 패를 줘서 들어올 수 있었소."

맨주먹이 다소 거들먹거리는 몸짓으로 대꾸했다.

"방어사와 잘 아는 사이라니? 요동에서 왔다는 사람이 어찌 방어사를 안단 말이요?"

"뭐 그것까지는 알 필요 없고…… 그나저나 우릴 막은 이유가 뭐요?"

"장사치가 수레를 막아서는 이유가 뭐겠소? 물건을 보고 흥정을 한 후 물건을 사려는 거지. 그래, 수레에 싣고 가는 게 뭐요?"

"포목과 모피를 싣고 포목전을 탓아가는 길이요. 성 밖 나루터에서 반값밖에 안 쳐주기에 포목전을 탓아가 직접 거래할 생각으로."

"그렇다면 잘 오셨소. 내가 그것들을 사리다. 그러니 나랑 같이 갑시다."

상인이란 자가 손을 앞으로 뻗으며 말했다.

"댁은 뉘며…… 어디로 가잔 말이요? 어떻게 댁을 믿고?"

"월곳에서 방어사로부터 연통을 받았소. 이렇게 일찍 당도할 줄은 모르고 나루로 나서던 참이오. 그런데 마차에 실린 물품들이나 세 사람이 함께 움직이는 걸 보고 방어사가 말한 사람이구나 싶었소. 그러니 같이 갑시다. 자세한 얘긴 가서 하기로 하고."

"기걸 어뚷게 믿갔소?"

가만히 듣기만 하던 광석이 나서며 물었다. 그러자 상대가 옅게 웃으며 대답했다.

"광석인가 보오. 이쪽은 형인 광건이고. 그리고 나와 상대하는 사람은 영주에서 온 맨주먹이고. 엊저녁 늦게까지 술을 마셨다기에 좀 늦게 오겠지 생각했는데, 역시 고구려 사람들답게 빠르네요."

방어사가 연통했다는 사실이 의심의 여지가 없었다. 이름을 꿰는 정도가 아니라 어젯밤 일까지 다 알고 있다면 방어사가 보낸 사람이 분명했다.

"방어사께서 어떻게 이렇게까다……."

광건은 말을 할 수가 없었다. 방어사의 마음씀이 너무나 고맙고 황송했다. 병택 장군의 덕이 위례성까지 뻗쳐 있다는 사실이 믿기지 않을 정도였다. 크고 융숭한 덕은 삼대에 이어지고, 만리를 간다더니 병택 장군의 덕이 바로 그러했다. 다시 한 번 병택 장군를 우러러 보게 했다.

상인의 소개로 객사에 든 광건 일행은 상인으로부터 방어사와의 인연을 듣게 되었다.

상인의 이름은 인회仁會라고 했다. 원래 백제 사람이 아니라 기개 높은 백이숙제의 고국 고죽국孤竹國의 후예라 했다. 700여 년 전, 고죽국이 제齊나라 소백(小白. 훗날 춘추오패의 한 사람인 제환공齊桓公)에게 멸망당하자 몸만 빠져나온 선조들이 한수 근방에 자리를 잡았단다. 그 후 여러 차례 땅 주인이 바뀌었고, 한 동안 마한의 영토였던 한수에 백제가 세워지자 백제사람이 되었다고 했다. 선조들의 피땀을 거름 삼아 목숨을 이어왔고, 고조 때부터 한수를 터전 삼아 상업을 해오고 있다고 했다. 그러다 당시 수군 군관이었던 기상도를 알게 되었고, 우연히 둘의 사연을 털어놓게 된 후 둘도 없는 사이가 됐다고.

"그렇게 연을 맺은 후로, 형제처럼, 망년지우처럼 지내고 있지요. 그리고 이런 일이 있을 때는 서로 도움을 주고 있고…….."

인회는 거기서 말을 멈추더니 광건 일행을 쳐다보았다. 자신의 얘기를 들었으니 광건네가 방어사를 알게 된 사연을 말해보라는 뜻인 듯했다. 그러자 광석이 먼저 말을 꺼냈다.

"우리도 어예 텨음 만났시요."

"예? 어제 처음 만났다고요? 그런데 어째서 방어사가 그런 당부를 했을까요? 이런 부탁을 받은 건 나로서도 처음인데?"

"아마 우리가 모시고 있는 한 사람 때문일 겁네."

이번에는 광건이 대답했다. 그러자 인회가 화들짝 놀라는 표정을 짓더니 물었다.

"한 사람 때문이라면 혹시…… 기병택이라는 장군입니까? 그 분이 살아계십니까?"

"예? 기, 기걸 대상께서 어띠 압네까?"

놀라 물은 건 광건이었지만 나머지 둘도 놀라긴 모두 마찬가지인 듯 셋이 일제히 인회를 쳐다보았다.

"그랬군요. 그분이 살아계시군요."

"아, 아니…… 대상께서 기 장군을 어띠 아십네까?"

"방어산 기병택이라는 이름을 입에 달고 사셨지요. 방어사를 아는 사람이라면 기 장군의 이름을 모르는 사람이 없을 정도니까요. 방어산 기 장군을 생명의 은인이자 아버지로 생각하고 있는 것 같았습니다. 그래서 소상에게 그런 부탁을 했던 것이군요. 그렇다면 이제 얼추 얼개가 맞춰집니다."

인회는 이제 의문이 풀린다는 듯 고개를 끄덕였다. 어쩌면 자신의 생각이 맞았다는 뜻인지도 몰랐다. 그러더니 뜻밖의 제안을 했다.

"그렇다면 소상한테 싣고 온 물건을 모두 넘기시지요. 물론, 가격은 세 분이서 알아본 후 말씀하시면 그 가격을 쳐드리겠습니다. 그렇다고 최고가는 부르지 마시고요. 오늘부터 장을 돌아보면서 가격을 알아본 후 알려주십시오. 그러면 그 가격에 전부 사드리겠습니다. 그리고…… 갈 때 싣고 갈 물목들도 알려주시면 소상이 준비해놓겠습니다. 어떻습니까?"

그 말에 셋은 할 말이 없었다. 어떻게 그럴 수 있는지 알 수가 없었기 때문이었다. 아무리 방어사의 부탁이 있었다 해도 장사하는 사람으로서 내릴 수 없는 결정이었다. 손익을 떠나 방어사의 부탁을 들어주고 싶은 모양이었다.

"방어사의 뎃 부탁인가 봅네다?"

광석이 촉빠르게 물었다.

"예, 그렇습니다. 늘 도움만 받았지 한 번도 도움을 드리지 못해 미안했었는데 이제 그 은헬 갚게 됐으니 뭘 더 바라고 따지겠습니까? 그러니 방어사에게 은혜 갚을 기회를 소상에게 주십시오."

인회가 깊은 한숨과 함께 부탁을 해왔다. 이런 기회가 다시는 오지 않을 것이라 생각하는지 간절함이 깊이 묻어 있었다. 하여 광건이 대답했다.

"이거 탐……. 우리가 부탁을 해도 시원티 않을 거인디 대상께서 기렇게 말씀하시니 할 말이 없습네다. 기러니 기건 걱뎡 마시구래. 외려 우리가 부탁해야 할 상황이디요."

"그 무슨 말씀을? 아무튼 고맙습니다, 이렇게 와주셔서. 안 그랬으면 방어사께 은혜를 갚을 기회가 없었을 터인데 이렇게라도 갚게 됐으니 말입니다. 그런데 기 장군께선 지금 어디에 계십니까? 궁금 하기는 소상 또한 방어사 못지않습니다. 그러니 소상에게도 좀 알 려주시지요."

"기거 탐, 연이틀 기 장군 얘기만 하는구만요. 이럴 듈 알았으면 아예 기 장군을 모시고 올 걸 기랬시오."

광석이 말을 하며 광건을 쳐다보며 빙긋 웃었다. 기 장군의 자기 장이 어디까지인지 알 수 없다는 뜻인 듯했다.

광석의 이야기에 광건이 덧붙이기도 하면서 기 장군과 무범 왕자 의 이야기를 인회에게 해줬다. 인회는 놀라기도 하고, 감탄하기도 하고, 혀를 차기도 하고, 고개를 끄덕이기도 하면서 집중해서 들어 주었다. 남다른 말재주를 가진 광석의 얘기라 다시 들어도 흥미진 진했다. 직접 겪어보지도 않았고, 무범 왕자를 통해 단 한 번 들었을 뿐인 이야기를 두 사람과 동고동락이라도 했던 사람처럼, 모든 일 을 직접 겪은 것처럼 잘도 풀어놓았다. 무범 왕자가 이야기할 때보 다 더 사실적이고 흥미진진하게 느껴질 정도였다. 해서 겪은 사람 보다 들은 사람이 더 잘 알고, 역사보다 이야기가 더 사실적일 수 있다는 말이 실감났다. 아무래도 광석은 뱃사람이나 장사보다 그쪽 에 더 어울리는 사람 같았다.

인회의 당부에 따라 해가 설핏해질 때부터 장을 돌기 시작했다. 가격을 알아야 인회에게 적정한 값을 제시할 수 있을 것이기에 장 을 돌며 가격을 알아봤다.

과연 맨주먹의 예상대로 성 안팎의 가격은 반 이상 차이가 났다.

맨주먹의 말을 듣지 않고 나루에서 물건을 팔았다면 그만큼 손해를 볼 뻔했다. 나루터에 포진해 있는 거간꾼들은 외지에서 온 장사치들이 도성문 안으로 들어갈 수 없다는 약점을 이용해 헐값에 물건들을 사들여 반 이상의 이문을 남기고 있었던 것이었다. 그러니 방어사의 패牌는 그만큼 값어치가 있었던 셈이었다.

그런데 광석은 피륙이나 모피 가격 조사보다 엉뚱한 데 정신이 팔려 있었다. 장을 돌며 가는 곳마다 엉뚱한 것을 묻고 적기 시작했다.

성안이라 그런지 장도 잘 갖춰져 있었다. 동서남북과 중앙에 5일에 한 번씩 오일장이 선다고 했는데, 도성 중앙에 있는 한말장은 매일장이라 할 수 있었다.

한말장은 넓게 잘 정비되어 있었다. 전만 해도 싸전, 곡물전, 어물전, 남새전, 포목전, 약전, 그릇전, 잡화전, 쇠전, 나무전 등이 늘어서 있었다. 거기에서 장사로 먹고 사는 사람만도 만만치 않았다.

싸전에 마쟁이, 되쟁이, 강구, 말감고, 장감고, 승수, 짐방, 임방꾼, 짐꾼이 있고, 곡물전에는 벼팔이꾼, 과일전에는 광주리장사, 동아리장사, 쇠전에는 어리장사, 어물전에는 노부꾼, 포목전에는 떨이꾼, 나무전에는 모꾼과 맛바리가 있고, 떡장사, 포목장사, 방물장사, 국밥 장사, 술장사, 들병장사, 약장사, 간거리장사, 마병장사, 꾸미장사, 뜨내기장사 등이 있었다.

또 물건도 팔지 않으면서 장바닥을 돌아다니며 돈을 뜯어먹는 동냥패거리, 걸립꾼, 맥장꾼, 홀리꾼, 바람잡이까지 장바닥을 돌고 있었다. 이들 말고도 장바닥에서 먹고 사는 사람이 많았으니 가히 한말장은 인간전시장이라 할 만큼 많은 사람들이 들끓고 있었다.

장을 돌며 광석은 부지런히 붓을 놀려댔다. 장의 종류며 거기에서 장사하는 사람들의 명칭을 자세히 적는 모양이었다. 그냥 듣고 흘릴 만한데 광석은 그것마저도 적는 것 같았다. 새로운 문물에 대한 호기심도 호기심이지만 그런 것들을 알아둬야 앞으로 장사하는 데 도움이 될 것이라 생각하는 모양이었다.

"생각해보슈. 이런 장바닥에 펴져 있는 장의 종류며 장바닥에 널려있는 사람들 종류만 아는 턱해도 상대가 우릴 만만히 보디 못할 거이고, 기렇게 되믄 기만큼 이문이 남을 긴데 기게 뭐 어렵다고 놔두갔소? 아는 만큼 남고, 남는 만큼 머릿속에 남갔디."

듣고 보니 그른 말도 아니었다. 세세한 부분까지 알지는 못한다 할지라도, 이름을 안다는 건 그만큼 장사에 대해 알고 있다는 뜻이니 상대가 만만히 보지 않을 것이었다. 말로 상대를 제압하지는 못할지라도 함부로 보지 못하게 할 수 있을 것이었다. 하여 광석이 대견하여 광건도 고개를 끄덕여주었다. 그런 점은 광석에게서 배워야 할 점이었다. 아는 것이 힘이 될 수 있었다.

14

색주가 맛은 못 봤지만 백제 여행은 넉넉하고 의미 있고 풍성했다. 방어사 덕분에 못 가는 곳 없이 마음껏 다닐 수 있었고, 물건도 제값을 톡톡히 받았고, 원하는 물품들도 싸게 구입할 수 있었다. 그 어느 때보다 이문이 많이 남았고 그에 따라 마음도 넉넉했다.

거상 인회의 도움으로 월곳에서 싣고 간 물품들을 고가로 넘겼다. 세 사람이 의논하여, 최고가에서 조금 뺀 가격이라 선뜻 받아들이기 쉽지 않았을 텐데도 두 말없이 전량을 구입해줬다. 또한 자신의 영업망을 동원하여 영주로 내려갈 때 싣고 갈 물품들도 싸게 구입해줬다. 덕분에 불과 열흘 만에 모든 장사를 끝내고 월곶으로 돌아올 수 있었다.

그뿐만이 아니었다. 인회는 세 사람을 이끌고 다니며 도성 곳곳을 알려주었을 뿐만 아니라 연회를 열어 위례성에 있는 거상들을 소개시켜주기도 했다. 평생을 다녀도 못 볼 위례성의 모습을 볼 수 있었고, 평생을 쌓아도 못 쌓을 인맥을 쌓게 도와줬다.

"이 은혜를 어띠 갚아야 할디…… 소인 능력으로는 도더히 갚을 길이 없을 것 같습네다."

도성을 떠나기 전, 광건이 고마움을 표하자 인회는 바로 받았다.

"그건 소상한테 할 말이 아니라 방어사에게 해야 할 말인 것 같습니다. 소상은 이번 기회에 방어사에게 진 빚을 갚을 수 있어서 오히려 도사공들께 감사를 드려야 할 입장입니다. 그러니 고마움을 표하시려거든 방어사께나 하시지요."

그러면서 인회는 헐겁게 웃었다. 이제 마음의 빚을 얼마간 갚을 수 있어서 헐겁다는 표정이었다.

월곶으로 돌아와 그런 사연까지 다 풀어놓자 방어사는 방어사대로 딴소리를 했다.

"그 사람이 또 괜한 소릴 했구먼. 남 어려워하는 걸 그냥 보아 넘기지 못하는 자신의 성정이 시킨 일을 마치 나 때문에 한 것처럼 말했으니 말일세. 나야 북방에서 온 양질의 물품들을 싣고 가는 사람이 있으니 구미가 당기거든 사두라고 전했을 뿐이네. 또한 난 그 사람한테 도움을 준 적도 없고."

그렇게 모든 공을 인회에게 떠넘겨 버렸다. 그리곤 이별주나 한 잔 하자며 술상을 내왔다.

　그날도 밤늦도록 얘기를 나눴다. 이번은 방어사의 얘기가 아니라 태자도의 얘기가 주를 이뤘다. 방어사는 주로 묻고 광석과 광건이 물음에 답하는 형식이었다. 그 얘기를 들으며 맨주먹은 자신이 태자도에 머물며 느꼈던 것이 잘못되지 않았음을 다시 느끼게 됐으니, 태자도는 작은 섬에 불과하지만 그 어떤 섬보다 크고 위대하다는 것이었다.

　간조 시간에 맞춰 닻을 올리기 위해 월곶포구에서 이별을 했다.

　"잘들 가고, 태자도로 돌아갈 땐 꼭 다시 들리게."

　떠나기에 앞서 방어사는 광건과 광석 형제에게 다시 부탁했다. 벌써 몇 번째 부탁인지 몰랐다.

　"걱명 마시라요. 쌀을 싣고 가야 하니낀 다시 꼭 들리갔고, 방어 살 탗아뵙갔습네다."

　"기래. 병택 장군에게 보낼 게 있으니 꼭 들리시게."

　"예, 기럼……."

　광건을 시작으로 광석과 맨주먹도 깊이 고갤 숙여 인사를 했다. 만남은 짧았지만 사연이나 인연은 길었기에 작별인사도 깊었다. 그러자 방어사가 광건과 광석의 손을 찾아 쥐더니 토닥이며 말했다.

　"무사히, 건강하게 다녀들 오시게. 나도 병택 장군만큼이나 자네들을 기다리고 있겠네. 알겠는가?"

　방어사는 마치 자식들을 멀리 떠나보내 듯, 보내기 싫지만 보낼 수밖에 없는 사람처럼 말했다.

"예, 기럼……."

광건이 목멘 소리로 대답하더니 손을 뺐다. 광석은 눈물을 훔쳤다. 사람의 정이 그리운 이들의 이별 장면은 늘 보는 이의 가슴을 아리게 하는 그 무엇이 있는지 맨주먹의 가슴마저 먹먹했다.

"방어사 덕분에 소인도 장사며 구경 잘 하고 감수다. 강건하시라요."

맨주먹이 인사를 하며 방어사를 바라보니 방어사 눈에는 눈물이 가득 고여 있었다.

"그래요. 도사공도 이곳에 들릴 땐 꼭 연락하시고."

방어사의 목소리마저도 축축이 젖어 있는 것 같았고, 말은 맨주먹에게 하면서도 눈길은 멀어져가는 건석 형제를 바라보고 있었다. 무장으로서 체통도 잊은 채 눈물을 가득 담은 눈으로 물끄러미. 그런 자리에 익숙한 맨주먹은 더 이상 머뭇거려서는 안 됨을 알기에 서둘러 자리를 떠버렸다.

닻을 올리고 배가 포구를 빠져나갈 때까지 방어사는 그 자리에 서 있었다. 그 모습은 먼 길을 떠나는 자식들을 흐린 눈으로 바라보는 어머니처럼 보이기도 했고, 산마루에 선 채 세월의 무게를 견디는 늙은 팽나무처럼 보이기도 했다.

새 장군의 등장

15

바우의 착오 때문에 시작된 잔치로 태자도가 흥청거렸다.

힘든 보리걷이가 끝난 후라 안 그래도 몸이 근질거리던 태자도 주민들은 결의형제 의식을 빌미삼아 태자궁에 모여들어 잔치를 벌였다. 질끈 졸라맸던 허리끈을 풀고 모처럼만에. 태자가 삶아준 쇠고기와 쇠고기 국물을 나눠먹으며 하루를 즐겼다. 고깃국을 보자 술 생각이 간절한지 슬금슬금 눈치를 보아가며 술을 내오더니 나중엔 아예 태자도 술독을 말려버리려는 듯 술을 마셔댔다.

술이 들어가자 절로 흥이 났고 소리가 터져 나왔다. 고된 노동을 잊으려는 일노래가 아니라 흥겨움을 이기지 못해 터져 나오는 창唱이었다. 소리가 나오는데 가락을 잡을 북과 요고(腰鼓. 장고)가 빠질 수 없으니 고이 모셔둔 북과 요고도 등장했다. 그쯤 되자 춤이 빠질 수 없어 군데군데 춤판도 벌어졌다.

그러나 터져 나온 흥을 접을 수밖에 없었다. 날이 저물기 시작하자 태자궁 앞을 비워야 했다. 태자궁 주변은 야간 출입금지 지역이었다. 아무리 좋은 날이라 해도 밤까지 태자궁을 어지럽힐 수는 없었다. 어쩌면 좋은 날이었기에 더욱 더 조심하는 눈치였다. 호사다마好事多魔라고, 좋은 일에는 마가 끼는 법이니 그걸 막기 위해 솟아오르는 흥을 억제하는 듯했다.

그러나 한 번 오른 흥을 누르기가 쉽지 않은지 자기들 동네로 돌아가 밤까지 즐겼다. 하루를 온전히 먹고 마시고 즐기는 일로 보낸 것이었다.

여흥餘興은 거기서 끝이 아니었다. 다음날이 되자 마을별로 힘자랑이 시작되었다. 술김에 벌인 내기가 점점 커져 마을을 들썩이기 시작한 것이었다. 윷놀이, 씨름, 활쏘기, 바위 들어올리기 등이 그것이다.

남자들이 내기와 놀이에 열을 올리자 아낙들은 음식을 장만해 날랐다. 이웃끼리 나눠먹고 즐기기 위해 손을 편 것. 또한 아낙들은 자기들끼리 음식을 장만하여 못가나 물가로 가서 물맞이 놀이를 하기도 했다. 또한 물가에 무성한 창포를 뽑아다 손에 비벼 머리를 감기도 했다. 뿐만 아니라 어떤 마을에선 아낙들이 둥그렇게 모여 춤을 추기도 했다. 아낙들도 자신들만 할 수 있는 놀이를 통해 결의 형제를 기념했다. 하루로는 미진해 사흘간을 즐긴 것.

그런데 주민들의 흥이 이어질 수 있었던 것은 태자의 일련의 조치가 있었기에 가능한 일이었다. 떡 본 김에 제사 지내고 넘어진 김에 쉬어 가려는 주민들의 의지를 확인한 태자가 모든 훈련과 공사를 일시 중단시켰기 때문이었다. 마석과 석권에게 명해 군사 훈련을 일시 중단시켰고, 구비에게 명해 글공부를 잠시 멈추게 했고,

바우와 사공들에게 명해 옴팡포에서 진행 중인 배 건조 작업을 일시 중지 시켰기에 가능한 일이었다. 또한 태자의 특별조치라 하여 화물 선적 및 하역 작업도 일시적으로 멈추도록 했다. 한 마디로 태자도 전체를 쉬게 한 것이었다. 그 때문에 주민들은 마음 놓고 즐길 수 있었고 흥을 낼 수 있었다.

"궂은 날이나 아니믄 언제 쉬어보기나 했습네까? 기렇디만 쉬어야 힘이 나고, 힘이 나야 일을 하디요."

태자의 의지와 논리는 단순하면서도 확고했다.

"쉬어야 원기를 회복할 수 있고 원기를 회복해야 일을 할 수 있는 거 아닙네까? 사실 태자돈 기 동안 쉬는 날이 없었고, 태자도 주민들은 쉬어보딜 못했습네. 궂은 날이나 아니면 쉴 수가 없었디요. 특별히 기념할 날도 없었고 거국적(?)인 행사도 없었습네. 기러다 보니 전쟁 상황도 아니고 재난 상황도 아닌데도 쉬딜 못했디요. 기러니 이제 쉴 날을 만들어둬야디요. 마소도 쉬어야 일을 하고, 배도 가끔 수리를 위해 뭍에 올려 쉬게 하지 않습네까? 하물며 사람이야 말할 필요가 없디 않습네까?"

태자의 말에 모두들 고개를 끄덕였다. 단순한 동의가 아니라 허덕이며 바삐 사느라 미처 그런 생각을 못했던 자신들에 대한 반성 내지는 책망인 듯한 끄덕임이었다. 어쩌면 가련하고 처량한 자신들의 삶에 대한 측은함이었는지도 몰랐다.

"지당하신 말씀입네다. 기렇게 해야디요, 기렇고 말고요."

태자의 말에 석권이 헤벌쭉 입을 벌리며 대답하더니 바로 쉬겠다고 대답했다.

"쉬는 날은 냉듕에 정하더라도 일단 사흘 동안 군사 훈련을 쉬도록 하갔습네다. 기러니 기에 준해서 다른 일들도 처리하믄 되디 않 갔습네까? 군사 훈련만큼 시급하고 중차대한 일은 없을 테니낀 말 입네다."

석권의 말에 모두들 고개를 끄덕였다. 태자의 의지와 석권의 적 절한 건의에 모두들 동조한다는 뜻이었다. 그렇게 해서 사흘 동안 태자도에 군사 훈련과 모든 인력 동원을 중지한다는 명을 내리게 됐다. 또한 그게 시발점이 되어 5월 초닷새부터 사흘 동안은 모든 훈련과 인력 동원을 금하는, 쉬는 날로 정하게 된 것이고.

16

결의형제의 흥이 겨우 가라앉은 5월 열이틀. 바우의 집에 또 한 번 기름 냄새가 진동했다. 바우 아들 개똥이가 첫돌을 맞은 것이었다.

애초 바우는 가족끼리 모여 밥이나 한 끼 나눠먹고 돌잡이나 할 생각이었다. 바우에게 첫돌이란 이제 죽을 고비를 넘겼고, 드디어 사람이 되어 서고 걷기 시작할 때란 의미밖에 없었다. 한 마디로 길짐승에서 사람으로 변하는 때라 생각했기에 별다른 의미를 부여 하고 있지 않았다. 사람이라면 누구나 거치는 통과의례라 생각했다. 가난이 재산이요, 사냥꾼의 아들로 태어나 산속에 묻혀 살았던 바 우에게 첫돌이란 그런 것이었다.

그렇지만 이제 사냥꾼이 아니라 태자를 모시는 사람이고, 첫 애 인 만큼 최소한 첫돌만이라도 기념해 주고 싶었다. 해서 가족끼리 모여 이밥이라도 나눠먹고 돌잡이를 할 생각이었다. 자신처럼 사냥꾼으로 살지 않을 것이기에, 살아서는 안 되겠기에, 어떤 사람이 될지를 미리 점쳐보고 싶었다. 어떤 인물로 자랄지는 알 수 없겠지만 미리 알 수만 있다면 최대한 도와주고 싶었다.

그런 생각을 한 것은 어머니의 종용 때문이었다. 가난이 재산이었던 살림이라 하나밖에 없는 아들 돌도 챙기지 못한 것이 평생 한이 됐다며 어떻게든 개똥이 돌상을 봐주라는 어머니의 당부가 바우를 자극했다. 그래서 자신도 어머니처럼 한을 남기지 않기 위해 식구들끼리만이라도 돌잡이를 할 생각이었다. 하여 돌이 가까워지자 아내에게 자신의 뜻을 전했다. 그러자 아내가 펄쩍 뛰었다.

"예? 기게 무슨 말씀입네까?"

아내는 바우를 빤히 쳐다보았다. 그러나 그 시간은 그리 길지 않았다. 무슨 생각이 들었는지 곧 눈길을 내리며 말했다.

"아, 알겠습네다. 기건 소첩이 알아서 할 테니낀 신경 쓰디 않으셔도 될 것 같습네다."

"기렇긴 하디만……. 알갔시오. 기렇디만 첫 애니 돌답이는 하자우요. 또 압네까? 친할아버딘 아니디만 할아버딜 닮아서리 출장입상할디……."

"예, 알갔다고요."

아내는 평상시와 달리 한숨과 함께 고개까지 끄덕이며 대답했다. 아무래도 바우가 너무 과한 욕심을 낸 것 같았다.

사냥꾼 주제에 아들에게 너무 과한 돌맞이를 하려는 것이 아내에게 부담을 주는가 보았다. 그렇지만 이제 아들에게 그 정도는 해줘도 무방할 것 같았다. 비록 사냥꾼에 불과했지만 지금은 태자를 곁에서 모시고 있는 정식 신하가 아닌가. 또한 자신이 을지광의 아들이 되었으니 아들 개똥이는 을지광의 손자가 아닌가. 그러니 그 정도는 과욕이라 생각되지 않았다.

그런데 아내는 아직까지도 바우를 그렇게 보지 않는 것 같았다. 비록 남편이긴 했지만 그녀에게 바우는 아직도 그냥 사냥꾼에 불과한 모양이었다. 그게 섭섭했다. 그러나 그걸 표현할 수도 없었기에 슬그머니 방을 나서 버렸다.

'몸은 섞어도 마음만은 섞딜 못하는구만 기래.'

바우는 괜히 서러웠다. 자기 분에 맞는 여자와 혼인하였다면 이럴 때 자기 뜻대로 일을 처리했으련만 괜히 지체 높은 여자와 혼인하여 기를 펴지 못한 채 살아가는 자신이 처량하기까지 했다.

그러나 그것은 바우의 오해였다. 그걸 알게 된 것은 며칠 지나지 않아서였다.

옴팡포에서 건조 중인 배들을 살펴보고 있노라니 고량부가 찾아왔다. 형 광건과 동생 광석이 대항해를 떠난 후 형제를 대신해 가끔 들러 배 건조 상황을 살펴보곤 했는데 마침 그들과 마주친 것이었다.

"마침 여기 와 있었구만 기래."

태자가 바우를 보자 반색을 하며 반겼다. 하여 바우는 뒤로 물러서며 인사를 했다.

"전하, 나오셨습네까? 두 분 전하께서도 안녕하시디요?"

바우의 인사에 태자가 씽긋 웃는가 싶었다. 무범과 인섭에게도 전하라 칭하는 게 기분 좋았던 모양이었다. 그래서였을까? 태자가 뜬금없이 물었다.

"기나녀나 아들 첫돌이 언뎁네까? 기게 궁금해서리 한 번 부를까 했었는데. 오월 중순이라 딕금뜸인 것 같은데……."

"예, 모레 오월 열이틀입네다. 긴데…… 기건 왜 묻습네까?"

"왜 묻긴? 내래 삼촌으로 돌밥은 먹어야디요. 첫 애고 한데 모른 뎨할 수야 없디요."

"아, 아닙네다. 식구끼리 모여서 밥이나 같이 먹을까 생각 중입네다."

"첫 앤데 식구끼리만 하갔다는 겁네까? 돈틸 해야디요. 다른 사람들은 몰라도 우리 삼형제에 태자궁 떨거디들은 초멜 해야디요. 기래야 애가 무탈하고 장수하디요. 많은 사람들 앞에서 돌답이래 해서 기렇게 댜랄 수 있게 축원도 해주고."

"아, 아닙네다. 기냥 식구끼리만 됴용히 티를까 합네다. 뭐 대단한 놈이라고……. 안식구와도 기러기로 했습네다."

바우의 대답에 태자가 고개를 갸우뚱하며 말했다.

"기럴 리가요? 귀부인과 댝은내당內堂께서 기럴 리가 없는데……. 내가 알기론 벌써 돤티 준빌 하는 걸로 아는데……."

"예? 기게 무슨 말씀이십네까? 돤티 준빌 한다고요?"

바우가 놀라서 묻자 태자도 미심쩍은지 뒤에 서 있는 석규(石珪. 벌테란 어감이 좋지 않다고 인섭이 새로 지어준 이름)를 돌아봤다. 그러자 석규가 대답했다.

"분명합네다. 소인이 똑똑히 들었습네다. 돤티 준비하고 있으니 모두들 같이 오시라고."

석규의 대답에 바우는 석규를 쏘아보았다. 잘못 들은 게 아니냐고. 그러자 석규가 바우를 향해 입화살을 날렸다.

"형이 댤못 아는 거 같수. 아니믄 형수가 형을 쇡이고 형 몰래 일을 꾸미고 있거나. 아무튼 댤 알아보슈. 난 돤티 먹을 생각에 벌써부터 굶고 있으니낀."

바우는 할 말이 없었다. 석규가 불확실한 사실을 태자께 전했을
리 없었고, 석규가 아내에게서 들었다면 석규의 말이 사실일 가능
성이 높았다. 그렇다면 다른 사람들은 알고 있는 사실을 정작 자신
만 모르고 있었다는 뜻이었다. 그러니 할 말이 없을 수밖에.

"나뿐만 아니라 우리 형제들, 태자궁 떨거지들도 굶고 있으니 많
이 탸리라요. 이 탐에 기둥 뿌리까딘 아니더라도 기둥 두어 개는
뽑아야 하갔으니. 큰아버디와 댝은아버딘 멀리 떠나 있어 참석하지
못하니낀 우리라도 참석해서리 재룡도 봐듀고 돌댝이하는 것도 봐
듀어야디요. 기러고……."

그러더니 태자가 잠시 말을 멈추더니 내친김이라는 듯 툭 던졌다.

"댝은내당과 따로 댭네까? 안 기러믄 어뜧게 이런 일이? 날래
다시 합방하시라요. 기래야 둘때래 생겨 댠팃밥 얻어 먹디요."

그 말엔 얼굴이 확 달아올랐다. 그러거나 말거나 태자는 의미심
장한 미소를 흘리며 자리를 떠버렸다. 아무래도 바우 부부의 금슬
을 의심하는 모양이었다.

고량부가 돌아가자 바우는 부랴부랴 집으로 달려갔다. 아내에게
석규의 말이 사실인지 확인해야 했다. 어찌 된 영문인지 모르지만
아내가 자신 몰래 일을 꾸미고 있는 게 확실해 보였다.

생각 같아선 직접 부엌으로 가 아내에게 따지고 싶었지만, 잔치
를 준비하고 있다면 어머니 두 분과 함께 있을 것 같아 별채로 들어
서며 아내를 찾았다. 평상심을 가장하려 했지만 목소리가 생각보다
컸고 떨렸다.

별채 안방에 들어 숨을 고르고 있자니 아내가 들어왔다.

"밖에서 묘한 소릴 들었시요. 단티 준빌 하고 있다고. 기래서 물어보려고 들어온 거요."

평복이 아닌 일복을 갈아입은 게 뭔가를 하다 온 게 분명했기에, 아내가 들어서기 무섭게 바우가 따지듯 물었다.

"석규 입에서 나온 말인데…… 태자 전하께도 전한 모양이오. 어띠 된 일입네까?"

바우의 흥분기 섞인 목소리와는 달리 아내의 대답은 담담하고도 차분했다.

"예, 맞습네다. 소첩이 석규 아주바니께 귀띔했습네다. 다른 사람들은 만나기도 쉽디 않고, 다른 사람 귀에 들어간다 해도 쉽게 퍼디디 않을 거라 생각하여 석규 아주바니를 불러 알렸습네다."

"기, 기 무슨 말입네까? 나와 했던 말과 다르디 않소? 식구들끼리 모여 이밥이나 나눠먹고 돌댠이나 하댜고 하디 않았소?"

바우가 따지듯 묻자 아내가 드디어 속엣말을 꺼내 놓았다.

"기건 당신이 하신 말씀이디요. 소첩이 언데 기러댜고 했습네까? 기 말씀을 듣는 순간 소첩은 깜딱 놀랐습네다. 우리 개똥이래 어떤 아들인데 기런 생각을 하는디 알 수가 없었시요."

아내가 안타까움 겸 서운함을 토로하기 시작했다. 중간 중간 한숨을 섞는 게 쌓였던 게 많았던 모양이었다.

먼저 아들 개똥이 첫돌 문제를 들춰냈다. 그 문제는 혼자 생각하고 혼자 결정할 문제가 아니라 부부가 함께 의논한 후에 결정했어야 할 일이 아니냐고 물었다. 아무리 자식은 아버지를 따른다지만 이런 문제만은 부부가 함께 의논해야 하는 게 아니냐고. 자신이 비록 개가한 몸이기는 하지만 그럴 자격은 있는 거 아니냐고. 그러면서 눈물 대신 한숨을 한 말쯤 뿜어냈다.

식구끼리 이밥이나 나눠먹고 돌잡이나 하고 넘기자는 그 말에 슬프고 안타까워 말을 할 수 없었다고. 아무리 없이 살았고 산속에서 혼자 살았다고 해도 지금은 을지광 대로의 아들이요, 태자의 최측근 신하 중의 한 사람이지 않느냐고. 그런데도 아직 옛날 생활 방식을 못 버리고 아들 개똥이에게마저 자신의 삶을 답습시키려는 것 같아 화도 났지만 측은한 생각이 앞서더라고. 그래서 반대하고 싶었고, 무슨 말인가를 하고 싶었으나 참았다고. 안 그래도 서먹한 이때, 그런 얘길 했다간 감정이나 상하고 서로에게 상처만 줄 뿐 해결책은 나오기 힘들 것이라 생각하여 입을 다물었다고. 그리되면 또 다시 한 동안 냉전을 치러야 하고, 서로 자격지심만 깊어질 수 있다는 생각에 꾹 눌러 참았다고.

그렇지만 아들 개똥이 첫돌 잔치를 안 할 수는 없었기에 어머님(바우의 어머니)께는 말씀드리지 않고 어머니(을지광의 부인 배씨)와 상의해서 돌잔치 준비를 하고 있었다고. 어머님께 말씀 드려봐야 바우의 생각과 크게 다르지 않을 것 같아, 일단 일을 저지르고 난 후에 욕먹을 각오였다고. 옛날 어려웠던 시절에 익힌 생활 습관은 당신보다 어머님이 더 강할 것이기에 그걸 바꾸는 데는 일정한 시간이 걸릴 거라 판단했다고. 시댁을 업신여기거나 무시하고자 한 게 아니라 이번 돌잔치를 기회로 시댁의 얼굴을 세우고 싶었고 당신과 어머님의 의식도 좀 바꿔볼 생각이었다고. 그렇지만 어머님과 당신 의식을 바꾸는 데는 시간이 필요할 것이고, 이번 돌잔치를 통해서 느끼는 바가 있을 것이기에 그걸 기회로 하나씩 바꿔보려고 했다고.

그렇게 일을 진행시키자니 한 가지 고민이 있었다고. 돌잔치 준비를 아무리 잘 해봤자 사람들이 몰라서 찾아오지 않는다면 헛수고였기에. 그렇다고 당신과 의논한 일도 아니고 비밀리에 진행하면서 당신에게 사람들을 초대하라고 할 수는 없었고, 문뜩 석규 아주버니가 생각나서 그에게 넌지시 귀띔을 해줬다고. 열이틀 날 개똥이 첫돌이니 잔치 먹으러 오라고. 그에게 알리면 열 사람한테 알린 것보다 더 효과가 있을 것이고, 태자도 전역에 퍼져나갈 것이기에. 그런 자신의 예상이 맞아떨어져 태자 귀에까지 들어간 모양이라고.

아내는 힘들게, 괴롭게, 슬프게, 안타깝게 말을 이어나갔다. 그런 아내를 보는 바우도 힘들었고, 괴로웠고, 슬펐고, 안타까웠다. 말을 듣고보니 멀리 떨어져 있는 줄만 알았던 아내가 바로 바우 앞에 있는 게 느껴졌다. 그녀는 더도 덜도 아닌 자신과 동고동락하고 있는 아내일 뿐이었다.

"들어보니 내 생각이 짧았던 것 같구려. 난 임자한테 부담 듀디 않으려고…… 임잘 무시하거나 나 혼차 독단적으로 하려 했던 건 아니요. 기건 임자도 달 알디 않소?"

바우는 진심을 털어놓았다. 자신의 속마음까지 알뜰살뜰 살피는 정도가 아니라 시댁 체면을 세우기 위해 고군분투하는 아내에게 거짓말이나 가식적인 말을 할 수가 없었다. 그녀가 자신에게 한 올도 남기지 않고 털어놓는데 자신의 속마음을 감출 수는 없었다.

"달 알디요, 알다마다요. 기래서 더 당신을 대하기가 힘듭네다. 당신은 내가 걱정하고 고생할까봐 혼차 끙끙거리고 혼차 처리하러 하디요. 그게 바로 당신의 달못이라 생각합네다. 부부란 게 뭡네까?

둘이면서 하나가 아닙네까? 내가 당신 때문에 걱정하고 고생하믄 둠 어떻습네까? 당신 아내로서 마땅히 해야 할 일 아닙네까. 기런데 당신은 댜꾸만 기걸 막으려 하디요. 혼차 감당하려고 하고. 기런 모습을 보며 내가 얼마나 가슴 아파하는디 아십네까? 난 분명 바우 각신데, 당신은 아딕도 날 죽은 애 아빠의 각시나 대로댁 닥은마님으로 생각하고 있는 것 같단 말입네다.”

한 번 터진 봇물을 막을 수가 없는지, 아내는 자신의 속마음을 눈물과 함께 쏟아냈다.

자신은 대로댁 작은며느리도 아니고, 죽은 애 아빠의 아내도 아닌 바우 바로 당신 아내라고. 이제 살아서도 바우 각시요, 죽어서도 당신 곁에 누울 단 한 사람이라고. 그런데 왜 자신을 멀리 하냐고. 자신은 당신의 아프고 불행했던 과거를 이해할 수 있고 수용할 마음이 있었으니 혼례한 것이지 껍데기뿐인 당신과 혼인한 게 아니라고. 다른 남편들이 아내 대하듯 자신을 편안히, 만만히 대해 달라고. 제발 사냥꾼 바우가 아니라 태자 측근으로서, 을지광의 당당한 막내아들로 곁에 있어 달라고.

아내의 얘기를 듣고 있자니 바우의 눈에서도 눈물이 흘러내렸다. 세상에서 자신을 가장 사랑하고 믿는 사람을 너무 멀리 떨어뒀던 것 같아 미안했다. 그녀 말마따나 이제 살아서도 죽어서도 함께 할 수밖에 없는 단 한 사람을 너무 멀게만 생각했던 것 같았다.

바우는 손을 들어 가만히 아내의 눈물을 닦아주었다. 뜨거운 눈물이 손끝을 타고 바우의 가슴으로 흘러드는 듯싶었다.

“미안하오. 고맙소. 그리고…… 사랑하오. 임잔 알믄 알수록 날 위해 세상에 내려온 선녀만 같소.”

그런 후 바우는 조용히 아내의 얼굴에 입을 맞췄다. 그러자 아내가 바로 받았다.

"또? 소첩은 선녀가 아니라 인간이고, 당신의 하나뿐인 각시일 뿐입네다. 예발 기런 생각 마시라요."

"기래, 알갔소. 기냥 사랑하는 내 각시요."

그러자 아내가 바우의 가슴을 파고들었다. 비릿한 젖내와 함께 살내가 풍겨왔다. 바우는 지금까지와는 다르게, 적극적인 손놀림으로 아내의 몸을 더듬기 시작했다. 깜짝깜짝 몸을 떨며 반응을 보이는 아내가 새롭게 느껴지며 지금까지 없었던 힘이 솟았다.

바우는 낮이란 사실도 잊은 채 아내의 옷을 벗기기 시작했다. 바우의 다소 거친 손놀림에 놀란 아내의 몸이 떨림을 넘어 울림으로 깨어나고 있었다.

17

곡절이 없었던 건 아니지만 바우 아들 개똥이 첫돌 잔치는 많은 하객들의 축하 속에서 시작되었다.

바우 아내 이씨李氏가 재치를 발휘하여 석규에게 귀띔을 하자 소문이 태자도 전역에 퍼졌고, 안 그래도 출산이 많지 않았던 태자도는 축하 분위기에 휩싸였다.

태자도에는 여자들이 많지 않았다. 애초 해적 소굴이라 하여 모두들 피했던 곳이었고, 여자들이 들어와 살기에도 적당한 곳은 아니었다. 태자도의 소문이 퍼지면서부터 여자의 유입이 꾸준히 늘고 있기는 했지만 태자도는 아직까지도 남자들의 섬이라 할 수 있었다. 보니 출산율이 저조했고, 출산했다 해도 돌을 넘기기 전에 저승사자가 데려가 버리니 돌을 넘기는 아이는 손에 꼽을 정도였다. 아이 농사 반타작 농사란 말이 빈말이 아니었다. 그러는 차에 이주민인 바우 아들 개똥이가 첫돌을 맞이하게 됐으니 태자도의 관심이 집중될 만도 했다. 더군다나 사냥꾼 바우와 을지광의 며느리였던 이씨 혼례에 비상한 관심을 가졌던 터라 그 아들의 첫돌에도 관심이 집중될 수밖에.

개똥이 첫돌은 바우 부부에게도 전환점을 마련해줬다. 바우와 아내가 극적인 화해를 통해 완전한 부부로서 재탄생하게 된 것이었다. 서로 멀게 느끼며 서먹해하던 부부를 하나로 묶는 접착제 역할을 개똥이가 한 셈이었다. 하여 개똥이 첫돌은 여러 면에서 의미 있는 행사가 되었다. 극적인 화해를 한 바우 내외가 한마음이 되어 잔치 준비를 했고, 을지광 부인 배씨가 팔을 걷어붙이니 잔치 이틀 전부터 바우네 집은 이미 잔칫집이 되어 있었다.

"음식이 남아야 하디 부족해선 안 되니 모든 걸 넉넉히 준비하라. 남는 건 누구라도 먹을 수 있디만 부족하믄 못 먹는 사람이 생기니 끈 넉넉히 하라."

배씨 부인은 오랜만에 할 일을 찾은 사람처럼 음식을 준비하는 사람들에게 '넉넉히'란 말을 강조하며 다녔다. 그도 그럴 것이 바우 뒤에는 태자를 비롯하여 태자도를 다스리는 관리들이 있었고, 이 기회에 바우의 낯을 세워주고 싶었기 때문이었다. 관리들뿐만 아니라 태자도 주민들에게 바우의 위상을 바로 세우는 한편, 을지광의 아들이 어떤 존재임을 부각시키고 싶었기에 곳간을 활짝 열기로 작정했던 것.

그러나 바우 어머니는 그러는 사돈이 못내 불안한지 자꾸만 쭈뼛거리고 있었다. 여자는 모름지기 손끝에 야물어야 하고, 모든 걸 아껴야 살 수 있다는 신념을 가지고 있는 그녀의 눈에 사돈이나 며느리의 씀씀이는 감히 상상도 못할 정도였다. 그러나 아들까지 나서서 적극적으로 돕고 있고, 잔치 준비에 드는 돈도 자신의 돈이 아니라 이래라 저래라 말할 입장은 아니었다.

그녀는 돌잔치가 끝나면 집이 거덜 나는 게 아닐까 싶어 불안해했다. 특히 하루 일이 끝나면 일을 거들어준 사람들에게 바리바리 싸주는 사돈과 며느리를 보며 발을 구르기까지 했다. 그들이 싸가는 밥과 떡, 그리고 음식들은 상상을 초월하는 양이었다.

그녀도 대갓집 일을 거들어줘 봤고, 그들로부터 음식이며 선물을 받아도 봤다. 아무리 음식을 넉넉히 받아와도 두 모자母子가 하루 정도 먹을 양이었고, 선물이라 해야 옷감 몇 자 정도였다. 그런데 두 사람이 나눠주는 음식은 두 모자가 닷새는 넉넉히 버틸 만한 양이었고, 옷감도 두 모자의 옷을 다 짓고도 남을 만한 양이었다.

"내가 뭐라 할 입장은 아니디만…… 너무 과한 거 아닙메? 특히…… 아낙들에게 너무 싸듀는 거 같아서리……."

보다 못한 바우 어머니가 며느리를 불러 묻자 며느리가 그녀의 손을 쥐며 말했다.

"어머님, 걱정 마시라요. 어머님께서 걱정하시는 발 모르디 않디만 우리 개똥이래 앞날을 위한 적선이고, 아범 체면 살리는 일 아닙네까? 남자들이야 입이 무거워서리 말 한 번 하면 끝이디만 여자들이야 어디 기럽네까? 시간 날 때마다 여기뎌기 다니믄서 애길 할 거이고, 우리 개똥이래 무병장술 빌어두는 한편 아범이 배포 큰 걸 재량하고 다닐 테니 기보다 더한 기원이 어디 있고 기보다 더한 재량이 어디 있갔습네까? 여자 입 열이믄 쇠도 녹인다고 하디 않았습네까? 그러니 걱정 마시라요."

"뭐 이 늙은이가 뭘 알갔냐마는 사돈께 미안해서 기러디."

"기것도 걱정 마시라요. 어머니도 다 당신 아들 일이자 손자 일이라서 기러디 남 일 같으믄 뎌렇게까딘 하디 않을 기야요. 기러니 어머님도 편한 마음으로 아범과 개똥이 앞날을 축원해 듀시라요."

"기래, 알았다만…… 기래도……."

며느리 얘길 들어보니 며느리나 사돈의 마음을 알고도 남았지만 못내 아까운 빛을 거두지 못하자 며느리가 한 마디를 덧붙였다.

"기리고 옷감은 어머님께서 나눠듀는 걸로 얘기했으니낀 고맙다고 인사하믄 꼭 받으시라요."

"……?"

"아범이 기러라 해서 하는 거니낀 꼭 기렇게 하시라요."

그렇게 말해놓고 손을 꼬옥 쥔 후에 총총걸음으로 걸어가 아낙들에게 다시 옷감을 나눠주기 시작했다.

얼마 전까지만 해도 서먹하고 멀게 느껴졌던 며느리가 아니라 진짜 며느리가 된 것 같아 바우 어머니는 눈을 비비고 며느리를 다시 보았다. 모르긴 해도, 무슨 일이 있었던 것만은 분명해 보였다. 그건 아들 바우의 행동에서도 엿볼 수 있었다. 마누라한테 주눅 들거나 쭈뼛거리는 듯한 모습은 찾아볼 수 없었고, 여느 남편들이 아내 대하듯 당당하고 떳떳한 품을 유지하고 있었다. 개똥이 첫돌이 그들 부부에게 무슨 변화를 준 게 확실해 보였다.

고량부를 비롯하여 구명석, 마석과 범포, 병택, 철근, 석규 등 이른바 '태자궁 떨거지'들이 다 모여들었다. 그들이 모여들자 집안은 꽉 차버렸다. 방과 마루를 다 터서 자리를 마련했으나 자리가 좁을 정도였다. 멍석을 깔아 마당에도 상을 봐두었지만 거기도 하객들로 꽉 찼다. 청객請客을 맡은 석규의 임기응변과 적절한 대처가 없었다면 손님들에게 결례를 범했을 정도였다.

그런데 손님들이 몰려들기 시작하자 석규는 바우네 집 울타리를 헐어냈다. 바우네 집 좌우에 있는 남의 집까지 잔칫집으로 쓰기로 한 것이었다. 그걸 안 석권이 가만히 있을 리 없었다.

"거, 주인 허락도 없이 울타릴 허물었으니 기 책임은 석규 자네가 뎌야 할 거야."

석권이 석규에게 시비를 걸자, 석규가 잠시 멈칫하더니 재빨리 입을 놀려댔다. 석규가 누군가. 넉살 좋고 비위 짱짱하기로는 둘째 가라면 서러워 할 사람이 아닌가.

"내래 청객하고파서 하는 게 아니라 바우 형이 억디로 떠맡긴 거니낀 이 모든 책임은 바우 형한테 있디 저완 아무 상관도 없습네다. 기러니 댠티 끝나댜마댜 바우 형 댭아다 독티시라요."

재빨리 모든 책임을 바우에게 떠넘겨버리고 자신은 미꾸라지 빠지듯 빠져버렸다. 그러자 고량부를 비롯하여 신료들이 웃었다. 역시 입으로 석규를 이길 사람은 없다는 듯.

그러나 거기서 끝이 아니었다. 석규는 한술 더 떴다. 손님들 맞느라 바삐 손을 놀리고 있는 배씨 부인과 바우 어머니를 반강제적으로 끌로 오더니 태자에게 고했다.

"태자 전하, 여기 죄인들이 더 있습네다. 바우 형의 두 어머닙네다. 이 죄인들은 어떨깝쇼?"

그러자 태자를 비롯하여 모든 사람들이 자리에서 벌떡 일어섰다. 돌잔치라 어른들이 계신 걸 잊고 있었는데 석규가 일깨운 것이었다. 그러니 모두 일어설 수밖에.

"기만 하고 두 분을 이리 뫼셔라. 아이 돌만 생각하느라 어른들을 깜빡했구나. 아딕 단티가 시작되디 않았으니 어여 여로 뫼셔라."

태자가 송구하다는 표정과 어투로 말하자 구명석을 비롯한 신하들이 고량부 앞자리를 비웠다. 아무래도 고량부와 맞상을 마련하려나 보았다. 그러자 배씨 부인이 태자께 정중히 고했다.

"전하, 이렇게 누추한 곳까디 발걸음해 듀신 것만도 감읍할 때름인데 어띠 여인의 몸으로 전하와 같은 자리에 앉갔습네까? 기러니 이 모든 걸 석규의 재담으로 넘기시고 단티를 즐기시기 바랍네다."

그러자 태자가 곧바로 받았다.

"아닙네다. 오늘 우리가 여 온 건 개똥이 돌을 축하하기 위해서니 할머니들도 마땅히 축할 받아야디요. 기러니 사양 말고 여로 오시디요. 기래야 돌단틸 시작하디요."

"뎡말 아닙네다. 우리 걱뎡 마시고 즐기십시오."

"아, 아닙네다. 어서 오르시디요."

그렇게 권하고 사양하며 옥신각신하고 있자니 석권이 방에서 나가더니 배씨 부인의 팔목을 잡으며 말했다.

"어머니, 이러다 돌단티 못하겠습네다. 과롄 비례라 하디 않았습네까? 어여 오르시디요."

그러자 석규는 바우 어머니 손을 잡아끌었다.

"석권이 너까디 와 이러네? 이 어미래 슝(흉)을 꼭 봐야갔네?"

배씨 부인이 석권을 바라보며 말하자 석권이 바로 받았다.

"명이와 구비까디 세 아들이 다 내려와야 오르갔습네까? 번거롭게 꼭 기렇게까디 해야갔습네까?"

그 말에 명이와 구비가 벌써 마당으로 내려오려고 몸을 움직이기 시작했다. 그러자 부인이 황급히 손을 내저으며 말했다.

"사돈, 세 분 전하껜 황송하디만…… 아들한테 이기는 어미는 없디 않습네까? 그러니 올라가십시다. 사돈이래 석규한테 답혔고 내래 석권이한테 답혔으니 어떨 수가 없디 않습네까?"

그 말에 바우 어머니도 조용히 고개를 끄덕였다. 사돈의 말이 맞다는 뜻인지 사돈 뜻에 따르겠다는 뜻인지는 정확하지 않았지만 행동을 같이 하겠다는 뜻만은 분명해 보였다. 그렇게 해서 두 사돈은 마루로 올라 고량부 앞에 앉았다.

자리 정리가 끝나고 기다리던 하객들이 다 모였다 싶자 바우와 아내 이씨가 개똥이를 데리고 잔칫상 앞에 앉았다.

사람들이 그득한 걸 보고 주인공인 개똥이가 눈을 빛내며 두리번거렸고, 두 할머니가 앉아 있는 걸 보더니 이를 드러내며 하얗게 웃었다. 두 할머니도 손자의 반가움 표현에 까꿍! 하며 손자를 반겼다.

그렇게 사람들에게 건강하고 밝은 모습을 선보인 개똥이가 어느 순간 뭘 봤는지 마석을 쳐다보고 있었다. 아무래도 다른 사람과 달리 갑옷을 입고 있는 게 이상했던 모양이었다.

"기러게 옷 갈아입고 오라하디 않안? 누구 보믄 혼차 태자돌 다 디키는 둘 알갔다. 개똥이가 갑옷 보느라 정신이 없닪네."

개똥이의 관심이 마석에게 가는가 싶자 범포가 마석의 옆구리를 쿡 찌르며 핀잔을 주었다. 그러자 마석이 웃으며 범포에게 쏘았다.

"너 같은 해적 놈은 아무리 똥은 갑옷을 입어도 텨다보디 않을 거니낀 상관 말라. 개똥이도 다 멋딘 건 알아서 기러는 거 아니갔네?"

"쌍통 또 시비네?"

"시빈 누가 먼뎌 걸어놓고……."

그렇게 둘이 입씨름하는 모습을 구명석이 지켜보며 자기들끼리 툭툭 치며 시동을 걸려할 즈음 바우가 돌잡이를 하겠다고 외쳤다.

제일 먼저 바우 어머니가 실타래를 올려놓았고, 배씨 부인은 붓을 돌상 위에 올려놓았다. 또한 태자는 쓰고 있던 탕건을, 무범은 가락지를, 인섭은 죽간 한 쪽을 돌상에 놓았다. 그렇게 모두들 자신의 소원을 담은 돌잡이를 올려놓고 돌상 위에 있는 물건을 잡을 수 있게 개똥이를 돌상 앞에 세웠다. 과연 개똥이가 뭘 집을지 궁금해 하며.

그런데 개똥이의 행보는 모두가 예상했던 것과는 달리, 실로 엉뚱한 것에 관심을 보였다. 돌상 위에 그득한 돌잡이 물품들은 스윽 한 번 훑어보더니 다시 보지 않았다. 개똥이는 돌상을 집고 한두 걸음 걸어가다가 도저히 급해서 안 되겠던지 발발발 마석 옆으로 기어가더니 마석이 내려놓은 칼을 집어 올리려 했다. 보다 못한 바우가 안아다 다시 돌상 앞에 세워놓았으나 바우 손에서 벗어나자마자 마석 쪽으로 다시 기어가서는 칼을 집어 올리려고 힘을 썼다. 바우가 개똥이에게 다가가자 개똥이는 바우를 밀쳐내려 했다.

"개똥아, 뎌기 가서 마음에 드는 거 하나만 골라라. 기래야 아바디가 우리 개똥이 소원을 알디."

그러며 다시 안으려 하자 개똥이가 울먹울먹 하더니 드디어 울음을 터트렸다. 하는 수 없이 마석이 칼을 세워 개똥이 손에 쥐어 주자 개똥이는 울음을 멈추고 칼을 들어 올리려 했다. 그 모습을 보던 마석이 개똥이에게 물었다.

"이게 마음에 들어? 기래서 아까부터 이걸 본 거네?"

마석이 물으며 개똥이를 바라보자 개똥이가 빙긋 웃으며 다시 칼을 집어 올리려 용을 쓰기 시작했다. 그러자 곁에 앉았던 범포가 너털웃음을 뿌리며 말했다.

"개똥이 너 멩말 용하구나. 마석이래 늙어서 그 뒤를 너가 이을라고 마석의 칼을 뺏는 거디? 너 눈에도 이데 마석인 퇴물로 보이디?"

그러자 개똥이가 범포를 바라보며 빙긋 웃었다. 그에 범포가 다시 너털웃음을 지었고 주변에 있는 사람들도 모두 웃었다. 그럼에도 바우는 어떻게든 개똥이를 안아다 돌상 앞에 다시 세우려 했으나 바우의 손이 제 몸에 닿자 개똥이는 마석의 칼을 더 꽉 쥐며 울음을 터트려 버렸다.

"그만 두기요. 당사자가 칼을 집었는데 강제로 떨어놓으려니 우는 거 아니갔소?"

보다 못한 태자가 바우를 말리며 말을 이었다.

"개똥이래 정식 이름 안딕 안 디었디요?"

그러자 바우 아내가 대답했다.

"예, 안딕⋯⋯. 아범이 생각하는 이름은 있을디 모르갔습네다만 정식 이름은 돌 디나서 딧댜고 했습네다."

그 대답에 태자가 바우를 향해 물었다.

"기럼 내가 디어둔 이름 받갔시요?"

"기야 두 말하믄 단소리디요. 전하께서 디어듀신다믄야 소신이
나 아들놈에겐 영광이디요."

"기러믄 동습네다. 거무巨武라고 부릅세다. 한자를 풀면 큰 무장
이요, 칼인 검을 뜻하기도 하고, 땅이란 뜻에 곰이란 뜻도 있으니
말입네다. 기래야 장군이 되어 이 태자돌 든든히 디켜듀디 않갔습
네까? 기러니 미리 거무라고 불러듑세다. 어떻습네까?"

태자의 물음에 모두들 박수를 쳤고, 바우는 무릎을 꿇어 삼가 태
자의 뜻을 받들겠다는 뜻을 표했다. 이로서 바우와 거무 부자父子는
태자로부터 이름을 하사받은 최초의 부자가 되었다.

"내 이럴 듈 알았다. 담시 집에 들렀다 오믄 될 걸 기걸 간세하더
니(게으름 피우더니) 달 됐다. 넌 오늘부로 모든 권한을 개똥이, 아
니 거무한테 넘기라. 이덴 너 따윈 없어도 되니긴."

"이 간나가……? 동은 날 꼭 기런 악담을 해야갔네?"

"악담이라니? 난 있는 기대로 말하는 거뿐이야. 넌 이제 끝났어
야."

범포의 농을 마석도 지지 않고 어기차게 받아냈다.

"기래. 오늘부텀 거무래 태자도 방얼 맡게 됐으니 네 놈이 책임디
고 인수인계해듀라."

"아니, 이놈 보라. 인수인겐 당사자끼리 하는 거디 왜 내가 한단
말이네?"

"이놈아! 강제로 내똧은 사람이 인수인겔 해듀어야디, 네 놈 같
으믄 내몰리는 판에 인수인겔 해듀갔네? 깽판티믄서 디랄이란 디
랄을 다 할 놈이."

"뭐이 어드래? 이렇게 아량도 배포도 없으니긴 거무래 네놈 댜릴

넘보디."

"이, 이놈이 기냥……."

마석이 손을 들어 올려 때릴 자세를 취하자 범포가 재빨리 몸을 숨기며 소리를 질렀다.

"전하, 살려듀십시요. 뎌 놈이 댜릴 뺏기더니 실성을 한 모양입네다. 기러니 뎌 미틴 놈 돔 말려듀시라요."

그러는 범포를 보며 마석이 웃음을 터트렸고, 그걸 신호로 모두들 두 사람의 통쾌한 활극(?)에 박장대소했다.

두 사람 덕분에 한참을 웃은 후 거무의 돌을 축하했고, 식사를 했고, 준비하느라 고생하신 거무 할머니 두 분과 어머니에 대한 감사가 이어졌다. 그리고 돌상이 휘어지도록 패물이며 축의금을 내놓았다. 곳간에서 인심 난다고 보리걷이가 끝난 직후라 인심이 넉넉해졌는지 모든 사람들의 손이 커져 있었다. 석규의 말마따나 복 있는 놈은 추수 직후에 태어난다는 말이 맞는 것 같기도 했다.

"형! 두 달 후요. 오늘 용 쓰믄 3월생이라 굵기 일쑤요. 기러니 두 달 후에 하나 더 멩그슈. 오늘은 재미만 보고."

사람들이 얼마간 돌아가자 석규가 걸쭉하게 농담을 하며 눈을 찡긋거렸다. 아무래도 석규는 거무 첫돌 직전에 급격히 가까워진 두 사람의 사이를 눈치 챈 모양이었다.

방어선 구축

18

아들 거무의 첫돌을 계기로 바우는 깨달은 바가 있었다.

아내는 남이 아니라 자신과 일심동체라는 사실과 가정이 화목하지 않으면 그 어떤 세상일도 이룰 수 없음을. 또한 거무는 단순한 아들이 아니라 바우 부부를 연결하는 질긴 끈이면서 부모를 가르치는(?) 존재란 사실도 알게 되었다. 말은 하지 않았고, 말로 할 수도 없는 것이었지만 바우는 아들 거무가 고마웠다. 거무 첫돌로 바우는 아내를 새로 얻은 셈이었다.

늘 가까이 있었지만 먼 그대였던 아내가 그저 곁에만 있어도 힘이 되는 사람으로 변하자 바우의 일상은 힘이 넘쳐나기 시작했다. 어머니를 모시기 위해 산을 누비던 날들과 태자를 살리기 위해 눈밭을 헤매던 날에도 미처 느끼지 못했던 활력이 넘쳐나기 시작했다. 역시 가장은 가정과 가족을 지키기 위해 최적화된 존재인지 그 어느 때보다도 힘이 솟았다. 가족에게 꼭 필요한 존재이고, 가장 가까이 있는 가족으로부터 인정을 받는 것보다 더 강력한 힘을 발휘하게 하는 것은 없었다.

하여, 거무 돌잔치가 끝나자마자 바우는 옴팡포에 들어 살았다. 형 광건과 동생 광석이 심혈을 기울이던 일을 다른 사람의 손이 아닌 자신의 손으로 매듭짓고 싶었다. 배에 대해선, 배 건조에 대해선 더더욱 아는 게 없었지만 형제들의 땀방울을 자신의 손으로 거둬들이고 싶었다. 광건과 광석은 이제 아내를 매개로 이어진 존재가 아니라 피로 맺어진 형제나 다름없었고, 형제란 피와 살을 나눠 가지는 존재가 아니라 숨결과 뜻으로 결합하는 존재임을 깨달았기 때문이었다. 그런 사실 또한 고량부를 통해 깨달은 것이었기에 그들을 위해서라도 미력이나마 보태야 할 것 같았다.

그렇게 배 건조를 마무리 짓기 위해 옴팡포에 보름쯤 들어 살고 있자니 태자가 바우를 태자궁으로 은밀히 불렀다. 그리고 남을 시키지 않고 직접 상자 하나를 들고 나왔다.

"이거 한 번 보시구래."

태자가 상자를 열어 두툼한 죽간 한 뭉치를 바우 앞에 내밀었다.

"……?"

"광석 선장이 기록해 놓은 대장선 건조 비책秘冊이야요. 배 건조 마디막 부분인데, 배 건조 마무리에 도움이 될 겁네."

"긴데 이걸 왜 소신한테?"

"형제들이 하던 일을 마무리 짓고 싶어 하는 거 같아서……. 내래 달못 판단했시요?"

"기야, 뭐……."

바우는 말을 할 수 없었다. 속마음을 들킨 것도 그렇지만, 함부로 대답할 수도 없었다. 형제들이 없는 사이에 그 자리를 뺏는 것 같아 염려스러웠다. 그러자 태자가 빙긋 웃으며 말했다.

"비책이라 태자궁 밖으로 나갈 수 없고, 사흘 간 말미를 둘 테니 낀 이핼 하던디 암길 하던디 해서 활용하시라요. 기렇디만 필사는 안됩네다. 꼭 필요한 수치 정도 적는 건 모를까……."

바우는 생각지도 못한 일이라 황급히 죽간을 펼쳤다. 급히 훑어 보니 태자의 말대로 비책 중의 비책이었다. 배 건조의 마지막 단계인 돛대, 돛, 치, 노, 닻 제작에 대한 기록이었다. 그림은 죽간이 아니라 고급 천에 따로 그려져 있었는데 그것만도 한 뭉치였다.

"이, 이거이 어뜯게 여기에?"

바우는 놀라지 않을 수 없었다. 대충 보아도 예사물건이 아님을 알 수 있었다. 그런 비책이 태자궁에 있다는 사실이 놀라웠다. 바우가 아는 한 그런 물건은 태자궁에 없었다. 바우는 태자가 우산禹山에 숨어 있을 때부터 가까이에서 태자를 모셔온 사람이라 태자도에 그런 귀물이 있을 수 없다는 사실은 누구보다 잘 알고 있었다. 그런데 그런 귀물이 태자궁에 있었다니 믿기지 않았다.

"광석 대장이래 대항해에 나서기 전에, 지난번 서안평에 가서 대장선을 만들면서 기록해 놓은 거야요. 기걸 태자궁에 은밀히 보관하고 있고."

태자의 말에 바우는 태자를 빤히 쳐다보았다. 서운함이 스멀스멀 기어오르고 있었다. 이런 비서를 몰래 감춰두고 자신에게까지 비밀로 했다는 사실에 서운함이 피어나지 않을 수 없었다. 그걸 태자도 느꼈는지 바우의 눈길을 피하며 다소 당황스러운 목소리로 말했다.

"광건·광석 대장과 나 외엔 아무도 모르고…… 텨음 공개하는 거니낀 기 누구한테도 비밀로 해야 합네다. 기래서 외부 반출은 물론, 여서 열람할 때도 아무도 몰래 해야 하구요.”

바우는 자신도 고개를 끄덕이고 말았다. 그건 태자의 말에 대한 대답이 아니라 광석이 서안평에서 돌아오자마자 한동안 두문불출한 이유를 알겠다는 뜻이었다. 그런데 태자는 그걸 자신의 말을 따르겠다는 뜻으로 받아들였는지 다시 한 번 확인을 한 후 밖으로 나갔다.

“딱 사흘간입네다. 기것도 여길 벗어나믄 안되고…….”

태자가 다시 한 번 사흘간이란 말과 밖으로 유출되어서는 안 된다는 사실을 강조하며 나가자 바우는 재빨리 죽간을 말았다. 처음부터 읽기 위해서는 마구 펼쳐놓은 죽간부터 정리해야 할 것 같았다. 그리고 천 뭉치도 순서에 맞게 정리해 놓아야 죽간과 함께 읽을 수 있었기에 천 뭉치도 정리했다. 그렇게 정리가 끝나자 바로 읽어 나가기 시작했다.

책은 돛대, 돛, 치, 노, 닻에 대한 모든 게 정리되어 있었다. 재료, 제작 방법, 제작 시 유의사항, 설치 방법이 망라되어 있고, 그 내용을 알기 쉽게 그림으로 그려 수치까지 세세히 적어놓고 있었다. 바우처럼 배에 대해 전혀 모르는 사람도 글만 읽을 줄 알면 그 내용을 파악할 수 있을 정도로 세세한 내용까지 다 적혀 있었다. 가끔씩 낯선 용어가 보이기도 했지만 그 내용까지 주註를 통해 설명하고 있어 내용 파악에 별 어려움이 없었다. 그러나 일부 용어나 내용에 대한 것들은 앞에 이미 언급했거나 설명했는지 생략한 것들도 있었다. 하여 이틀째 되던 날 바우는 태자에게 여쭈었다.

“앞에 언급된 내용이래 생략하고 있어서리 그 뜻이 모호한 게 몟 개 있습네다. 기러니 앞에 것도 보여듀시갔습네까?"

"기건 안 됩네다. 광건과 광석 대장 외엔 열람할 수 없고, 꼭 열람 하고프믄 두 사람의 허락이 있어야 합네다. 기렇게 하기로 했으니 낀 건석 형제래 대항해에서 돌아온 후에 함께 오라요."

"기렇디만, 기럴래믄…… 반 년 이상을 기다려야 하디 않습네까? 기때까디 기다리란 말씀입네까?"

"기렇긴 하디만 어떨 수가 없시오. 기 약속이래 디켜디디 않으믄 비책이래 비책이 아니디 않습네까? 기러니 궁금하고 답답해도 기 때까딘 탐으라요."

"광석이한텐 소신이 나듕에라도 허락을 받을 테니 미리 뽐 보여 듀시라요."

"안 됩네다. 야속하다 생각하디 말고 기것만이라도 숙지하라요. 기 별책을 공개한 사실을 광석 대장이 나듕에라도 알게 되믄 노발 대발할 수 있으니 이에 대해서도 입을 다물라요."

태자는 완강했다. 광석과 자신과의 관계를 봐서라도, 태자와 지 금까지 쌓아온 정리를 봐서라도 바우의 청을 들어줄 만도 한데 거 절했다. 그건 바우를 못 믿어서가 아니라 비책을 비책으로 남기려 는 의지의 표현이었다. 하여 더 이상 어쩔 수 없음을 깨달은 바우는 궁금증과 미흡함을 나중에 풀고 채워놓을 생각으로 처음부터 다시 읽으며 배 건조 마무리 단계를 익혔다. 필요한 수치들은 죽편竹片에 적어가며.

19

배 건조를 바우에게 맡긴 영은 두 동생과 함께 그동안 미뤄왔던 일에 착수했다. 태자도를 둘러싸고 있는 해안에 방어선을 구축하는 일과 태자도의 전부라 할 수 있는 야산을 개간하는 일이었다. 이 두 가지 일은 진즉부터 계획하고 있었으나 아직 손을 못 대고 있었다.

태자도엔 원주민보다 이주민이 더 많았지만, 이주민들을 부역에 동원할 수가 없었다. 그들은 대부분 당장 먹고 사는 게 힘든 존재들이었다. 그들을 부역에 동원한다는 건 죽으란 말이나 다름없었기에 동원할 수가 없었던 것이었다. 하여 각종 크고 작은 공사에 일꾼으로 고용하여 양식이나 옷가지로 일당을 줌으로써 의식주를 해결할 수 있게 해왔다. 따라서 그 원칙을 변경할 수가 없었다.

그렇게 계획을 세워두고도 착수하지 못해 고민하고 있는데 생각지도 못했던 도움의 손길이 있었다. 인섭과 을지광의 부인 배씨가 귀물을 영에게 맡겨 온 것이었다. 인섭의 보물(갑옷)이야 쓸 수도 없고, 써서도 안 될 물건이었지만 마음만은 넉넉하기 그지없었다. 그 넉넉함을 믿고 새로운 일을 할 수 있을 것 같았다. 비빌 언덕이 있고 믿는 구석이 있다는 게 그렇게 사람을 안정시킬 줄이야. 무엇이든 할 수 있을 것 같았다.

그러던 차에 배씨 부인이 통치자금이라며 보석과 귀금속을 가져다주니 그걸 통치자금으로 쓸 생각이었다. 배씨 부인의 말마따나, 그러는 게 그걸 마련한 신하들의 뜻에 맞을 것 같았고, 자신과 태자도를 지키는 일일 것 같았다. 그리고 태자도의 모든 신료들과 백성들에게 그런 사실을 알려 그들의 뜻과 그들을 기억하게 만들고 싶었다.

천우신조로 보리마저 대풍이라 양식 걱정도 얼마간 덜게 되었다. 하여 영은 그간 미뤄왔던 일을 착수할 엄두를 낼 수 있었다.

태자도의 안전을 위해서는 섬 둘레에 해안진지를 구축해야 했다. 진즉에 모든 포구에 군사들을 배치하여 선박의 입출항을 통제하는 한편 감시하고 있었는데, 그 덕분인지 아직까지는 외적 침입이 없었다. 그러나 해안 방어를 더욱 견고히 하지 않으면 태자도의 안전이 보장될 수 없었다. 외적이 상륙하는 날엔 태자도는 자체 방어력을 상실하고 말 것이었다. 그걸 진즉에 깨달은 마석과 범포 장군이 해안가 방어를 위해 나름대로 방어책을 구축하고 있었지만 대대적인 진지 구축은 엄두도 내지 못하는 상황이었다. 그러나 이제 해안가에 망루를 설치하고 성까지는 아니더라도 진지나 소규모 진성을 구축해야 할 시점이었다. 고구려가 서안평에서 대대적으로 병선을 건조하고 있다는 첩보가 더이상 미룰 수 없게 했다.

"고구려가 서안평에서 병선을 대대적으로 건조하고 있답네다."

고구려의 병선 건조 소식은 지난 봄 마석의 입을 통해 태자궁에 날아들었다. 월례회 자리에서다. 마석이 입항하는 사공으로부터 들었다고 보고했다.

"고구려가 병선을요?"

영은 마석 장군을 바라보며 물었다.

"예. 하여…… 둠 더 정확한 걸 알아봐야 할 것 같아서 서안평에 은밀히 첩자를 잠입시켜 뒀습네다."

"달 하셨습네다. 고구려래 병선을 건조한다믄 기게 우리와 무관할 수 없고, 여길 공격하기 위해 준비하는디도 모르니낀 대빌 해야디요."

"예, 알겠습네다. 해서 말인데요…… 이 기회에 해안 방어 체계를 정비해야 할 것 같습네다. 단순한 감시만으론 대응하기 어려우니 방어 체제로 변경해야 할 것 같습네다. 기러기 위해선 진지와 진출입로, 진성津城 같은 걸 준비해 둬야 할 것 같구요."

"소장도 마석 장군과 같은 생각입네다."

병택 장군이 마석 장군의 뜻에 동의하며 방어 체제를 구축해야 한다고 역설했다. 이제 감시 체제를 적극적인 방어 체제로 전환할 시점이라고. 비단 고구려뿐만 아니라 외적으로부터 태자도를 지키기 위해서는 적극적인 방어 체제를 구축해야 할 시점이라고. 물론 많은 인원이 동원돼야 하고 경비도 만만치 않을 것이고 시간도 오래 걸리겠지만 농번기가 지나자마자 바로 서둘러야 할 것 같다고. 그 말에 무범이 받았다.

"기러기 위해선 포구마다 진성을 구축하는 게 좋을 거 같습네다."

무범은 태자도의 입지를 지적하며 진성의 필요성을 피력했다. 누구보다 성의 중요성을 몸으로 느꼈던 그였기에 그의 말은 구체적이면서도 생생했다. 성을 구축하면 유사시 방어를 위한 힘을 1/10로 줄일 수 있고, 인력 손실도 그 이상 막을 수 있으니 성이 반드시 필요한데, 태자도 전체를 하나의 성으로 둘러 쌀 수 없다면 포구에라도 작게나마 진성을 쌓아두는 게 방어의 효율성을 높일 것이라 했다. 포구는 배들이 드나들기에 좋은 입지를 갖추고 있어 적들이 상륙할 때도 반드시 이용하려 할 테니 그에 대한 방비를 해두어야 한다고.

그렇게 방어체제 구축에 대한 논의를 구체적으로 하고 있는데 지금껏 조용히 듣고만 있던 명이 박사가 조심스레 입을 열었다.

"전하, 해안방어체제를 구축하거나 진성을 쌓을래믄 그에 합당한 인력이 필요한데, 인력 동원이 힘들디 않갔습네까? 기렇다고 백성들을 강제 동원할 수도 없고. 강제 동원하믄 그들은 살기 힘들 테니 그에 합당한 보수 내지는 물자를 지급해야 하는데 기게 가장 큰 문제이자 선결조건인 것 같습네다."

명이 박사의 말에 모두들 아 참! 하는 표정으로 입을 다물어 버렸다. 선결조건인 자금 문제에 대한 고려 없이 방어체제구축에만 열을 올렸던 자신들이 부끄러운 모양이었다.

그러자 영이 빙긋 웃으며 말했다.

"기 문젠 걱정할 필요가 없습네다. 이미 기에 대한 대책이 있으니 낀 말이우다."

영의 말에 명이 박사를 비롯하여 모든 대소신료들이 어리둥절한 표정으로 영을 쳐다보았다. 그도 그럴 것이 그 많은 자금을 영이 가지고 있을 리 없을 것이기 때문이었다. 영이 가지고 있던 재물들과 범포네가 그간 모아둔 재물들을 배 건조, 쌀 구입, 대항해 준비에 다 써버리지 않았던가. 그러니 남은 돈이 있을 리 없었다. 그런데 자금 문제는 걱정 말라니 이해할 수 없다는 표정들이었다.

신료들의 얼굴을 바라보던 영은 지금이 통치자금에 대해 얘기할 적기라 생각하고 통치자금에 대해 입을 열었다.

"얼마 전, 생각지도 않은 통치자금을 얻었습네다. 돌아가신 문열공 을지광 대로와 5부 수장들이 남긴 거인데……."

영은 통치자금의 모금 과정과 자신의 손에 들어오게 된 경위를 간략이 설명했다. 모두들 놀라기도 하고, 다섯 신하의 충심에 탄복하기도 하고, 배씨 부인의 혜안에 찬사를 보내기도 했다. 또 더러는 영의 인복人福에 감탄하기도 했다.

참석자들의 소리가 가라앉기를 기다린 영이 말을 다시 이은 것은 그로부터 시간이 조금 지난 후였다. 그만큼 통치자금은 신료들을 감동시키고 흥분시키기에 충분한 그 무엇이었다. 캄캄한 어둠 속에서 만난 불빛, 타는 목마름에 죽을 것 같던 순간에 맛본 한 모금의 물, 가뭄으로 쩍쩍 갈라진 대지를 적시는 단비. 그런 소중한 것을 만난 것처럼 그들은 감동하고 흥분했다. 하여 영은 그 감정을 충분히 느낄 수 있도록 시간을 충분히 준 후 자신의 말을 정리했다.

"하여, 기걸 해안방어체계 구축과 축성 작업에 쓸 생각입네다. 기러니 기에 대한 걱명은 덥어두고 태자도 방어에 전력을 기울여 뒤시기 바랍네다. 기게 기걸 남긴 이나 전한 이의 뜻에 부합될 것이고 그들을 세상에 알리는 길이 될 것이라 생각합네다."

영의 말에 모두들 고개를 허리까지 숙였다. 그리고 다섯 신하의 충성심과 영의 인복을 기렸다. 그리고 해안방어체계 구축과 축성 작업에 최선을 다하겠다는 의지를 다졌다.

그렇게 하여 진성과 진지 구축에 대한 심도 있는 논의가 이루어졌고, 대강의 방어 계획을 세울 수 있었다. 그리고 그 계획에 맞게 방어 체제를 구축하기 위해서는 인력 동원이 선결돼야 하는데 인력을 동원하려면 보리걷이 후에야 가능하니 진지 구축을 그때 하기로 했다.

그런 계획을 세워둔 채 서안평에 귀를 걸어두고 있자니 정제된 정보들이 날아들기 시작했다. 그리고 병선 건조 책임자가 바로 두치임을 확인했다.

두치란 이름이 나오자 영은 이가 부드득 갈렸다. 중실휘의 수족으로 영을 쫓아다니는 그가 병선 건조 총책을 맡고 있다면 공격 목표는 태자도인 게 뻔했기 때문이었다. 얼굴도 한 번 본 적 없는 그가 악귀가 되어 영을 쫓아다니고 있었다. 무슨 원한이 서려 있는지 영을 죽이지 못해 안달하고 있었다. 그러기에 그에 대한 대비를 하지 않으면 안 될 상황이었다.

영이 야산 개간에 심혈을 기울이는 이유는 식량에 대한 외부 의존도를 낮추고 싶었기 때문이었다. 그러기 위해서는 농토를 확보해야 하는데, 섬인 태자도에서 농토를 확보하려면 야산을 개간하는 수밖에 없었다. 하여 작년부터 농사를 지을 수 있는, 태자궁 주위와 군사 훈련장을 제외한 모든 곳을 이주민에게 개간할 수 있게 했고, 개간한 땅의 반을 개간자에게 나눠주자 이주민들뿐 아니라 원주민들도 개간에 열의를 보이기 시작했다.

그 결과 1년 사이에 7만여 평이나 개간을 했고 그 반을 태자궁이 소유하게 되었다. 그에 따라 백성들의 삶이 펴지기 시작했고 태자궁의 양식 걱정도 덜게 되었다.

하여 올해부터는 군사들을 동원해 야산 개간에 박차를 가할 계획이었다. 안정적인 군량미 수급을 위해서도 미뤄둘 수 없는 일이었다. 대풍으로 양식이 넉넉해진 것도 사실이지만 개간한 땅이 늘자 양식 확보가 다른 때보다 쉬웠던 것도 사실인 만큼 그 일도 심혈을 기울여야 했다.

20

고량부가 형제의 예를 맺자 태자도는 술렁였고, 눈에 띄게 변화하고 있었다. 의도치 않았던 변화에 무범과 인섭뿐만 아니라 영마저도 놀랄 정도였다.

제일 눈에 띄는 변화는 세 사람을 하나로 묶어 부르기 시작했다는 점이었다. 태자, 무범·인섭 왕자라 따로 호칭하던 것을 고량부라 칭하며 한 사람인 것처럼 여기고 있었다. 고량부는 고영·양무범·부인섭을 하나로 통합하여 부르는 명칭이었다.

영은 원래 고씨라 칭성稱姓했던 동명성제 추모대왕을 따라 고씨 성을 쓰고 있었다. 그러니 영이 고씨 성을 쓴 것은 고구려인임을 잊지 않기 위해서였다. 비록 중실씨에게 쫓겨 낭도에 숨어 지내는 상황이지만 고구려 태자인 게 분명하고, 중원과 대륙을 호령하는 고구려인임을 잊지 않고 새기기 위해 고씨 성을 쓰고 있었다. 그에 호응하듯 무범과 인섭도 자신들의 성을 양씨良氏와 부씨夫氏로 바꿨고

무범은 태자도에 들어오기 훨씬 전인 널드르(장광長廣) 시절부터 양씨良氏 성을 쓰고 있었다. 최씨崔氏 성을 쓰는 게 부끄러웠기 때문이었다. 사랑에 눈이 멀어 자명고각의 비밀을 호동에게 누설하여 조국을 멸망에 이르게 한 누이에 대한 사연을 알게 되자 최씨 성을 버리고 싶었다. 그러다 고조 최숭崔崇의 사연을 양범석에게서 듣게 되자 최씨 성을 버리고 양씨 성을 쓰기로 결심을 했다. 양은 다름 아닌 자신의 조국 낙랑을 뜻하고 있었기 때문이었다. 그래서 양화련과 혼인하던 날, 대외에 알려 양씨良氏로 칭성해왔다.

성을 버리고 싶었던 사람은 무범만이 아니었다. 인섭 또한 부끄

러운 부여夫餘 성을 버리고 싶었다. 애초 갈사국 왕족은 부여와 마찬가지로 해씨解氏였다. 그러나 갈사국 시조인 고조高祖가 해씨 성을 버리고 부여씨를 쓰기 시작했다. 비록 갈사국이란 국명을 쓰고 있었지만 자신들의 뿌리는 부여임을 잊지 않기 위해서였다. 그러나 인섭은 부여 성을 버리고 싶었다. 왕위를 차지하기 위해 골육상쟁하는 형제들이 부끄러웠기 때문이었다. 또한 부여 성씨는 백제 왕족의 성이기도 했다. 그들의 뿌리도 결국 부여임을 잊지 않기 위해서 부여 성을 쓰고 있었다. 부여 성을 쓴다는 건 갈사국 왕족임을 밝히는 것이나 다름없었다. 그러나 자신이 갈사국 왕자임을 밝히고 싶지 않았다. 하여 고민 끝에 부씨 성을 쓰기로 했다. 영이나 무범처럼 자신도 외자 성을 쓰고 싶었기 때문이었다.

그렇게 해서 고영, 양무범, 부인섭이 됐는데 결의형제 후 태자도 백성들은 고량부라 부르며 한 사람 취급하고 있었다. 몸은 비록 셋이지만 마음은 하나요, 세 형제는 세 사람이 아니라 한 사람임을 강조하기 위함이었다. 마치 고는 성이요, 양부는 마치 이름인 것처럼 부르고 있었다.

두 번째 변화는 고량부의 결의형제를 기점으로 태자도 백성들 간에도 결의형제 유행이 번지기 시작했다는 점이었다. 그 시작이 바우와 석규였는데, 그들이 뜻하지 않게 술자리에서 결의형제하는 모습을 보고 태자도 백성들도 따라 하게 되었다. 처음엔 바우와 석규처럼 보며 술자리에서 즉흥적으로 따라 하는 사람도 있었지만, 나중에는 고량부의 예에 따라 축문을 고하거나 삽혈의식을 행하기까지 했다.

결의형제는 태자도 원주민끼리 맺기보다 주로 이주민과 이주민,

원주민과 이주민 사이에 맺어졌다. 본디 외로운 사람들은 상대에게 끌리거나 상대를 잡아끄는 힘이 그렇지 않은 사람보다 강한 면이 있다. 그런데 태자도로 이주해 온 대부분의 이주민들은 가족을 동반하기보다 혈혈단신으로 태자도에 들어왔으니 외로울 수밖에 없었고 가족을 가지고 싶었을 것이었다. 그런 의식과 소망이 결의형제란 형태로 나타났다고 볼 수 있었다.

그런데 태자도에 결의형제 유행이 번진 것은 일반적인 경우와 다른, 특별한 면이 있었다. 그것은 고립의식의 소산이라는 점이었다. 이제 태자도에서 벗어나기 힘들 것이고, 태자도에 뼈를 묻을 수밖에 없다는 의식. 그 고립감은 외적 요인에 의해 형성된 것이라기보다 백성들 스스로가 규정한 것이라 그 어떤 제재나 억압보다 강한 것이었다. 외적 요인에 의한 것이라면 항거하거나 대항하며 뛰어넘으려 하거나 뚫고 나가려 하겠지만, 스스로가 규정하고 제한한 것이라 일종의 체념과도 비슷한 성질을 가지고 있었다. 그런 감정의 끝자락에서 새로운 돌파구를 마련한 것이 바로 결의형제라 볼 수 있었다. 그러니 결의형제는 이제 태자도에 뼈를 묻을 수밖에 없겠지만 결코 혼자는 아니라는 위안을 가지려는 의지의 소산이었다.

이렇듯 결의형제는 태자도에 새 바람을 불러 일으켰고 활기를 불어넣기 시작했다. 비록 태어난 곳은 아니지만 태자도는 이제 가족이나 다름없는 형제들과 함께 사는 곳이고, 자신들이 지키고 가꾸어야 할 섬이 된 것이었다. 그 의식 또한 외부에서 자극된 것이 아니라 내부에서 자발적으로 솟은 것이라 그 어떤 명령이나 억압보다 강력한 힘을 발휘하고 있었다. 그 단초가 고량부의 결의형제였으니 고량부의 결의형제는 뜻하지 않게 새 바람을 불러일으킨 것이라 할 수 있었다.

그에 따라 태자도는 이제 갈 곳 없어 떠돌던 유민들의 집합소가 아니라 혈연으로 맺어진 부족집단으로 탈바꿈하고 있었다. 그리고 그 응집력은 두치를 앞세운 고구려의 공격에 대항하는 막강한 힘으로 작용하게 되니, 고량부의 결의형제는 태자도 존립 기반을 마련한 셈이라 할 수 있었다.

21

기미년(己未年, 서기 59년) 여름은 뜨거웠다.

날씨도 더웠지만 태자도를 뒤덮은 이상 열기로 태자도는 더 뜨거웠다. 5월 중순부터 무더위가 기승을 부렸지만 태자도 주민들의 열의도 만만치 않았다. 무더위 속에서도 밤낮을 가리지 않고 각자의 일에 매진했다.

밭을 개간하는 사람들과 방어선을 구축하는 사람들은 누가 무더위와의 싸움에서 이기는지, 누가 더 빨리 일을 하는지 시합이라도 하듯 일에 매달렸다.

밭을 개간하는 사람들이야 개간을 많이 할수록 자기 땅이 늘어나니 그렇다 치더라도 방어선 구축에 나선 사람들은 입장이 달랐다. 방어선을 빨리 구축한다고 다른 보상이 주어지는 것이 아니었다. 그런데도 사람들은 서둘렀다. 횃불을 켜들고 야간작업을 강행하기까지 했다. 멀리서 보면 태자도에 불이 난 듯했다. 밤이면 까무룩이 어둠에 잠겨 보이지 않던 태자도가 불타는 섬으로 바다에 떠 있는 것 같았다. 그런 사람들의 열의에 장맛비마저 모두 증발해버렸는지 장마마저 마른장마로, 비가 오는 둥 마는 둥하다 끝나버렸다.

그렇게 한 달쯤 지나자 부작용이 나타나기 시작했다. 탈진하는 사람들이 나타나기 시작한 것. 탈진 증세는 나이든 축들보다 젊은 축들이 더 심했다. 나이든 축들은 제 몸의 한계를 알고 있었기에 그에 맞게 요령껏 일을 했지만 젊은 축들은 자기 한계를 모른 채 젊은 것만 믿고 일을 하다 탈진한 것이었다. 그런데도 그들은 자신의 탈진이 부끄러운지 쉬라는, 그러다 큰일 난다는 주위의 권유를 무시하다 목숨을 잃기까지 했다.

처음 사망자가 발생했다는 범포의 보고에 영은 크게 놀라는 것 같지 않았다. 어떤 작업장이든 예기치 않은 사고가 있기 마련이라 사고로 사망자가 발생한 것으로 생각하는 것 같았다.

"무슨 사고라도 있었습네까?"

영이 물음에 범포가 말을 더듬으며 머뭇거렸다. 범포의 평소 행동과는 딴판이었다. 그런 범포의 태도에 영뿐만 아니라 무범과 인섭마저 범포를 쳐다보았다.

"소장도 그 내막을 모르갔습네다. 일을 하다 쓰러졌다는데…… 급히 옮겨온 환잘 진맥해보니 이미 듁어 있었습네다."

"기럼 사고사가 아니란 말입네까?"

"기, 기것이……. 아무래도 탈진한 것 같습네다."

"타, 탈진이라니요? 나이가 많은 사람입네까?"

"아, 아닙네다. 한창인 20댑네다."

"20대 청년이 탈진해 사망할 정도라믄 큰일이 아닙네까? 너무 몰아붙이는 거 아닙네까?"

"아, 아닙네다. 소장이 부하들을 엄하게 다스리는 편이기는 하디만 일을 혹독하게 시키딘 않습네다. 소장도 이런 일은 뎌음이라 급히 보고 드리는 겁네다."

"일단 알갔습네다. 정확한 진상을 파악해서 알려듀시고, 재발 방질 위해 필요한 조치를 취해 듀시라요."

"예, 알갔습네다."

범포가 돌아가자 영은 명이를 불러 자세한 사망 이유와 경위를 조사하게 했다. 그리고 명이로부터도 탈진해서 사망한 것 같다는 보고를 받았다. 범포와 같은 보고였다.

"탈진이 분명합네까? 기렇다믄 범포 장군이래 병사들을 너무 혹사시키는 거 아닙네까? 무더운 여름에 너무 몰아붙이는 거 아니냔 말입네다."

"기런 거 같딘 않았습네다. 범포 장군 휘하를 돌아봤디만 기런 낌새 없었습네다. 오히려 범포 장군이래 안전이 최고니끈 안전을 최우선하라고 주문하고 있었습네다. 기건 말단 사병들도 댤 알고 있었습네다."

"기런데 왜 이런 불상사가 생기는 겁네까?"

"길쎄, 기건 돔 더 조살 해봐야 할 것 같습네다."

"알갔습네다. 박사래 면밀히 살펴봐서 알려듀시라요. 기래야 적절한 조칠 취할 게 아닙네까?"

"예, 알갔습네다. 주의 깊게 살펴보갔습네다."

그렇게 명이에게 명을 내렸으나 명이로부터 보고가 없었다. 별다른 이유나 특이점을 찾지 못하는 것 같았다.

그렇게 촉각을 곤두세우고 범포 휘하를 살피고 있는데 마석과 철근 휘하에서도 비슷한 사망자가 나왔다. 첫 사망자가 나온 지 며칠 지나지 않았는데, 그것도 두 곳에서 동시에 사망자가 발생한 것이었다. 사망 원인은 둘 다 탈진인 것 같다고 했다. 이에 영은 즉각 네 장군을 태자궁으로 소집했다.

"이게 대체 무슨 일입네까? 탈진으로 세 명의 장정들이 죽다니 이게 어떻게 된 일입네까?"

영이 황당하다는 듯 언성을 높였으나 네 장군은 묵묵부답이었다. 당황스럽고 황당한 건 자신들도 마찬가지인 듯했다.

회의장은 침묵 속에 잠겼다. 영은 언성을 높인 게 미안한지 입을 다문 채 조용히 숨을 고르고 있었고, 무범과 인섭도 심각한 표정으로 앉아 있었다. 범포·마석·철근·병택도 고개를 숙인 채 앉아 있었다. 현장 지휘를 하다 달려왔거나 사망 원인을 파악하다 급히 달려온 네 사람의 뒷목에 땀이 줄줄 흐르고 있었으나 땀을 닦는 사람도 없었다. 모든 책임이 자신들에게 있다고 판단하는지 영의 하명을 기다리고 있는 듯했다.

애초 공구工區를 넷으로 나눈 것은 마석과 범포 때문이었다. 방어선 구축 계획을 세우기 위해 신료들이 전부 모인 자리에서였다.

"동쪽과 서쪽은 소장과 마석이 맡갔습네."

동서남북 네 곳으로 나누어 방어선 구축을 하자는 결론이 나자마자 범포가 말했다. 혹시나 다른 얘기가 나올까봐 걱정스러운지. 그러자 마석이 바로 뒤를 받쳤다.

"기러하옵네다, 전하. 태자도 지형이나 사정은 우리가 달 아니 기러는 게 똫갔습네."

"예. 위험하고 험한 서쪽과 동쪽을 우리가 맡으면 기만큼 방어선 구축 시간도 둘 거입네다."

둘이 미리 입을 맞췄는지 죽이 착착 맞았다. 험하고 위험한 곳을 자신들이 맡음으로써 태자도에 들어온 지 얼마 안 되는 병택과 철근을 배려하겠다는 말이었다. 다른 사람이 딴말이라도 할까봐 아예 못을 박듯 단호하게 잘라 말했다. 그러자 영도 그 뜻을 받아들여 확정을 지었다.

"두 장군이 기러시다믄 고맙디요. 힘든 일을 맡아듀시갔다니 한시름 놨습네다."

그렇게 해서 섬을 사등분하여 방어선을 구축하기로 했다. 범포와 마석의 건의를 받아들여 그들에게 험한 지형의 동쪽과 서쪽을 맡기고, 철근은 북쪽을 병택은 남쪽을 맡기로 했다. 그런데 범포와 마석의 휘하에서 문제가 시작됐으니……

문제의 발단은 두 장군 휘하의 장수들의 경쟁심에서 비롯되었다. 군대는 그 어떤 집단보다 경쟁심이 강한 집단이다. 피아가 명확히 구분되어 있을 뿐 아니라 생사를 놓고 겨루는 집단이다 보니 훈련 때도 진영만 나눴다 하면 경쟁심이 발동되곤 하는데 방어선 구축 때도 그 경쟁심이 발동했던 것이었다. 맨 처음 그 불을 지핀 것은 범포 휘하의 말객이었다.

각별했던, 지금껏 범포 휘하에서 동고동락했던 말객이 마석 휘하로 가게 되자 섭섭했던 모양이었다. 하여 둘이 술잔을 기울이며 지나가는 소리로 한 마디를 던졌다.

"나보다 늦게 했다간 알아서 하라."

그러자 상대도 비슷한 생각을 하고 있었는지 맞받아쳤다.

"누가 할 소릴? 똥 싼 놈 뭉개듯 뭉기덕거리디 말고 날래 끝내라.

나보다 늦었다간 형님 소릴 해야 할 테니깐."

둘은 그렇게 농담을 주고받으며 방어선을 하루라도 빨리 구축한 후 다시 보자며 자리를 파했다. 단 한 번도 떨어져 보지 않았던지라 잠시 헤어지는 게 서운했고, 그 서운함을 그렇게 농담으로 표현하고는 동서로 길을 나섰다.

그러나 낭떠러지로 이어진 해안 절벽 위에 방어망을 구축하는 일은 생각했던 것보다 훨씬 어려운 일이었다. 절벽 위에 돌을 쌓아 적들이 올라오지 못하게 막는 일도 그랬지만, 절벽 위에 진지를 구축하는 일도 그에 못지않았다. 절벽이라 주변에 돌이 많지 않아 돌을 모으고 옮기는 일도 만만치 않았다. 그뿐인가. 바위를 부수고 돌을 캐내는데 진이 다 빠질 지경이었다. 그래서 돌을 쌓는 작업은 엄두도 내지 못할 정도였다. 군사들도 그걸 인식했는지 기를 쓰며 매달렸지만 일은 더디기만 했다. 잘못하다간 한 해를 다 보내야 할 판이었다.

말객은 군사들을 독려하며 동분서주해 봤지만 효과는 미미했다. 그렇다고 무작정 몰아붙였다간 안전사고의 위험이 있었다. 그리되면 그 책임을 자신이 져야 할 것은 물론이고 범포 장군이나 태자가 가만히 있지 않을 것이었다. 그러니 안전사고의 위험을 최소화하며 작업 공정의 속도를 높일 특단의 조치가 필요했다.

며칠을 고민하다 그는 한 가지 묘수를 떠올렸다. 군사들의 경쟁심을 자극하면 될 것 같았다. 군사들에게 경쟁심과 승부욕을 자극하는 것만큼 큰 효과를 내는 것은 없었기에 그걸 자극해보기로 했다. 경쟁심과 승부욕을 자극하여 군사들이 자발적으로 움직이게 한다면, 즉각적인 효과가 날 것이고 진척도 빠를 것이었다. 하여 하루

일과를 시작하기에 앞서 군사들을 모아놓고 말했다.

"우리보다 악조건인 마석 장군 쪽은 벌써 돌을 쌓기 시작했다는데 우리가 딜 순 없디 않갔네? 어뜿게들 생각하네?"

운을 띄운 그는 병사들을 바라보았다. 자기 얘기가 씨알이 먹히는지 확인해 보려는 것이었다. 경쟁심을 자극했는데도 별다른 반응을 보이지 않는다면 다른 방도를 강구해야 할 것이기 때문이었다.

그런데……

그 반응은 예상 외였다. 조금 전까지만 해도 피곤기를 몸에 덕지덕지 붙이고 있던 군사들이 피곤기를 털어내는가 싶었다. 특히 눈빛이 확 달라졌다. 그 눈빛은 적군을 앞에 두고 결전을 벌이기 직전의 눈빛만큼이나 빛나고 있었다. 상대가 누가 됐든, 그 무엇이 됐든 결코 질 수 없다는 의지가 눈빛으로 나타나고 있었다. 거기에 힘을 얻는 그는 한 마디를 덧붙였다.

"단 일각이라도 우리가 먼뎌 끝내야 하디 않간?"

그 말에 군사들이 웅성거리기 시작했다. 말객의 발언 의도를 파악하려는 모양이었다. 그러기를 잠시. 군관 하나가 목소리를 높였다.

"알갔습네다. 전투든, 훈련이든, 작업이든, 딜 수는 없디요."

그러자 여기저기서 옳다는 목소리가 터져 나왔다. 그러더니 팔을 돌돌 말아 올리기 시작했다. 그게 시작이었다.

그 말객에 의해 불붙은 경쟁심과 승부욕은 곧 마석 휘하의 말객에게도 전해졌다. 하루라도 자신들보다 빨리 일을 끝내려는 친구의 의지를 보고만 있을 수가 없었다. 하여 그도 병사들을 모아놓고 범포 휘하의 상황을 전했다. 그러자 병사들이 불에라도 덴 듯 펄쩍 뛰었다. 범포와 마석, 그리고 두 말객이 친구이긴 하지만 지금은 경쟁자인 만큼 그 경쟁에서 결코 질 수 없다는 각오를 다진 것.

그렇게 해서 양 진영은 경쟁을 시작했고, 자발적 야간작업까지 강행하기에 이르렀다. 그런 경쟁심은 결국 병택과 철근 진영에까지 퍼졌고.

그러나 제 아무리 젊고 강철 같은 군사들이라 할지라도 무더위와 경쟁할 수는 없었다. 강행군을 시작한지 보름여 만에 범포 휘하에서 첫 사망자가 발생했고 마석과 철근 휘하에서도 사망자가 발생했다. 그러나 중랑장들이 그런 상황을 보고하지 않았으니 책임자인 장군들은 꿈에도 모를 수밖에.

"아무튼 이데부터라도 야간작업을 중지시키고, 군사들에게 충분한 휴식을 시키시라요. 쇠뿔 바로잡으려다 소 둑인다고, 그런 우둔한 덧을 해서는 안 되는 거 아닙네까?"

태자의 말에 범포·마석·철근도 고개를 숙이지 않을 수 없었다. 그건 병택도 마찬가지였으니, 비록 자기에겐 아직까지 사망자가 발생하지 않고 있었지만 크고 작은 사고와 부상이 빈발하고 있었고, 언제든 사망자가 발생할 수 있는 만큼 미연에 방지하는 길밖에 없었기 때문이었다.

22

결의형제의 효과는 태자도 안에서보다 밖에서 더 큰 효과를 발휘하고 있었다.

그 시작을 알린 것은 꿈에서도 예상치도 못했던, 무범의 휘하에 있던 군사들이 무범의 소식을 듣고 태자도로 찾아온 사건이었다. 생각지도 않았던 그 사건은 태자도를 다시 한 번 흔들어놓기에 충분했다.

태자도 전체가 굵은 땀방울을 흘리며 뜨겁게 탈바꿈하고 있을 즈음, 그 뜨거운 소식 또한 반도로, 대륙으로 퍼져가고 있었다. 태자도에서 세 반도—산동·요동·조선반도—로 떠난 배들이 무역품과 함께 뜨거운 태자도의 소식을 실어 날랐고, 태자도를 오가는 배들이 태자도 소식을 묻혀 나간 것이었다.

뜨거운, 예상을 뛰어넘는 고량부의 결의형제 소식과 태자도의 변화상은 태자도를 알고 있거나 관심을 가지고 있는 사람들의 입에 오르내리기 시작했고, 마침내는 많은 사람들의 입에 회자된 것이었다.

배들이 출입하는 해안가를 중심으로 태자도 소식이 솔솔 퍼지는가 싶더니 사람들의 발을 따라 옮겨지기 시작했고, 드디어는 수레를 타고, 말을 타고 퍼져나갔다. 감출 일도, 꺼릴 일도 아니었기에 사람들은 거리낌 없이 말했고, 실어 날랐고, 퍼뜨렸다. 특히 하수상한 세월에 불안감을 느끼던 사람들이 부러움을 버무려 실어 나르니 그 소식은 봄바람을 탄 버드나무 홀씨보다도 멀리 사방으로 날아갔다. 그 홀씨 중에 젖은 땅에 떨어진 것은 싹을 틔우기도 했으니 바로 무범과 인섭 휘하에 있던 병사들에게 떨어진 홀씨였다.

뜻하지 않은 인명사고로 방어선 구축이 잠시 주춤거렸지만 전열을 가다듬고 방어선 구축에 매진하고 있을 때였다. 뜨겁게 내리쬐던 햇볕은 가을바람과 함께 한풀 꺾였지만, 태자도를 달구는 사람들의 열기는 식지 않은 8월초였다.

전형적인 가을 날씨가 펼쳐지기 시작한 어느 날. 따가운 햇볕은 여전했으나 드높게 펼쳐진 하늘에 뭉게구름이 떠있었다. 파란 하늘을 화폭 삼아 구름들이 다양한 그림을 펼쳐놓은 채 자신의 솜씨가 자신도 믿기지 않는지 물끄러미 바라보는 날이 많았고, 가끔씩 불어오는 산들바람은 뜨거운 열기를 불어내는 날이었다.

바다도 가을을 타는지 파란 하늘을 머금은 채 조용히 명상에 잠겨있는 듯 보였지만 봄에 은밀히 잉태하고 여름내 키운 살 오른 물고기들을 뭍으로 밀어내고 있었다. 어부들의 손이 바빠지고 갯가에는 갓 잡아 올린 물고기들이며 널어놓은 물고기들의 비늘이 반짝거리고 있었다. 태자도의 풍요는 땅에서보다 바다에서 넘실거리고 있었다. 물고기만이 아니었다. 풍요의 바다는 물고기들뿐만 아니라 사람도 품었다 내어놓았으니 바다가 처음 내놓은 사람은 무범 휘하의 병사 넷이었다.

"우리래 무범 왕자 소식을 듣고 탖아온 사람들입네다."

몽돌포에 닿자마자 검색하는 병사에게 알린 이 말 한 마디는 태자도를 뒤흔들기에 충분했다.

"딕금 뭐라 했습메? 무범 왕자라 했시요?"

"기렇습네다. 우리 왕자를 둠 뵙게 해듀시라요."

그러나 검색병은 믿기지 않는지 두어 가지를 더 확인한 후에야 급히 지휘소로 달려가 보고를 했고, 지휘소를 지키고 있던 군관이 말을 몰아 태자궁에 알렸다.

보고를 받은 태자궁에서 고량부가 말을 타고 군관을 뒤따른 것은 군관이 태자궁으로 뛰어든 지 일각도 채 되지 않아서였다. 그만큼 고량부도 놀랐고, 흥분했고, 감격스러웠다. 몰살당한 줄만 알았던 무범의 병사들이 찾아왔다는 사실은 무범뿐만 아니라 인섭을 흥분시키기에 충분했다. 죽었던 사람이 살아 돌아왔다는 소식만큼이나 놀랄 일이었다.

그건 무범에게 한정된 일이 아니라 인섭에게도 마찬가지로 적용될 수 있으니 인섭도 흥분하지 않을 수 없었다. 무범 휘하의 군사들이 살아있고 찾아왔다는 것은 자기 휘하의 군사들도 살아있을 수 있고, 찾아올 수 있다는 말이나 다름없었기 때문이었다.

몽돌포로 달려간 고량부는 말이 채 서기도 전에 말에서 뛰어내렸다. 그와 동시에 지휘소 앞에서 기다리던 병사들이 황급히 땅바닥에 엎드려 절을 하였다.

"전하, 무사하셨군요. 전하를 다시 뵙게 되다니 꿈만 같습네다."

앞에 엎드린 병사가 울먹이자 나머지 병사들도 엎드린 채 울기 시작했다. 헤지고 퇴색한 옷은 병사들의 눈물인 양 젖어 있었고 무범을 다시 만났다는 감격에 흐느끼자 등판도 덩달아 흔들리고 있었다.

"일나라요, 어디 얼굴 한 번 봅세다."

위아래로 흔들리는 병사들의 등판을 내려다보며 한 동안 눈물을 흘리던 무범이 병사들에게 다가서며 말했다. 무범의 목소리도 흠뻑 젖어있었다.

"어디, 어디……."

무범은 병사들 앞에 쭈그려 앉더니 맨 앞에 엎드린 채 흐느끼는 병사의 몸을 일으키며 말했다.

"어느 장군 휘하에 있던 병삽네까?"

"전하, 미관微官 별동대 소속 군관입네다. 양수 장군 휘하에 있다 별동대로 파견됐었습네다."

"기럼 이 병사들도 다 별동대 소속입네까?"

"기러하옵네다. 미관 밑에 있던 병사들입네다."

"기럼 나머디 장졸들은요? 별동대 장졸들 중 살아있는 사람이 더 없습네까?"

"기, 기것이⋯⋯."

"⋯⋯?"

"기건 미관도 달⋯⋯. 백병전이 시작되자 적군 후방에 있던 별동대도 강을 건너 백병전에 가담했디만 아군 진영이 삽시간에 무너디는 바람에⋯⋯. 전하를 탖기 위해 중군으로 달려갔디만 전하께선 이미 몸을 피하셨다는 말에, 중랑장께서 각자도생하라는 명을 내리자 적진을 뚫고 탈출했습네다. 기렇게 적진을 뚫고 나와 보니 우리 넷뿐이었습네다."

"기랬군. 기렇게 됐어. 나 때문에⋯⋯ 내가 어리석어 그 많은 사람들의 목숨을 다 잃게 했어."

무범이 자책하자 군관이 다시 몸을 숙이며 울먹였다.

"전하! 어띠 기런 망극한 말씀을 하십네까? 하루를 살아도 사람답게, 전하의 성은을 입었던 사람들이 어디 듁음을 두려워했갔습네까? 미관도 전장에서 듁디 못한 게 한스러워 감히 하늘을 바라볼 수 없었디만 살아야, 살아있어야 전할 다시 뵐 수 있을 거란 생각에 모던 목숨 딕금까디 이어왔습네다."

군관은 울음을 섞어가며 자신들의 피란담避亂談을 풀어놓았다.

구사일생으로 전장에서 빠져나오긴 했지만 무범을 구하지 못했다는, 자신들만 살아남았다는 자책감에 일행은 도망칠 힘도 잃고 말았다. 앞뒤에서 몰려드는 적군을 뚫고 무범이 피신했을 가능성도 희박했고, 백병전까지 벌여 하회도를 사수하려 했다면 별동대 외엔 살아남은 사람이 없을 터였다. 설상가상으로 한군은 하회도를 비롯하여 하밀 전역에 초토화 작전을 감행하여 살육과 방화를 자행하고 있었다. 한군이 지나간 자리엔 쥐새끼 한 마리도 살아남지 못한다는 말이 돌 정도였다. 하여 일단 몸을 피하자는 생각에 반도 동쪽 연태(烟台. 옌타이) 쪽으로 길을 잡았다. 상황을 봐가며 조선반도로 피신할 생각으로.

그러나 연태까지 가는 일도 쉽지가 않았다. 무범의 탈출 사실을 안 한군이 군사들을 풀어 길목을 막고 있었기 때문이었다. 결국 산길을 이용해야 했다. 그러나 산길도 안전하지 않았기에 몸을 숨긴 채 밤에만 이동하며 연태에 도착한 것은 겨울이 지나 봄이 무르익을 즈음이었다. 한겨울을 길 위에서 난 것이었다. 그러니 몸이 성할 리 없었다. 곳곳이 생채기와 멍투성이였고, 손발이며 얼굴은 동상으로 진물이 흐를 정도였다.

그러나 무범이 탈출했다는 소식에 오로지 무범을 다시 만날 생각으로 버티고 또 버텼다. 다행히 연태까지는 한군이 손을 뻗지 않았고, 현청 군사들이 이따금씩 순찰을 돌기도 했지만 조선유민들을 자극하지 않으려고 시늉만 내는 형편이라 몸을 숨기는 데는 어려움이 없었다.

먹고 살 일이 막막했으나 몸을 추스른 후에는 막일을 하며 입에 풀칠을 하였다. 그러면서도 귀를 세워 무범과 하회군 소식을 기다렸다. 그러던 중, 보름 전에 무범이 태자도에 들어 의형제를 맺었다는 소식을 들었다. 소식을 듣자마자 배를 수소문하기 시작했다. 그러나 태자도로 오는 배가 많지 않았다. 하는 수 없이 요동반도로 자리를 옮겨 태자도로 들어오는 배를 물색하기 시작했다. 그러다 마침내 사흘 전, 태자도로 들어오는 배가 있다기에 드디어 모든 재산을 털어 배에 올랐다고.

"기랬구만, 기랬어. 다 주군을 달못 만나서……."

"전하, 기 무슨 당티 않은 말씀이십네까? 미관뿐 아니라 우리 모둔 전할 만나서 사람이 되었고, 사람답게 살 수 있었습네다. 비록 기 시간이 길디는 않았디만 우리에겐 영원이었습네다. 기러고 우린 기 시간을 듁어서도 잊디 못할 겁네다. 먼뎌 듁어간 모든 이들도 기렇게 분명 기렇게 생각할 거입네다."

"아니야, 기렇디 않아. 현명하고 덕 있는 주군을 만났다믄 기렇게 허망하게 듁어가디 않았을 거이고, 이렇게 고생하디 않았을 기야. 기러니 모두가 내 책임이야. 내 책임."

무범이 울먹이자 모두들 다시 전하!를 외치며 울기 시작했다. 그러는 그들을 바라보고 있는 영과 인섭의 눈에도 눈물이 가득 괴여 있었다.

"기나뎌나 군관 이름과 병사들 이름은 뭔가? 내가 자네들 이름을 불러보고 싶네."

"전하, 저희들 이름은 없습네다."

"기, 기게 무슨 말인가? 이름이 없다니. 아무리 개똥밭에 버려딘 삶이라 해도 이름은 있을 게 아닌가?"

"기, 기게 아니라…… 미관을 비롯하여 별동대원 모두는 별동대에 편성되는 순간 이름을 다 버리기로 했습네다. 이름도 없이 기냥 별동대란 이름 하나로 부르기로 했습네다. 자신을 버리디 않고선 적진으로 갈 수 없다고 해서 말입네다."

"어띠 기런 일이. 기럼 별동대에 편성될 때 이미 듁을 각오였단 말인가?"

"기러하옵네다, 전하. 전하와 하회도를 위해 듁을 각오를 한 자들이 어띠 이름을 가딜 수 있갔습네까? 기건 다른 병사들도 마탄가디일 거입네다."

그 말에 무범은 크게 흐느꼈다. 모두들 죽을 각오로, 이름마저 지운 채 전장에 뛰어들었다는 말에 슬픔이 복받치는가 보았다.

23

무더운 여름은 길었으나 선선한 가을은 짧았다.

그러나 가을이 짧지는 않았다. 느낌이 그랬을 뿐, 7월부터 9월까지 가을은 태자도에 머물러 있었다. 맑고 투명한 하늘, 따갑게 내리쬐는 가을볕 아래 누렇게 일렁이는 곡식들, 노랗게 혹은 빨갛게 익어가는 열매들이 태자도를 빛내고 있었다. 그러나 겨울이 닥쳐오기 전에 해야 할 일들을 마무리하느라 정신들이 없었기에 그걸 느낄 새가 없었을 뿐이었다. 그래서 가을이 너무 짧게 느껴진 것이었다.

추수와 방어선 구축을 동시에 해야 했기에 태자도엔 노는 사람이 없었다. 노인과 코흘리개들까지 손을 보탰지만 일손은 부족하기만 했다. 낮은 점점 짧아져가고, 시간을 놓치면 안 될 일들이 많았기에 동네를 촐랑거리는 강아지 손까지 빌리고 싶을 정도였다. 그런 와중에 난민들이 찾아들자 태자도 주민들은 난민들을 반길 수밖에. 말로 표현하지는 않았지만, 일꾼들이 제 발로 들어왔으니 반기지 않을 리 없었다.

하회군 별동대 네 사람을 시작으로 이름 모를, 이름 없는 병사들이 그 후에도 계속 찾아들었다. 가을에서부터 초겨울까지 2백에 가까운 인원이 들어왔다. 난민難民이었던 그들은 한결같이 초라했고, 한결같이 불쌍한 몰골이었다. 그러나 그들의 뜻만은 강했고, 날카로웠다.

무범 휘하의 병사들뿐만 아니라 인섭 휘하의 병사들도 제법 찾아왔다. 병사들뿐만 아니라 무범 슬하에 있던 백성들이 찾아오기도 했다. 그러나 이름을 아는, 이름이 있는 사람들은 모두 전사했는지 나타나지 않았다. 하기야 그들이 죽지 않았다면, 죽음을 각오하고 싸워주지 않았다면 무범과 인섭이 그 살벌한 전장에서 빠져나오지 못했을 것이었다. 그들의 목숨을 담보로 두 사람은 살아난 셈이니까.

어찌 생각해보면 그건 너무나 당연한 일인지도 몰랐다. 숫자면에서 보면 이름 있는, 이름을 아는 자들보다 이름 없는, 이름을 모르는 자들이 훨씬 많지 않은가. 몇 백 대 일, 아니 그 이상일 것이었다. 또한 이름 없는, 이름 모를 자들이야말로 강인한 생명력을 지니고 있는 존재들이 아닌가. 태어나면서부터 버려지고 내쫓긴 자들이었기에 그 어떤 존재들보다 강한 생명력을 가지고 있고, 그 강인함으로 세상은 존재하고 돌아가는 것인지 모를 일이었다. 그러니 그들, 이름 없고 이름도 모를 존재들에 의해 세상은 만들어지고 존속되고 있으니 그들이야말로 진정한 세상의 주인이 아닌가.

잡초 같은, 잡초와 같이 강인한 생명력을 가진 민초民草들이었기에 짓밟히고 뿌리 뽑혀도 다시 일어서고 버려진 땅에서도 다시 뿌리 내리고 되살아나는 모양이었다. 하여 역사는 위인에 의해 기록

되고 위인을 기억할지 몰라도 결국 역사를 이루고, 쌓고, 만들어가는 것은 민초들이라 할 수 있었다. 역사는 기억하지 않고, 기억하지 않으려 하지만 결국 역사는 민초들의 것이고, 민초들에 의해 이어지는 것임을 똑똑히 보여주는 예라 할 수 있었다.

그런 이름 모를, 이름도 없는 민초들이 태자도에 유입되자 태자도는 다시 한 번 꿈틀대기 시작했다. 목숨을 걸고 태자도에 들어온 그들은 영도자의 소중함과 둥지의 소중함을 너무나 잘 알고 있었기에 방어선 구축에 뛰어들어 전심전력을 다했다. 그런 그들의 행동은 기존 태자도 주민들을 자극하기에도 충분했다. 평안함을 추구하고 타성에 젖어들던 태자도에 새로운 바람을 일으킨 것이었다.

배질 풍風질

24

나는물(썰물)을 이용하여 월곶포구에서 배를 띄운 것은 진시辰時 쯤이었다. 날이 밝자마자 서둘러, 해가 다 뜨기도 전에 출항 준비를 마쳤으나 물이 날 때까지 기다려야 했다. 바람은 여름답지 않게 선 들선들 불고 있어 바람을 이용하기엔 어려움이 없을 것 같았다.

사공들이 출항 준비를 하는 동안 맨주먹은 광건·광석과 함께 방 어사와 작별인사를 나눴다. 만남은 짧았지만 오래 전부터 알고 지 냈던 사람들처럼 작별인사는 애틋했고 시간도 길어지고 있었다.

"물 쌈수다(물 내립니다)!"

머리 위로 오른 해가 슬슬 열기를 뿜어내기 시작할 때쯤 배에서 고함소리가 났다. 영줏말이라 알아듣지 못했을 텐데도 일행이 모여 있는 곳을 향해 고함치는 걸로 보아 그게 무슨 뜻인지 알기에 작별 을 서둘렀다.

태자로도 갈 때 꼭 들리란 부탁과 꼭 들리겠다는 다짐이 오갔고,

무사히 다녀오라는 기원을 전하며 작별을 했다. 떠나는 사람의 작별은 짧을수록 좋다는 사실을 알고 있는 듯 다소 서둘렀고, 보내는 사람은 아쉬움이 남는지 한 자리에 서서 떠나는 사람들을 바라보고 있었다.

배 위에서 몇 번이나 인사를 하는 사람과 어서 가라고 손을 내젓는 사람 사이가 멀어질수록 배는 내리는 물살을 타기 시작했고, 그걸 파악한 사공들이 눈치 빠르게 돛을 올렸다. 일곱물이라 한 시진 반 동안 물이 내릴 것이고 그때를 이용해 한바다로 나서야 했기에 맨주먹이 말하지 않아도 서두르는 것이었다. 그런 영주 배들을 보며 광건 선장의 배며 나머지 태자도 배들도 서둘러 돛을 올렸다.

강화도가 눈앞에 다가서자 맨주먹은 강화도를 뚫어지게 쳐다봤다. 그러더니 맨주먹이 소리를 쳤다.

"왼착더레(왼쪽으로) 벨 틀라!"

다른 배를 향해 소리를 지르며 맨주먹이 키를 왼쪽으로 틀었다. 조수와 바람을 먹은 배가 무겁게 삐걱대더니 서서히 머리를 남쪽으로 돌리기 시작했다.

그러기를 잠시. 배가 완전히 방향을 틀자 속도가 급격히 떨어지기 시작했다. 이제 썰물의 힘은 배를 한바다로 밀어낼지언정 남쪽으로 밀어내지는 않을 것이었다. 조수의 힘보다 바람의 힘을 이용해야 할 시점이었다. 그러나 여름 한낮이라 바람이 없어 배는 소걸음만큼이나 느리게 움직였다.

이제 눈에 익은 항로요, 속도도 느릴 것이기에 키를 말단 사공에게 넘겨주기는 했지만 긴장의 끈을 늦출 수는 없었다. 여름 바다만큼 변덕스러운 게 없었고, 바람 때문에 애를 먹는 것도 또한 여름이었다. 바람이 불지 않아 옴짝달싹 못하는 경우도 있었고, 풍향이 제멋대로여서 애를 먹는 때가 바로 여름이었기 때문이었다. 그나마 다행인 것은 낮이 길어 항해시간이 길다는 점과 바람이 없는 만큼 파도도 높지 않다는 게 여름 항해의 장점이라면 장점이었다.

그러나 여름은 언제 태풍이 몰려올지 모르는 태풍의 계절이기도 해서 바다를 철저히 감시하지 않으면 표류나 조난당하기 십상이었고, 난파당하거나 침몰하여 목숨을 잃는 경우도 많았다. 그렇기 때문에 항해는 위험 그 자체였고, 긴장의 끈을 조금도 늦출 수 없는 일이었다. 바람이 불면 속도는 빨라지겠지만 파도가 그만큼 높아지고, 바람이 자면 파도는 잔잔해지지만 속도는 떨어질 수밖에 없었다. 또한 바람과 파도는 불가분성과 동시성을 가지고 있기 때문에 어느 하나만을 바랄 수는 없었다. 그러니 적당한 바람과 적당한 파도가 최선이라 할 수 있었다.

강화도와 월곶 사이에 접어들자 바람이 딱 죽어버렸다. 여름엔 파도가 다소 일더라도 바람이 불어주기를 바라는데, 바람은 좀처럼 불지 않았다. 돛대 끝에 매달려 있는 풍향기風向旗는 축 늘어져 있었다. 가끔씩 살랑거리는 바람에 꼬리를 흔들기도 했지만 잠든 강아지 꼬리처럼 좀처럼 움직이지 않았다.

"아멩해도 안 뒈켜. ᄇ름이 이서사 밸 몰쥬. ᄇ름 불 때ᄭ지 치 잘 심엉 이시라. 밥 ᄒ 직 거려먹엉 오커매."[1]

섬을 끼고 있는 좁은 수로에 끼어 있어 바람을 먹지 못한다고

---

1) 아무래도 안 되겠다. 바람이 있어야 밸 몰지. 바람 불 때까지 키 잘 잡고 있어라. 밥 한 입 먹고 올 테니.

판단한 맨주먹은 바람이 없어 항속이 떨어졌을 때 아침을 챙길 생각으로 웃동무에게 키를 넘겨주며 말했다.

"날씨가 궂으믄 뱃놈들은 굶는 게 상책이라 했지만, 갑세. 이제 조반이나 먹어 봅세."

맨주먹은 광석에 앞서 몸을 돌렸다. 화물칸에는 진즉부터 화장 녀석이 밥을 차려놓고 기다리고 있었지만 물때를 이용해 배의 항로를 잡아야 했기에 밥 먹을 틈이 없었고, 광석은 광석대로 맨주먹이 하는 것들을 일일이 관찰하고, 묻고, 적느라, 밥을 먹을 수 없었던 것이었다.

"이예 이 배만 따라가믄 되니까니 형도 밥 먹으라요. 다른 배들도 마탄가디고."

광석이 오른쪽에서 항해하는 광건의 배에 소리를 지르자 건너편 이물에서 광건이 손을 흔들어 답을 했다.

"갑세다. 알려됐으니 밥을 먹든 말든 알아서 하갔디요."

광석이 짓궂게 웃으며 길을 재촉했다. 조금 전까지만 해도 진지하기만 했던 광석의 얼굴에 그새 장난기가 돋아나 있었다. 이제부터 얼마간은 시간적으로나 정신적으로 여유가 있을 테니 형이나 놀려먹을 생각인 모양이었다.

25

바람 없는 바다는 바람 부는 날보다 더 무섭다, 뱃사람들에겐. 바람의 자취를 찾을 수 없고, 더이상 항해하기 어렵다는 것을 깨달을 때쯤이면 이미 진이 빠질 만큼 빠진 후다. 좀해선 항해를 포기하지 않는 그들이 바다 위에 닻을 내리거나 배 댈 곳을 찾는다는 건 포기도 항해의 한 방법임을 알기 때문이다. 배가 앞으로 나가지 않는다는 건 결국 해류나 조류에 의해 자신들이 원하지 않은 방향으로 끌려가고 있음을 뜻하는 것이다.

돛의 방향을 틀어 바람을 먹어보려고 무진 애를 쓰다 결국 맨주먹이 닻을 내리고 기다려보자고 한 것은 한낮이 다 되어서였다.

"바람이 없어서 꼼짝도 못하게 됐으니 여기서 바람을 기다려 보자우요. 여기가 그래도 바람길이니, 바람이 분다믄 제일 먼저 바람을 맞을 겁네다."

맨주먹은 더 이상 바람을 찾아 헤매기보다 마음 편히 바람을 기다리자고 했다. 인력으로 어쩔 수 없는 일에 정력을 낭비하기보다 자연에 순응하는 것이 더 현명한 방법임을 알고 있는 듯했다.

결국 모든 배들이 바다 한가운데 닻을 내리고 바람이 불기만 기다렸다. 오시午時까지는 물이 내리다가 오시를 지나면 들물이 날 것이고, 그때 조수의 힘을 이용해 배를 움직여보기로 했다.

정조 때라 배는 크게 떠밀리지 않는 것 같았다. 그러나 이물과 고물에 내린 닻줄이 가끔씩 뻐더덕거리고, 배가 가만히 있지 못해 방향을 자주 바꾸는 건 바다가 움직이고 있다는 증거였고, 맨주먹이 말하는 북상하는 해류가 쉼 없이 흐르고 있음을 알려주고 있었다.

내리쬐는 햇볕을 피해 모두들 돛대 밑으로 숨어들었다. 한낮이라 그림자가 크게 지지는 않았지만 그늘이라곤 없는 배에서 그나마 햇볕을 피할 곳은 돛대 밑밖에 없었기 때문이었다. 뱃사람들이 잠자는 공간인 방장이 없는 것은 아니었다. 그러나 오늘 같이 더운 날은 방장에 들어가 봐야 시원하기는커녕 더 덥기만 해서 모두들 허리칸(한장)이나 이물칸(화물칸) 그늘이 있는 곳에 흩어져 앉아 있거나 누워 있었다.

분주히 움직이던 맨주먹이 허리돛 아래 앉는 걸 본 광석은 방장으로 들어가 필기구를 챙겼다. 맨주먹이 좀 전에 취한 일련의 조치가 왜 필요한지, 그 방법은 어찌 되는지 궁금했기에 그걸 물어보고 싶었다. 진즉에 물어보고 싶은 마음은 굴뚝같았지만 바삐 움직이는 그를 붙잡고 물을 엄두가 나지 않았다. 눈치 없이 그럴 때 물었다가는 대답도 제대로 못 들을뿐더러 눈총이나 받을 게 뻔했다. 그렇지만 지금은 다소 여유를 찾은 것 같았기에 그 이유와 방법을 물어보고 싶었다.

모든 준비를 마친 광석은 천천히, 허리돛 그늘에 앉아 쉬고 있는 맨주먹을 향해 걸어갔다. 티 나서도 서둘러도 안 될 일이었기에 평상시처럼 느긋한 걸음으로.

"광석 선장도 여 앉아 조금 쉬시라요."

광석이 다가가자 맨주먹이 엉덩이를 들어 자리를 조금 내주며 말했다.

"예. 아무래도 기래야갔습네다. 어디 마땅히 앉아 쉴 곳이 없어서 리…… 도사공 옆자릴 둠 빌려야갔습네다."

광석은 때마침 잘 됐다는 생각에 사양하지 않고, 맨주먹이 권하는 대로, 맨주먹 옆자리에 엉덩이를 철퍼덕 내리며 말했다.

"어, 기거…… 기래도 그늘이 있어서 둏다."

광석이 빙긋 웃으며 맨주먹을 돌아보자, 맨주먹은 광석 손에 들려 있는 필기구를 바라보았다.

"그늘이 있어서 좋은 게 아니라, 광석 선장은 밸 세운 걸 더 좋아하는 것 같습네다, 그려."

"기럴 리가요?! 내래 이래봬도 명색이 사공인데……. 기러고 영주까디 갔다가 하루라도 빨리 돌아가야 할 사람이 아닙네까? 다만…… 잠시 쉬는 듕이디만 궁금한 게 있어서리 탐을 수가 있어야디요. 기래서 왔으니긴 둄 알려듀시라요."

"그래, 궁금한 게 뭡네까? 넘어진 김에 쉬어 간다고…… 광석 선장 궁금증이나 풀어드리지요."

맨주먹이 뻗대지 않고, 생각보다 순순히 나오자 광석은 기뻤다. 바람이 없어 항해하지 못하게 됐으니 화가 잔뜩 나 있는 줄 알았는데 그런 게 아니라는 게 기뻤고, 광석의 말에 선선히 대답하는 것도 예상 외였기에 또한 기쁘지 않을 수 없었다.

"항핼 못하게 됐으니 화가 나있는 듈 알았는데 기게 아닌가 봅네다?"

"항해 못하는 게 사람 탓이 아니라 하늘 탓인데 화를 내믄 뭐하갔습네까? 모든 걸 다 하늘에 맡기고 기다릴 수밖에 없지요. 그게 바로 사공이 가져야 할 마음가짐이지요."

"다 하늘에 맡기고 기다린다는 말씀입네까?"

"그렇지요. 그렇지 않으믄 하루도 견디기 어려웁쥬. 인력으로 안 될 일을 불딱불딱하믄 뭐합네까?"

"하긴…… 기렇긴 하디요. 날씨래 우리가 어떨 수가 없는 거이니깐요."

그렇게 대화는 시작됐다. 허사로 던진 '화'에 대한 얘기가 자연스레 이야기를 끌고 가는 역할을 한 셈이었다. 그렇게 시작한 대화가 황해의 날씨와 바람으로 건너갔다. 광석이 질문을 한 게 아니라 얘기를 하다 보니 자연스레 그쪽으로 말이 흐른 것이었다.

"섬과 섬 사이가 바람골이라 바람이 제법 부는데, 오늘은 요상하게 바람 한 점 없으니 서두르지 말라는 뜻인가 봅네다. 그렇지만 바다 고운 것과 기집 고운 것은 안 친다고, 언제 어떻게 바뀔지 모르니 기다려 봐야지요."

그렇게 해서 바람에 대한 얘기로 접어들었고, 날씨에 대한 얘기가 한참 동안 계속됐다. 그러나 그 얘기들은 광석도 대부분 아는 것들이라 그냥 들어 넘겼다. 다만, 날씨 변화를 짐작할 수 있는 징조들은 들으면서 적어 두었다.

개 눈 든다: 비 오던 바다가 맑게 개이고, 먼 하늘이 맑아지는 상으로 곧 바람이 쏟아진다.

바람꼽사기(바람꼽): 낮은 구름이 안개처럼 보이는 것을 말한다. 그러나 안개는 아니다. 이런 날은 큰 바람이 없다.

허리안개: 수평선에서 먼 섬 혹은 산의 꼭대기는 보이고 산자락은 보이지 않는 경우로, 폭풍이 곧 닥쳐올 징조다.

별과 달이 가까이 보인다: 확실히 비가 올 징조다.

서마파람: 남남동풍으로, 큰 파도를 동반한다.

해가 집 짓는다: 해가 지면서 해 주변에 구름들이 잔뜩 몰리는 현상으로, 비가 올 징조다.

서낭님 나간다: 쥐가 배에서 물로 헤엄쳐 나갔다는 말로, 쥐가 나가면 배가 침몰할 징조니 절대 출항하지 말아야 한다.

까치놀은 큰 파도를 몰고 다닌다: 까치놀은 석양을 받아 멀리 수평선에서 번득거리는 노을로, 까치놀이 서면 큰 파도가 일기 때문에 재빨리 피항하는 게 좋다.

상어가 쫓아온다: 배가 침몰할 징조니 재빨리 가장 가까운 곳으로 대피해야 한다.

그런 것들을 들으면서 적고 있으려니 맨주먹이 광석을 바라보며 물었다.

"밸 모는 방법이나 부르는 말은 다 알고 있지요?"

"기건 무슨 말입네까? 내래 기런 걸 알래고 도사공 배에 탄 거 아닙네까? 나나 형은 강배나 몰아봤디 어디 바닷배를 몰아보기나 했습네까? 기러니 시간 있을 때 기걸 둠 알려듀시라요."

"그걸 다 알려줄려믄 시간이 텍도 없을 건디……."

"시간이 부족하믄 후에 또 듣는 한이 있어도 둠 알려듀시라요. 우리야 삿대딜에 익은 사람들이라 돛배에 대해 알고 싶어서 기럽네다."

"그렇긴 헙네다만……. 허기사 이제부턴 시간도 베랑(별로) 없을 거고, 장사여 뭐여 해서 정신도 없을 거이니 빨리 알려주긴 해야 할 건디……."

그러더니 맨주먹이 뭔가를 생각하는 눈치였다. 아무래도 앞으로의 일정을 생각해보는 듯했다. 그러기를 잠시. 맨주먹이 몸을 바로 잡으며 말했다.

"아맹해도(아무래도) 직금이 좋을 거 같습네다. 그래야 광석 대장에게 치(키)도 넘겨줄 수 있고. 내려갈 때 배워두어사 올라올 땐 나 없이도 잘 올라올 수 있을 테니까."

그러더니 돛배 항해에 관한 이야기를 시작했다. 강배일망정 배를 몰았던 경험이 있고, 산동과 요동반도를 오가며 항해를 봤으니 용어나 항해에 대한 설명이 크게 낯설거나 힘들지는 않았다. 그러나 잘못 알고 있는 게 많았고 막연히 그럴 거라고 짐작했던 이유가 틀린 경우도 많았다. 특히나 주의해야 할 점이라든가 해서는 안 될 일들을 정리하려니 만만한 일이 아니었다. 특히 맨주먹이 영주말로 하는 경우에는 알아듣기 어려운 경우도 있어서 몇 번이나 질문을 하며 그 뜻을 물어보기도 했다. 그때 들은 설명과 다른 날 궁금할 때마다 질문하며 정리한 돛배 항해 방법과 용어를 대충 정리하면 다음과 같다.

(바람에 배를) 대어간다. 대라, 대어 가라: 역풍이 불 때 뱃머리(진로)를 바람길(風上. 바람이 불어 들어오는 쪽)에 최대로 대어(붙여)가는 항해법으로, 목적지가 바람길에 있어 최대한 바람에 가까이 붙어 달림을 말한다. 대어가기에는 두 가지 방법이 있는데 첫째, 치를 밀면 뱃머리가 바람에 대어가지만, 너무 대게 되면 배는 웃쓴다(돛이 떨리는 현상으로, 심하면 배가 정지하기도 함). 둘째, 아딧줄(바람의 방향을 맞추기 위해 돛에 매어 쓰는 줄)을 당겨서 대어갈 수 있으나 마찬가지로 웃쓰지 않을 정도로만 당긴다. 이때 배에서 느끼는 바람은 매우 세차며 빠른 속도로 달리지만 목적지가 풍상에 있으면 여러 차례 갈 지之로 꺾어 가야하니 실제로 움직인 거리와 목적지와의 거리는 큰 차이가 난다. 역풍逆風에 배 대어가는 일은 최소한 순조順潮를 타야 하고 역수(逆水. 조류가 진로와 정반대로 흐름)에서는 불가능하다. 이론적으로 역풍에 장거리 항해에서 풍향이 변하지 않는다면 뒷물(순조)을 받거나 정조停潮시간에는 대어 갈 수 있으나 실제로 안전한 포구를 찾아 들어가거나 부득이

짧은 거리를 꼭 이동할 때만 실행하고, 역풍항해(된배질)는 가능한 피한다.

대어 갈 때는 모든 줄을 당겨서 간다.

하치다, 하치기: 바람이 불어오는 풍상으로 거슬러 목적지를 향해 수차례 방향 전환하는 항해법. 배의 좌현에 바람을 받고(대어) 가다가, 치를 밀면 뱃머리가 돌아서 반대편인 우현의 바람을 받으며 적당한 거리를 달린 후에 다시 몇 차례 갈 지之자 형상으로 꺾어 풍상의 목적지에 도달하는 전체 과정을 하치기라 한다.

맞바람 항해에서 사공은 풍향과 목적지 거리 그리고 주변 환경을 고려하여 항해에 앞서 몇 차례의 하치기(몇 창)를 할 것인가를 미리 염두에 두어야 한다. 풍상의 목적지까지 많이 꺾는 것보다 한길로 길게 빼면 한창을 얻어먹는다. 돛과 바람에 따라 한창을 얻어먹을 수 있고, 못 얻을 수도 있다. 배가 바람(역풍)의 왼편에서 한길로 대어가고 있다면 한창을 얻을 수 있으며, 바람의 오른편에 있으면 한창의 효과를 얻을 수 없고 배가 밀리는 경향이 있다.

하칠 때는 항상 돛을 주시하여 돛이 계속 바람을 싸서 가도록 뱃머리를 조정해야 한다. 조정을 잘못하여 돛이 옷쓰면(딸딸 떨리면) 치를 당기거나 아딧줄을 한 줌 주어 돛에 바람을 담아 돛자락이 생기게 해야 한다.

맞바람에서 하치기는 사공의 판단에 따라 결정되지만 주변에 장애물에 따라 꺾는 횟수를 조절한다. 하치기는 반드시 돛이 있어야 가능하며 이때 아딧줄을 바짝 당겨 놓으며 키의 보조역할을 한다. 또한 뒷물(고물 쪽에서 진행 방향으로 흐르는 물. 즉, 순조順潮를 말함)을 받거나 정조 때는 가능하지만 역수逆水에서는 불가능하다.

하치기의 기본 항주법은 바람에 대어가고, 몇 개의 조정기술이 들어가지만 방향전환에는 크게 두 가지 방법이 있다. 바람을 향하여(풍상으로) 돌리는 '나돌리기'와 바람이 불어가는 쪽(풍하)으로 돌리는 '되돌리기'가 그것이다.

하치기를 하려면 배 밑바닥에 누아가 설치되어 있어야 가능하므로 배를 건조할 때 누아를 미리 설치해 두어야 한다.

된배질, 된창질: 역풍항해. 즉, 배를 바람에 대어가는 고된 배 운전을 된배질이라 하고, 하치기하는 과정에 방향 전환하는 고된 꺾기를 된창질이라 한다.

잘 댕기는 배: 하치기(된창질)를 잘 하는 배. 즉, 바람에 대어가는 각도가 좋은 선형의 배.

한창과 한길: 바람길에 있는 목적지까지 거리와 풍향을 생각해서 몇 차례나 방향 전환(꺾음)하는 걸 한창, 두창, 세창…이라 하고, 방향 전환한 횟수를 '몇 창을 먹는다'고 한다. 그리고 뱃머리를 꺾기까지의 항해한 구간을 한길이라고 한다. 즉, 한 방향으로 진행한 구간을 한길이라 말하고, 한번 방향 전환하는 것을 한창이라고 한다. 다섯 구간을 하치기했다면 다섯 길, 네 번을 꺾었다면 네창을 했다고 표현한다.

바람의 왼편은 한창을 얻어먹고 가고, 오른편이면 반대로 그 만큼 밀린다.

가르다, 갈라 간다, 갈라놓고 간다: 바람이 뒤바지(고물 쪽)에서 불 때 허리돛과 이물돛을 어긋나게 펴서 돛이 양쪽으로 갈라진 상태로 항주하는 모습에서 이른 말. 이는 바람과 함께 움직이므로 바람을 느낄 수 없으나 고물의 물결을 보면 그 속도가 확연히 빠름을 느낀다.

갈라가기할 때는 치의 조그만 움직임에도 민감하게 반응하여, 돛의 활대가 급작스럽게 반대편으로 넘어가 연장들을 상하게 하므로 주의해야 한다.

뒤바지 바람, 통문에서 부는 바람, 덤불에서 때리는 바람 등으로 표현되는 것은 모두 뒷바람(고물쪽)을 말하며, 돛배의 속도는 빨라 좋지만, 무섭게 생각하여 여간해서는 사용하지 않는 항해술이다. 뒷바람을 받으면 풍압을 받아 돛을 낚으려(내리려)해도 돛이 내려지지 않고 묶음질(축범縮帆. 돛폭을 줄임)을 할 수 없기 때문이다. 이런 상황에서 돛을 묶음질하려면 이물을 풍상으로 정반대로 완전히 돌려(180도 회전하여) 돛을 옷쓰게 만든 후에야 할 수 있다.

나돌린다: 바람이 불어오는 쪽(풍상)으로 방향 전환을 말한다. 치를 밀고, 돛(아딧줄)을 늦추어 돌린다. 뱃머리를 바람의 정면으로 도는 순간에 돛은 잠시 옷쓰고, 곧바로 반대 현측에서 바람을 받는다. 바람 받는 현에 따라 '우뭇가지/우현 나돌리기' 혹은 '도릿가지/좌현 나돌리기'라 한다.

되돌린다: 바람 부는 쪽(풍하)으로 방향을 전환함을 말한다. 치와 돛의 아딧줄을 당겨서 돌린다. 방향 전환 후 갑자기 돛의 활대가 반대편으로 돌기 때문에 되돌림과 동시에 아딧줄을 당겼다가 회전 이후에 다시 아딧줄을 놓아 바람을 받도록 한다. 강풍에서는 매우 위험하며 또한 연장─돛, 치, 조정에 관한 부품들─이 상할 수 있어 가능한 삼가야 하고, 미풍에서 빨리 돌기 위해 가끔 실행한다. 따라서 방향전환은 기본적으로 나돌기를 한다.

두루다, 둘러 부러, 둘러가다: 목적지 혹은 한길 가는 중에 장애물이 있거나 뱃머리와 바람의 공간(여유의 각)을 확보하기 위해서 하는 동작이다.

뼈들어 가다: 바람에 대어 가는 중에 치 조정이 미숙할 때나 맞바람에 선체가 밀리는 것을 말한다. 배 머리는 선수각을 유지하며 잘 나가고 있는 것으로 느끼지만 실제로 바람을 거슬러 가지 못하고 바람에 밀려서 뼈들어 가는 현상이 발생한다.

너무 대면 배가 선다: 바람에 너무 붙어 가면 결국 바람 길에 들어 배가 정지하려고 한다. 이때는 치를 당기거나 옷쓰기 전에 아딧줄을 조금 놓아서 돛에 바람을 싸안고 가게 해야 한다. 한선韓船에서 대어가는 범주帆走 가능한 바람 각은 두 점(한 점은 30도다. 따라서 두 점은 60도) 정도다.

옷 세워 놓는다: '옷'이란 돛의 천을 말하는데, 돛자락의 움직임을 관찰하여 바람의 세기를 측정한다. 따라서 옷 세워 놓는다는 말은, 뱃머리를 바람길(풍상)로 넣음을 말한다. 돛을 달 때 뱃머리를 옷 세워야(바람길/구멍을 터놓아야) 힘들이지 않고 돛을 올릴 수 있다. 뒤바람이나 옆바람에서는 풍압 때문에 돛 작업이 힘들며 강풍에서는 돛 묶음질도 불가능하다.

옷 본다: 능동적으로 바람이 어디서 불어오는지 찾는 동작이다. 속도가 좋으면 옷을 덜 보며 또한 배의 치(키)의 크기가 알맞으면 옷을 보지 않아도 배는 잘 나가지만, 치가 작거나 조작이 미숙하면 뱃머리는 자꾸 바람길로 들어가 옷쓰게 된다.

바람의 방향은 사공들이 콧등에 침을 발라서 얼굴을 바람길에 내밀어 바람이 불어오는 방향을 찾는다.

(돛이) 옷쓴다: 항해 중에 뱃머리가 바람길에 들어가서 돛이 떠는 현상을 말하며, 결론적으로 옷쓰면 배는 정지한다. 즉, 돛에 바람이

그냥 흘러가니 양력이 발생하지 않아 배가 나아가지 못한다.

뱃머리가 자꾸만 바람길(풍상)로 들어가려는 경향으로 그 결과 돛이 웃쓰며 배의 속도가 떨어진다. 그 원인은 치판이 선체에 비하여 작은 경우 발생하는데, 치를 작동하지 않아도 뱃머리가 자꾸 바람길에 들어가게 된다.

그 반대로 능동적으로 배를 정지하거나 접안하기 위해 치를 조정하여 돛을 웃쓰게 하고서 배를 원하는 지점에 정지시킬 수 있다. 항해 중에 웃쓰는 경우는 키를 당겨서 뱃머리가 바람 길에서 떨어지도록 한다.

당그고/잠그고 간다: 옆바람을 받고서 현이 누워서 경쾌히 달리는 모습으로 배가 기울어 멍에가 물에 닿아(잠그고) 간다. 옆심이 없는 배는 심하게 눕게 되고, 부자리가 넓은 배는 덜 자빠진다. 멍에가 물에 닿을 정도의 빠른 속도로, 대략 풍속은 한 시진에 100리, 선속은 40~50리까지 나며 돛은 2단 정도 묶은 상태다.

더 나가게 하다: '바람 길에 멀어지게 하다 또는 바람과 각도를 크게 하다'는 뜻으로, 바람에 너무 대어가거나, 물에 잠그고 항주하다가 키잡이가 힘들거나 위험한 경우는 키를 당겨서 뱃머리가 바람 길에서 더 나가게(멀리) 한다. 즉, 키를 움직여 풍상각과 좀 더 떨어져 침로를 잡는다.

돛을 던다, 돛을 풀어간다, 돛을 열고 간다: 돛의 풍압을 떨어트리는 방법으로 바람을 조금 빠지게 한다는 뜻이다. 앞의 설명 '더 나가게 하는' 방법이 치를 움직여 풍압을 떨어트려 침로를 잡는 방법이라면, '돛을 더는' 것은 아딧줄을 한줌 주어 풍압을 낮추고 안전하게 침로를 잡는 것을 말한다. 반대로 '대어가는' 것은 '웃쓰지' 않을 정도까지 아딧줄을 당김을 말한다.

한 줌, 한 주먹 주어라, 늘어주고 가라: 돛폭에 바람을 담지 않으려고 아딧줄을 조금 풀어주는 동작으로, 한줌은 보통 한 자 길이를 말한다. 속도가 충분할 때 연장이 상하지 않도록 조심하는 동작이다.

한 짓 주고 가자: 옆바람인 경우, 돛을 한줌 풀어주면 배의 긴장도 풀어지고 방향도 자유롭게 조종할 수 있다. 방법은 이전 상태에서 뱃머리를 1/3점(10도) 정도 풍하로 한다. 한 줌과 한 짓의 결과는 같지만 한 줌(30cm)은 아딧줄을 조정하는 것이고, 한 짓은 돛의 각도를 조절하는 것이다.

가남 보다, 가남 친다: 빗각으로 보이는 두 물체가 배의 전진 속도에 따라 두 물체의 각이 좁아지다가 일직선으로 겹치는 순간을 말한다. 중시선(重視線. 육지의 2개의 물표가 겹쳐 보이는 지점)이라 불리며 협수로 통과하거나 닻을 놓고 배의 움직임을 관찰할 때 사용된다.

묶음질: 강풍에 따라 활대를 묶는 것으로, 1단, 2단, 3단 축범縮帆을 말한다. 이 동작을 묶음질이라고 하고 활대를 단이라 한다. 한 단과 두 단까지는 좋은 바람으로 경쾌하게 달릴 수 있지만 세 단을 축범할 정도라면 황천(荒天. 비바람이 심한 날씨)으로 더 이상 배질을 그만두고 가까운 피항처를 찾아야 한다. 두 단 이상 묶음질은 뱃머리를 바람길에 넣고서야, 즉 옷세워 놓고서야 가능하다. 한활, 두활, 세활이라 표현하기도 하고, 한알, 두알, 세알이라고 표현하기도 한다.

바람(돛)과 자동조타: 정상 항해 중에 이물돛은 당기고, 허리돛을 약간 흘림하면 방향키를 잡지 않고도 배가 얼마간 같은 침로를 잡고 나아간다.

이는 이물돛에 횡압(풍압)이 걸리면 이물은 풍상으로 들어가게 되고, 이때 허리돛에 다시 풍압이 걸림으로 뱃머리(이물)는 다시 원위치로 돌아오기를 반복하여 돛을 이용한 자동 조타가 실현된다.

배질과 풍질: 바람을 받아 키를 사용하지 않고 돛으로 운항하는 행위를 말한다. 바람을 이용하여 배질하는 것을 풍風질한다고도 말한다. 그만큼 돛단배는 배가 아닌 바람을 다스리는 일이다.

바람구멍을 뚫는다, 바람방향을 찾는다: 바람이 불어오는 곳을 찾는다는 뜻으로, 바람과 근접하여 달림을 말한다.

(닻줄이) 목짓다: 출항을 위해 닻을 걷어 올리면서 닻줄이 해저 바닥과 점반(45도) 정도 된 상태를 말한다. 대략 닻줄이 수심의 한배 반 남았을 때를 말한다. 닻의 목을 지은 후에 돛을 달고, 돛을 단 후에 나머지 닻줄을 걷어 올려 닻을 완전히 이른(올린) 후에 치를 장착하여 운항한다.

닻 이르다, 닻 일렀다: 닻이 바닥에서 떨어진 상태를 말한다. 닻의 목을 짓고, 돛이 올라간 다음 닻줄을 더 당기면 닻이 일어난다. 닻이 일어서면 배의 움직임이 자유로워지는데 이때부터를 항해의 시작으로 본다. 그러나 닻이 바닥에서 떨어졌을 뿐 닻과 닻줄은 아직 물에 잠겨 있는 상태를 말한다.

사귀짜기: 사귀짜기는 선미접안 방법으로, 배의 이물에 닻을 두 개 놓고 고물 양쪽에 '버리줄'을 두 개 걸어 네 귀퉁이를 고정시키는 방식이다. 접안 시설이 미흡할 때 이물닻을 놓고 고물을 육지 쪽에 대는데, 이때 고물 양쪽에 바리줄을 걸고 육지에 고정시킨다. 배와 육지 사이에는 뜬 다리(발판)를 걸어 화물과 사람이 드나든다.

잠시 포구에 들릴 때에는 간단하게 이물닻 한 개만 놓고 접안할수 있으나, 오래 머물 때는 안전하게 사귀짜기를 사용하여 접안한다. 결과적으로 좁은 해안에 많은 배들이 함께 접안하려면 배를 세로로 접안해야 한다.

귀허리 잡는다: 네 귀를 잡고 튼튼하게 사귀짜기를 했지만, 바람이 강해지면 바람이 불어오는 방향의 이물과 부두선창에 보강하는 줄을 거는 것을 귀허리 잡는다고 한다. 강풍 시 돛 조종은 사공의 명에 따라 웃동무가 잡고 사공은 치를 조종한다. 일반적으로 사공은 치와 이물돛 아딧채를 잡고, 웃동무는 허리돛 아딧채를 조종한다.

한 곱뱅이 더 주어라, 한 곱뱅이 감아라: 닻줄 호롱(물레)을 '한 바퀴 풀어라 혹은 감아라'라는 뜻이다. 한 곱뱅이는 대략 석 자(90cm) 정도의 길이다.

돛과 돛대에 대한 용어는 강배와 다를 게 없어 간단히 정리하면 다음과 같다.

돛의 설치 방식은, 허리돛은 허리대 앞에 위치하고 이물돛은 이물대 뒤에 위치한다. 보통 돛의 활대 중 위로부터 첫 활대의 간격을 다른 활대의 간격보다 한 배반 더 길게 한다.

허리돛: 가장 중심이 되는 돛으로, 돛이 허리대 앞에 있어 안옷이 보이며 뒤바람에도 돛자락이 많이 쳐지지 않는다.

이물돛: 허리돛과 이물 사이에 있는 돛으로, 돛이 이물대 뒤에 있어 바깥옷이 보이며 허리돛과 대칭(반대)되도록 한다. 이는 뒤바람인 경우 허리와 이물돛이 갈라져 바람을 최대로 받게(안게)하려는 의도이다. 이처럼 갈라서 갈 경우 뜻하지 않게 돛이 도는 경우가

있는데, 사공들은 돛이 상한다는 이유로 이물돛이 움직이지 못하게 아딧줄을 고정시키는 경우도 있다.

활대: 돛폭에 가로로 지르는 대로, 큰 배의 경우 허리돛엔 12개를 설치하고, 이물돛엔 10개를 설치한다.

(바람을) 터주라: 돛을 터주라는 뜻인데, 갑작스런 돌풍으로 활대가 부려질 우려가 있는 경우 아딧줄을 느슨하게 놓아 돛이 바람을 덜 받게 한다.

돛 낮게 가자: 돛을 낮춰 가자는 뜻인데, 이는 돛을 묶어 돛 면적을 줄여가자는 말이다. 작은 돛배의 활죽이 6개인 경우 2단까지 묶음을 할 수 있다. 뒤바지(뒷바람)인 경우 풍압을 받아 내리기 힘들다. 이때 뱃머리를 오시(바람이 불어오는 방향)에 넣으면 수월하게 내려진다. 그래도 잘 내려오지 않으면 용총줄과 이어진 내림줄을 당겨 내린다.

돛 달아라: 돛을 올리는 것을 말한다. 용총줄을 당겨서 상활대가 용두 부근에 닿을 때까지 올린다. 그리고 용총줄을 나무손에 묶어 고정한다.

돛 진다, 지어라: 돛을 내리는 것을 말한다. 이물돛을 먼저 내리고, 허리돛을 나중에 내린다. 선착장에 접안 시 이물돛을 먼저 묶어 놓고서 허리돛으로 접안한다. 그리고서 접안 적당한 시점에서 사공은 "이물지어라, 허리지어라!"라고 하여 이물돛대, 허리돛대 순으로 내리게 한다.

돛대 지운다(눕힌다): 먼총(돛대와 돛대 사이 윗부분에서 돛대들을 고정시키는 버팀줄)을 조정하여 돛대를 눕힌다는 뜻이다.

돛대 착탈: 사공 3명이 돛대를 지고(내리고) 세운다. 이는 먼총이

란 돛대 버팀줄을 이용하기 때문에 가능하다.[2]

　이 많은 내용을 그날 그 자리에서 다 듣고 정리한 것은 아니다. 그 후에도 광석은 시간이 날 때마다 맨주먹에게 물어 내용을 보완했고, 직접 운행을 하면서 궁금한 것은 그때그때 물으며 다시 정리하기도 했다. 그러니 여기 적은 내용은 그날부터 영주에 닿을 때까지 듣고 적고 정리한 것을 나중에 다시 정리한 것이라 보면 될 것이다.
　또한 항해에 필요한 내용을 안다고 항해를 할 수 있는 것은 아니었다. 아는 것과 아는 것을 활용하여 실제 항해에 이용하는 것은 전혀 다른 문제라 해도 과언이 아니었다. 항해는 이런 것들을 바탕으로 오랜 시간 동안 반복을 통해 항해술을 몸에 익혀야 가능한 것이었기에, 그걸 몸에 익히는 것은 한 10년 후쯤이라 했다. 그러니 한 10년쯤 몸에 익혀야 항해를 할 수 있는 것이라 보면 될 것이다. 다행스러운 건, 사공 혼자서 이런 모든 일을 하는 게 아니라 웃동무를 비롯하여 많은 사람들의 도움을 받을 수 있다는 점이었다. 사공이 자신이 알고 있는 제반사항을 웃동무들에게 알려주면, 웃동무들이 그걸 제대로 실행했을 때 항해가 가능했다. 그러니 항해가 사공의 상황판단과 지시, 웃동무들의 발빠른 실행 속에서만 가능한 것이었다. 한 마디로 항해는 모든 사람들의 호흡이 맞았을 때만 가능한 지난한 과정이라 할 수 있었다.

---

2) 국립해양문화재연구소, 『옹기배와 전통항해』, 국립해양문화재연구소, 2010.을 참고하여 내용을 정리했다. 작가의 무지와 몰이해로 잘못되고 틀린 내용도 있을 수 있을 것이다. 너그럽게 이해하기 바란다.

(26)

　단거리 항해와 장거리 항해는 전혀 다른 성질의 것이라 할 수 있을 만큼 장거리 항해는 어려웠다. 단거리 항해는 같거나 비슷한 성질의 바다를 오가는 일이라 하나의 바다를 다니는 일이라면, 장거리 항해는 전혀 다른 바다를 오가는 일이라 알아야 할 일도 많았고, 주의해야 할 것들도 한두 가지가 아니었다. 뱃사람들 말마따나, 날마다 시간마다 다른 상황에 놓이게 되니 외줄타기나 다름없는 일이었다. 그런 일이기에 온 신경을 모아 조심조심 건너야 하고, 한 발이라도 가벼이 내디뎠다간 그야말로 끝장이었다.

　처음 그 말을 들었을 때 광석은 속으로 피식 웃었다. 자신을 너무 띄엄띄엄 보는 것 같았기 때문이었다. 나름 패수에서 배를 몰며 잔뼈가 굵은 사람이고, 서안평에서 대장선을 건조할 때 서안평 주변에서 이름난 뱃사공들을 찾아다니며 바다 항해술을 배웠다. 뿐인가. 대장선을 건조한 후 산동과 요동을 다녀온 게 몇 번이고, 수신제를 거행하기 위해 용머리도 다녀오지 않았던가. 그런 그에게 외줄타기 운운하는 것은 광석을 얕봐도 너무 얕보는 일이라 생각했다. 해서 맨주먹이 키를 잡아보겠냐고 했을 때 광석은 크게 갈등하지 않았다. 오히려 너무 늦게 키를 넘겨주는 것 아니냐는 생각까지 했었다. 그러나 너무 경솔하게 키를 넘겨받을 수는 없어서 한 번 뺐다.

　"내래 길도 모르는데 어띠 밸 넘겨받갔시요? 기것도 내 배도 아닌 남의 밸……."

　광석이 사양하자 맨주먹이 빙긋 웃었다. 얼씨구 받을 줄 알았는데 빼는 게 광석답지 않다는 뜻인지, 장거리 항해의 어려움을 이제 얼마간 아는 모양이구나 싶었는지는 명확하지 않았다. 다만 분명한 것은, 광석의 사양을 좋게 해석하는 모양이었다. 비웃음이 아니라 기꺼워하는 웃음이었다. 이제 바다에 대한 두려움을 얼마간 아는구나 싶은 모양이었다.

"그렇긴 해도 직금 안 배와두믄 언제 배웁네까? 내가 옆에서 봐줄 테니긴 밸 몰아 보시라요. 그래야 나 없이도 돌아갈 수 있을 거 아닙네까? 보는 것, 아는 것과 직접 해보는 건 다릅네다."

그렇게 해서 맨주먹의 지도하에 다음날부터 키를 잡았다.

그런데……

광석이 생각했던 것과는 달랐다. 쉽지 않았다. 배를 몬다는 것은 단순하게 키질을 하는 게 아니라 항해에 대한 모든 것을 알고 그것에 대처할 능력이 있어야만 가능한 일이었다.

제일 먼저 바람에 대한 이해와 바람을 이용하는 방법을 알아야 했다. 뱃사람들이 배질을 배질이라 하지 않고 풍風질이라 하는 이유를 아는 데는 그리 오랜 시간이 걸리지 않았다. 돛배를 움직이는 것은 결국 바람이었다. 바람을 안고, 받고, 먹어야 배를 움직일 수 있었고, 돛을 이용해 부는 바람을 곱게 다스리는 일이 곧 배질이었기 때문이었다. 강에서 배를 부려봤지만 그건 그야말로 우물 안에서 헤엄쳐본 것이나 다름없는 일이었다. 바람을 부리는 일부터가 달랐다. 바다에 따라 풍향이 바뀌는 건 예사고, 바람의 세기와 모습도 제각각이었고 시시각각으로 변하기 일쑤였다. 그러니 위치에 따른 바람의 속성과 풍향을 알아두는 게 무엇보다 중요했다. 그런데 계절에 따라 바람의 속성이 또 바뀐다니 그 속성을 모르고선 항해를 할 수 없을 것은 너무나 당연한 일이었다.

뿐인가. 조수에 대해서도 꿰고 있지 않으면 안 되었다. 남쪽으로 내려갈수록 물때가 빨라졌다. 하루 정도 내려갔을 뿐인데 물때가 반 시진 정도 빨라지고 있었다. 그리고 섬과 섬 사이에는 들물과 날물 때 소용돌이가 일기도 하고 웅웅 소리를 내며 우는 곳도 있었다. 울돌목이라 하는 곳이었다. 섬과 섬 사이가 좁아 밀썰물 때는 물이 돌며 소리를 내기도 했고 소용돌이가 일기도 했다. 그러니 그런 바다의 속성을 몰랐다간 소용돌이 속으로 빨려 들어가거나 배가 뒤집히기 안성맞춤이었다. 그러니 사공이라면 모름지기 각 바다의 사정을 알고 있어야 했다. 특히 주의를 요하는 바다를 정확히 숙지하지 않았다간 일을 당할 수밖에 없었다.

원양항해와는 달리 연안항해를 하려면 눈에 보이지 않는 암초의 정확한 위치를 알고 있어야 하고, 바다 속에 숨기도 하고 나타나기도 하는 여에 대해서도 알고 있어야 항해를 할 수 있었다. 뿐만 아니라 황해의 경우는 갯벌의 생김도 알고 있어야 포구를 들고 나는 일을 할 수 있고, 갯벌에 갇혀 옴짝달싹 못하는 일을 막을 수 있었다. 또한 여름엔 수초水草들의 생태도 알고 있어야 항해할 수 있었다. 가끔 물색[水色]이 다른 곳과 확연히 다를 정도로 수초들이 무성할 때는 피해 다녀야 하지, 수초들을 얕봤다간 배가 걸려 움직이지 못하는 경우도 발생한다고 했다.

그러저런 상황들을 알기 시작하자 배질이 슬슬 두려워지기 시작했다. 아는 만큼 보이기도 하고 아는 만큼 피할 수도 있지만, 아는 만큼 무섭기도 하고 두렵기도 하는 모양이었다. 하여 의문이 생길 때, 미심쩍을 때마다 맨주먹에게 물었고, 도움을 받았고, 그 내용들을 그날그날 글로 남겨두었다.

전투배치

27

바람이 계절을 갈라놓고 있었다. 바람이 불 때마다 가을은 뒷걸음질치고 그 자리를 겨울이 파고들었다. 그러자 나무들은 계절에 순응하며 잎사귀들을 떨군 채 침묵하기 시작했다. 긴 겨울 동안 인고의 시간을 보내기 위해 먼저 침묵하는 법부터 배우는 것 같았다. 새봄을 가슴 속 깊숙이 간직한 채.

나무들이 겨울을 준비할 즈음 사람들은 두꺼운 옷으로 바꿔 입기 시작했다. 사람만이 아니었다. 동물들 또한 두꺼운 털로 무장했다. 벗어야 인고의 계절을 견디는 식물들과 입어야 계절을 날 수 있는 동물들의 월동 준비는 묘한 대조를 이루고 있었다. 서로 반대가 돼야 공존할 수 있는 것처럼 서로 다른 각자의 길을 가고 있었다. 하기야 그런 반대적 속성으로 인해 세상은 존재하는 것인지도 몰랐다. 양과 음, 하늘과 땅, 앞과 뒤, 좌와 우가 있기에 세상은 존재하는 게 아니던가.

그렇게 세상이 겨울을 준비하고 있던 9월 말 어느 아침, 배 한 척이 태자도 앞바다에 나타났다. 돛대에 태자도 배임을 증명하는 노란 깃발이 나부끼고 있었으나 정작 배에서 내린 사람은 전혀 낯선 사람이었다. 이에 따라 즉각 병사들이 배 주변을 둘러쌌다.

"넌 누구네? 누군데 우리 신홀 알고 있는 거네?"

경계책임자인 군관이 물었다.

"내래 철근 박살 만나러 온 사람이요. 급히 알려야 할 일이 있으니 날 철근 박사한테 데려다 듀시요."

"기 말을 어띠 믿네? 철근 박사완 어뜧게 아네?"

"서안평에서 주막집을 하던 한섬이라 하믄 알 거요. 급하니 날래 알려듀든 데려다 듀시요. 급합네다."

한섬이란 자가 서두르며 뱉어내자 군관이 상대를 잠시 살피는 듯하더니 뒤에 있는 병사를 바라보며 말했다.

"다 들었디? 날래 철근 박사께 알리라. 기러고 범포 장군께도 알리고."

말이 떨어지기 무섭게 병사 하나가 말 위에 오르더니 늦가을바람을 가르며 태자궁을 향해 달려갔다.

말을 탄 병사가 몽돌포를 떠난 지 한 식경쯤 지난 후, 요란한 말발굽소리와 함께 한 떼의 군사들이 달려왔다. 철근과 부장, 그리고 호위병들이었다.

"한섬이가 날 퉂아왔다고? 주막집 한섬이가?"

철근이 다소 흥분한 목소리로 말 위에서 묻더니 말이 멈추자마자 말에서 뛰어내렸다. 그러는 철근을 보더니 한섬이란 자가 군사들의 포위는 아랑곳하지 않고 자리에서 일어서더니 넙죽 엎드려 절을 하며 말했다.

"박사! 소인 한섬이옵네다."

"어?! 기래. 한섬이구나. 한섬이야."

철근이 소리를 지르며 한섬에게 다가가더니 손을 잡아 일으켰다. 그러자 한섬이란 자가 고개를 들며 말했다.

"박사! 두치래 지끔……."

그러나 한섬이란 자는 말을 자를 수밖에 없었다. 철근이 손을 잡아끌며 말을 막았기 때문이었다.

"됐다. 여서 할 얘긴 아니다. 기러니 일나라. 가서 얘기하자!"

철근이 몸을 일으키며 한섬이란 자를 일으켜 세우려는데 한 떼의 군사들이 먼지를 일으키며 달려왔다. 범포와 휘하 군사들이었다.

"주막집이래믄?"

범포가 말에서 뛰어내리며 묻자 철근이 범포를 향해 말없이 고개를 끄덕였다. 남이 알아서는 안 되는 일인 모양이었다. 그러자 범포는 다소 놀라는 표정을 지었다.

"갑세다. 궁에 가서 얘기합세다."

철근이 몸을 일으키며 말하자 범포가 고개를 끄덕였다. 그러더니 좌우에 명했다.

"너들 둘은 지끔 마석 장군과 병택 군사께 달려가 궁으로 오시라고 전해라. 급히 상의할 일이 있다고."

옛! 소리와 함께 둘이 말에 오르더니 왔던 길을 다시 달려갔다.

요란한 말발굽 소리를 내며 달려가는 병사들을 바라보는 철근의 눈에 걱정이 서려 있었다.

28

첩자 한섬의 보고에 태자궁은 무겁게 가라앉았다. 중실씨의 사주를 받은 두치가 서안평에서 전선戰船 건조를 마치고 태자도 공격 대기 중이라는 것이었다.

두치의 행보를 이미 파악하고 있었고, 전선이 완성되면 태자도를 공격할 것이란 사실도 이미 알고 있었다. 그에 대비해 봄부터 진성津城과 해안진지, 환해장성環海長城을 구축하고 있었다. 그런데 두치가 예상보다 빨리 움직이고 있었다. 예상보다 빨리 움직이는 정도가 아니라 서두르고 있었다.

겨울로 접어드는 이 시점에 군사를 낸다는 것은 태자도 상황을 파악하고 있다는 뜻이었다. 언제 바람이 일지 모르고, 바람이 일면 사람과의 싸움이 아니라 바람과 파도와의 싸움이 된다는 걸 모를 리 없었다. 추위로 인한 전투력 손실은 또 어떻고. 그런데도 겨울 초입에, 무리하게, 군사를 낸다는 것은 날씨보다 더 걱정스러운 그 무엇이 있다는 뜻이었다. 적군 내부의 문제 때문일 수도 있지만, 올 겨울이 지나면 완성되는 방어체제에 대한 부담감 때문일 수도 있었다. 방어체제를 갖추기 전에 어떻게든 태자도를 공략하겠다는 의지의 표현.

한섬의 보고에 둘러진 침묵의 장막은 예상보다 두꺼웠다. 각자 자신의 생각을 정리하느라 말을 삼가는 것 같았다. 그렇게 시간이 얼마간 흐른 후에 침묵의 장막을 걷어낸 것은 영이었다. 아무래도 자신이 아니면 침묵의 장막을 걷어낼 사람이 없을 거라 생각했는지 입을 열긴 했으나, 영의 목소리는 무겁기만 했다.

"장군들의 의견을 듣고 싶습네다. 이런 일은…… 장군들의 뜻이 우선돼야 하니낀……."

영이 말꼬리를 흐렸다. 영의 말은 장군들에게 방안을 내놓으라는 말이라기보다 무거운 회의실 분위기를 바꿔보겠다는 뜻으로 읽혔다. 그가 장군들의 의견을 진짜 듣고 싶었다면 군사인 병택이나 방어 책임자인 범포에게 물었을 것이었다. 그런데 그러지 않고 두루뭉술하게 장군들의 의견을 듣고 싶다는 말은, 이미 예상했던 일이니 너무 무겁게 생각하지 말고 미리 세워둔 대응책에 따라 움직여야 하지 않겠느냐는 말이나 다름없었다.

그런데도 좌중은 어떤 반응도 보이지 않았다. 무겁게 입을 다문 채 말을 아끼고 있었다. 이미 단계별 대응책을 마련해 뒀으니 그대로 시행하는 게 좋지 않겠냐는, 고량부가 용단을 내리면 그대로 따르겠다는 무언의 압력처럼 느껴지기도 했다. 그런 분위기를 느꼈는지, 자신이 나설 수밖에 없다고 판단했는지 범포가 영을 바라보며 무겁게 입을 떼었다.

"전하! 소장의 달뜬(짧은) 생각으로는…… 세 분이서 의견을 나누신 후 소장들에게 명을 내려듀심이 둏을 듯합네다. 소장을 비롯한 무장들은 명에 따라 군사들을 지휘하는 사람들이디, 이런 결정을 내리는 사람은 아니라고 생각합네다. 기러니 세 분 전하께서 결정하시고, 명을 내려듀십시요. 소장들 목숨을 바텨 명을 받들갔습네다."

범포의 말에 조용히 고개를 끄덕인 영이 좌우에 앉아 있는 두 동생을 돌아봤다. 그러자 둘도 조용히 고개를 끄덕였다. 영에게 용단을 내리라는 뜻인 듯했다. 이윽고 영이 자리에서 일어서더니 좌우를 한 번 둘러본 후 신료들을 향해 위엄 있게 선언했다.

"똥습네다. 대응책대로…… 딕금부로 전시 상황에 돌입하갔습네다. 이에 따라 태자도 전역에 군사동원령을 내리는 한편, 모든 군권을 병택 군사에게 넘기갔습네다. 기러니 모든 신하들과 장군들, 병졸과 백성들에 이르기까디 군사의 지휘에 따라 제 자리에서 최선을 다해듀시기 바랍네다."

영의 명에 병택이 일어나서 명을 군례로 받들었다.

"군사 기병택, 전하의 명에 따르갔습네다."

이로써 전시 상황에선 고량부의 모든 군권을 군사에게 넘기기로 한 대응책이 최초로 가동되었다.

전시 상황에 대한 대응책을 마련하자고 제안한 사람은 다른 사람이 아닌 영이었다. 결의형제 직후의 일이었다.

형제의 연을 맺은 영은 밥상을 하나로 차리라 했다. 형제라면 잠은 따로 자더라도 모름지기 한 밥상에 앉아야 하지 않겠냐고. 하여 결의형제를 맺은 바로 그날 저녁부터 한 밥상에 모여 밥을 먹기 시작했다. 무범과 인섭이 말리며 재고를 요청했으나 영은 뜻을 굽히지 않았다. 한 가족, 아니 한 식구라면 당연히 한 밥상머리에 앉아야 하는 거 아니냐고 우겼다. 그래서 가족을 식구라 하는 거 아니냐고 영을 말리는데 지친 무범과 인섭은 한 밥상에서 밥을 먹기 시작했다.

그런데 영은 밥상머리를 삼형제 대화의 장으로 활용했다. 결의형제를 맺기 전부터 미리 계획하고 있었는지 일상적 의견 교환이나 소소한 결정들을 밥상머리에서 하곤 했다. 그날도 밥을 먹다 말고 지나가는 말처럼 툭 던졌다.

"이데 우리도 체젤 정비해야 하디 않갔네?"

그 말에 무범과 인섭은 영을 쳐다봤다. 뜬금없이 무슨 말이냐고 묻고 있었다. 그러자 영이 두 동생을 쳐다보며 말했다.

"새 술은 새 부대에 담으랬다고, 우리가 한 형제가 됐으니낀 우리 휘하에 있는 사람들도 하나의 체제로 묶어야 할 게 아닌가 해서 말이야. 병택 장군이나 철근 박사뿐만 아니라 새로 들어온 사람들도 데다릴 탓아두어야디."

그 말에 무범이 조심스레 대꾸했다.

"기릏기는 한데…… 돔 더 두고보는 게 돟디 않갔습네까?"

"아니디. 늦어도 한탐 늦었다고 봐야디. 서로 서먹해 하고 어려워하는 거 못 봤네? 기건 우리가 매듭을 디어두디 않아서 기런 기야. 기러니 일이 있기 전에 위계를 답아두고 체젤 세워두는 게 돟을 기야. 이러다 큰일이라도 빵 터디믄 어케 되갔네? 누구도 앞에 나서려 하디 않을 기고, 설혹 누가 나선다고 해도 기 사람을 옳게 따르갔네? 기릏게 되믄 버리 없는 연텨럼 바로 꼬꾸라디고 말 기야. 기러니 하루라도 빨리 위계와 체젤 답아두어야디."

그 말엔 두 동생이 모두 고개를 끄덕였다. 두 사람도 말은 안 했지만 같은 생각을 가지고 있었던 모양이었다. 그렇게 해서 밥상을 물리고 난 후 셋이 머리를 맞댔다.

유사시 병권을 가지고 장수들을 통제할 군사를 정하는 일부터 시작했다. 가장 중요하고 어려운 문제니 그 문제부터 해결해야 한다는데 뜻을 같이 했다.

그러나 군사를 정하는 일은 쉽지 않았다. 영은 병택을 밀었고, 무범과 인섭은 범포를 세워야 군령이 설 것이라 했다. 능력으로야 병택을 군사로 세우는 게 맞을지 모르지만 범포 휘하에 있던 사람들이 많으니 그를 세워야 군령이 설 것이라 했다.

"인사가 만사라 했네. 모든 기물器物도 마탄가디디만, 사람을 적재적소에 배치하디 않으믄 제 능력을 제대로 발휘하디 못하고, 기렇게 되믄 그 인재만 썩는 게 아니라 그 인재가 있는 집단도 약해딜 수밖에 없어. 기러니 내 말 들으라. 범포 장군을 누구보다 달 아는 내가 볼 때, 그를 군사로 앉히려 했다간 그가 가만히 있디 않을 거야."

"기게 무슨 말입네까? 가만히 있디 않다니요?"

인섭이 이해가 안 된다는 듯 영을 바라보며 물었다.

"범포 장군 기 사람은……."

영은 범포에 대한 얘기를 하려다 말고 말을 끊어 버렸다. 말을 해야 할지 말아야 할지 결정을 못 내렸는지, 아니면 생각을 정리하는지 알 수 없었지만 잠시 뜸을 들이더니 말을 이었다.

"아무튼 범포 장군을 군사로 앉힐 생각은 말게들. 그를 군사로 앉히려고 했다간 그를 잃고 말 걸세. 기러니 내 말대로 하게. 기게 잡음을 없애는 길이고 장졸을 하나로 통합하는 첩경일 테니."

그 말에 무범이 물었다.

"어케 기리 단정하십네까? 우리가 알디 못하는 일이라도 있었습네까?"

"있었디. 있었다 마다. 기러니 내 말대로 하는 게 맞을 거야."

그러더니 영이 피식 웃었다. 상황과 전혀 어울리지 않는 웃음이었다. 그게 이상하다 싶은지 이번에는 인섭이 물었다.

"와 웃습네까?"

"아니, 아니야. 범포 장군한테 군사를 맡으라고 하면 어떤 반응을 보일디 눈에 닮혀서 기래. 아마…… 나한텐 성깔을 부리디 못하고 동생들한테 덤벼들디도 몰라. 기러니 기런 일 안 당할라믄 내 말대로 하라."

그렇게 해서 영의 뜻대로 병택을 군사로 정했는데, 영의 예측이 한 치도 벗어나지 않았음을 아는 데는 그리 오랜 시간이 걸리지 않았다.

병택을 군사로 정한 후 좌장군에 범포, 우장군에 마석, 중앙장군에 석권을 앉혔다. 나머지 장수들에 대해서는 기존 체제를 유지하는 선에서 정하되 무범과 인섭 휘하에 있던 병사들은 중군에 배치했다. 무범과 인섭이 중군의 호위를 받는 만큼 그들도 옛 주군 곁에 두는 것이 좋겠다는 영의 생각을 그대로 반영한 것.

삼형제가 의논을 마친 후 임시회의를 소집했다. 기왕 군체제를 잡기로 했으니 하루라도 빨리 그 내용을 알리는 게 좋겠다는 영의 뜻에 따른 것이었다.

그런데 그 자리에서였다. 영이 도저히 있을 수 없는, 무범과 인섭이 아연실색할, 엉뚱한 방법으로, 병택을 군사에 앉혔으니 전말은 이랬다.

"아무래도 군사는 범포 장군이 맡아야갔디요?"

무슨 생각인지, 안건을 상정하지도 않고, 신료들이 다 모였다 싶자, 밑도 끝도 없이 범포를 바라보며 영이 툭 던졌다.

그 말에 무범과 인섭은 영의 얼굴을 쳐다보지 않을 수 없었다. 무슨 말을 하는 건지 이해가 되지 않았다. 세 사람이 조금 전 결정한 내용을 완전히 뒤집는 말이었기 때문이었다.

그러나 그게 문제가 아니었다. 범포가 경기를 일으키듯 자리에서 벌떡 일어서며 물었기 때문이었다.

"기, 기게 무슨 말씀입네까? 군사라니요? 소장에게 군사를 맡으라는 겁네까?"

다른 사람들은 안중에도 없다는 듯 영은 범포를 바라보며 말했다.

"기럼 누가 맡갔습네까? 범포 장군이래 이 섬의 원래 주인이었고, 장졸들 대부분이 범포 장군의 휘하에 있었던 사람들이 아닙네까? 기러니 군령을 바로 세우려면 범포 장군이 군사를 맡는 게 당연하디 않갔습네까?"

그러더니 무범과 인섭을 돌아다봤다. 두 사람에겐 조용히 지켜보라는 듯했고, 범포를 비롯한 나머지 사람들에겐 이미 삼형제가 의논을 마쳤음을 드러내기 위해서인 것 같았다.

"전하, 기건 있을 수 없는 일입네다. 명을 거두어 듀십시오. 군사란 모름지기 병법에 능통하고 예지와 통솔력을 가딘 사람이 맡아야 하는 자립네다. 기런 자릴 어띠 소장 같은 무지렁이에게 맡기려 한단 말입네까? 기 적격자로 병택 장군이 계신데 어띠 소장을 욕되게 하십네까? 명을 거두어 듀십시오."

그러면서 곁에 앉은 마석을 째려봤다. 그러자 이번에는 마석이 일어서며 강경한 어조로 말했다.

"기렇습네다, 전하. 소장도 범포와 같은 생각입네다. 범포나 소장을 군사로 임명하는 건 우리 두 사람을 태자도에서 나가라는 말이나 다름없습네다. 우리가 군사를 맡게 되믄 이 태자도는 곧 무너딜 수밖에 없고, 기리 되믄 병사들뿐 아니라 백성들도 살아남기 어려울 것입니다. 기걸 뻔히 알믄서 어띠 여기 남아 있을 수 있갔습네까? 탸라리 하루라도 빨리 여길 뜨는 것만 못합네다. 기러니 명을 거두어 듀십시오. 만약, 명을 거두디 않는다믄 소장부터 이 섬을 뜨갔습네다."

마석의 말에 이번엔 범포가 덧붙였다.

"기러하옵네다, 전하. 마석의 말텨럼, 소장도 바로 이 섬을 뜨갔습네다."

그러자 영이 화를 내며 쏘아붙였다.

"장군들은 토껭입네까? 무슨 일만 있으믄 도망틸 생각부터 하니 말입네다. 기만큼 도망텼으믄 이덴 주군을 설득하든디 다른 사람들과 힘을 합텨 주군에게 대항을 해야디 언데까디 도망만 틸려고 합네까? 기러고…… 나이는 비록 어리디만 주군이 되어 휘하에 있는 사람들의 의견도 못 물어봅네까? 두 동생과 의논한 것도 아니고 내 뜻을 한 번 물어본 건데 도망틸 생각부터 하니 어띠 두 사람을 믿고, 두 사람에게 무슨 일을 맡기갔습네까?"

영이 대차게 몰아붙였다. 영의 말에 두 사람은 자신들이 너무 흥분했다 싶은지 서로의 얼굴을 쳐다보기만 할 뿐 아무 말도 하지 못했다. 그러자 영이 드디어 자신의 의중을 드러냈다.

"기럼, 병택 장군을 군사로 앉히믄 두 장군은 병택 장군의 명에 한 티의 어긋남 없이 따르갔습네까?"

영이 묻자 두 사람이 동시에 대답했다. 범포는 예! 하며 군례로 대답했고, 마석은 이를 말입네까? 세 분 전하의 명으로 알고 받들고 따르갔습네다라고 결심을 밝혔다.

그러자 영이 무범과 인섭을 바라보며 빙긋 웃었다. 내 말이, 내 예상이 맞디? 하는 짓궂은 표정이었다. 셋이 의논할 때 범포 얘기를 하다 실소했던 이유가 바로 이 때문인 듯했다.

그렇게 해서, 영이 범포와 마석 두 사람의 기질과 성격을 적절히 활용하여 병택을 군사로 임명했다. 물론, 병택의 사양으로 그것도 쉽지만은 않았지만 마석과 범포의 간청과 애원으로 겨우 마무리되었다. 또한 중앙장군에 석권, 좌장군에 마석, 우장군에 범포를 임명하여 군 체제를 완성했다.

영이 그런 방법을 쓴 이유는 마석과 범포를 잘 알고 있기 때문이기도 하겠지만, 나름대로 계산이 깔려 있었기 때문이기도 할 것이었다. 마석과 범포의 충성 맹세 없이 병택이 군사직을 제대로 수행할 수 없을 것이란 판단 때문이었을 것이었다. 그 다음, 마석과 범포의 적극적인 천거나 간청 없이는 병택이 군사직을 거부할 것이라 판단했기 때문일 것이었다. 그걸 한꺼번에 해결하는 방법을 고심하다 마석과 범포의 기질과 심리를 이용하기로 하였던 것 같았다.

본심을 숨긴 채 상대의 관심을 다른 쪽으로 돌려 상대를 무력화시키는 동시에 자신의 목표를 달성하는, 이른바 성동격서聲東擊西 전법을 활용한 것이라 할 수 있었다. 그렇게 신하들의 기질과 심리를 속속들이 파악하여 나이든 신하들을 능수능란하게 다루는 영의 모습을 지켜보는 무범과 인섭은 놀라는 듯했다. 왕의 자질을 가지고 타고났는지, 태자로 책봉되어 전문적인 교육을 받아서인지는 알 수 없었지만 왕재임은 분명하다고 느끼는 것 같았다.

29

주군으로부터 중군 장군으로 임명받은 석권은 다음날부터 태자 궁을 떠나 몽돌포로 나가 막사 생활을 시작했다.

중군 대장이라 세 주군 보호가 주임무였으나 세 주군 곁에는 군사가 있는 만큼 자신은 따로 떨어져 나와 장졸들과 함께 생활하는 게 맞을 것 같았다. 새로 편성된 중군을 파악해야 했고, 장졸들과 호흡을 맞춰둬야 전투가 벌어지면 효과적으로 대처할 수 있을 것 같았기 때문이었다.

그러나 석권이 정작 그런 결심을 한 이유는 다른 데 있었다. 첫째 주군의 명으로 저술 중인 병서를 하루라도 빨리 완성하여 군사에게 넘겨주고 싶었기 때문이었다.

태자의 명으로 저술 중인 병서는 거의 마무리 단계였다. 그러나 저술을 마무리한다고 끝이 아니었다. 찬찬히 읽어보며 다듬지 않으면 그건 짚북데기나 다름없었다. 쓰는 도중에 몇 번이나 항목별로 읽으며 수정을 하긴 했지만 전체적인 교정을 본 적은 없었기에 빨리 내용을 완성한 후 교정을 봐야 했다.

그런데 궁에서는 그 일이 쉽지 않았다. 세 주군뿐만 아니라 구비와 명이 때문에 쉽게 진척이 되지 않았다. 그들과 한 공간에서 생활하며 그들 눈에 띄지 않게 일을 하려니 좀처럼 시간을 낼 수 없었다. 하여 혼자만의 시간을 갖기 위해 몽돌포 앞에 설치한 막사로 자릴 옮겼다. 침략군이 몰려오기 전에 병서를 완성하고 싶었기 때문이었다.

태자궁에서 막사로 떠나며 석권은 구비와 명이에게 말했다.

"막사엔 발걸음하디 말라. 아무리 가까와도 막산 여처럼 맘대로 드나들 수 있는 곳이 아니니낀."

석권은 구비와 명이에게 당부가 아닌 막사 출입 금지령을 내렸다. 방해꾼 일순위인 그들을 제어하고 오롯이 저술에만 매달리고 싶어서였다.

"간나, 오라고 빌어도 안 갈 테니 걱명 말라. 장군이라고 난 체 긴."

구비가 투덜대자 명이도 한 마디 거들었다.

"전사 소식 듣기 전에는 안 갈 테니 걱정 붙들어 매라. 우릴 떨어 놓고 가니 후련해서 둏네?"

"둏고말고. 너그들 상판 안 볼 걸 생각하니 벌써 숨 쉬기가 수월 하다, 이놈들아."

"기래, 기건 우리도 마탼가디다. 너가 불러도 안 갈 테니 걱명 붙들어 매라. 너 없어디믄 발 뻗고 둠 살갔구나. 뎨발 우리 그리워 서리 울면서 돌아오디나 말고."

구비의 말에 명이도 한 마디 보탰다.

"기래. 뎨발 돌아오디나 말라. 기러고…… 골머리 앓는 병서도 날 래 끝내서 잠이나 둠 제대로 자고."

"뭐?"

명이의 말에 석권이 놀라하자 구비가 받았다.

"기럼 너래 시꺼먼 속을 우리가 몰를 둘 알았네? 아니낀, 이해하 니낀, 됴용히 보내디 안 기러믄 우리가 놔뒀갔네?"

속을 감추려고 딴소리를 해댔는데도 놈들은 이미 석권의 속을 다 읽고 있었다. 하여 더이상 딴청을 부릴 필요가 없었다. 놈들이 자신의 속을 꿰뚫고 있다면 다른 말이 필요 없지 않은가.

그렇게 막사로 옮기고 난 후 병서 마무리에 박차를 가했다. 그리고 다섯 권의 책으로 묶어낼 수 있었다. 그런데 문제는 다른 곳에 있었다. 전혀 예상치 못한 일이라 석권은 병서를 저술하는 일보다 더 골머리를 앓아야 했다. 그건 다름 아닌 해안가 마을 소개疏開였다.

해안가 마을을 소개하는 일은 생각처럼 쉽지 않았다. 이미 예고했었고 사전에 설득작업도 충분히 했다. 그런데도 막상 집을 비우고 산으로 옮기라 하자 백성들이 머뭇거렸다. 삶의 터전을 옮기는 일이라 쉽진 않겠지만, 백성들의 머뭇거림은 예상보다 심했다. 집도 없이 어떻게 겨울을 나느냐고 걱정하는가 하면, 다시 돌아올 수 있느냐고 묻기만 할 뿐 좀처럼 떠날 생각을 하지 않았다. 특히 몽돌포 주변에서 장사하는 사람들의 반응은 심했다. 몽돌포에서 피하는 일이 전마戰魔를 피하는 일인데도 죽으러 가는 사람들처럼 버텼다.

석권은 난감했다. 몽돌포 사람들을 이해하기 힘들었다. 얼마 전까지만 해도, 고구려군이 몰려올지도 모른다는 말에 한 마음 한 목소리로 고구려군 퇴치를 다짐하며 양식을 내놓기도 하고 더러는 재물을 내놓기도 했었다. 그랬던 사람들이 언제 그랬느냐는 듯 태도를 바꾸자 당황스럽기까지 했다.

그렇다고 해안가 마을을 소개하지 않고 전투를 할 수는 없었다. 적은 어떻게든 하륙을 시도할 것이고 하륙을 시도하는 순간 해안가 마을은 표적이 될 게 뻔했다. 또한 방어적 측면에서도 해안에서 적을 막지 못하면, 적이 하륙이라도 한다면, 막아내기 어려울 것이었다. 그리 되면 태자도는 풍전등화의 상황에 봉착할 것이었다. 따라서 적의 하륙을 막기 위해선 해안 봉쇄가 필수적이었고, 해안을 봉쇄하자면 해안가 마을을 소개시켜야만 했다. 해안가는 최전선인 동시에 최후의 보루이기에 격전장이 될 수밖에 없었다. 그런 위험천만한 곳에 백성들을 남겨둔 채 전투를 벌일 수는 없었다. 그런 판단하에 소개를 결정한 것인데 백성들이 주저하며 명을 따르지 않자 속이 타기 시작했다.

그렇다고 강제력을 동원할 수도 없었다. 당장 전투가 시작된 것도 아니고, 강제력을 동원한다면 세 주군이 가만히 있을 리 없었다. 어떤 경우든 백성을 우선시하고 모든 일을 백성들 뜻에 어긋나지 않게 하려는 게 세 주군의 공통성이 아니던가.

이러지도 저러지도 못해 애를 태우고 있자니 구비와 명이가 중군 막사로 찾아왔다.

"곧 듁게 됐다더니 말땅하구만 기래."

명이가 막사에 들어오며 석권의 몰골을 훑어보는가 싶더니 시비부터 걸었다.

"간나, 깨라도 한 듐 씹은 얼굴이구나야. 내래 속 뒤딥을 생각이믄 돌아가라. 내래 안 기래도 피 말라 듁갔으니낀."

둘의 방문이 반가웠지만 소개 때문에 속을 끓이고 있는 중이라 석권은 볼멘소리로 받았다. 그러거나 말거나 구비와 명이는 깨소금 맛이라는 듯 빙글거렸다.

"기러니낀 골머리 아픈 장군 댜린 왜 받안?"

이번엔 구비가 염장을 질렀다. 석권이 수없이 고사한 끝에, 어쩔수 없이 장군직을 수락했음을 그도 잘 알고 있었다. 그런 그가 석권이 마치 장군직을 얻기 위해 세 주군에게 청탁이라도 한 것처럼 내뱉자 석권도 가만히 있을 수가 없었다.

"이 간나 새끼래 뭐라 디껄이네? 불난 집에 부태딜도 유분수 디……. 도망티다 못해 억디로 떠맡은 걸 뻔히 알믄서 무슨 개소릴 디껄이는 기야. 꼴통을 한 주바리(주먹)에 깨부숴 버리기 전에 이 간나 데리고 꺼디라."

석권이 주먹으로 구비 면상이라도 쥐어박을 듯이 으르렁거렸다. 그러나 구비는 움찔대기는커녕 명이를 돌아보며 이죽거렸다.

"돌듀먹 뎌 간나 미텼다더니 명말 단단히 미텼구만 기래. 안 기려문 댜길 도울래고 탸아온 은인에게 허연 이빨을 드러내딘 않을 거 아니네? 이 탐에……"

그러나 구비는 그만 입을 다물어야 했다. 석권이 정색하며 구비 말을 잘라버렸기 때문이었다.

"도움이라니? 뭔 됴은 수라도 있네?"

석권은 두 친구를 쳐다보며 물었다. 그러자 구비가 빨리도 물어본다는 얼굴로 석권을 쏘아보며 대꾸했다.

"기럼 골머리 앓는 놈에게 빈손으로 왔간? 기러니 날래 극진히 모시라. 적장이 보낸 사자도 예로 맡거늘 가장 가까운 벋들이 탸아왔는데 이렇게 세워둘 거네?"

그 말에 석권은 정신이 번쩍 들었다. 하기야 이런 시기에 두 벗이 맨손으로 막사까지 찾아오지는 않았을 터였다. 그걸 생각지 못하고 열을 올렸던 것이었다. 오랜만에 두 사람과 입씨름이라도 하며 속에 쌓였던 화라도 풀 생각이었는데 구비가 무의식중에 방문 목적을 발설하자 아차 싶었던 것.

구비는 해안가 마을 사람들을 이해하겠다고 했다. 그러나 석권은 그런 말을 하는 구비마저 이해할 수 없었다. 말과 행동이 다르고, 어제와 오늘이 다른 그들을 이해할 수 없었고, 그런 사람들의 마음을 이해하겠다는 구비는 더 이해할 수 없었다.

"속 다르고 겉 다른 사람들을 이해하갔다?"

"기럼. 딸 생각해보라. 동가식서가숙하다 우리가 소금골에 정착했을 때 마음 말이야. 고향도 아니고, 오래 머물 곳도 아닌데 기때 가뎠던 감정 말이야. 소금골이 고향 같았고, 움막 같은 집이었디만 궁궐보다도 편하고 안정감을 느끼디 않았네."

"기건 기래. 이제 더 이상 떠돌디 않아도 된다는 안도감이래 살믄서 처음 느낀 것이었다."

구비의 말을 듣고 있자니 석권은 자신도 모르게 콧날이 시큰해졌다. 그때의 안도감과 충만함은 길 위의 나날을 보냈던 사람만이, 끝없는 방랑 끝에 머물 곳을 찾은 사람만이 느낄 수 있는 감정이었었다. 그러나 그 감정이 소개를 거부하는 해안가 마을 사람들과 어떤 관련이 있다는 말인지 선뜻 연결되지 않았다. 하여 석권이 물었다.

"기거와 이게 무슨 관련이 있다는 거네? 전란을 피하기 위해 잠시 집을 비웠다가 다시 돌아올 건데 왜 너구리 같이 버티느냔 말이야? 난 기걸 모르갔단 말야."

"돌주먹, 너 명말 그 이율 모르갔네?"

가만히 듣고 있던 명이가 드디어 언성을 높이며 덤벼들었다.

"……?"

"명말 사람들 말마따나 장군이래 되니 눈에 뵈는 게 없네? 명말 눈 봉사래 된 거네? ……기때 우리 마음이나 겨우 정 붙일 곳을 탔은 해안 사람들이 마음이 같디 않간? 안 기래?"

석권이 무슨 말이냐는 듯 명이를 쳐다보자 명이가 말을 이어가기 시작했다. 일종의 <뿌리론>이라 할 수 있었다.

뿌리 뽑힌 자는 자신이 뿌리 내릴 곳만 있으면, 그게 어디가 됐든 뿌리를 내리려는 강한 의지를 갖는다. 뿌리 뽑힌 자의 설움을 몸으로 느꼈기 때문이고, 뿌리 내릴 곳의 소중함을 잘 알기 때문이다. 그렇기 때문에 뿌리를 흔드는, 뿌리를 위협하는 모든 상황에 대해 거부반응을 보이는 동시에 적대감을 갖는다. 우리가 태후나 중실휘, 그리고 두치에게 가졌던 적대감을 생각해 봐라. 우리가 그들에게 적대감과 거부반응을 보이는 건 우릴 없애려고 하기 때문이기도 했지만 그 어디에도 뿌리 내리지 못하게 방해했기 때문이 아닌가. 지금도 마찬가지 아닌가. 태자도를 공격하는 게 우릴 죽이려고 하기 때문이기도 하지만 우리가 힘들게 태자도에 내린 뿌리를 다시 뽑으려는데 적대감을 갖는 게 아닌가. 그런 마음을 가지고 있는 우리가 어찌 해안가 백성들을 이해하지 못한단 말인가.

명이의 <뿌리론>을 듣고 있자니 석권은 자신이 부끄러웠다. 오로지 소개에 집중하다 보니 정작 해안가 백성들의 마음을 읽지 못했던 것이었다. 그건 개구리가 올챙이 적 모르는 정도가 아니라 현재 상황에만 집중하다 보니 청맹과니가 되어 버린 거나 다름없었다. 그러니 부끄러울 수밖에. 구명석 중에서 그 누구보다 냉정하고 중립적이던 석권이 아니던가. 그런 자신이 눈앞의 현상에 함몰되어 본질을 보지 못했다는 게 부끄러운 정도가 아니라 화가 날 정도였다.

"기래. 기거였어. 삶과 죽음의 문제가 아니라 뿌리에 대한 문제였어. 긴데 왜 기런 생각을 못했디? ……난 아무래도 멀었디?"

석권이 자신의 실수를 솔직히 인정하자 명이를 대신해 구비가 떨리는, 그러나 반갑기 그지없다는 목소리로 말했다.

"멀긴? 개코나 나 같았으믄 사나흘뜸은 디나야 알아먹었을 기야. 긴데 넌 듣댜마댜 딱 알아먹디 않네. 기래서 우리가 널 믿고 따르고 존경하는 게 아니네. 명말이디 넌 우리 자랑이야, 돌주먹."

구비가 석권의 손을 붙잡고 어루만지듯, 어깨를 다독이는 듯, 한없이 부드럽게 말을 맺었다.

그 말을 들으니 겸연쩍었고, 낯 뜨거웠고, 온몸이 가려워오기 시작했다. 그 가려움증은 그 어떤 날보다 강렬하고도 광범위했다. 그냥 있다간 가려움증에 미쳐버릴 것만 같았다. 하여 가려움증도 털어낼 겸 떡 본 김에 제사도 지낼 겸 자리에서 벌떡 일어서며 소리를 질렀다.

"간나 새끼들 나 몰래 입을 맞튜고 왔구만 기래. 일나라. 여 있을 거간?"

"어디 갈 건데?"

"어딘 어디야? 쇠뿔도 단김에 빼랬다고 몽돌포로 가야디. 너그들 그 입심덕 돔 보댜. 가자, 날래!"

석권은 두 사람을 남겨두고 먼저 군막을 나서 버렸다. 부끄럽기도 했고, 둘이 힘을 빌리면 해안가 사람들을 설득할 수 있을지도 모른다는 생각이 들자 가만히 있을 수가 없었다. 모르긴 해도 둘은 해안가 사람들을 설득할 방안까지 가져왔을 터였다.

30

병택이 철근 박사를 뵙자고 청한 것은 세 주군으로부터 군권을 넘겨받고 보름쯤 지난 저녁이었다.

아무래도 서안평으로 첩자를 더 파견해야 할 것 같았다. 한섬의 보고를 종합해볼 때 두치의 공격은 이제 피할 수 없는 것 같았다. 그렇다면 적정을 좀 더 면밀하게 파악하여 알짜정보를 추출해내고 싶었다. 그럴 시간이 있을지 모르지만 가능하다면 그러고 싶었다. 적을 알아야 그에 대한 대비를 할 수 있을 것 같았다. 그러기 위해선 첩자를 좀 더 파견해야 하는데 첩자에 관한 일은 철근 박사에게 부탁하는 게 나을 것 같아 뵙자고 청했던 것이었다. 생각 같아선 직접 찾아가고 싶었지만 전시 상황에 준하는 비상체제가 가동되고 있어 작전상황실을 떠날 수 없었다. 하여 무례인 줄 알면서도 상황실에서 뵙자고 했던 것.

"서안평으로 첩자를 좀 더 파견하는 게 어떨까 싶어 뵙고댜 했습네다."

철근 박사가 오자 좌우를 물린 후 병택이 운을 띄웠다.

"소직도 기걸 생각 안 해본 건 아니디만 딕금은 너무 늦은 것 같습네다."

"늦었다는 말씀은?"

"예. 한섬이란 첩잔 소직이 가장 믿는 자이고, 그의 보고 또한 다른 선을 이용하여 파악한 정보와도 일치하여 그 자의 말을 믿을 만합네다. 기러니 딕금 첩자를 더 보내봤댜 더 이상의 정보를 캐내긴 어려울 것 같았습네다. 기러니…… 방얼 서두르는 편이 낫디 않을까 합네다.”

철근 박사의 말에 병택은 으음! 소리를 내지 않을 수 없었다. 철근 박사의 말을 들어보니 이제 방어에 전념하는 수밖에 없을 것 같았기 때문이었다.

그러나 방어도 쉽지 않을 것 같았다. 방어망을 다 구축하지도 못한 상태이고, 군사 100명씩을 태울 수 있는 배를 30척이나 대기시켜 놓고 있다니 한꺼번에 몰려온다면 그야말로 중과부적이었다.

두 사람이 고민스러운 낯으로 가만히 앉아 있자니 석권 장군이 상황실로 찾아왔다. 밖에서 철근 박사가 들어 있다는 소식을 들었는지 석권은 철근 박사에게 반갑게 인사하며 들어왔다.

“마팀 박사께서도 와 계셨기만요. 달 됐네다. 안 기래도 사람을 보낼까 생각 중이었는데…….”

그러면서 다가오더니 병택에게 깍듯하게 군례로 인사했다.

“군사, 전할 물건이 있어서, 아무래도 하루라도 빨리 전하는 게 낫갔다 싶어 밤늦게 무례를 무릅쓰고 탖아왔습네다.”

“기, 기래요. 기래 전할 물건이란 게?”

“아, 예. 바로 이겁네다.”

석권 장군이 손에 들고 있던 보자기를 병택 앞으로 내려놓으며 말했다.

“텻때전하 명으로 찬진撰進 중인 거인데 군사께 미리 보여드리는 게 낫갔다 싶어 가디고 왔습네다.”

“찬진 중이라면? 책이란 말씀이요?”

“책이랄 거까디는 없고…… 아덕 탈곡하디 못해서 까끄라기와 낟알이 마구 섞여있는 이삭쯤으로 생각하시믄 될 것 같습네다. 기렇디만 춘궁기엔 나무 꺽데기(껍질)도 양식 대용으로 먹곤 하니 혹여 군사께 필요할 디 모르갔다 싶어 가져온 거입네."

석권 장군이 말하고 있는 중인데도 병택은 보자기를 끌렀다. 이런 때, 이런 시각에 가져온 물건이라면 예사물건이 아닐 것이었고, 병택에게 꼭 필요한 책일 터였다.

끌러보니 과연.

고구려 모본왕 태자 고영의 명을 받들어,
어리석은 신하 석권 삼가 저술하다.

책 제목 칸은 비워두고 저술 사연부터 밝힌 병서였다.

'전쟁이란 백성의 생사와 나라의 존망이 걸린 문제라 전쟁에 대해 자세히 살펴야 한다고 이미 손자께서 강조하셨다.'로 시작하고 있었다.

병택은 둘둘 말려있는 죽간을 펼치며 주욱 훑기 시작했다. 철근 박사와 석권 장군이 자기를 기다리고 있음을 모르지 않았고, 손님들을 앞에 두고 딴 데 정신을 파는 게 예의에 어긋난다는 사실도 알고 있었다. 그럼에도 멈추지 않고 훑었다. 석권 장군이 지금 이 시각에 병서를 들고 왔을 때는 그만한 의도가 있을 게 틀림없었다. 하여 다른 일은 잠시 미뤄두고 싶었다.

손자나 석권 장군이 강조하듯이 전쟁이란 백성들의 생사와 국가의 존망이 걸려 있는 중대사 중의 중대사가 아닌가. 전쟁을 앞두고, 병사들과 백성들의 목숨을 책임지고 있는 자신은 그 무엇보다도 인명을 구하고 태자도를 지키는 일에 집중해야 할 것이었다.

전쟁의 속성과 책 전체 줄거리를 언급한 1편은 여타 병서와 크게 다르지 않았다. 초두에 손자의 말을 언급하는 것부터가 『손자병법』의 영향권에 있는 책임을 알 수 있게 했다. 손자는 그걸 <計計>라 명하여 서술하지 않았던가. 計(계)—作戰(작전)—謀攻(모공)—形(형)—勢(세)—虛實(허실)—軍爭(군쟁)—九變(구변)—行軍(항군)—地形(지형)—九地(구지)—火攻(화공)—用間(용간) 순으로.

그런데 석권 장군의 병서는 『손자병법』류와는 다른 책이었다. 초두 부분에 언급한 손자의 말은 병서를 짓는 이유를 밝히기 위한 허두일 뿐이었다.

'『손자병법』 이후 많은 병서들이 있으나 수전水戰이나 해전海戰에 대해 기술한 책은 거의 전무한 상태라 수전과 해전에 대한 병법을 정리하여 강과 바다를 지키는데 활용하고자 한다.'는 언급이 그걸 말해주고 있었다. 하여 책에서 눈을 뗄 수 없었고, 내용을 다 읽지 못한다 할지라도 책의 체제만이라도 살펴보고 싶었기에 손님들이 있음에도 불구하고 주욱 훑었다.

"이, 이걸 언데?"

병택은 놀라지 않을 수 없었다. 국가 체제를 갖추지도 못한, 요동 반도 한 귀퉁이에 있는 섬에 불과한 태자도에서 병서를 준비한다는 점도 놀라웠지만, 수전과 해전에 대비해 병서를 만든다는 자체가 상상을 뛰어넘는 일이었다.

더더군다나 석권 장군의 병서는 국가 단위의 전쟁처럼 대규모 전쟁에 필요한 병법서가 아니라 소규모 전투, 그것도 수전과 해전 시 꼭 필요한 지침만을 정리한 일종의 지침서라 할 수 있었다. 일반적인 병서에서 다뤄지는 항목들은 다 빼고 수전과 해전에 꼭 필요한 지침만을 정리해놓고 있었다. 아직 완성된 것은 아니었지만 정수는 다 담겨 있다고 해도 과언이 아니었다.

"명말 고맙습네다. 딕금 소직에게 가장 필요한, 수전이나 해전에는 숙맥인 소직에게 없어서는 안 될 지침서인 것 같습네다. 장군께 뭐라 감사를 드려야 할디 모르갔습네다."

말만으로는 부족할 것 같아, 병택은 자리에서 일어나 예를 갖추며 진심을 담아 고마움을 전했다.

"과찬이십네다. 기러고…… 이거이 텻때전하의 앞을 내다보는 혜안 덕이니 전하께 감살 드려야갔디요. 소장은 전하의 명을 받들어 우리 태자도 상황에 맞게 정리했을 뿐입네다. 기러고…… 아딕 짚북데기에 불과한 걸 군사께 드리라고 하신 분도 전하십니다."

"기, 기게 명말입네까? 명말 텻때전하의 명이란 말입네까? 으음…… 텻때전하야말로 백성들 말마따나 하늘이 내리신 분인 것 같습네다. 어띠 이럴 수 있는디……."

병택과 석권이 그렇게 얘기하는 중간 중간에 철근 박사의 목소리가 섞이고 있었다. 병택이 읽던 병서를 가져다 읽고 있는지 감탄사가 흘러나오고 있었다. 철근 박사의 눈에도 석권 장군의 병서는 놀라움 그 자체인 모양이었다.

하여 병택이 석권 장군에게 예를 갖추다 말고 철근 박사를 돌아봤다. 철근 박사는 자신에게 향한 눈을 의식조차 못 하는지 병서를 넘기며, 자신도 몰래 감탄사를 연발하고 있었다.

"비밀문설 어띠 박사가 훔텨보는 겁네까?"

병택은 부러 소리를 높였다. 그러자 철근 박사가 화들짝 놀라며 고개를 들었다. 그러더니 병서를 병택 쪽으로 스윽 밀어냈다. 그리곤 석권 장군을 빠히 쳐다봤다. 놀라는 눈빛이었다.

"어띠 소장을 뚫어디게 터다보십네까?"

석권 장군이 무안한지 물었다.

"놀라워서 기럽네다. 의심스러워서리……."

그러자 병택이 끼어들며 말했다.

"박사의 감수까디 마텄으니 바로 익혀 이번 전투에 활용해도 되 갔군요. 안 기렇습네까?"

"되다마다요. 소직도 무관은 아니디만, 병서를 읽었다믄 읽은 사 람인데 혀를 내두르디 않을 수 없습네다."

"기럼 됐습네다. 이데 두 분은 돌아가시디요. 병설 탄탄히 읽어보 고, 기걸 바탕으로 이번 전투 계획을 세워야갔습네다."

가볍게, 지나가는 농담처럼 말했으나 두 사람은 서운하다는 표정 을 지었다.

철근 박사는 자신도 병서를 찬찬히 읽어보고 싶은 모양이었고, 석권 장군은 병서까지 들고 왔는데 너무 빨리 내쫓는 거 아니냐는 표정을 짓는 게 얘기를 더 하고 싶은 모양이었다.

그런 두 사람의 마음을 모르는 건 아니지만, 병택의 농담조의 말 은 진심이었다. 정말 두 사람을 돌려보내고 싶었다. 그만큼 병택은 석권 장군의 병서에 사로잡혀 있었고, 단 일각이라도 빨리 그 내용 을 숙지하여 이번 전투에 활용하고 싶었다. 석권 장군의 병서는 타 는 목마름 중에 만난 샘이라 할 수 있었다.

그러나 두 사람이 돌아간 것은 그로부터 한참 후였다.

빨리 돌아가 달라는 병택의 말을 농으로 받아들인 두 사람이 첩 자 한섬의 보고 내용을 바탕으로 적군의 의도를 분석하기 시작했다. 그러더니 고구려군의 해전 능력에 대한 예측과 분석을 이어갔다. 하여 병택은 잠자코 들었다. 병서를 읽는 것도 중요했지만 두 사람의 이야기를 들어두는 것 또한 그에 못지않을 것이기에 두 사람의 말을 경청했다.

그리고 두 사람이 돌아간 후에 병서를 펼쳐 찬찬히 읽었다. 고개가 저절로 끄덕여졌고, 가끔은 무릎을 칠 정도의 탁견도 있었다. 그렇게 밤을 지새우며 병서를 읽었고, 날이 밝아올 때쯤 두 사람의 말과 병서를 참고하여 작전 계획을 얼마간 세울 수 있었다.

31

낭두봉 꼭대기에서 비상을 알리는 북소리와 징소리가 동시에 울려 퍼지기 시작했다.

한 번 터지기 시작한 북소리와 징소리는 끊임없이 이어지고 있었다. 배의 숫자를 북소리로 알리게 되어 있는데, 소리가 끊어지지 않는다는 것은 그만큼 많은 배들이 몰려오고 있다는 뜻이었다.

북소리와 징소리에 낭두봉 관측소에 오른 병택은 바다를 바라다보았다.

셀 수도 없을 만큼 많은 배들이 수평선을 메우고 있었다. 바다가 부글거리는 것처럼, 먹이를 본 갈매기들이 떼 지어 나는 것처럼. 그러나 그것은 바다가 부글거리는 것도 아니고, 갈매기 떼들도 아니었다. 태자도를 향해 몰려오는 고구려 수군들이었다.

"북과 징을 멈추고 전군에 전투 배치 명령을 내리라. 또한 지휘관

회의를 소집하라. 회의장은 바로 이곳이다. 차질 없이 전하라."

군령을 내린 병택은 다시 바다를 뚫어지게 내려다보았다. 수평선에 배가 보이기 시작했으니 이제 한두 시진 후면 적들이 태자도에 닿을 것이었다. 그러니 그 전에 구체적인 작전 계획을 하달해야 했다.

병택은 떨렸다. 군문에 발을 들인 후 셀 수도 없이 많은 전투를 해왔으나 이번만큼은 유난스럽게 떨렸다.

하회도에서 패배한 기억 때문만은 아니었다. 한 번도 해본 적이 없는 수전水戰이고, 이제 더 이상 물러설 곳이 없기 때문이었다. 그럴수록 병택은 마음을 다잡아 매었다. 필승의 결의를 다지기 위해 배수진을 치기도 하지 않는가. 고구려군도 평지전과 산전에는 능할지 몰라도 수전에는 익숙지 않은 만큼 부담스럽기는 마찬가지일 것이었다. 그러니 주눅들 필요는 없었다. 또한 병택에게는 석권 장군이 심혈을 기울여 완성한 병서가 있지 않은가.

석권 장군의 병서는 해전에 대해 새로운 안목을 틔워주었다. 육상전과는 다른 성질의 수전을 어떻게 지휘할 것인지를 고민하고 있던 병택에게 한 줄기 빛과 같았다. 특히 집중사격을 통한 적의 하륙 저지, 진성 및 돈대墩臺와 해안진지를 이용한 하륙군에 대한 대응, 지형지물의 장점을 활용한 매복과 화공火攻 등은 그 어떤 병서에도 언급되지 않는 것이었다. 하여 병택은 석권 장군의 병법을 이번 전투에 적극 활용해볼 생각이었다.

'병법이란 게 별 거간? 백성들을 보호하고 내 땅을 디키는 거디. 아암, 기렇고 말고.'

병택은 자신도 모르는 새에 고개를 끄덕이고 있었다.

자명고각의 비밀이 누설되어 제대로 싸워보지도 못하고 백기를 들어야 했던 낙랑의 치욕은 잊기로 했다. 첩자의 중요성을 인식하지 못한 채, 배후 방비를 소홀히 함으로써 모두를 죽음의 땅에 내버려둔 채 도망칠 수밖에 없었던 하회전투의 비극은 한 번으로 족했다. 이제 어떻게든 백성들을 보호하고 태자도를 지키는 것이 군사로서 자신이 해야 할 일이었다. 하여 병택은 모든 초점을 백성 보호와 태자도 사수에 맞추기로 했다.

장수들이 모이자 병택은 무엇보다 초전의 의미를, 중요성을 강조했다.

"예봉은 피하는 게 상책이라 했습네다. 기러니 초전엔 하륙 저지에만 집중해야 합네다. 기러면서 안쪽을 달 살피기 바랍네다. 첩자 없이 겨울을 앞둔 이 시점에 공격할 리 없습네다. 반드시 첩자가 있을 거이니 첩자를 색출해야 합네다. 초전은 적군의 전력을 탐색하는 한편, 안에서 호응하기로 한 첩자를 색출하는 게 첫 전투의 목표임을 잊디 말기 바랍네다."

작전명령을 내린 후 병택은 방어에 집중하며 첩자 색출에 관심을 가질 것을 강조했다. 하회도 전투의 뼈아픈 참패를 되풀이하고 싶지 않았다.

"다시 한 번 강조하디만 우리 목표는 백성들을 보호하고 태자도를 방어하는 겁네다. 기러니 어떤 일이 있더라도 내 명령 없이 군사를 움딕이디 말기 바랍네다. 적의 약점과 허점이 보여도, 적을 공격하여 일망타진할 기회가 있더라도 소직을 믿고, 탐고 기다리면서, 방어에만 집중하기 바랍네다."

말을 마무리 지으면서 병택은 방어에만 집중할 것을 다시 강조했다. 모두가 귀담아 들어야 할 말이었지만 특히 마석과 범포 장군이 귀담아 들었으면 싶었다. 그 둘은 말보다 행동이 앞서는 사람들이라 상황이 불리해져 태자도가 위험하다 싶으면, 또는 그에 준하는 상황이 발생했다 싶으면 목숨을 내걸고 단독 작전을 펼칠 수 있는 만큼 그걸 막고 싶었다. 그들의 단독 작전은 군사인 병택도 모르게 은밀히 진행될 것이고, 목숨을 내건 작전이기에 그들을 구할 수 없을 것이었다. 그런 불상사를 막고 싶었다.

"내 말은 여기까디요. 궁금한 점이나 질문, 이견이 있으믄 지끔 하시라요."

병택이 말을 마치고 기다렸으나 입을 여는 사람은 없었다. 이미 고량부 세 주군과 제장들의 난상토론을 거쳐 <태자도 방어 계획>이 세워졌고, 그 계획에 따라 작전 명령이 이미 각 부대에 시달된 상태였다. 그러니 새삼스레 할 말이 있을 리 없었다. 오늘 작전회의는 적군의 출현에 따른 태자도 사수 의지를 다지기 위한 자리라 해도 과언이 아니었다. 따로 마련하지 않아도 될 자리를 마련한 이유는 적군을 직접 눈으로 확인시켜 필승의 결의를 다지기 위해서였고, 또한 어떤 경우에도 단독 작전은 불허한다는 말을 전하기 위해서였다.

"할 얘기가 없이요?"

병택이 좌우를 둘러본 후 다시 입을 열었다.

"좋습네다. 더 이상 할 얘기가 없으믄 모두 돌아가서 우리 계획대로 전투를 지휘하기 바랍네다. 전투란 싸우고 차지하는 일이기도 하디만, 견디고 디키는 일 또한 전투임을 잊디 마시기 바랍네다."

이 말을 끝으로 병택은 작전회의를 파했다. 더 이상의 말은 무장들에게 필요 없을 것 같았다. 말보다는 눈빛으로 자신의 뜻을 전하고 행동으로 자신의 뜻을 드러내는 무장들에게 중언부언하면 반감만 살 수 있기에. 무장이란 기본적으로 말 많은 사람에게 거부반응을 보이지 않는가. 그건 세 치 혀로 사람을 꾀는 유세객誘說客에 대한 거부반응이었다. 말이 익은 사람은 행동성이 결여될 수 있고 표리부동할 수 있다고 생각하여 무장들은 말을 적게 하는 것을 미덕으로 삼고 있지 않은가. 그런 사실을 잘 알고 있기에 병택은 말을 잘라버렸다. 더 이상의 말은 필요 없을 것 같았다.

32

예상했던 대로 적들은 몽돌포를 향해 몰려오고 있었다. 몽돌포로 하륙할 계획인 것 같았다.

태자도 내부에 첩자가 있을 것이고, 그렇다면 태자궁과 가까운 몽돌포로 하륙을 시도할 것이라 예상은 하고 있었다. 하여 몽돌포와 태자궁을 방어하는 중군에 주병력을 배치했다. 그 예상대로 적군은 봉시진형鋒矢陣形으로 몽돌포를 향해 몰려들고 있었다.

서안평에서 출발하였다면 북쪽으로나 옴팡포 쪽으로 올 수도 있는데 몽돌포로 뱃머리를 잡았다는 것은 태자도의 지형과 궁의 위치, 태자도의 상황을 파악하고 있다는 뜻이었다. 옴팡포로 하륙을 한다면 산을 넘어야 태자궁에 닿을 수 있어 교전이 불가피하고, 많은 병력이 손실된다는 사실을 알고 몽돌포를 하륙지점으로 잡았음이 분명해 보였다.

"몽돌포로 하륙할래는구만 기래."

병택이 혼잣소리로 중얼거렸다. 그 말에 곁에 섰던 석권 장군이 병택을 돌아보며 말을 붙였다.

"첩자래 있는 게 맞는 거 같더요? 몽돌포로 방향을 잡은 거나 봉시진으로 진세를 펼틴 걸 보니 앞닶이가 적군을 인도하고 있거나⋯⋯."

"길쎄요. 어땠거나 만반의 준비를 했고 적장 중 수전을 아는 사람이 있는 건 분명해 보입네다."

병택의 말에 석권이 고개를 끄덕였다. 병택의 생각과 자신의 생각이 다르지 않다는 뜻인지, 자신의 예상에서 크게 어긋나지 않다는 뜻인지는 분명치 않았다. 그렇지만 결전의 의지를 다지는 것만은 분명해 보였다. 입을 굳게 다문 채 몰려오는 적군을 노려보는 눈빛이 그 어느 때보다 날카로웠기 때문이었다.

"우리 예상이 빗나가디 않았으니 이제 장군의 역할이 더 중요해뎠는데⋯⋯ 소직은 장군만 믿고 돌아가갔습네다. 수고하시라요."

병택이 석권을 보며 무겁게 웃어보이자 석권이 군례로 답했다.

"소장 군사의 명을 받들갔습네다."

석권의 군례를 받은 병택이 무겁게, 발길이 떨어지지 않는 사람처럼 말 위에 올랐다. 그 모습을 바라보는 석권의 얼굴도 무겁기는 마찬가지였다. 적군이 예상보다 많았기 때문인 것 같았다. 그러나 두 사람이 얼굴을 굳힌 것은 그 때문만은 아닌 것 같았다. 말은 하지 않았지만 두 사람은 다른 걸 걱정하는 눈치였다.

33

병택이 돌아가자 석권은 바로 지휘관 회의를 소집했다.

적의 목표지와 공격 목표, 하륙 예상지가 확실해진 만큼 중군 장수들에게 알려야 했다. 그들도 이미 짐작은 하고 있겠지만 중군 대장인 자신이 직접 대응 방안을 알려야 할 필요가 있었다.

그러나 석권이 지휘관 회의를 소집한 이유는 다른 데 있었다. 장수들의 긴장감을 풀어주고 싶었다. 장수들의 긴장감을 풀어줘야 병사들의 긴장감도 풀어질 것이고, 그래야 실전에서 자신의 역량을 발휘할 수 있을 것 같았다.

엄정한 군기와 혹독한 훈련으로 다져진 병사들이라 지나친 긴장감은 병사들을 수동적으로 만들어 대응능력을 떨어뜨릴 수 있었다. 그러니 전투에 임하기 전에 긴장감을 풀어줘야만 제 역량 발휘할 수 있을 것 같았다. 생각 같아선 모든 병사들을 모아놓고 그런 자신의 뜻을 전하고 싶었으나 방어지역별로 배치되어 있는 병사들을 모을 수는 없었기에 장수들에게 대신 전하고 싶었다.

눈썹을 휘날리며 달려온 장수들을 보며 석권은 장수들이 얼마나 긴장하고 있는지 알 것 같았다. 대부분 실전 경험이 없었고, 수전은 처음이라 그 어떤 때보다 긴장이 되는 모양이었다. 하여 석권은 애초 생각을 바꿔 장수들의 긴장감을 풀어주기 위해 농담으로 말문을 열었다.

"왜들 긴장합네? 군문에 들어설 때 목숨이야 이미 내던디디 않았시요? 기껏해야 듁기밖에 더 하갔소? 기러니 긴장하디 말라요. 얼마간의 긴장은 전투에 도움이 되디만 디나틴 긴장감은 손발을 마비

시키고 정신마저 혼미하게 하니 마음 편히들 가디라요."

석권의 말에 장수들의 얼굴 근육을 다소 푸는 것 같았다. 석권의 말마따나 군문에 들어설 때 이미 죽음을 각오한 사람들이 지나치게 긴장하고 있다고 생각한 모양. 그런 변화를 감지한 석권이 엷게 웃으며 말을 이었다.

"이런 말을 하는 내가 이상스럽갔디요. 그 누구보다 엄한 내 입에서 이런 소리가 나올 둘은 몰랐을 테니깐. 기렇디만 난 늘 기렇게 생각해왔시요. 훈련은 실전려럼, 실전은 훈련려럼. 기래서 훈련 때는 강하게, 아니 생각할 여유마뎌 갖디 못하게 혹독하게 몰아붙였디만 실전은 기렇게 해서는 안 된다 생각하오. 여유를 가디고 침착하게 해야디요. 둠 전에도 말했디만 둑기밖에 더 하갔습메? 훈련 때는 보충훈련을 받기도 하고 기합을 받기도 하고, 잠도 제대로 못 잘 때도 있디만 둑으믄 기런 게 다 없어디디 않습네까?"

석권이 엷게 웃으며 말을 하자 장수들 중에는 석권을 따라 웃는 자도 있었고 길게 한숨을 내쉬는 자도 있었다. 엄하기만 했던 석권을 이해했던 자는 웃고, 오해했던 자는 훈련 때를 떠올리며 긴 한숨을 몰아쉬는 모양.

"훈련 때 땀방울은 전투 때 핏방울이 될 수 있기에 모딜게, 거틸게, 인정사정 없이 몰아붙였디만 이뎨부턴 몰아붙이디 않을 테니깐 지끔껏 훈련해온 것보다 여유를 가디고, 장수들이 알아서 지휘하기요. 기래야 병사들도 여유를 가디고 싸움에 임하디 않갔소? 이게 내가 회의를 소집한 이유요."

그 말을 끝으로 석권이 입을 다물자 좌중은 멍하니 석권을 쳐다보았다. 그 어느 때보다 강력하게 몰아붙일 줄 알았는데 정반대로 나오자 다소 혼란스러운 표정들이었다.

"장군! 장수들이 알아서 지휘하라 하심은?"

돌팔매의 명수 석규가 답답해서 못 견디겠다는 듯, 그게 무슨 말인지 이해할 수 없다는 듯 물었다.

"말 그대로요. 지끔껏 훈련 때 했던 것처럼, 훈련해온 대로 하믄 되오, 이날을 위해 그 많은 훈련을 했고 땀을 흘렸던 거니깐, 장수들이 알아서 부대를 지휘하믄 될 거요."

"기래도 장군께서 구체적인 작전 명령을 내려듀셔야 소장들이 지휠 하디 안 기러믄 부대별로 뒤둑박둑 체계가 없디 않갔습네까?"

이번에는 둘째주군의 호위병에서 말객으로 발탁된 상균이 말했다. 그러자 석권이 그를 바라보며 말했다.

"말객은 내가 디긋디긋하디도 않소? 실전 때까디 내 통제를 받고 싶소? 기렇담 지휘관으로 있디 말고 참모로 들어오시오. 진법이나 지휘법, 통솔 규칙은 왜 배운 거요? 기럴라고 기것들을 힘들게 배우고 익힌 거 아닙네까? 지휘관은 상황에 맞게, 자신의 판단하에 부대를 지휘하믄 되오. 기게 나의 명이자, 작전 계획이오."

그 말에 장수들이 굳게 입을 다물었다. 더이상 할 말이 없기 때문이기도 했지만 석권의 말에 강한 신뢰를 보이는 듯했다. 아울러 막중한 책임감에 어깨가 무거워지는 모양이었고, 자신의 지휘하여 이번 전투를 어떻게든 이기겠다는 각오를 다지는 듯했다. 그걸 확인한 석권이 다시 말을 이었다.

"다들 알고 있갔디만, 적군은 우리 중군이 방어하고 있는 몽돌포로 밀려오고 있소. 몽돌포를 집중 공격하여 하륙을 시도하려는 것 같소. 기러니 좌군이나 우군보다 우리 임무가 막중해뎠소. 기래서 구체적이고 세세한 명을 내리기보다 장수들의 자발적이고 주체적인 판단에 때라 전투에 임하라는 거요. 그러려고 그 어렵고 힘든 훈련을 해온 거 아니요? 기러니 이제 제장들의 지휘 통솔력과 군사 운용 기술을 마음껏 발휘해 보시오. 이 말이래 할래고 제장들을 부른 거요.

단위 부대로는 감당하기 힘들거나 혼자 힘으로는 처리하기 곤란한 일이 아니면 제장들이 판단하여 행하시오. 그간 제장들을 디켜 봤고 제장들의 능력을 봐왔던 사람으로서 기게 가당 효과적일 거고 합리적일 거라 믿기에 이런 명을 내리는 거요. 이번 기회에 기간 배양한 능력을 유감없이 발휘해 듀시오. 부탁하오.”

이 말을 마지막으로 석권은 입을 닫았다. 그리고 장수들의 말을 들었다.

장수들의 말은 별다른 게 없었다. 어떻게든 태자도와 백성들을 지키자는 다짐들이었다. 병사들을 잃은 순 있지만 백성들은 잃지 말자고. 어떤 일이 있더라도 자신이 맡은 방어지역을 지키자고.

장수들의 차가우면서도 뜨거운 다짐을 듣는 석권의 가슴도 뜨거워졌다. 그 뜨거움은 죽음을 잊은 차가움과 태자도를 지키겠다는 열의 때문만은 아니었다. 서로가 얼굴을 안 지가 겨우 두 달여밖에 되지 않았는데 그새 한 마음 한 뜻으로 하나가 되어 있음을 확인할 수 있었기 때문이었다.

처음 중군은 다양한 병사들, 한 마디로 어중이떠중이들의 집합소였다. 처음부터 범포 장군 휘하에서 해적질을 했거나 첫째주군을 따라 태자도에 들어온 사람은 없었다. 비교적 최근에 타지에서 들어온 병사들로 구성되어 있었다. 군관이나 장수들도 마찬가지였다.

외인부대라 해도 좋을 만큼 태자도와는 연결고리가 없는 병사들이 모여 있었다.

둘째주군과 셋째주군을 따라온 사람들과 두 주군을 찾아 모여든 사람들. 태자도의 소식을 듣고 오직 살아남기 위해, 살기 위해 바다를 건넌 사람들. 밀리고 떠밀려 태자도 갯가로 밀려온 해초나 부유물처럼 태자도에 머물고 있는 사람들. 이런 사람들로 편성된 부대가 바로 중군이었다.

그렇다고 이들이 오합지졸은 아니었다. 사연을 감추고 있어 자세한 내막을 알 수는 없지만, 왕년에 한 가닥 했었거나 한 가닥 하는 이들도 많았다. 주군들을 따라온 사람들 말고도 각 분야에 능력이 있는 이들이 있었다. 그러나 그런 다양한 사람들을 하나로 통합하여 제 능력을 발휘할 수 있게 할 장치는 없었다. 그래서 그들을 통합하여 전투에 활용할 수 있게 하는 게 당면과제로 떠올랐다.

"중군을 맡는 김에 유입병졸들을 맡는 게 어떻갔습네까?"

석권이 중군 대장직을 수락한 바로 그날이었다. 군사가 조용히 보자더니 거두절미하고 유입 병사들을 맡으라는 것이었다.

"그들을 좌우군에 배치할 수도 있디만 기렇게 되믄 문제가 돔 있을 것 같아서리……."

군사는 석권의 반응을 살피며 말을 아꼈다. 아무래도 석권이 중군 대장직을 어렵게 수락한 직후라 석권의 심기를 자극하지 않기 위함인 것 같았다. 그렇다고 더이상 미뤄둘 수 없었기에 석권의 반응을 보려는 것 같았고, 하여 석권도 조심스레 군사의 의중을 파악해야 할 것 같아, 대답 없이 조용히 군사를 쳐다보았다.

"힘들갔디요. 힘들다마다요. 기걸 모른다믄 이런 얘길 꺼내디도 않았갔디요. 긴데…… 딴 방도래 없어서 염치불구하고 장군께 부탁하는 겁네다. 장군도 달 아시다시피……."

그렇게 말을 이었다 끊었다 하며 군사는 석권을 설득하려 했다. 모든 군권을 위임받았으니 명령 하나면 족할 일이요, 그걸 석권이 거부한다면 세 주군께 알리면 단 한방에 해결될 일이었다. 그런데도 군사는 집요하다고 느껴질 만큼 끈질기게 석권의 마음을 얻으려 했다. 석권이 수락한다면 일이 끝난 것이나 다름없음을 이미 파악한 모양이었다. 명령 불복종을 들며 굴복시키거나 세 주군의 압력을 통해 석권을 억누르는 것보다 석권의 마음을 얻는 동시에 든든한 지원군으로 삼으려는 듯했다.

군사가 유입병사들을 중군에 배치하려는 이유는 대충 세 가지였다.

먼저, 유입병사들을 좌우군에 배치한다면 병사들 간의 충돌이 예상되고, 표면적인 갈등은 표출되지 않는다 해도 잠재되어 있던 괴리감이 전투 시에 불거질 수 있는 만큼 그걸 사전에 차단해 주어야 할 것 같다.

두 번째는 범포와 마석 장군 휘하에 두는 것이 마음에 걸린다. 두 장군의 지휘력이나 통솔력, 인화人和를 염려하는 것이 아니다. 다만, 병사들이 두 장군의 성격이나 특성을 모르기 때문에 오해의 소지가 있고 그로 인해 생길 수 있는 괴리감이 염려된다.

일찍이 두 장군 휘하에 있었던 병사들은 장군의 어조, 걸음, 헛기침소리만으로도 장군의 감정상태를 파악하겠지만 유입병사들은 그게 안 되니 오해하거나 거부반응을 일으킬 수 있다. 시간이 많다면, 반년이나 일 년만 지나면 자연히 해소되겠지만 당장 적군과 전투를 치러야 할 상황이라, 서로가 서로를 모르는 상태에서 전투를 치르게 할 수는 없는 일 아닌가.

세 번째는 범포와 마석 장군이 유입병사들의 자질과 특성을 파악해 그에 맞게 배치·운용이 힘들 것이다. 두 장군의 눈을 의심해서가 아니라 두 장군 휘하엔 이미 동고동락했던 부하들이 자리를 차지해 있어 유입병사들에게 자리를 나눠주기가 힘들 수밖에. 그러다 보면 병사들을 적재적소에 배치하여 활용하기 힘들 것이고, 그게 갈등의 씨앗이 될 수 있기에 그걸 미연에 방지하기 위해 새로운 부대에 편성하는 게 낫겠다 싶어 부탁하는 것이다.

그 외에도 소소한 문제들이 더 있지만 이 세 가지만 보더라도 유입병사들을 배치할 곳은 중군이요, 중군 대장인 석권이 유입병사들을 포용하는 게 가장 좋을 것 같아 차마 입이 떨어지지 않지만 말을 꺼낸 것이다.

군사는 정말 어렵게 말을 풀어놓았다. 가끔은 헛기침을 하기도 하고, 또 가끔을 침을 삼키기도 하고, 말을 끊었다 다시 잇기도 하면서.

"군사래 소장을 과대평가하는 것 같습네다. 소장이라고 좌우 장군과 다를 바가 뭐 있갔습네까? 소장을 달 봐듀시는 건 고맙디만 소장에겐 그들을 감싸 안을 포용력도 인덕도 없습네다. 기래서 받아들이기 어렵습네다. 재고해 듀십시오."

석권은 정중히 사양했다. 군사의 판단이나 문제 해결책은 그릇된 게 없었다. 석권이 군사라 해도 그런 수를 썼을 것이었다. 군사의 뜻에는 전적으로 동감이었다. 그렇지만 뜻이 같다고, 해결책이 맞다고, 유입병사들을 떠안을 수는 없었다.

군사 말마따나 시간이 있다면, 반년 정도만 시간이 허락한다면 그들을 맡을 것이다. 그들의 자질과 특성을 파악하는 한편 그 속성에 맞춰 훈련시킨다면 그들을 정예군으로 키워낼 수도 있을 것이었다. 그들은 나름대로 특성을 가지고 있을 뿐 아니라 태자도를 뼈 묻을 곳으로 생각하고 온 사람들이니까.

그러나 시간이 없었다. 당장 내일이라도 적군이 쳐들어 올 수 있고, 그리 되면 당장 전투를 벌여야 한다. 그런 긴박한 상황에서 그들을 맡는다는 건 자기 혼자만의 문제가 아니었다. 중군이 목숨을 걸고 지켜야 할 세 주군뿐만 아니라 태자도 전체의 생사존망을 거는 일이었다. 그래서 거절할 수밖에 없었다.

"낭중지추라 했고, 인향만리人香萬里라 했습네다. 소직이 그만한 판단과 심사숙고 없이 이런 말을 꺼냈갔습네까? 소직은 지끔…… 범포와 마석 장군에게 욕먹고 배척당할 각오까디 하믄서 결단을 내린 것이고, 이 말을 꺼낸 겁네다. 장군이 거절하거나 고사할 경우엔 군령으로 내릴 수도 있고, 세 주군의 힘을 빌어 장군을 굴복시킬 수도 있습네다. 그런데도 기런 쉬운 길을 놔두고 굳이 이런 방식을 취하는 건 장군을 존중하고 존경하기 때문입네다. 이 태자도에 들어오는 날부터 장군을 이 가슴에 품었고, 아니 장군이 이 가슴에 들어와 박혔기 때문입네다. 기래서 경원했던 거이고, 이데 그 감정을 솔직히 드러내는 겁네다. 장군도 아시다시피 유입병사래 품을, 아니 제대로 된 병사들로 키울 사람은 장군밖에 없디 않습네까?"

군사의 말투는 완강함과 완곡함의 경계를 넘나들고 있었다. 그러나 눈빛만큼은 변함없이 부드러웠고 따뜻했다. 하얀 구름과 솜털을 떠올리게 했다. 사람의 기분을 좋게 하고 따뜻함을 느끼게 하는 눈빛이었다. 그러다 보니 군사의 부탁을 들어줘야 할 것 같았다. 그의 청을 거절했다간 그를 잃을 것 같았고, 그를 잃게 되면 평생 후회할 것 같았다. 아무리 그렇다 해도 유입병사들로 중군을 구성하는 건 쉽게 결정할 일이 아니었다.

하여 소피를 핑계로 자리에서 일어섰다. 잠시 생각을 정리하고 싶었다. 군사와 함께 있는 곳이 아니라 아무도 없는 곳에서 냉정히 판단하고 싶었다.

군막 밖으로 나온 석권은 측간을 찾았다. 그러나 측간이 보이지 않았다. 병사들이 많지 않아 측간을 따로 만들지 않고 되는 대로 숲이나 풀섶에 일을 보는 모양이었다. 하여 석권도 어쩔 수 없이 숲으로 들어가 마땅한 곳을 찾았다. 그러다 썩은 나무 둥치가 있기에 그곳에 오줌을 누웠다.

그런데……

석권이 오줌이 떨어지기 시작하자 개미들이 나무 둥치에서 나와 야단법석을 떨었다. 아무래도 나무 둥치가 개미들의 보금자리였던 모양이었다.

집 밖으로 나온 개미들이 비도 안 오는데 웬 날벼락이냐는 듯, 누가 우리 보금자리를 박살내느냐는 듯 석권을 올려다봤다. 그 모습을 보던 석권은 장난기가 발동하여 아랫배에 힘을 주어 오줌발을 세게 갈겼다. 그런데, 미물들이 석권의 오줌발에 놀래 도망치기는커녕 더 많이 몰려나오더니 오줌발에 대항이라도 하듯, 합심하여 오줌발의 공격을 막아내기라도 하려는 듯 덤볐다.

도저히 자신들이 막아내거나 해결할 수 없는 일인데도 고군분투하는 모습은 가소롭기 그지없었다. 기래, 누가 이기는가 해보자. 석권은 마음속에 똬리를 틀고 있는 중군 편성 문제를 오줌발에 담아 내몰 것처럼 아랫배에 힘을 주어 개미들이 몰려있는 곳을 조준해 오줌을 갈겨댔다.

오랫동안 참고 있어선지 오줌은 잘도 나왔다. 아랫배에 힘을 주어 내갈기는데도 한동안 굵직하게 이어졌다. 그러다 석권은 괄약근에 힘을 주어 오줌을 멈췄다. 갑자기 개미들의 저항과 대항이 남의 일이 아니라 자신의 일처럼 느껴졌기 때문이었다.

오줌발만도 못한 고구려군의 침공에 좌불안석인 자신과, 고구려군의 침공보다 훨씬 강력한 오줌발 공격에도 힘을 모아 대항하는 개미들의 극명한 대조. 그 대조는 자신이 개미만도 못한 존재임을 부각시키기에 충분했다. 아울러 외부적 자극이나 공격이 클수록 더 단단한 결속력으로 반응하고 응전하는 개미에게서 불현듯 깨달음을 얻었다.

외적 압력이나 시련이 클수록, 그것이 한 집단이 감당할 수 있을 정도라면, 구성원간의 결속력이 강해지고 응전력 또한 배양된다는 사실이었다. 거기에 생각이 미치자 유입병사들을 통합시킬 방안이 떠올랐다. 그것은 바로 병사들이 감당할 수 있을 만큼의 외부 자극이었다.

오줌을 누고 다시 군막으로 들어간 석권은 군사의 요청을 받아들였다. 그리고 유입병사들로 중군을 편성하여 훈련에 돌입하였다.

고강도의 훈련으로 병사들을 호되게 몰아붙이자 병사들이 앓는 소리를 냈다. 훈련을 버티지 못하고 낙오하는 병사들도 있었다. 다치는 병사들도 있었다. 그러나 탈영하거나 도주하는 병사는 없었다. 석권이 이미 계산했던 대로 그들은 더이상 도망갈 곳이 없는 사람들이었다. 태자도에 들어올 때 이미 태자도에 뼈를 묻을 생각으로 온 사람들이었기에 견뎠고, 견뎌주었고, 견뎌 나갔다.

그러나 고강도의 호된 훈련만으로는 병사들을 통합시킬 수 없음을 잘 알고 있었기에 석권은 세 가지 방법을 병행했다.

　그 첫째는 훈련의 필요성을 인식시키는 일이었다. 시간이 날 때마다 왜 호된 훈련을 이겨내야 하는지에 대해 강조했다. 더 이상 물러설 곳이 없고, 더 이상 물러설 수 없기에 여기 태자도를 지켜야 한다고. 또한 태자도를 지킨다 해도 죽어버리면 아무 소용이 없기에 죽지 않기 위해, 목숨을 보존하기 위해 피땀을 흘릴 수밖에 없다고. 오늘 견디지 못하면 내일은 없다고. 훈련 때의 땀방울은 전투 때의 핏방울이요, 이런 정도의 훈련을 견디지 못하면 적을 이길 수 없다고. 태자도 방어대원으로서 부끄럽지 않게 행동하라고. 이런 요지로 병사들을 다독였다. 훈련은 호되게, 정신은 강하게, 의지는 굳게, 자부심은 높게 키워갔다. 또 가끔은 구비와 명이의 도움을 받아 정예부대원의 자부심과 자긍심을 고취시키기도 했다.

　그리되자 병사들의 눈빛이 달라지기 시작했다. 사람의 눈빛에서 맹수의 눈빛으로 바뀌어갔다. 그 짧은 시간에 그들은 '지옥에서 온 사자'로 변해갔다. 그와 함께 끈끈한 전우애도 갖기 시작했다. 호된 훈련으로 다져지는 사내들의 우정은 강하고도 질긴 것이 아니던가. 또한 한 사람의 잘못으로 전체가 고통을 받을 수 있음을 알게 되자 자신만의 기질과 특성을 버리고 하나의 속성을 가지기 시작했고, 생사를 같이 할 '지옥 사자'란 인식을 갖게 되었다. 한 마디로 명령에 죽고 사는, 안 되면 되게 하는 정예요원으로 변해갔다.

　석권은 또 하나의 방법을 동원했다. 훈련 받는 정도에 따라, 호된 훈련을 견디고 이겨내는 정도에 따라 관등을 부여했다. 유입병사 대부분은 별다른 관직도 없이 다른 장수나 군관 밑에 소속되어 있었다. 그런 그들을 지휘체계 속에 편입하는 한편 지휘체계를 확립하기 위해 인물을 발탁하여 중용했다. 기존의 관등을 백지화한 후 훈련 받는 정도에 따라, 개별 능력에 따라 병사들이 모인 자리에서 발탁하였다. 그리고 그 자리에서 새로운 관등을 부여하고 그 시간부로 그 역할을 수행하게 했다. 그러자 병사들은 호된 훈련을 훈련으로 인식하기보다 자신의 승차 기회로 여기기 시작했다. 한 마디로 미꾸라지에서 메기나 장어가 되기 위해 살갗이 벗겨지고 생채기가 덧나는 것도 잊은 채 훈련에 최선을 다했다.

또한 훈련을 단위시간 내 마친 병사에게는 충분한 휴식과 자유시간을 보장하는 동시에, 단위시간 내 마치지 못한 병사에겐 보충훈련을 실시하여 일정한 궤도에 오를 때까지 반복훈련을 실시했다. 그러자 병사들은 보충훈련을 받지 않기 위해, 휴식과 자유시간을 갖기 위해 최선을 다했다. 병사들에게 휴식과 자유시간은 그 무엇과도 바꾸려 하지 않는 최고의 보상이 아니던가.

그렇게 한 달여가 지나자 중군은 '외인부대'에서 '정예부대'로 바뀌기 시작했고, 이제 전투를 앞두고는 모든 지휘권을 단위부대 지휘관에게 위임하자 의기충천이요, 목숨을 내걸고 전투에 임하자는 다짐을 하고 있었다. 역시 군대는 사기를 먹고사는 집단인 모양이었다.

기습작전

34

중군 막사에서 돌아온 병택은 부장 바우를 불렀다. 그리고 자신이 하는 말을 받아 적게 했다.

첫째, 좌우군에서 원거리 사격에 능한 궁수 30인씩을 차출하여
군사에게 보낼 것.
둘째, 중군에 어떤 일이 있더라도, 설혹 중군이 위험해도 절대
군사를 돌리지 말고 현 위치를 고수할 것.
셋째, 군사의 명령 없이 군사들을 이동시키거나 독자적인 작전
을 하지 말 것.

병택이 부르는 대로 초안을 작성한 바우 부장이 초안을 내밀었다.
"됐구만. 이대로 한 부를 더 작성하기요."
자신의 명령이 제대로 적혀 있음을 확인한 병택이 바우 부장에게

명했다. 그러자 바우 부장이 곧바로 명령서 하나를 더 만들었다. 그것을 확인한 병택이 부절을 넘겨주며 말했다.

"전령을 시켜 좌우군 대장에게 전달하기요. 적군이 몽돌포에 도착하기 전에 전해야 하니낀 서둘라요."

"옛! 군사."

군례를 마치고 서둘러 막사를 빠져나가는 바우 부장의 모습을 바라보던 병택이 빙그레 웃었다. 우산禹山 기슭에서 사냥이나 하던 무지렁이에 불과했던 바우가 이제 어엿한 병택의 부장이 되어 일을 처리해나가는 모습은 그야말로 괄목상대였다.

유입병사를 중군에 배치하기로 한 원칙에 따르면 바우 부장도 중군에 배치하는 게 온당했다. 유입병사뿐만 아니라 유입인, 도래인 중에 참전의 뜻을 밝혀온 이들을 중군에 배치했으니까. 그렇지만 바우만은 자신 휘하에 두고 싶었다. 그만큼 바우는 쓸모가 많은, 곁에 두고 싶은 사람이었다. 하여 석권에게 조심스레 말을 꺼냈다.

"바우래 내 곁에 두고 싶은데……, 기러믄 안 되갔습네까?"

석권이 병택을 쳐다보았다. 병택의 의도를 파악하려는 눈치였다. 하여 병택은 있는 그대로, 솔직하게 털어놓았다.

"글을 아는 이가 적어서리……. 글을 아는 이가 있어야 부장으로 삼아 영장令狀도 적게 하고 각종 기록도 남길 수 있으니낀. 기래서 기러디 다른 뜻은 없습네다."

그러자 석권이 입에 미소를 물며 대답했다.

"군사래 이데 태자돌 손금 보듯 하는 기만요. 꼭꼭 숨가둔 인재까디 탐내는 걸 보니 말입네다."

그러고는 목소리를 낮추며 은근히 덧붙였다.

"기러시디요. 안 기래도 바우래 참전하갔다고 나섰을 때 금탁(철렁)했습네다. 곤의 뒤를 따를 것 같아서 말입네다. 왜 기런 말이 있디 않습네까? 남의 댜리에 앉은 사람은 그 주인의 운명을 디고 산다는 말 말입네다. 기래서 조마조마하고 있었든데 군사께서 바우를 맡아듀시갔다믄 소장이 반대할 일이 없디요."

석권은 안 그래도 가려운 참이었는데 병택이 긁어준 격이라며 오히려 기뻐했다. 그렇게 해서 바우를 장군으로 임명하고 곁에 두게 됐는데, 곁에 두고 볼수록 탐나는 인재였다.

서글서글하고 싹싹한 건 차치하고라도 병택의 의도를 정확히 파악하거나 마음을 읽어내는 재주가 남달랐고, 미리 상황을 판단하고 대처하는 능력 또한 빼어났다. 첫째주군을 위해 바우를 우산으로 보낸 을지광 대로나 바우란 이름까지 지어주며 곁에 둔 첫째주군의 혜안이 얼마나 빼어난 것인지를 알 수 있었다. 뿐인가. 을지광 대로의 작은아들 곤을 대신하게 됐고, 작은며느리에게 장가들었을 뿐만 아니라 첫째주군의 명에 따라 문자까지 익혔으니 그 누구 못지않은 인재로 태자도의 관료가 되어 있었다. 그리고 이제 병택의 부장이자 장자방이 되어 있었고.

하기야 태자도에 들어와 신분과 운명을 바꾼 이는 바우만이 아니었다. 보철과 석규, 그리고 둘째주군을 호위했던 상균尚均·규현規弦·재형載衡 등도 마찬가지였다. 이들은 다듬어지지 않은 채 태자도에 들어왔으나 태자도에 들어와 옥을 뒤덮었던 돌을 걷어냄으로써 옥으로 거듭난 이들이었다.

보철이야 애초부터 둘째주군의 호위무사로 둘째주군을 지키고 있었고, 석규는 셋째주군 휘하에서 이미 장군 역할을 했던 경험이 있기에 장군으로 석권 장군을 보좌하고 있었다. 또한 둘째주군의 호위병이었던 규현과 재형은 무술 실력이 빼어나 규현은 첫째주군을, 재형은 셋째주군을 호위하고 있었다. 특히 상균은 악명 높고도 호된 지옥 훈련을 통과함은 물론, 발군의 능력을 발휘하여 석권 장군에 의해 발탁되어 말객으로 활약하고 있었다. 그 외에도 말객이나 군관으로 발탁되어 석권 장군을 보좌하는 이들이 많았다. 따라서 이번 전쟁의 승패는 마석 장군이나 범포 장군 휘하의 장졸들에 의해 결정된다기보다 석권 장군 휘하의 장졸들에 의해 결정된다고 해도 과언이 아니었다. 적군은 몽돌포로 몰려들고 있고, 초전에 적군의 예봉을 어떻게 꺾느냐가 이번 전쟁의 승패를 판가름할 수도 있기 때문이었다.

"전령을 띄웠습네. 또한 궁수들이 오믄 석규 말객이 맡아 있으라고 전했습네."

병택이 흐뭇한 미소로 태자도 인재들을 떠올리고 있자니 바우가 들어와 보고 했다. 궁수들을 차출해 보내라는 명은 병택이 내린 것이었지만, 차출된 궁수들을 석규에게 배속시키란 말은 한 적도 없는데 바우가 판단하여 조치를 취한 것이었다. 궁사들을 맡아 만약의 사태에 대비하기는 자기 의동생 석규가 적격이라 판단하여 그에게 궁사들을 맡으라 한 것이었다. 사실 병택도 상황판단 능력이나 민첩함, 주군에 대한 충성심을 고려할 때 석규가 적격이라 생각하고 그에게 일을 맡기려 했었는데 바우 부장이 미리 판단하여 조처해주자 더 할 말이 없었다.

"기래, 수고했네. 인저 쉬고 있으라. 곧 바빠딜 테니낀."

병택이 흡족한 표정으로 바우를 보며 말했다.

"옛! 알갔습네다. 나가 대기하고 있갔습네다."

군례를 마치고 군막을 나서는 바우를 바라보는 병택의 입가엔 다시 미소가 떠올랐다.

'벌써 내 계획을 눈티 뗬구만 기래.'

병택은 바우의 빠른 촉에 새삼 놀라지 않을 수 없었다.

35

여기저기서 전투배치를 마쳤다는 보고가 날아들었다. 그러나 석권은 막사에 그냥 앉아 있었다. 전투배치 상황을 점검하고 미비점을 보완해주고 싶은 마음이 꿀떡 같았으나 참았다. 작전계획을 이미 시달했고, 전투 시 유의사항까지 주지시켰으니 장수들에게 맡겨두고 싶었다. 조금 전 각 부대별 지휘권을 장수들에게 넘기겠다고 해놓고 그런 것까지 챙긴다면 장수들이 자신의 말을 신뢰하지 않을 것이고 그리 되면 전투력이 약화될 수밖에 없었다. 장수들을 믿기로 한 이상 참고 기다려야 했다. 그래야 지금껏 훈련을 통해 연마한 전투력을 마음껏 발휘할 것이었다. 전투에선 이기고 전쟁에서 지기보다 전투에서는 지는 한이 있더라도 전쟁에서는 이겨야 했다.

"장군! 적군이 몽돌포에 거의 접근했습네다."

부장이 막사로 들어서며 다소 상기된 목소리로 보고했다.

"기래? 기럼 나가봐야디."

석권은 느긋하게 칼걸이에 걸어둔 대장검大將劍을 집으며 말했다. 생각 같아선 뛰어나가고 싶었지만, 부장 앞에서 느긋하고 여유로운 모습을 보이기 위해 일부러 천천히 움직였다.

바다에 장막을 쳐놓은 듯 몽돌포로 몰려드는 돛배들이 시야를 가렸다. 언뜻 봐도 백 척 가까이 될 것 같았다. 앞의 배들은 전선일 것이고, 그 뒤에 배치된 크고 작은 배들은 군량과 무기를 실은 보급 선인 것 같았다. 특히 전선에는 깃발들이 나부끼고 있었으니 수자 기帥字旗에 고자기高字旗와 삼족오기三足烏旗였다. 고자기와 삼족오 기를 단 배들이 수자기를 단 배를 호위하는 형상으로 몽돌포로 접 근하고 있었다.

몽돌포에서 태자궁으로 오르는 언덕 위에서 적군이 몰려오는 모 습을 바라보는 석권의 마음은 아렸다. 고자기와 삼족오기는 자신의 조국 고구려의 깃발이요, 현재 자신들이 쓰고 있는 깃발이 아니던 가. 또한 정통성을 갖춘 고구려의 태자가 사용해야 할 깃발이 아닌 가. 그런데도 적군은 자신들이 고구려의 정통인 것처럼 고자기와 삼족오기를 달고 태자를 공격하기 위해 몰려들고 있으니 아이러니 하지 않을 수 없었다. 또한 그런 깃발을 나부끼며 몰려오는 배들과 군사들을 적군이라 규정하고 그들을 공격해야 할 가혹한 운명이 가슴 아팠다. 어쩌다 이런 일이 일어났을까를 생각하자 숨까지 턱 막혀왔다.

그러나……

석권은 이제 고구려 장수가 아니요, 고구려 박사도 아니었다. 태 자를 비롯한 세 주군을 모시는 신하요, 태자도를 지켜야 할 중군 대장이었다. 그 어떤 적군도 태자도에 올라오지 못하게 막아야 할 사람이었다. 전장에서의 감상은 그 어떤 적보다도 무서운 것이기에 제일 먼저 차단해야 했다.

"효실 준비하라!"

석권은 마음속에서 들끓던 감정을 정리하듯 낮고 엄하게 내뱉었다. 그리고 한 가지를 덧붙였다.

"기러고 파란 깃발도 준비하라!"

자신의 명령에 따라 모든 준비가 마쳐졌다고 판단한 석권은 다시 몽돌포로 눈을 돌렸다.

적군은 하륙준비를 하는지 배 위에서 부산하게 움직이고 있었다. 이제 앞으로 나선 선봉대가 몽돌포 안으로 들어서면 적들은 본격적인 하륙작전을 펼 것이다. 모르긴 해도 불화살을 날려 몽돌포 해안마을을 먼저 공격할 것이기에 그 전에 적의 기를 꺾어 놓아야 했다.

예상대로 적의 선봉대가 몽돌포 안으로 들어섰다. 다섯 척이었다. 그리고 아니나 다를까 여기저기서 불빛이 어른거리기 시작했다. 그걸 확인한 석권이 드디어 최초 명령을 내렸다.

"효실 쏴 올리고 파란 깃발을 내걸라. 공격하라!"

석권의 명령에 효시가 오르고 파란 깃발이 내걸렸다. 그러자 좌우에 있던 북이 번갈아 울었다. 쿵! 쿵! 쿵! 한 박자로. 그와 동시에 몽돌포 좌우 중앙에서 돌들이 날아가기 시작했다. 공성기攻城器에서 쏘아올린 돌들이었다. 1단계 작전이 시작된 것.

1단계 작전은 적이 하륙하지 못하게 막는 것이었다. 적을 섬멸하기보다 하륙을 저지함으로써 아군 피해를 최소화하기 위한 작전이었다. 병력만 넉넉하다면 하륙을 저지하기보다 하륙할 때까지 기다렸다가 하륙한 적을 섬멸하고 싶었다. 이번에 적군을 물리친다 해도 전열을 가다듬고 또 다시 몰려올 수 있기에 적군을 없애는 게 상책이었다. 그러나 방어병력이 많지 않았기에 하륙을 못하게 막기로 했던 것이었다. 하여 태자궁으로 오르는 비탈면을 깎아 중군 지휘소를 설치하고, 몽돌포 주변 언덕에 세 개의 공성기를 배치했다. 공성기로 날릴 돌들도 쌓아두었다.

이 공성기는 병택 군사가 하회도 방어전에 썼던 공성기를 본떠 만든 것으로 가벼운 돌은 이백 보 이상을 날릴 수 있고, 무거운 돌이라 할지라도 백 보 넘게 날릴 수 있었다. 원래는 중군 지휘소 뒤에 배치할 예정이었으나 적의 하륙을 막기 위해서는 몽돌포 해안에 배치하는 게 효과적일 거라는 중론을 수용해 몽돌포 해안에 배치했다. 각 공성기에는 군관 한 명씩 배치하여 지휘하게 했다. 또한 공성기를 작동시키는 병사들의 안전을 확보하기 위해, 적의 화살 공격이나 불화살 공격에 대비하여 공성기 좌우를 판자로 막는 한편 불을 끌 수 있게 물까지 준비해 두었다.

공성기에서 일제히 돌이 날자 하얀 물기둥이 솟구치기 시작했다. 공성기에서 날아간 돌이 바다에 떨어지면서 만들어낸 물기둥이었다.

공성기에서 돌이 날고, 하얀 물기둥이 솟아오르기 시작하자 적진이 혼란스러워졌다. 공성기에서 날아간 돌이 적함을 타격하지는 못했지만 하얗게 솟아오르는 물기둥과 머리 위로 날아가는 돌을 보자 겁이 나는 모양이었다. 그런 동요와 혼란이 바로 석권이 노렸던 것이었다. 초전에 겁을 주어 적군의 동요와 혼란을 야기함과 동시에 전투의지를 꺾어놓을 생각이었다. 그 전술이 제대로 먹혔다.

"이제 돌을 함부로 날리디 말고 적함을 조준하라. 훈련했던 대로 공성길 좌우로 움딕이고 돌의 무겔 조절하라."

석권의 명령이 떨어지자 파란 깃발 옆에 붉은색으로 원이 그려진 깃발이 내걸렸다. 과녁을 그린 깃발로, 조준 사격하라는 명령이었다.

그리고 잠시 후.

해안 세 곳에서 어지럽게 날아가던 돌이 잠시 멈추는가 싶더니 일정한 곳, 적함을 향해 일정한 간격으로 날아가기 시작했다. 목표물 조준사격이 시작된 것.

그러나 공성기에서 날아간 돌이 적선을 맞추지는 못했다. 공성기를 좌우로 움직이며 적함 가까이에 돌을 떨어뜨리긴 했지만, 적선 위에 떨어지지는 않았다.

그렇지만 공성기에서 날아간 돌이 자신들의 전선 옆에 떨어지기 시작하자 적군은 공성기의 위력을 실감하는지 갑판 위에 있던 병사들의 모습은 사라지고, 적선이 방향을 틀기 시작했다. 후퇴를 고민하는지, 공성기에서 날아드는 돌을 피하려는지는 명확하지 않았지만 일제히 몽돌포를 향했던 뱃머리가 흐트러지고 있었다. 예상치 못한 선제공격에 당황하는 기색이 역력했다. 바로 그때였다.

몽돌포 좌측 해안에서 날아간 돌 하나가 가운데 있는 적함의 갑판 위에 떨어졌다. 쾅! 소리와 함께 갑판이 부서지는가 싶더니 갑판 위에 몸을 감추고 있던 적병들이 튀어 올랐다. 바다에 떨어졌을 때 물기둥이 솟아오르듯 깨어진 나무 파편과 적병들이 튀어 올랐다. 마치 곡식을 널어둔 멍석에 돌이 떨어졌을 때 곡식 알갱이들이 솟아오르듯 적병들이 솟아올랐다. 그리곤 곧 떨어졌다. 모두 갑판 위에 떨어지는 게 아니라 몇몇은 바다에 떨어지기도 했다.

와아——

그 모습과 동시에 함성이 터져 나왔다. 아군의 함성이었다. 공성기에서 날아간 돌이 적함을 정확히 맞춘 것에 대한 환호인지, 적을 제압했다는 기쁨의 표현인지, 적군을 몰아붙이겠다는 의지 표출인지, 우리가 누군 줄 아느냐는 탄성인지는 명확지 않았으나 함성은 몽돌포를 휘감아 돌아 바다 밖으로 밀려가고 있었다. 거기에 자극을 받았는지, 힘을 얻었는지 이번에는 몽돌포 중앙에 자리 잡고 있던 공성기의 돌이 맨 앞에 있던 적함의 이물에 떨어졌다. 그와 동시에 배가 기우뚱하는가 싶더니 적군은 바삐 뱃머리를 돌리기 시작했다.

와아──

다시 터지는 아군의 함성. 이번 함성은 몽돌포 안에서 우왕좌왕하는 적군을 향해 지르는 소리가 아니라 몽돌포 밖에 대기 중이던 적함을 향해 지르는 소리인 것 같았다.

36

선봉대가 후퇴하자 석권은 장수들을 불러 모아 노고를 치하한 후 경계에 더욱 관심을 가지는 한편 전투태세를 확립해두라고 했다. 선봉대가 후퇴했음에도 봉시진鋒矢陣 내지는 안행진雁行陣으로 진세를 펼쳐놓은 것이나 파도에 아랑곳하지 않고 닻을 내리지 않는다는 건 아군의 약점을 찾기만 하면 언제든 공격하겠다는 의지의 표현이었기 때문이었다.

그리고, 석권의 판단이 잘못되지 않았음을 증명이라도 하듯 적군은 그 후에도 세 번이나 더 공격을 시도했다. 돛과 노를 동시에 이용해 빠른 속도로 공격을 시도하기도 했고, 선봉대를 앞세워 많은 전선을 동시에 진군시키기도 했고, 전선들을 좌우로 펼쳐 양동작전을 구사하기도 했다. 그러나 그 누구도 몽돌포에 하륙할 수는 없었다.

석권이 작전명령을 내리기도 전에 각 부대별로 응수하여 적군을 퇴치하기도 했고, 적군이 양동작전을 펼치자 여러 부대가 공동대처하여 적군을 격퇴하기도 했다. 그 과정에서 적군은 피해를 제법 입었으나 아군의 피해는 거의 없었다. 적군의 작전을 예상하고 그에 맞는 훈련을 해온 덕이었다. 실전을 훈련처럼 자신만만하게 해나가는 모습은 훈련으로 다져진 정예군다웠다.

특히 양동작전은 적이 구사할 수 있는 고도의 전법이라 부대간 협력 체제를 강화하기 위해 반복 훈련했던 만큼 그 어느 때보다 자신감을 가지고 전투에 임했다. 그 결과 양동작전을 펼친 적군은 많은 피해를 입을 수밖에 없었다.

그렇게 하루 종일 지속된 몽돌포 전투는 날이 저묾으로써 소강상태를 맞이했다. 밤에 함부로 배를 움직이다 좌초되거나 목적지를 이탈할 수 있었고 자기들끼리 충돌할 수 있는 만큼 적들도 섣불리 움직일 수 없었기 때문이었다.

"야음을 틈타 소규모 병력을 침투시킬 수 있으니 경계에 만전을 기하기요. 전투에 패한 장수는 용서받을 수 있디만 경계를 소홀히 한 장수는 용서받을 수 없다는 점을 명심하여 경계병을 두 배로 증원하는 게 둏갔소."

석권은 경계 강화를 지시하는 한편 경계병을 제외한 모든 장졸들이 편안히 취침할 수 있게 하라고 지시했다. 훈련 때와 달리 실전 상황에서는 잠이 승패를 좌우할 수 있는 만큼 최대한 푹 재우라고 했다.

그런데 적군은 잠을 자지 못하는 것 같았다. 아군의 공격에 대비하여 경계를 강화하는 듯했고, 낮에 입은 피해를 수습하느라 정신이 없는 것 같았다. 횃불까지 훤하게 밝히고 밤늦게 부산을 떠는 듯했다.

'최소 인원만 침투시켜 적진을 흔들어봐?'

적의 동태를 살피고 있자니 불현듯 공격의지가 돋아났다. 소수 인원을 수중 침투시켜 적진을 흔든다면 적은 크게 동요할 것이었다. 낮에 호되게 당한 직후라 그 효과는 기대 이상일 수 있었다. 장기적인 관점에서 보더라도 소규모 침투는 효과가 클 것이었다. 초반에 기를 꺾어 놓아 적을 불안케 하는 동시에 밤을 두렵게 한다면 전력을 크게 약화시킬 수 있었다. 도둑 한 명을 백 명이 못 막는 다는 말이 있지 않은가.

생각이 거기에 미치자 석권은 당장 부관을 부르고 싶었다. 그러나 참았다. 어떤 경우라도 공격을 자제하기로, 방어전을 치르기로 하지 않았던가. 또한 침투조를 활용한 적진 흔들기가 성공하고 그 사실이 범포와 마석 장군의 귀에 들어가기라도 한다면, 그 둘은 자신의 선례를 들면서 적극적인 공세를 취하려 할 것이었다. 안 그래도 적극적인 대응을 주장하는 두 사람을 군사와 자신이 겨우 누르지 않았던가. 그러니 침투조 활용은 신중에 또 신중을 기해야 할 작전이었다.

그러나……

석권이 병서에서 강조했던 바가 소규모 인원 내지는 침투조를 활용한 적진 교란이 아니었던가. 첩자를 활용한 적진 교란이 심리적인 측면이 강한 작전이라면 침투조를 활용한 적진 교란은 심리적인 측면뿐만 아니라 물리적인 타격까지 줄 수 있다는 점에서 기대 효과가 높은 작전이라고. 그런 기대효과가 높은 작전을 구사할 수 있는 절호의 기회가 바로 지금이요, 그런 절호의 기회를 놓친다는 것은 구더기 무서워서 장 못 담그는 격이라 할 수 있었다.

"부관 있네?"

석권이 부관을 찾은 것은 생각을 씹고 곱씹은 후였다. 아무리 생각해봐도 오늘이 아니면 다시 쓸 수 없을 작전이 바로 소규모 침투조를 활용한 적진 교란 작전이었다. 하여 고민 끝에 결단을 내렸다.

"지끔 가서 은밀히 상균을 불러오라. 은밀히. 알갔네?"

석권은 '은밀히'란 말에 강세를 두며 상균을 불러오라 했다.

상균은 둘째주군을 호위했던 호위군관이었다. 그런 만큼 석권과 친밀한 인물은 아니었다. 그냥 인사나 나누는 정도였다. 그런 그가 석권의 눈에 띈 것은 방어훈련 때였다. 방어의 중요성을 알려주고 묵가墨家의 방어 체계에 대해 얘기하노라니 상균이 연신 머리를 끄덕이는 것이 아닌가. 혹시나 하는 마음에 방어훈련에 들어가기 전에 그를 불러 물었다.

"와 기렇게 머릴 끄덕였네? 딥히는 거라도 있네?"

석권의 물음에 상균이 석권을 빤히 쳐다보았다. 무슨 말이냔 뜻인지 이미 다 알고 있지 않느냐는 뜻인지는 명확하지 않았지만 슬픈 눈망울을 하고 있었다.

"와 기런 눈으로 바라보네? 할 말이 있으믄 하라."

석권이 그의 마음속을 짚어볼 요량으로 물었으나 상균은 대답하지 않은 채 석권을 바라보기만 했다.

"하회 전툴 떠올리는 겁메? 치밀하디 못해서 배훌 공격받았고, 기 때문에 파군破軍당한 거라고?"

그러자 이번에는 석권의 얼굴을 뚫어지게 쏘아보더니 곧 말을 받았다.

"기게 아닙네다. 방어의 목적은 성을 디키거나 땅을 디키는 일이 아니라 결국 백성을 디키는 일이었는데 기걸 너무 소홀히 하디 않았나 생각했습네다. 기러고……."

"기러고 또 뭐네? 삼키디 말고 말해 보라."

"기, 기게…… 전방에 마주하고 있는 적보다 후방에 보이디 않는 적이 더 무섭고, 내부에 있는 적이 가장 무섭다고 생각했습네다. 기런 생각이 들댜 우린 내부에 숨어있을디도 모르는 첩자에 대해 너무 소홀했고, 전방만 주시하다 보니 후방을 놓틴 게 아닌가 하는 생각도 들었습네다."

상균이 제법 당돌하게 제 의견을 내놓았다. 그러나 석권은 그를 제지하거나 나무라디 않았다. 그의 말이 그르지 않았고, 끝까지 들어보고 싶었기 때문이었다. 하여 그가 중도에 말을 끊어 버리지 않게 그 어떤 대응도 자제한 채 들어주었다. 그리고 그가 말을 끝냈다 싶자 다시 물었다.

"와 기렇게 생각하네?"

그의 마음을 얼마간 알았으니 그 이유를 들어보고 싶어 물었다. 말하는 품으로 보아 하회 전투를 여러 번 복기復碁해본 것 같았다.

"그 이유를 딱 딥어서 말하긴 힘들디만 왠디 기런 생각이 댜꾸 듭네다."

"기런 생각이라니?"

"기, 동료를 듁이고 한나라 현청으로 도망틴 자가 한군 첩자가 아니었을까 하는 생각도 들고…… 기놈뿐만 아니라 더 많은 첩자들이나 기가 뿌려놓은 세포들이 하회군에 있디 않았나 하는 생각 말입네다. 기러디 않았다믄 어뜩게 하회성 면녀 쑥대밭으로 만든 후에 앞뒤에서 협공했갔습네까?"

"하회도 전투는 결국 첩자에 의해 패배했다고 보는기만 기래?"

"하회성만 완성됐다믄, 장군 말씀텨럼 군사들이 쉬고 기댈 곳만 있었다믄 기렇게 허무하게 무너디딘 않았갔디요. 기걸 알았기에 한군은 성이 완성되기 전에, 겨울임에도 공격을 해왔디 않았갔습네까? 기러니 결국 첩자들에 의해 하회도와 하회성은 짓밟히고 무너뎠다고 볼 수 있갔디요."

상균의 말을 듣던 석권은 자신도 모르게 고개를 끄덕였다. 부분적으로는 석권의 생각과 다른 점도 있었지만 추론이나 결론은 석권과 크게 다르지 않았다. 자신은 하회도 전투에 참전하지 않았기에 막연히 그럴지도 모른다는 생각을 가지고 있었는데 그 전투에 참전했었고 둘째주군의 탈출을 도왔던 그의 애기를 듣고 있자니 자신의 추정이 틀리지 않았구나 싶었다. 해서 상균을 떠볼 생각으로 다시 물었다.

"기런 생각을 하는 건 둘때주군이나 병택 군살 욕되게 할 수 있는 일인데 어띠 기런 생각을 하고, 어띠 기런 말을 나 앞에서 하는 거네?"

상균이 혹시 둘째주군이나 병택 군사에게 반감이라도 가지고 있거나 자신에게 잘 보이기 위해 그런 말을 하고 있는지를 알아보기 위해 석권이 엄한 목소리로 물었다.

"장군 앞에서 못할 말이라 생각했다믄 꺼내디 않았을 거이고, 기런 말을 듣디 못할 장군이라믄 단탁 포기하는 게 낫디 않갔습네까?"

"기럼 날 시험하는 거네?"

"당티 않습네다. 시험이라니요? 하회도에서의 아픔을 다시 겪디 않기 위해, 이데 더 이상 물러설 곳도 도망틸 곳도 없다고 생각했으니낀 속마음 털어놓은 겁네다. 장군께선 기런 전철을 밟디 말고 이 태자돌 굳건히 디켜듀시길 바라는 마음에……. 기렇디만 소인을 주제넘게 생각하신다믄 다신 이런 말씀을 드리디 않갔습네다."

상균이 샐쭉한 표정으로 말을 마쳤다. 아무래도 석권을 못미더워하는 눈치였다. 아니, 자기가 모실 만한 상관이 아닌 것 같다고 판단하는 모양이었다. 그게 석권을 자극했다. 자신의 소신을 당당히 밝히는 것도 그랬지만 석권의 추궁에 주눅 들지도 않고 비굴하지도 않은 태도를 취하는 상균의 태도가 석권의 마음에 들었다. 하여 한마디를 덧붙이지 않을 수 없었다.

"기럼 태자돌 디킬 수 있게, 하회도 전철을 다시 밟디 않게 날 도와듈 수 있갔네?"

석권의 물음에 상균은 선뜻 대답하지 않았고 별다른 반응도 보이지 않았다. 석권이 자신을 떠보는지도 모른다고 생각하고 감정을 숨기는 것 같았다. 그런, 드러냄과 숨김을 분명히 하는 그가 더 미덥게 느껴졌다.

그날 이후 석권은 상균을 눈여겨봐왔고, 그가 믿을만하다는 확신이 서자 말객으로 임명했다. 그리고 힘든 일이 있거나 비밀을 요하는 일을 그에게 맡기곤 했는데 오늘도 마찬가지였다. 지금 석권이 하려는 일은 밖으로 새나가서는 안 되고 모든 책임을 혼자 감당해야 할 일이라 상균을 부르라 한 것이었다.

"부르셨습네까, 장군."

야밤에, 은밀히 부른다는 소리에 다소 긴장했는지 상균이 상기된 모습으로, 그러나 조용한 목소리로 물었다.

"기래. 이리 와 앉아보게."

석권은 자리에 앉은 채 상균을 불렀다. 서서 얘기할 수도 있었지만 상균을 설득하려면 많은 시간이 걸릴지도 모른다는 생각에 앉아서 얘기하고 싶었다. 그러자 상균이 석권을 바라보며 말했다.

"기냥 서서 듣갔습네다. 야밤에, 기것도 은밀히 소장을 찾으셨다믄 기만한 이유가 있을 거이니 기것부터 듣고, 앉아도 기때 앉갔습네다."

상균은 뜸들이지 말고, 할 말이 있거든 빨리 하라고 재촉하고 있었다. 이 밤 안에 해야 할 일이 있음을 짐작하는 눈치였다.

"말객 자네라면, 아니 자네가 적장이라면, 오늘 밤 데일 먼뎌 무슨 일을 하갔나?"

"예? 기 무슨?"

"자네가 적장이라믄 데일 먼뎌 뭘 하갔느냔 말일세."

"기야…… 우리에게 배가 없다는 걸 알았으니낀 내일을 위해 군사들을 재우갔습네다. 소규모 공격으로 실패했으니 총공격을 펼티기 위해선 잠을 푹 재워야 하니낀 말입네다."

"기것 말곤?"

"길쎄요. 소규모 인원을 침투시켜 우리 적진을 흔들어보는 것도 한 방법이갔디요."

"소규모 야간 기습을 한단 말인가?"

"기렇습네다. 기습은 이럴 때, 정면돌파가 어려울 때나 적의 사기가 약화됐을 때 쓰면 효과를 볼 수 있기 때문입네다. 우회적인 공격으로 적의 전력을 탐색해봄과 동시에 적의 사기를 꺾을 수 있습네다. 또한 적군들의 잠을 빼앗아 다음날 공격을 무디게 할 수도 있으니 오늘 같은 날 구사해봄직한 공격법이라 생각합네다."

"야간 기습 작전이라?"

"기러하옵네다. 그런데 기걸 어띠?"

"아, 아닐세. 적이 감행할 수 있는 작전이 궁금해 자네 의견을 들어보고 싶어서 부른 걸세. 자네가 거기에 조예가 깊은 것 같아서 말일세. 그런데 들어보니 내 뜻과 크게 다르디 않구만. 기래, 달 알갔네. 이데 돌아가 쉬게."

"옛! 알갔습네다."

상균이 군례를 마치더니 고개를 갸웃거리며 군막에서 나갔다. 말을 알아들었는지, 자신의 의도를 파악했는지 궁금했으나 더이상 말하는 건 곤란했기에 석권은 그를 보낼 수밖에 없었다. 그 어떤 공격이나 단독작전도 허락하지 않겠다는 군사의 명이 있었으니 석권이 더이상 할 수 있는 일은 없었다. 군사의 명을 따라야 했다.

37

"절대로 안뽁으로 들어가선 안 된다. 앞뽁에 있는 배만 기습하고 바로 돌아오라. 기것도 힘들겠다 싶으믄 겁만 듀고 돌아오고. 알갔는가? 다시 한 번 말하디만, 기도비닉(企圖秘匿. 은밀하게 작전을 수행하여 적에게 들키거나 노출되지 않음)이 이 작전의 생명임을 잊디 말라. 댜, 기럼 출발하라."

상균의 명령에 일동은 군례로 답하고 막사를 나서기 시작했다. 병사들이 다 나가자 상균도 그들을 따라 나갔다.

  막사를 나서자마자 몸을 낮춘 채 어둠 속으로 사라지는 유격대의 모습을 상균은 오래도록 바라보았다. 어쩌면 마지막으로 보는 모습일지도 모른다는 생각이 드는지, 과연 자신의 판단이 맞기나 한 건지 모르겠다는 표정이었다.

  막사를 나선 침투조는 몸을 낮춘 채 소리 없이 움직였다. 처음부터 그들의 움직임을 따라가지 않았다면 그들이 거기 있고, 거기서 움직이고 있다는 사실조차 모를 정도로 은밀하게 움직이고 있었다. 검은 옷과 검은 복면으로 가려, 눈만 겨우 터놓은 그들의 모습을 어둠 속에서 찾아낸다는 건 좀처럼 쉽지 않았다.

  바닷가에 닿은 침투조는 네 명씩 세 개 조로 나눴다. 그러더니 앞에 섰던 네 명이 조용히 물속으로 들어섰다. 초겨울이라 물이 여간 차갑지 않을 텐데도 일말의 망설임도 없었다. 매일 다니는 익숙한 곳에라도 들어가는 듯 보였다. 그리고 얼마간 물속을 걸어가는가 싶더니, 가슴께까지 물이 차오르자 몸을 숙여 수영을 하기 시작했다. 그러자 뒤에서 대기하고 있던 다음 조가 같은 방법으로 물속으로 들어갔고, 마지막 조까지 다 들어갔다. 그리고 소리 없이 헤엄치기 시작했다.

  달도 없는 그믐께라 가끔씩 낮게 들리는 푸푸 숨을 내쉬는 소리와 숨을 쉬기 위해 들어 올리는 얼굴이 아니라면 침투조의 움직임을 알 수 없을 정도로 그들은 조용히 움직이고 있었다.

  배까지 가는 길은 멀었다. 육지에서 볼 때는 바로 눈앞에 있는 것처럼 보였으나 헤엄으로, 기도비닉을 유지하며 가자니 여간 멀지 않았다. 적군 앞쪽에 있는 적함 근처에 다다른 것은 침투조가 물속에 들어간 지 반 시진쯤 후였다.

적함 가까이 닿자 제일 먼저 물속으로 들어선, 침투조를 지휘하는 조장인 듯한 이가 몸을 돌리더니 손을 들어올렸다. 그리고는 손으로 좌우, 중앙의 배 세 척을 차례로 가리키자 뒤따르던 병사들이 좌우로 흩어졌다. 그걸 확인한 조장이 다시 몸을 돌리더니 앞을 향해 손을 내뻗었다. 그 신호에 모두들 물속으로 몸을 숨기는가 싶더니 잠영潛泳을 시작했다.

물속으로 몸을 숨긴 침투조가 물 밖으로 몸을 드러낸 건 적선 이물께에 찰싹 붙어서였다. 물 위로 솟아오른 일행은 머리를 물 밖으로 내민 채 잠시 숨을 골랐다. 그러나 소리는 일절 내지 않았다.

잠시 숨을 고른 침투조는 배 옆구리 널을 따라 고물로 이동하기 시작했다. 일렬횡대로. 그렇게 고물에 도착한 침투조는 오동(선미저판船尾底板)에 몸을 찰싹 붙인 채 다시 숨을 골랐다. 조용하면서도 차분한 그 행동은 숨을 고른다기보다 다음 일을 준비하기 위한 준비동작처럼 보였다. 하여 처음부터 그들의 행동을 지켜보지 않았다면 그들이 거기에 있는지조차 알 수 없을 정도였다. 기도비닉이 철저히 유지되고 있었다.

이물에 도착하여 숨 고르기를 잠시. 넷 중에 두 명이 물속으로 잠수했다. 그리고 잠시 후. 물밖에 있던 한 명이 물 위로 솟아올랐다. 물속으로 들어갔던 두 명이 물 위에 있던 한 명의 곧게 편 다리를 어깨에 걸고 밀어 올렸던 것.

출렁!

처음으로 출렁거리는 물소리가 나는가 싶더니 물 위로 솟아오른 병사가 키를 오르내리는 위해 뚫어놓은 키 구멍을 양손으로 잡았다. 그러더니 재빠르게 몸을 감는가 싶더니 키 구멍으로 몸을 감췄다. 그와 동시에 물에 있던 셋이 물속으로 몸을 숨겼다.

그리곤 한 동안 아무런 움직임도 없었다. 가끔씩 배 밑창에 출렁이는 물결소리만 들릴 뿐이었다. 그러기를 잠시.

키 구멍으로 밧줄이 내려오기 시작하더니 곧 물속으로 잠기기 시작했다. 그게 신호였는지 물속에 몸을 감췄던 세 명이 물 위로 고개를 내밀더니 세 명 중 한 명이 밧줄을 잡고 배 위로 오르기 시작했다. 두 손으로는 밧줄을 잡고, 두 발로 고물널판을 밟으며. 그리고 키 구멍을 잡는가 싶더니 몸을 끌어올려 배 위로 올라갔다. 그와 동시에 물 위로 올라온 다른 병사 하나가 조금 전과 같은 방법으로 배 위로 오르기 시작했고, 그런 방식으로 마지막 한 명까지 전부 배에 올랐다.

그 어떤 소리도 내지 않고 배 위로 오르는 침투조의 행동은 정말이지 혀를 내두르게 했다. 많은 반복을 했는지 멈춤이나 망설임은 없었다. 거미줄 타고 이동하는 거미를 연상시킬 정도였다. 거미줄의 흔들림을 포착하고 미리 쳐놓은 거미줄을 따라 이동하는 것만큼이나 빠르면서도 정확했다. 그러다보니 침투조 네 명이 배 위로 오른 시간은 기껏해야 숭늉 한 그릇을 마시는 시간만큼도 걸리지 않았다.

다른 두 곳에도 같은 방법으로, 거의 같은 시간에 배에 올랐다.

적함에 오른 침투조는 몸을 뱃바닥에 찰싹 붙였다. 그리고 날카로운 눈빛으로 배 위를 살폈다.

배 위에는 아무도 없었다. 이물멍에(배 앞쪽)와 허리멍에(배 허리) 양쪽에 두 개씩 네 개의 횃불이 가물거리고 있을 뿐 경계병이나 유동병사는 없었다. 모두 잠을 자는 모양이었다. 하기야 오경이 다 되지 않았는가. 공격다운 공격은 못했지만 낮에 공격하느라 피곤했을 것이고, 먼 바닷길을 건너오느라 수질水疾도 만만치 않았을 것이었다. 더군다나 내일 낮에 다시 공격을 하려면 잠을 푹 자둬야 할 것이었다. 어쩌면 내일 낮을 위해 모든 병사들에게 취침 명령을 내렸을지도 모를 일이었다.

배 위에 아무도 없음을 확인한 조장이 목소리를 낮춰 처음으로 입을 열었다.

"우리가 올 듈은 꿈에도 생각 못했던 것 같다. 우리한텐 다행이다. 그러니 지끔부터 탈 만한 걸 탖아보자. 기름이 됐건 짚이 됐건 탈 만한 걸 모아다 불을 디르는 거야. 마팀 우릴 위해 횃불이 네 개나 있으니깐 뎌 횃불을 이용하기로 하고. ……불을 놓는 것도 중요하디만, 말객이 강조했듯 우리 목숨과 기도비닉이 무엇보다 중요하니깐 기걸 잊디 말라. 알갔디?"

조장이 말하자 모두들 대답 대신 고개를 끄덕였다. 침투하기 전에 이미 강조했던 내용인지 더이상의 말은 필요 없는 듯 보였다.

"기럼 됐다. 화물은 이물칸에 실었을 테니 이물로 가자."

그 말이 떨어지자 둘씩 좌우로 흩어지더니 난간을 따라 이물로 이동하기 시작했다. 소리 없이 재빠르게. 사람이 이동하는 게 아니라 검은 까마귀 네 마리가 난간을 따라 총총 뛰어가는 것처럼 보일 정도였다.

그리고 이물칸에 도착하자 다시 몸을 갑판에 붙였다. 그리고 조장이 손가락으로 가리키자 좌우에 있던 병사 둘이 조심스레 이물칸 덮개를 들어올렸다.

역시나.

생각했던 것처럼 거기엔 술동이 크기의 항아리들이 잔뜩 실려 있었다. 그걸 확인한 조장이 고개를 끄덕이자 갑판 덮개를 조심히 내려놓았다. 그러자 옆에 대기 중이던 한 명이 재빠르게 이물칸으로 내려갔다. 그리곤 항아리들을 확인하는가 싶더니 목소리를 낮추며 속삭이듯 말했다.

"기름이 맞습네다. 위로 올릴까요?"

"기래. 다 들어올리라."

그 소리에 덮개를 들었던 두 명 중 한 명이 다시 이물칸으로 내려갔다. 그리고 항아리를 들어올리기 시작했다.

밑에서 항아리를 들어 올리면 위에 있던 두 사람이 받아 갑판 위에 가지런히 세웠다. 항아리는 많기도 했다. 화공으로 몽돌포를 초토화시키려고 했는지 서른 개도 넘었다.

"됐다. 이제 올라오라. 이 정도믄 충분하갔어."

속삭이는 목소리에 이물칸으로 내려갔던 병사들이 다시 올라왔다.

"타락멍에(끝부분)에서 허리멍에(중간부)까디 골고루 뿌리자. 특히 이물멍에(뒷부분)에서 타락멍에까디는 방장(침실)이 있을 테니 낀 돔 더 뿌리고."

그 말에 셋이 고개를 끄덕이더니 항아리 하나씩 들고 뒤쪽으로 이동했다. 그리고 타락멍에에서부터 기름을 뿌리기 시작했다. 그렇게 넷이 민첩하게 움직이기를 한 식경쯤.

"이데 투석칸(부엌칸)에 가서 불쏘시갤 가녀다 깔라."

그 말에 투석칸으로 간 병사들이 지푸라기들을 안아다 허리멍에 쪽에다 깔기 시작했다.

다른 병사들이 그러는 사이 조장은 몸을 낮추더니 다른 배의 상황을 확인하는지 좌우를 둘러보았다. 그런 그의 행동은 불쏘시개를 다 깐 병사들이 모일 때까지 계속되었다. 그리고 병사들이 좌우에 있던 횃불을 들고 모여들자 낮고 빠르게 말했다.

"잠시 기다리자. 우측조가 안딕 안 끝난 모양이다."

그 말에 셋이 몸을 낮춰 대기했다. 그러기를 잠시. 좌우에서 횃불을 흔드는 걸 확인한 조장이 낮게 속삭였다.

"다 됐다. 이데 불을 붙이자."

명령과 동시에 조장은 횃불 두 개를 들고 있던 병사에게서 횃불을 하나를 받아들더니 빠른 걸음으로 불쏘시개를 깔아놓은 곳으로 가 불을 붙이기 시작했다. 그러자 다른 병사들도 똑같은 방법으로 불을 붙였다.

불길이 솟기 시작했다. 고물멍에서 시작된 불길이 허리멍에까지 닿자 조장은 마침내 들고 있던 횃불을 갑판 위에 던졌다. 그러자 나머지 셋도 횃불을 던졌다. 그리곤 불길을 피하듯 이물께로 움직이기 시작했다.

이물께로 간 조장은 다시 좌우에서 솟아오르는 불길을 확인하는 듯했다. 양쪽 모두에서 불길이 솟아오르고 있었고, 병사들은 자신들과 마찬가지로 이물께에 몰려 있었다.

"세 곳 모두 성공이다. 이데 적들이 허우덕거리는 꼴을 봐야디."

조장은 만족스러운지 복건을 벗더니 이빨을 드러내며 하얗게 웃었다. 그 웃음에는 덤빌 테면 덤비라는 자신감과 적의 허점을 노려 기습공격에 성공한 침투조의 자부심이 배여 있는 듯했다. 그 웃음에 화답하듯 남은 셋도 점점 거세지는 불을 보며 하얗게 웃었다.

침투조가 이물에서 물속으로 뛰어든 것은 배에 물을 붙인 후 반 시진쯤 지난 후였다.

잠에 곯아떨어졌는지 갑판에 불이 났는데도 적들은 한동안 꿈쩍도 하지 않았다. 불은 이제 탁탁 소리를 내며 갑판을 태우다 돛으로 올라가기도 했다. 또한 갑판에 있던 모든 것들을 태운 불은 배고픈 아귀처럼 갑판 널을 갉아먹고 있었다. 그런데도 적의 모습은 보이지 않았다.

보다못해 불이야! 소리라도 질러주고 싶을 정도였다. 위쪽이 이 정도면 갑판 아래쪽도 연기가 들어찼을 것이고, 위쪽의 뜨거운 열기를 감지했을 텐데도 적들은 어떤 움직임도 없었다. 아무리 상대를 얕봤기로서니 전쟁하러 나온 병사들이 이렇게 깊은 잠에 빠졌다는 게 믿기지 않을 정도였다.

불길이 잦아드는 게 불쏘시개며 뿌려놓은 기름을 다 태웠구나 싶던 바로 그때, 적군 하나가 쿨럭이며 갑판 위로 올라오더니 옷에 옮겨 붙은 불을 끄며 소리를 질렀다.

"불이야, 불! 불이야──!"

적군은 갑옷 차림이 아닌 평상복 차림이었다. 집에서 편한 잠을 잘 때 입을 만한 옷을 입고 있었다. 그런 복장으로 불길 속에 나섰으니 옷에 불이 안 옮겨 붙을 리 없었다.

불이야!를 외치며, 옷에 붙은 불을 끄며, 이리저리 불길을 피해

도망다니기를 잠시. 그 소리를 들었는지 적군 서넛이 갑판에 올라 왔는데 그들도 처음에 나왔던 적군과 마찬가지로 외치고, 불을 끄며, 허둥대며, 도망치기 시작했다. 불은 이제 갑판을 태우는 게 아니라 적군들을 태우고 있었다.

도저히 불을 견디지 못한 첫 번째 적군이 바다 속으로 몸을 던지자 뒤따라 나왔던 적군들도 바다로 몸을 던졌다. 그럴 즈음, 이제야 상황을 파악했는지 적군들이 우르르 몰려나왔다. 그러나 그들도 불길을 피할 수는 없었다. 더러는 불길을 피해 도망 다녔고 더러는 참다못해 물속으로 뛰어들기도 했다. 그러는 중에 군관이나 장수인 듯한 이의 목소리가 들려왔다.

"이물 쪽으로! 이물 쪽으로 피하라!"

그 소리에 적군들은 불길을 뚫고 이물 쪽으로 달려오기 시작했다. 불길에 쫓겨 도망치는 게 아니라 이물 쪽에서 자신들의 모습을 지켜보고 있는 침투조를 잡기 위해 달려오는 것처럼 온힘을 다해 달려왔다.

그 모습을 보고 있던 조장이 느긋하게 입을 열었다.

"불구경 달 했으니낀 이데 가야디. 더 보고 싶디만 기다리고 있을 테니 이데 가자."

이 말과 함께 조장이 몸을 돌리자 나머지 셋도 몸을 돌려 이물 끝으로 갔다. 그리고 다시 한 번 불길을 바라보더니 바다로 몸을 던졌다.

풍! 풍! 풍! 풍!

물거품이 일면서 큰 소리를 냈지만 그 소리는 적군들의 아우성과 고함에 가려 들리지 않았다.

38

적함 세 척에서 거의 동시에 불길이 치솟는 것을 보며 상균은 빙그레 웃었다. 기습작전이 성공했음을 알려주는 신호였기에 뿌듯하지 않을 수 없었다.

석권 장군과 뜻을 함께 하여 비밀리에 양성한 기습 침투조가 첫 작전에서 성공을 거뒀으니 기쁘지 않을 수 없었다. 전천후부대를 목표로 유입병사들 중에서 날래고 차돌 같이 단단한 병사들을 차출하여 밤낮 없이 훈련에 훈련을 거듭했던 지난 두 달여가 결코 헛되지 않았음을 증명했으니 뿌듯하기도 했다. 이제 상균이 이끄는 침투부대는 중군을 대표하는 정예부대로 자리매김할 것이었다.

그러나 상균은 곧 웃음을 거두고 막사 안으로 들어갔다. 그리고 칼을 칼걸이에 걸어두고 갑옷을 벗기 시작했다. 이제 죄인의 몸이 되어야 할 시간이었다. 군사와 중군 대장의 재가 없이 침투조를 투입한 것에 대한 모든 책임을 져야 할 시간이었다.

군사가 어떤 결정을 내릴지는 미지수였다. 어쩌면 목숨을 잃을 수도 있었다. 그러나 후회스럽지 않았다. 석권 장군을 알게 됐고, 석권 장군의 관심과 총애 속에 살았던 지난 석 달은 상균 인생에서 가장 알차고 의미 있는 시간이었다. 그리고 석권 장군의 뜻에 따라 적함 세 척을 불태웠고 그 적함에 타고 있던 적군들도 없앴으니 이제 그 어떤 고통을 당한다 해도, 죽어도 여한이 없을 것 같았다.

갑옷을 벗은 상균은 막사 한 켠에 놓여있는 의자를 막사 입구에 가져다 놓았다. 그리고 앉았다. 이제 곧 석권 장군에게 가서 죄를 고해야 했지만, 그 전에, 잠깐이지만, 시간을 갖고 싶었다. 어쩌면 마지막 여유일지도 모르지 않는가.

의자에 앉은 상균은 조용히 귀를 기울였다. 소리를 듣고 싶었다. 작전 성공을 알리기 위해 달려오는 침투조의 발자국소리도 듣고 싶었고, 불타는 적함에서 들여오는 적군의 아우성 소리도 듣고 싶었다. 두 소리는 전혀 다른 소리였지만 하나의 소리로 들릴 것 같았다. 둘 다 자신의 삶은 무의미하지 않았음을 증명하는 소리이기에. 그만큼 상균은 이번 작전에 큰 의미를 부여하고 있었다.

같은 시각. 석권도 불타는 적함을 바라보고 있었다.

적함 세 척에서 솟아오르는 불길은 통쾌하면서도 짜릿했다. 불길 속에는 그날, 태자를 잡기 위해 궁에 가득 모였던 중실씨들의 얼굴이 보이는 것 같았다. 얼굴 한 번 본 적 없는 두치란 놈이 몸부림치는 모습도 보였다. 쫓기기만 했던 길 위의 나날들도 떠올랐다. 아지와 소용이 환히 웃는 것 같았고, 을지광 대로도 고개를 끄덕이며 자신을 바라보고 있는 것 같았다. 또한 지난여름 무더위 속에서 그 혹독한 훈련을 받아낸 군사들의 모습도 떠올랐다.

"장군! 적함 세 척이……."

막사로 뛰어들던 부관이 석권도 불을 보고 있음을 알고는 말을 멈췄다.

"안 기래도 불르려 했다. 어띠된 일인디 알아보고, 즉각 보고하라."

석권은 불길만큼이나 뜨겁게 명령을 내렸다.

"옛! 장군!"

부관이 급한 몸짓으로 말을 몰고 달려갔다. 어둠 속으로 뛰어가는 게 아니라 불길 속으로 뛰어가는 것처럼 그 모습이 선명히 보였다. 타오르는 적함의 불길과 몽돌포 해안 여기저기서 돌아나는 횃불 불빛이 그의 앞에서 빛나고 있었기 때문이었다. 몽돌포는 그렇게 깨어나고 있었다.

'역시, 상균이구만 기래.'

석권은 자신도 모르게 고개를 끄덕였다. 그와 동시에 혼자 모든 책임을 지고 곤욕을 치러야 할 상균이 걱정됐다. 그러나 상균은, 상균이라면 견뎌줄 것이었다. 그걸 견뎌내기로 결심을 했기에 이번 작전을 결행했을 것이었다.

새벽녘, 때아닌 불길에 병택은 당황하지 않을 수 없었다.

병택은 전군에 비상을 걸었다. 적이 공격할지도 모르니 모든 준비를 갖추고 대기하라고.

비상을 건 후, 중군에 전령을 띄워 물었다. 상황 파악 중이니 확인되는 대로 보고하겠다는 것이었다. 중군에서도 정확한 이유를 모르는 듯했다. 그렇다면 기다려보는 수밖에 없었다.

세 척의 적함에서 동시에 솟아오르는 불길. 아우성과 고함이 난무하는 갑판. 불을 견디다 못해 물속으로 뛰어드는 적들. 모든 정황이 공격준비를 하거나 공격을 하기 위한 행동이 아니었다. 기습공격을 당해 허둥지둥, 갈팡질팡하는 게 분명해 보였다.

'혹시?'

병택은 중군 진영을 쳐다보았다. 역시 뭔가 석연치 않았다. 만약 지금 상황이 전혀 예상치 못한 상황이라면 중군이 저렇게 느긋할 리가 없었다. 적의 공격에 대비해 전원 전투배치를 하는 한편 궁수들을 적정 거리에 배치하고, 투석기 가동을 위해 방향을 조정하는 등 평상시 훈련했던 대응 방법에 따라 움직여야 했다. 그런데 군영에 불이 켜지기는 했지만 다른 움직임은 포착되지 않고 있었다. 전투배치를 하는 것 같지도 않았다.

그렇다면 석권 장군이 병서에서 강조했던 기습침투작전을 비밀리에 펼친 게 확실해 보였다. 그래놓고 시치미를 떼고 있는 것 같았다.

석권 장군의 병서에는 첩자 활용과 기습작전의 중요성을 강조하고 있었다. 첩자를 파견하여 적진의 첩보나 정보를 수집하고, 그 첩보나 정보를 바탕으로 적진을 교란할 필요가 있다고. 그 역할을 담당하는 게 바로 유격대인데, 유격대를 활용하여 기습할 때 그 효과는 극대화된다고 했다. 특히 열세일 때나 인원이 적군보다 적을 때는 기습침투작전이 그 어떤 작전보다 효과를 낼 수 있다고 밝히고 있었다. 소수의 인원으로 적을 교란할 수 있고, 주요 시설을 파괴하거나 요인要人을 암살함으로써 승기를 잡을 수 있다고. 또한 적을 불안케 하는 동시에 아군에게 자신감을 심어줄 수 있기 때문에 적극적으로 활용할 필요가 있는 전법이라고.

석권 장군은 그런 자신의 소신을 행동화하려는 듯 유격대를 양성했었다. 자신이 직접 차출한 군사들에게 고강도 훈련을 실시했었다. 지난여름, 모든 병력이 축성작업과 방어선 구축에 투입됐을 때도 유격대원들을 빼내 고강도의 훈련을 시켰었다. 산과 바다를 돌며. 여름이라 바닷가에서 훈련을 시키는구나 싶었는데 지금 생각해보니 수중훈련이나 침투훈련을 실시했던 모양이었다.

생각이 거기에 이르자 병택은 몸을 부르르 떨지 않을 수 없었다. 자신을 무시하는 한편 지휘체계를 뒤흔들었다는 생각이나 배신감 때문이 아니었다. 목숨을 건 석권 장군의 결단이 두려웠기 때문이었다. 모르긴 해도 석권 장군은 목숨을 내걸고 기습침투작전을 감행했을 것이었다. 그건 태자도에 쳐들어온 적군을 용서치 않겠다는 뜻이었고 결코 살려두지 않겠다는 의지의 표현이었다. 지금껏 쫓기기만 했던 태자와 자신들을 위로하는 한편 자신들의 과거를 보상받고 싶은 보상심리도 작용했을 것이었다.

오늘 낮, 적군의 하륙을 막는 데는 성공했다. 그에 고무되어 함성을 지르지 않았던가. 그러나 석권 장군은 그게 아니었던 모양이었다. 적을 퇴치하지 못하는 한 태자도는 안전할 수 없고, 적의 기를 꺾지 못한다면 이번 방어작전은 결코 성공할 수 없을 것이라 판단했던 것 같다. 하여 태자도의 힘을 보여주기 위해 기습작전을 감행했고.

병택은 고개를 끄덕였다. 죽음을 각오한, 죽음을 잊은 석권 장군의 마음이 잡혀왔기 때문이었다. 그와 함께 한 사람의 모습이 떠올랐다.

죽음의 길인 줄 알면서도 왔던 길을 되돌아 적진으로 뛰어들던 경준 장군의 모습이었다. 그 모습을 얼마나 눈 시리게, 가슴 뜨겁게 봤었던가. 영원히 잊혀지지 않을 모습이었다. 그런 충신이 있었기에 무범 왕자와 자신은 살아남을 수 있었고, 아직까지 존재할 수 있었던 게 아닌가. 그렇다면 석권 장군을 문책하기보다 지켜줘야 할 것 같았다. 경준 장군을 지켜주지 못한 죄책감과 부채의식을 아무래도 이 기회에 씻어야 할 것 같았다.

침투조 열두 명 전원이 무사히 복귀했다.

"기래, 수고들 많았다. 이제 돌아가 푹 쉬라. 당분간 모든 작전에서 열외다."

상균은 침투조원 열두 명 전원을 일일이 격려한 후 길을 나섰다. 침투조원 전원이 무사히 복귀했으니 이제 죄를 청하러 나설 시간이었다.

"본대로 들어가니 대기해 있으라. 내 신상에 무슨 일이 생겨도 놀라디 말고…… 평상시 전투태셀 유지하고."

상균은 선임군관을 불러 부대를 맡기고 길을 나섰다.

적함의 불길은 많이 잦아들어 있었다. 적군들이 불을 끄고 있는지, 탈만큼 다 탔는지는 확실치 않았지만 적함에 보이는 적군은 몇 되지 않았다. 하기야 전혀 예상치 못한 일격이었고, 곤한 잠에 빠졌을 시간에 당한 기습 화공이라 살아남은 인원이 얼마 되지 않을 것이었다. 구사일생으로 전선에서 탈출하였다 해도 뭍으로 올라온 인원도 얼마 되지 않았을 것이고. 기습작전을 펼치기 전에 석권 장군은 이미 해안가에 전투배치를 마쳐놓지 않았던가. 그러니 살아남은 인원은 일할도 되지 않을 것이었다. 열두 명의 인원으로 삼백에 가까운 적군을 무력화시켰다는 사실이 믿기지 않았다. 그걸 자신의 부하들이 해냈기에 뿌듯함을 넘어 쾌재라도 부르고 싶을 정도였다. 하여 죄인이 되어 본대로 가고 있었지만 발걸음은 무겁지 않았다.

"장군! 유격대장 상균 죄 청하러 왔습네다."

석권 장군 막사 앞으로 간 상균은 무릎을 꿇었다. 그리고 목소리를 높여 자신의 죄를 청했다.

"함부로 병사들을 움딕여 군령을 어겼으니 군율로 다스려듀시기 바랍네다."

막사 앞에 꿇은 채 죄를 청했으나 석권 장군은 꿈쩍도 안 했다. 뭘 망설이는지 알 수 없었으나 마음의 결정을 내리지 못한 게 확실해 보였다. 안 그랬다면 휘하의 장졸들이 지켜보고 있는데 시간을 끌 이유가 없었다. 상균의 체면을 생각한다면 일각이라도 빨리 처결해주는 게 맞았다. 막사 앞에는 벌써 많은 장졸들이 몰려들어 있었다. 이유를 정확히 모르는 그들이었기에 일이 어떻게 매듭지어질지 초조한 얼굴로 지켜보고 있었다.

초조하기는 구경꾼들보다 상균이 더했다. 처결 시간이 길어질수록 일은 꼬일 것이었다. 상균에게보다 석권 장군에게 더 불리해질 것이었다. 해서 상균은 조금이라도 빨리 일이 매듭지어졌으면 싶었다. 그런데 시간이 길어지고 있었다. 상균 선에서 매듭지어지기를 바랐으나 그리 되지 않을 것 같아 불안했다. 결국 마지막 승부수를 띄우는 수밖에 없었다.

"장군! 무장의 명예를 살펴듀시디 않갔다믄 길은 하나밖에 없디 않습네까? 부디 용서하디 마십시오."

그리고는 천천히 자리에서 일어섰다. 칼을 구하기 위해서였다. 칼을 막사에 두고 왔으니 칼을 구해야 자결을 하든 말든 할 게 아닌가.

자리에서 일어선 상균은 주위를 둘러보았다. 그러나 칼을 차고 있는 이가 없었다. 어찌된 일인지 모두들 칼을 등 뒤에 숨기고 있었다.

"칼 둠 빌려듀구래. 명령을 어긴 죄인이디만 무장의 명예를 디킬 수 있게 도와듀시라요."

상균은 진심으로 사람들에게 빌었다. 돌아가는 상황을 보니 자신이 죽지 않으면 석권 장군이 위험해질 것 같았다. 그러니 자신이 빨리 결단을 내리고 싶었다.

"뎨발 둠 도와듀시오. 부탁이오."

그러나 그 누구도 나서는 사람이 없었다. 오히려 뒤로 물러섰다.

도와줄 마음이 없는 것 같았다. 상균은 그러는 그들이 야속했다. 아무리 명령불복종이란 죄를 지었지만 무장의 명예를 지켜줄 줄 알았는데 누구 하나 상균을 도와주려는 이가 없다는 데 절망하지 않을 수 없었다.

"동소. 기렇다믄 어떨 수 없이……."

상균이 몸을 돌려 희미하게 보이는 갯바위를 향해 달려가려는 바로 그 순간이었다. 장군 막사 쪽에서 상균을 부르는 목소리가 들려왔다.

"유격대장 상균은 군사의 명을 받으라."

그건 분명 석권 장군의 목소리였다. 그런데도 자신의 명이 아닌, 군사의 명을 받으라는 소리에 상균은 다시 한 번 놀라지 않을 수 없었다.

마음의 결정을 내린 병택은 급히 중군을 향해 말을 몰았다. 서두르지 않으면 안 되고 은밀히 처리해야 할 일이었기에 수행하겠다는 바우 부장을 말리고 혼자만 나섰다.

"아니오. 내래 직접 중군으로 가서 상황을 확인할 테니 여기 있으라요. 둘 다 비워버리믄 안 되디 않갔소?"

긴 말을 하기 싫었기에 그렇게 말해놓곤 말에 올랐다. 부관이 따라 나서는 것도 말렸다. 멀리 가는 게 아니니 그냥 있으라 했다.

말은 걷지 않고 뛰었다. 눈에 익은 길이기도 했지만 적선에서 내뿜는 불빛이며 중군이 밝혀놓은 횃불만으로도 넉넉한지 제법 빠른 속도로 달렸다. 그렇게 중군 지휘소에 당도하니 석권 장군이 막사를 나서려 하고 있었다.

"이 새벽에 어딜 급히 가시려는 겁네까?"

막사 안으로 들어서며 병택이 묻자 석권 장군이 도둑질을 하다 들킨 사람처럼 화들짝 놀라며 더듬거렸다.

"어, 어띠 군사께서……."

"기습공격 성공을 혼차 자축하게 할 순 없디 않습네까?"

"구, 군사!"

"놀랄 것 없습네다. 기습작전의 중요성을 인식했기에 유격댈 묵인했고, 유격댈 묵인한 사람이 오늘 같은 일을 예상하디 못했갔습네까? 장군께서 가만히 계셨다믄 군사인 제가 들쑤셨갔디요. 기런데 이릏게 제 마음을 읽고 장군께서 나서듀셨으니 고맙기 그디없습네다."

"군사! 소장은 군령을 어긴……."

"어띠 기런 말씀을 하십네까? 함부로 움딕이디 말라고 했디 어디 꼼짝도 말라했습네까? 이번 기습작전이야 이미 장군과 약조되어 있었던 게니 예정돼 있었던 게디요."

"구, 군사!"

"자, 이데 상황을 파악하여 오늘 작전 성공을 전군에 알립세다. 기러기 위해 직접 온 겁네다. 기것도 혼차."

병택은 석권 장군을 향해 조용히 웃어주었다. 그러나 석권 장군은 얼떨떨한지 병택을 빤히 쳐다보기만 했다.

바로 그때였다. 막사 밖에서 소리가 나는 듯싶더니 큰 목소리가 들려왔다.

"장군! 유격대장 상균 죌 청하러 왔습네다."

그 소리에 석권 장군이 깜짝 놀라는 듯했다. 조금 전 병택이 막사

안으로 들어왔을 때보다 더 놀라는 것 같았다.

"뎌거이 무슨 소립네까? 딕금 유격대장이 죌 청하고 있딜 않습네까?"

병택이 이해할 수 없어 물었다. 유격대장이 석권 장군의 명도 없이 움직였단 말인가? 그러나 그럴 리는 없었다. 유격대장 혼자 단독으로 벌일 만한 일이 아니었다. 석권 장군과 공감하에 이루어졌을 가능성이 높았다. 그런데 유격대장이 석권 장군을 찾아와 죄를 청하고 있질 않은가. 병택은 그게 이해되지 않았다.

"어띠 된 일입네까, 장군. 제가 짐작하디 못한 일이 또 있습네까? 날래 말해보시라요. 딜못했다간 일이 꼬일 수 있습네다."

병택이 다그치자 석권 장군이 무겁게 입을 열었다. 그 말을 듣고 있자니 한편 부럽기도 했고 한편 두렵기도 했다. 석 달이라는 짧은 사이에 목숨을 내걸 만큼 돈독한 관계를 맺은 게 부러웠고, 죽음을 두려워하지 않는 무장의 기백이 두려웠다. 그런 관계란 오랜 세월 동안 다져지고 굳어지는 것이고, 그런 굳건한 믿음과 확신 없이는 감히 목숨을 내걸 수는 없는 것이었다. 그런데도 둘은 그런 관계를 맺어놓고 있었고, 그 관계가 오늘 새벽을 아름다운 불꽃으로 타오르고 있었다.

"기럼 상균 유격대장을 살리는 게 우선이구만요. 기냥 놔두면 상균 유격대장이래 목숨을 끊으려 하디 않갔습네까?"

병택이 군막 밖에서 들려오는 소리에 귀를 기울이며 말했다. 군막 밖에선 죽음을 각오한 유격대장의 마지막 외침이 들려오고 있었다. 더이상 미뤄둘 수 없을 상황이었다.

"알갔습네다. 기럼 우선 유격대장 먼뎌……."

석권 장군이 말을 다 마치지도 않고 군막을 뛰쳐나가며 밖에다 대고 소리를 질렀다.

"유격대장 상균은 군사의 명을 받으라."

석권 장군은 자신의 명이 아닌 군사의 명을 받으라며 뛰어나갔다. 병택도 석권 장군과 거의 동시에 뛰어나갔고.

오늘 새벽의 기습침투작전은 군사의 명에 따라 시행된 작전으로 정리되었다.

"소규모 인원만을 투입하는 작전이었기에 좌우군에는 알리디 않았습네다. 비밀리에 실시한 점 이해해뒀으면 합네다. 첫 공격 작전이라 시행 과정에 다소간 문제도 있었디만, 적의 간담을 서늘케 했고 아군의 공격능력을 유감없이 보여뒀으니 성공한 작전이라 할 수 있갔디요."

그 말에 마석과 범포가 고개를 끄덕였다. 자신들에게 알리지 않은 걸 이해한다는 뜻인지, 성공한 작전이란 말에 동의를 표하는지는 확실치 않았지만 병택의 말에 공감한다는 뜻을 담고 있는 듯했다. 기러믄 기렇디. 아무리 방어에만 집중하댜고 했디만 공격 없는 방어가 가당키나 하갔어? 이런 표정이었다.

"이데 적군이 선택할 선택지는 많디 않습네다. 복수하기 위해 벌떼텨럼 달려들거나, 전열을 가다듬기 위해 잠시 물러나거나. 기중에 후자를 선택할 가능성이 높습네다. 어제 몽돌포로 접근하다 된맛을 봤으니 쉽게 덤벼들디 못할 거이고 기렇다믄 전열을 가다듬은 후 덤벼들 가능성이 높습네다. 기게 바로 우리가 노리는 밥네다. 이데 덤덤 파도가 높아딜 거이고 기릏게 되믄 녀 바다 위에 진을

티고 있기도 힘들뿐더러 물이나 군량 보급도 싶디 않을 테니 우리가 유리해딜 것입네다. 기러니 겨울바람이 불 때까디만 달 버려보자우요."

병택은 여기까지 말해놓고 잠시 말을 끊었다. 그리고 좌우를 찬찬히 둘러보더니 말을 이었다.

"기렇디만 적들도 시간이 자신들 편이 아님을 모르디 않을 거이고, 기습공격에 대한 설욕을 위해 총공격을 단행할디도 모르니 적군 동태 파악 및 경계를 늦춰서는 안 될 거입네다. 이덴 중군보다 좌우군 쪽의 약점을 파고들 가능성이 높으니 좌우군은 특히 경계에 만전을 기하기 바랍네다."

병택의 말에 군례로 답한 지휘부가 흩어지기 시작했다.

맨 마지막에 막사를 나서던 석권 장군이 뒤를 돌아보자 병택이 옅게 웃으며 고개를 끄덕였다. 그에 답하듯 석권 장군이 깊은 군례를 다시 올리더니 막사를 나갔다.

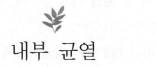

내부 균열

39

　전함 30척이 완성되자마자 두치는 도성인 평양을 향해 달려갔다. 기쁜 소식을 자신이, 직접, 대모달에게, 전하고 싶었다. 하여 오줌까지 참아가며 달리고 또 달렸다. 그리고 대모달을 만나 기쁜 소식을 전했다.

　"수고했네. 역시 큰일은 맡을 사람이 맡아야디. 아암, 기렇고 말고."

　대모달은 기쁨을 감추지 않았다. 자신의 감별안鑑別眼과 탁월한 선택에 만족해했고 모든 공을 두치에게 돌렸다.

　"자네가 없었으믄 기런 엄텅난 일을 누가 해낼 것이며, 어띠 이룽게 빨리 해내갔나? 이데 준비를 마텼으니 하루라도 빨리 기 간나 영을 없애야디, 안 기런가?"

　대모달은 도망자 영을 없앨 생각에 고무돼선지 날이 저물었는데도 관복을 내오라며 말했다.

"큰일 해냈으니 한 메틸 쉬고 있으라. 힘을 비축해둬야 기 간날 한 칼에 없애디. 안 기런가?"

입궁 준비를 마친 대모달은 입궁하기에 앞서 다시 한 번 두치의 노고를 치하하며 덧붙였다.

"담깐 다녀올 테니껀 쉬고 있으라. 태후와 대왕께 고해 자네 노고에 합당한 댜리도 마련하고 올 테니껀."

"옛! 대모달. 이 은혜 닛디 않갔습네다."

그렇게 대모달을 전송하고 저녁을 먹었다. 아는 식객들 몇의 축하를 받으며 술도 마셨다. 대모달이 마련해주고 간 저녁은 넉넉하면서도 풍성했다. 대모달을 처음 만났을 때를 떠올릴 정도였다.

취하고 싶었지만 맑은 정신으로 대모달을 만날 생각에 절제하며 대모달을 기다렸다. 그런데 대모달의 귀가가 생각보다 늦어지고 있었다. 이경이 지나 삼경이 가까워졌는데도 대모달은 돌아오지 않았다. 일이 잘 풀렸다면 벌써 돌아오고도 남을 시간이었다.

대모달의 귀가가 늦어질수록 두치는 불안해졌다. 예상치 못한, 알지 못하는 수렁에 빠지는 느낌이었다. 그럴 이유가 없는데도, 한 번 이상한 생각이 들자 좀처럼 벗어날 수가 없었다. 늪처럼 강력한 힘으로 두치를 끌어당겼다.

식객들과 자리를 파하고 혼자 대문간을 서성대고 있자니 그런 불안감은 점점 커져갔다. 처음엔 괜한 걱정이라고 머리를 흔들며 털어냈으나 갈수록 어떤 구체적인 형체를 가지고 덤벼들었다. 왜 그런지 대모달이 감당하기 어려운 일 때문에, 그 일을 해결하느라 귀가가 늦어지는 것 같았다. 그 감당하기 어려운 일이 두치와 관계된 문제인 것 같았다.

불안감을 이기지 못해, 잠으로 눅여볼 생각으로 잠자리에 들었다. 괜한 걱정은 하면 할수록 커지기만 하지 작아지지 않을 것이기에 잠으로라도 막고 싶었다. 잠들어 버리면 그런 걱정이 멈출 것이기에.

그러나 잠도 오지 않았다. 자리에 눕긴 했으나 정신은 더욱 말똥 거렸고 헛된 걱정만 거미줄처럼 얽힐 뿐이었다. 별의별 생각이 다 들고, 별의별 안 좋은 일이 다 떠올랐다. 어떻게 그런 생각들이 가슴에 파고들었는지 의심스러울 정도로 끝도 없이 이어졌고, 끝없이 헝클어졌다.

그러고 있노라니 인기척이 났다. 인기척에 두치는 몸을 벌떡 일으켰다. 대모달이 들어오는 모양이었다. 그러나 두치는 방을 나설 수가 없었다. 삼경이 지난 지금까지 자지 않고 대모달을 기다렸다는 걸 알리고 싶지 않았다. 대모달에게 부담 주기 싫었고, 전전긍긍하는 모습을 보이기 싫었다. 무사히 돌아왔으니 그것으로 족했다.

술이라도 마셨는지 좌우에서 붙드는 소리가 났고, 술에 취한 목소리도 들렸다. 목소리 높이나 말하는 투로 보아 기분 좋아서 마신 술이 아니라 속상해서 마신 술인 것 같았다. 그러니 얼굴을 내밀어서는 더더욱 안 될 것 같았다. 이럴 때는 얼굴을 보이지 않는 게 상책이 아니던가.

다음날 새벽. 평소보다 일찍 눈을 떴다.

전날 밤 술도 마셨고 대모달을 기다린다고 늦게 잔 것을 고려한다면 평상시보다 한 시진이나 잠을 못 잔 셈이었다. 그런데도 피곤하지는 않았다. 아무래도 긴장해서인 것 같았다. 어제 무슨 일이 있었는지, 일이 어떻게 돌아가고 있는지, 앞으로 어떻게 돌아갈 것인지 모든 게 궁금했기에 긴장하지 않을 수 없었다. 그 긴장감이 잠을 깨운 것이었다.

종놈 근성.

전날 상황과는 상관없이 일어나던 시간만 되면 눈이 뜨이는 이 현상이 불쑥 서러웠다. 깨어나도 할 일이 없으니 늑장을 부려도 될 텐데도 몸이 일어나던 시간을 놓치지 않고 반응한 것이었다. 그러나 할 일이 없었다. 대모달이 부르기 전까지는 기다려야 했다. 그런데도, 그런 줄 알면서도, 잠이라도 푹 자두자고 다짐을 하며 잤는데도, 몸이 마음을 배반하여 일찍 깬 것이었다.

깨어나도 할 일이 없으니 난처했다. 서안평 같으면야 일어난 김에 조선장도 돌아보고 일의 진척 상황을 확인하면 됐다. 그러노라면 일꾼들이며 도편수들이 나타날 것이고, 그들을 상대하며 잔소리를 몇 마디 하다보면, 시간이 언제 지났는지 모를 정도였다. 늦게일어난 것이 문제였지 일찍 일어난 건 문제가 되지 않았다. 그러나 지금은 정반대의 상황이니 난처할 수밖에.

다시 잠을 자기도 그렇고 해서 두치는 눈을 뜬 김에 낭도 공격 계획을 점검했다. 서안평에서부터 굴리고 굴려온 생각이라 하나로 뭉쳐져 있었지만 중책을 맡게 된다면, 즉석에서 대모달에게 보고해야 했기에 마지막 점검이 필요했다.

그간의 노고를 안다면, 알고 있으니, 낭도 공격의 총책은 자신에게 주어질 것이었다. 그러니 대모달이 물으면 병사들을 이끌 말객이나 군관들을 선발할 기준을 우선 밝히는게 순서일 것 같았다.

서안평에 미리 파견되어 훈련하는 모습을 봤을 때 군사들을 이끌 만한 재원은 제법 있었다. 이미 정규 훈련을 받은 군관들이요, 실전 경험을 쌓은 노장들도 있는 것 같았다. 그들을 적절히 활용하고, 능력 있는 자들을 뽑아 부대를 지휘한다면 큰 문제가 없을 듯했다.

많아봐야 3천 정도의 군사를 이끄는 데 많은 장수는 필요 없었다. 사공이 많으면 배가 산으로 간다고 했으니 모든 결정은 자신이 내리고 자신의 명령을 성실히 수행할 말객은 너댓이면 충분할 것 같았다. 그 중 가장 눈에 뜨이는 자가 말객 동훈이었다. 그를 비롯하여 모두 실전 경험이 있는 자들이니 그들을 말객으로 삼아 휘하의 군관들을 지휘하게 하면 될 것이었다.

다음으로 공격 방안을 제시해야 했다.

낭도에 직접 들어가 확인한 결과 적군은 떨거지들도 아니었고, 밥이나 축내는 사병 나부랭이도 아니었다. 정식적인 군사 훈련을 받지는 못했을 테지만 제법 다져진 병사들이었다. 대모달에 따르면, 도망자 영을 따라간 자 중에서 돌주먹이란 자가 있는데 무술이 뛰어날 뿐만 아니라 병법에도 밝은 자가 있다고 했다. 그 자가 낭도 떨거지들을 조련하고 있는 모양이었다. 그리고 1년여 만에 제법 쓸모 있는 군사들로 키운 모양이고. 그에 비해 최근에 낭도로 들어간 병사들은 한결같이 패잔병들이라 위협이 되지 않을 것이라 했다. 그러나 두치의 생각은 달랐다. 패잔병들이 오히려 위협적인 존재일 수도 있었다.

비록 다른 전쟁에서 패하긴 했지만 그들은 실전 경험을 가지고 있었기에 상대를 얕보거나 무모하게 덤비지 않을 것이었다. 나설 때와 물러설 때, 싸울 때와 도망칠 때를 알고 있을 뿐 아니라 자기 목숨을 챙길 줄도 안다. 또한 그들은 패배를 경험한 자들이고 패배 이후의 쓰라림도 경험했기 때문에 목숨을 내걸 때는 과감히 목숨을 걸 것이었다. 그렇기 때문에 결코 만만히 볼 수 없는 상대였다. 낭도에 사는 이들이 태자 영을 하늘이 내린 영웅이요 영도자라 생각하고 있지 않던가. 그런 만큼 패잔병들이 도망자 영에게 감화되었거나 충성을 맹세했다면 무서운 힘을 발휘할 수도 있었다.

하여 두치는 장사진으로 낭도를 에워싼 후 낭도의 중심이라 할수 있는 몽돌포보다는 잇개나 뒷개로 하륙할 생각이었다. 그게 용이하지 않으면 성동격서의 전법을 활용하여 절벽이 많은 남쪽이나 북쪽 해안으로 하륙하거나. 군사들 대부분이 육상전에 최적화되어 있는 만큼 하륙한 후 육상전을 구사할 계획을 세워두고 있었다. 전선 못지않은 수송선에 말을 싣고 가 기마전을 펼친다면 단기일 내낭도를 쑥대밭으로 만들 수 있을 것이었다. 고구려의 전법인 속전속결로 끝을 볼 생각이었다. 그건 파도가 높아지는, 추위가 닥쳐오는 시점에 공격해야 한다는 불리한 점을 만회할 수 있는 전법이기도 했다. 시간을 끌면 끌수록 아군에게 불리할 것이고, 시간은 아군편이 아니라 적군 편이라 할 수 있었다.

그렇게 서안평에서 전선을 건조하며 세웠던 계획들을 재점검하노라니 날이 밝아왔다. 창이 아슴하게 빛나고 있는 것으로 보아 이제 움직여도 큰 문제가 없을 듯했다. 지금쯤이면 노예와 종들은 물론이려니와 식객들도 일어날 시간이었다. 그들보다 늦장을 부릴 수는 없었다. 전선 건조하라고 서안평에 보내놨더니 늦잠만 잔 거 아니냐는 부정적 인식은 심어주지 말아야 했다.

이런 생각이 들자 두치는 몸을 벌떡 일으켰다. 엊저녁 술을 마셔선지 머리가 띵했다. 잠이 부족했는지 가벼운 현기증도 일었다. 그러나 거북할 정도는 아니었다. 냉수 한 그릇 마시고 대모달로부터 기쁜 소식을 듣게 되면 씻은 듯이 없어질 것들이었다.

　그러나 두치는 대모달을 만날 수가 없었다.

　이제나저제나 대모달이 부를까 하여 대모달 침소 주위를 벗어나지 않고 기다렸지만 아무런 기별이 없었다. 대모달이 일어났는지 부관이 들락거렸지만, 아침 밥상을 물린 후에도 감감무소식이었다.

　아침밥도 먹는 둥 마는 둥하고 찾는다는 전갈이 오기만을 기다리고 있자니 속이 탔다. 일이 꼬이고 있는 듯했다. 안 그랬다면 불러도 열 번은 더 불렀을 것이었다. 엊저녁 늦게까지 술을 마신 것과 불가분의 관계가 있음이 분명해 보였다. 그러니 속이 더 탈밖에.

　그게 끝이 아니었다. 한낮까지 방 밖으로 나오지 않던 대모달이 갑자기 옷을 갖춰 입고 외출을 하는 게 아닌가. 두치가 침소 문 앞에서 기다리고 있었으나 못 본 척 서둘러 집을 나서 버렸다. 무슨 말인가를 할 줄 알았고, 할 듯하더니 아무 말도 없이. 짜증이 잔뜩 난 얼굴로 두치를 한 번 쳐다보는가 싶더니 그냥 나가버렸다.

　그런데 밖으로 나가는 대모달의 뒷모습 좀 이상했다. 어깨가 쳐져 보였고, 몸도 왜소해 보였다. 그 모습을 보자 맥이 탁 풀렸다. 대모달의 그런 모습은 처음이었기 때문이었다. 자신만만하고 세상에 못할 일이 없어 보이던 대모달이 그런 모습을 보인다는 건 대모달로서도 풀기 힘든 상황에 봉착했다는 뜻이었다. 그 일이란 태후와 관계가 있을 것 같았다. 마찰 내지는 충돌이 있는 듯했다. 허수아비에 불과한 대왕과는 그런 일이 있을 리 없었다.

　그렇게 대모달을 보낸 두치는 닭 쫓던 개 지붕 쳐다보기로 대모달의 뒷모습을 바라볼 수밖에 없었고, 아무래도 일이 꼬여도 단단히 꼬이는 것 같았다.

그날 이후, 두치는 나흘 동안이나 대모달을 볼 수 없었다. 외출에서 돌아온 후 방에 박혀 나오지 않았기 때문이었다. 사람들은 들락거렸으나 정작 대모달은 어떤 움직임도 보이지 않았다. 흘러나오는 말로는 영부인과 언쟁을 했다고도 하고, 처가에서 몇 사람이 다녀갔단다.

피가 말랐으나 두치는 기다렸다. 자신에게 주문까지 걸면서. 지금껏 대모달이 보여온 통 큰 행보를 믿어보기로 했다. 그렇지 않으면 단 일각도 버티기 힘들 정도였다. 공든 탑은 무너지지 않고 집나간 소 새끼 배서 돌아온다고 했으니 조바심 내지 말고 기다리자고 다짐 다짐하며 버텼다.

그리고 드디어······

대모달이 찾는다는 전갈에 두치는 뒷간에 가려다 말고, 괄약근에 힘을 주어 변의를 참으며 달려갔다.

"돌아가 있으라. 여 일은 내가 알아서 할 거이고······ 오래 비우면 안 되고, 여 있다고 달라딜 일도 아니니. 가서······ 나머디 배들을 만들라. 둠 더 서둘러서."

그게 전부였다. 두치가 무슨 말을 기다리는지 뻔히 알 텐데도 그에 대해선 일언반구도 없었다. 아니, 일부러 피하는 것 같았다. 하여 두치는 말로 묻기보다 대모달의 의중을 파악하고자 대모달을 빤히 올려다보았다. 그러자 대모달이 속을 조금 열어보였다.

"고생한 거 다 알고 있으니끼 기거에 대해선 걱정 말라. 하루 이틀 본 것도 아니고······."

그게 끝이었다. 그 말을 끝으로 나가보래서 나왔고, 바로 말에 올랐다.

그런데 대모달의 끝말이 자꾸만 귀에 거슬렸다. 하루 이틀 본 게 아니란 말뜻이 모호했다. 지금껏 자신을 봐 왔으니 자신을 믿으라는 뜻인지, 그간 노고를 잊지 않고 있다는 말인지 불분명했다. 그러나 그것에 대해선 깊이 생각할 필요가 없을 것 같았다. 어떤 뜻이든 간에 자신을 믿고 기다리란 뜻이었기 때문이었다. 도성 일은 자신이 알아서 할 테니 서안평 일에 매진하라는 말이 아닌가. 하여 두치는 두 말 없이 방을 나섰고, 말에 올랐고, 서안평으로 돌아와 전함 건조에 박차를 가했다. 공든 탑은 무너지지 않음을 증명해 보이고 싶었다.

서안평으로 돌아온 두치는 다시 전함 건조에 매달렸다.

100척을 건조해두라는 대모달의 명에 따라 먼저 착수한 30척 말고도 70척을 더 무어올리고(쌓아올리고) 있었는데 그걸 완성하기 위해 조선장에서 살았다.

길고 긴 여름날이 밝아올 때부터 어두워질 때까지 잠시도 쉬지 않았다. 도편수와 편수들, 일꾼들의 볼멘소리와 거부의 목소리가 들려왔으나 모른 체하고 매섭게 몰아붙였다. 대모달은 전함 건조 진척 상황으로 자신의 공을 평가할 것이고 그것에 의해 자신의 위상이 결정될 것이기에 조금도 여유를 부릴 수가 없었다.

소금보다 짠 여름을 보내고 나니 70척의 전선들이 제 모습을 갖춰가기 시작했다. 이제 한두 달 후면 70척의 위용이 드러날 것이고, 서안평의 열 개가 넘는 조선장은 전선으로 꽉 찰 것이었다. 그 모습을 상상하며, 그 모습을 보고 놀랄 대모달의 표정을 떠올리며, 그 전선으로 낭도를 깨부술 생각에 두치는 흐뭇하게 웃을 수 있었다.

건조장에서 전선들이 위용을 드러낼 즈음 바다에서도 낭도 공격이 가시화되고 있었으니 새로 편성된 수군들이었다. 그들도 소금보다 짠 땀을 밑거름 삼아 새롭게 태어나고 있었다. 대오를 갖추고 이동하는 모습이나 하륙훈련을 하는 모습, 상황에 따른 전투 훈련을 하는 모습은 완성되어 가는 전선 못지않게 마음을 든든하게 했다. 또한 그들의 훈련 모습은 전선 건조에 동원된 일꾼들을 몰아세울 계기를 제공해 주기도 했다.

"수군들 훈련하는 걸 봐라. 더렇게 힘든 훈련도 띡소리 없이 견디는데, 이깟 게 뭐 기리 힘들다고 야단이네?"

"더렇게 힘든 훈련을 받고도 전투에 투입되면 언데 듀을디 모르는데 너들은 기런 일은 안 당하디 않네."

"수군에 동원되어 더런 훈련 한 번 받아보갔느냐? 언데든 말만 하라, 바로 보내듈 테니깐."

이런 말로 일꾼들을 다그칠 수 있었다. 특히 쇠사슬로 발목이 묶인 노꾼들의 모습은 일꾼들마저 혀를 내두를 정도였다. 점령지에서 끌고 온 노예들이거나 중죄인들이라 했는데 그들의 처참한 몰골과 인간 이하의 취급엔 일꾼들마저 몸서리를 쳤다.

이렇듯 낭도 정벌의 전초기지인 서안평은 계절도 잊은 채 바삐 움직이고 있었다. 그 한가운데 두치가 있었음은 물론이고. 두치는 전초기지의 총책임자라 할 수 있었으니까.

40

공든 탑도 무너질 수 있고 무너지기도 한다.

어디에, 어떤 공법으로 쌓느냐가 중요하지 공을 얼마나 들였는지는 중요한 게 아니었다. 지반이 약한 곳에 쌓거나 공법을 제대로 알지 못한 채 공만 들인 탑은 쌓는 중간에도 무너진다. 그런데 두치는 그에 대한 인식이 부족했었다. 공을 들인 만큼 무너지지 않을 것이란 믿음은 어리석기 그지없는 것이었다.

무슨 일이 있었는지, 무슨 소식을 들었는지 낭도를 공격하려 하니 기건조된 전선을 진수하고, 건조 중인 전선도 조속히 건조하라는 명이 떨어졌다. 바람살이 매워지기 시작한 9월 중순의 일이었다.

명을 받은 두치는 고개를 갸웃거리지 않을 수 없었다. 뭔가 석연치 않았다. 30척이야 이미 완성돼 있어서 언제든 진수할 수 있었다. 진수하지 않고 조선장에 묶어두는 게 불만이었다. 배를 진수시켜야 조선장이 빌 것이고, 그래야 다른 배들을 건조할 공간이 생기니 진즉에 진수시키고 싶었다. 그런데 그에 대한 언급이 없어서 조선장에 매어두고 있었다. 그런 배를 진수하라는 명은 당연한 조처였다. 그런데 나머지 70척을 조속히 건조하라는 명이나 낭도를 공격하겠다는 명은 이해할 수가 없었다.

70척의 배는 아무리 서둘러도 달포는 지나야 완성할 수 있었다. 그건 두 달 전 대모달을 찾아갔을 때 보고했으니 대모달도 모를 리 없었다. 그런데도 서두르라는 건 대모달도 감당·통제하기 힘든 일이 발생했다는 말이나 다름없었다. 더욱 이해하기 어려운 건, 겨울이 코앞인데 지금 낭도를 공격하겠다는 말이었다.

오뉴월엔 앉은 자리도 고쳐 앉지 않고, 동지섣달엔 배도 육지 바람 쐰다는 말이 있지 않은가. 그런데 바다 멀리 있는 낭도를 공격하겠다니. 아무리 바다를 모르고 항해에 대해선 젬병이라 해도 있을 수 없는 일이었다. 북풍이 불기 시작하면 육지에서도 견디기 힘들지 않은가. 그러니 바다는 오죽하겠는가. 그건 삼척동자도 다 아는 기본상식이 아닌가. 그걸 무시하고 낭도 정벌에 나서겠다니 의구심이 일지 않을 수 없었다.

그러나 두치는 그에 대해 왈가왈부할 수 있는 입장이 아니었다. 대모달의 명이니 명대로 준비하는 수밖에 없었고, 건조 중인 배 완성을 서두르는 수밖에 없었다. 두치는 명을 내리는 사람이 아니라 명을 받드는 사람이고, 대모달이 뜻밖의 명을 내릴 때는 그만한 사연이 있을 것이라 생각했다. 그러면서 두치는 설익은 기대감을 가져보았다. 도성 일은 자신이 알아서 하겠다는 대모달의 약속에 희망을 가져봤다. 모든 게 원만히 처리되자 그간의 공을 인정하여 하루라도 빨리 두치를 낭도 공격의 총책으로 임명하려는 게 아닐까 하는.

그러나……

두치의 기대는 설익은 정도가 아니라 헛된 망상에 지나지 않았다. 정말이지 전혀 예상치 못한 상황에 두치는 실망 정도가 아니라 낙담하지 않을 수 없었다.

진수식을 하루 앞둔 9월말이었다. 10월 초하루에 진수식을 하겠다고 했으니 하루쯤 일찍 올 줄 알고 대모달을 맞을 채비를 다 해놨으나 대모달은 오지 않았다. 진수식 당일 아침에라도 일찍 올 줄 알고 도편수와 편수, 일꾼들을 불러 모아 대모달을 기다렸다. 그러나 대모달은 나타나지 않았다. 결국 두치는 또 사람들을 해산시켜야 했다. 엊저녁에 이은 두 번째 해산이었다.

모였던 사람들은 두치 앞이라 투덜거리거나 별말은 하지 않았지만 두치는 사람들 볼 낯이 없었다. 한 번도 아니고 두 번씩이나 헛발질을 해댔으니 부끄럽고 창피해서 견디기 힘들었다. 그와 함께 불길한 생각이 스멀스멀 피어오르기 시작했다.

지금껏 헛발질만 해댄 게 아닐까 하는 생각. 대모달은 자신을 동반자가 아닌 이용할 만한 가치가 있는 존재로 인식하고 있을지도 모른다는 생각. 어쩌면 대모달에게 철저히 이용만 당하고 있는 게 아닐까 하는 생각이 끝없이 이어졌다. 그리고 그게 기우가 아니었다는 사실을 확인하는 데는 그리 오래 걸리지 않았다.

대모달 행차에 앞서 선발대가 오는가 싶더니 두치를 찾았다.

"길잡이 두친 어딨네?"

군관 하나가 말 위에서 물었다.

그 말을 듣는 순간 두치는 자신의 귀를 의심하지 않을 수 없었다. 길잡이란 호칭도 그랬지만 일개 군관이 자신의 이름을 함부로 부르며 찾다니. 대모달이 길잡이란 호칭을 공식화시키지 않았다면 있을 수 없는 일이었다. 위계질서가 분명한 군에서 호칭을 함부로 쓸 리 없었다. 대모달이 두치를 장군이나 다른 호칭을 썼다면 그대로 따라 했을 것이고, 말에서 뛰어내려 두치를 찾아야 했다. 그렇지 않았다간 목이 열 개라도 성할 리 없었다. 그런데 길잡이라니. 그 말을 듣는 순간, 다리에 맥이 탁 풀리는 정도가 아니라 풀썩 주저앉을 것 같았다.

대모달은 오지 않았다.

선발대까지 보내면서 한껏 거드름을 피우며 나타난 인물은 꿈에도 생각지 못했던 인물이었다.

"기대가 두치네?"

작자는 말에서 내리지도 않고, 다짜고짜 물었다.

"예, 기러합네다만……."

두치는 어리둥절했기에 말꼬리를 사렸다. 상대가 누군지 몰라도 호위무사를 거느린 채 거드름을 피우는 것이나 한껏 치장한 화려한 갑옷을 걸치고 있는 걸로 보아 오늘 진수식에 온 무장인 것만은 확실해 보였다. 하여 상대가 누군지 확인하고픈 마음에 말꼬리를 흐리자 작자가 호통부터 질렀다.

"기러합네다만이라니? 내래 누군디 알고 기렇게 시건방을 떠네? 내래 태후와 대모달의 사촌아우로 이번 낭도 정벌대장으로 온 중실 수덕中室修德이다. 기러니 예를 갖춰라."

그러자 작자 좌우에서 호위하던 무사 둘이 앞으로 나서려 했다. 두치의 무릎이라도 꿇릴 생각이었는지. 그러자 작자가 말렸다.

"아아, 됐다. 형님 당부도 있고 하니 기냥 놔둬라. 기냥 두어도 이제 곧 고분고분해딜 테니 서두를 필요 없다."

그러더니 말에서 내리며 덧붙였다.

"안내해라. 먼 길 와서 피곤타."

"어디로?"

"어디긴 어디네? 진수식인가 뭔갈 면제 해야 쉴 거 아니네."

"예, 알갔습네다. 기런데…… 대모달께선 안 오십네까?"

"뭐? 대모달? 기깟 도망자 한 놈 때문에 대모달까디 올 성싶네? 대모달이 기렇게 할 일이 없는 사람이네? 기딴 놈은 나 혼차도 충분하니 날래 앞장이나 서라.”

안하무인에 오만방자하기가 이를 데 없었지만 두치는 그가 시키는 대로 할 수밖에 없었다. 대왕의 명을 받고 대모달을 대신하여 온 그의 말을 안 들을 수는 없었다. 밸이 꼬여도, 나중에야 어찌되든 그의 명을 따라야 했다.

대모달의 사촌동생이란 수덕은 이름조차 들어본 적이 없는 자였다. 대모달 집에 기거했던 적이 있었기에 두치는 대모달 주변인물들을 알 만큼 알고 있었다. 대모달과 교류하거나 친분이 있는 사람. 대모달을 찾아왔던 사람. 대모달에게 들은 이름이며 하다못해 식객들로부터 들은 이름까지 기억하고 있었다. 그러나 수덕은 본 적도, 이름을 들어본 적도 없었다. 대모달의 사촌동생이라면 이름만이라도 들어봤어야 했다. 대모달의 사촌뿐만 아니라 육촌, 팔촌은 물론이요 외가나 처가까지 거의 아는데 수덕이라는 이름은 난생처음이었다. 그만큼 알려지지 않은, 존재 가치가 미미한 인물이란 뜻이었다. 그런 인물이 낭도 정벌군 대장으로 왔으니 두치는 암담함을 느끼지 않을 수 없었다.

41

“이리 얍삽한 수를 쓰다니 쥐새끼만도 못한 놈들이요. 이제 놈들의 속성을 알았으니껀 당장 진을 바꾸고 기에 대한 대비를 해야갔소.”

개수덕(개차반이 수덕의 줄임말)이 입에 거품을 문 채 떠들어댔으나 그의 말에 호응하거나 동조하는 사람은 없었다. 아직도 뭐가 문제인지 파악하지 못하고 있는 그에게 할 말이 있을 리 없었다. 자신의 무능을 감추기 위해, 혼자 흥분해서 떠들어대고 있었다.

"왜 입을 봉하고 있는겁메? 무슨 말이라도 해야 할 게 아님메?"

그러나 작전실에 앉은 누구 하나 입을 여는 사람이 없었다. 수덕의 속성을 너무나 잘 알고 있었기 때문이었다. 말을 잘못했다간 고성과 함께 험한 욕이 쏟아질 것이고, 문제점을 제시했다간 잘난 체 그만하라며 모멸감을 줄 것이고, 해결책을 제시했다간 모든 걸 떠넘기며 다 맡아서 처리하라고 할 것이기에 벼룩이 물어도 입을 다물고 있을 수밖에. 사안이 사안인 만큼 무슨 말이든 해야 할 터인데 모두들 꿀 먹은 벙어리로 앉아 있으니 답답하지 않을 수 없었다. 하여, 보다 못한 두치가 조심스레 입을 열었다.

"소인이 생각하기엔……."

두치가 입을 열려 하자 수덕이 두치를 쏘아보며 말을 막았다.

"됐소. 잘난 턱하디 마시오. 어뎌다 소 뒷발질로 쥐새끼 하나 댑았다고 우쭐대기는."

개수덕은 적을 만만히 봐선 안 되니 주의해야 한다고 말렸던 두치의 경고를 듣지 않았다 당한 것에 대한 분풀이를 그렇게 표현했다. 그러나 두치는 참았다. 문제를 해결하려면 참는 수밖에 없었다.

"기게 아니라…….."

"됐다디 않았소? 장수들이 모여 있는 자리에 함부로 나서디 말란 말이요."

면박을 주는 정도가 아니라 완전무시하려는 개수덕의 태도에 두치는 입을 다물 수밖에 없었다. 혹시나 했는데 역시나였다.

두치는 처음부터 수덕이 마음에 들지 않았다.

자신의 자리라 생각했던 낭도정벌대장 자리를 꿰차고 들어왔기 때문만은 아니었다. 군문에 들어선 지 10년도 안 된 그가 태후와 대모달을 등에 업고 정벌군 대장으로 온 것도 그랬지만 안하무인에 오만방자한 그의 태도엔 넌더리가 날 정도였다. 다른 장수들은 석 달 전부터 서안평으로 건너와서 전선 건조 과정을 지켜보기도 했고, 병사들을 훈련시키기도 했다. 그러나 그는 진수식 바로 당일에야 코빼기를 내밀었다. 거들먹거리는 태도며, 잔뜩 힘이 들어간 말투엔 상대를 배려하는 마음이 눈꼽만큼도 없어 보였다. 그런 느낌은 첫 작전회의장에서 유감없이 드러났다. 진수식을 마치고 난 후, 그는 화가 잔뜩 난 얼굴로 작전회의를 소집했다.

"난 이런 자리에 있을 사람이 아니오."

첫 마디부터가 좌중을 자극했다. 태후와 대모달을 뒷배로 하여 정벌대장 자리를 꿰찬 게 분명해 보이는데 그것부터 부정하려 들었다.

"어쩌다 보니 이런 자리에 오게 됐디만 난 대모달과 태후마마의 사촌아우요. 기런 내가 겨우 도망자 영이나 잡으러 다녀야갔습네까? 기러니 알아서들 하시구래. 난 이깟 일에 관여하고 싶디 않으니 낀."

그러니 작전회의가 제대로 될 리가 없었다. 정벌대장인 그가 적극적으로 나서도 될까 말까한 일을 부하들에게 떠넘기며 알아서들 하라고 내팽개치니 누가 적극적으로 나서겠는가. 그러나 회의장 분위기는 예상 외였다. 모두들 개수덕의 눈 밖에 나지 않기 위해 전전긍긍하고 있었다. 그의 말마따나 그는 대모달과 태후의 사촌동생이 아닌가.

하는 수 없이 두치가 나섰다. 비록 자리는 수덕에게 뺏겼지만 두치는 전선 건조 책임자이자 이번 작전의 주역이나 다름없으니 그의 말에 귀를 열어줄 줄 알았다. 이번 작전은 개수덕의 명운이 걸린 작전이었기에 더욱.

"소인 두치 아룁네다."

두치가 정중하게 나서려 하자 개수덕이 두치를 째려보며 쏘아붙였다.

"나서디 마시오. 됴용히 앉아 있다가 길이나 안내할 일이디 뭔할 말이 있다고 나서는 게요, 나서긴?"

두치는 말문이 막혔다. 말도 들어보지 않고 상대를 깔아뭉개는데 무슨 말을 하겠는가. 말이란 자신의 마음을 드러내는 일이기도 하지만 상대방을 배려하고 인정하는 일인데도 그런 개념이 전혀 없어 보였다. 상대는 생각지도 않고 입에서 나오는 대로 뱉어내고 있었다. 말을 하는 게 아니라 상대방 가슴에 비수를 날리고 있었다. 그런 작자에게 무슨 말을 한단 말인가.

결국 두치는 입을 다물고 말았다. 아니, 다물 수밖에 없었다. 남의 말을 들을 귀가 없는 자와 얘기하고 싶지 않았다. 입만 아프고 마음만 다치지 남을 게 없었다. 하여 그의 말마따나 조용히 있다가 길이나 안내할 생각이었다. 그게 두치에게 최선인 것 같았다.

그러나 속은 끓어올랐다. 겨우 길 안내나 하려고 지금까지 견뎌왔고 그 많은 전선을 건조했단 말인가. 저런 놈한테 정벌대장 자릴 주려고 타는 속을 달래며 여기까지 왔단 말인가. 이런 푸대접이나 받고, 인신공격이나 당하려고? 생각할수록 억울하고 화가 났다.

애초 몽돌포로 진격하겠다고 했을 때 두치는 말렸었다.

"소인이 낭도를 염탐한 결과 만만히 볼 상대가 아니었습네다. 또한 몽돌포는 하륙에는 유리하디만 적이 집중방어할 게 뻔하니 몽돌포를 공격하는 척 위장하고 몽돌포 바로 옆에 있는 잇개나 뒷개를 공격하는 게 상책일 것 같습네다."

애초 두치는 학익진으로 낭도에 접근한 후 성동격서의 전법을 쓸 계획이었으므로 그에 대한 얘기를 했다. 비록 길잡이로 참전하고 있지만 그보다 낭도 사정을 잘 아는 사람은 없었다. 그런데 개수덕은 일언지하에 거부했다.

"길잡이가 알믄 얼마나 안다고 나서는 겝메? 하륙하믄 길이나 똑바로 안내하기요."

쉽게 받아들이지는 않을 것이라 생각했지만 철저히 묵살당할 줄 몰랐기에 두치는 말문이 막혔다. 그렇지만 어렵게 건조한 전선을 잃지 않으려면 어쩔 수 없었다. 또한 모질고 힘든 군사훈련을 견뎌온 병사들을 허망하게 잃지 않기 위해서는 개수덕을 막아야 했다.

"기러갔습네다. 길 안낸 똑바로 하갔습네다. 기러니 소인의 염려를 살펴듀시기 바랍네다. 몽돌포로 진격했다간 낭도에 접근하디도 못하고 아군만 피해볼 거입네다. 기러니……."

"됐다디 않소. 길잽이가 뭘 안다고 댜꾸 나서는 거요? 봉시진으로 단방에 깔아뭉개버릴 테니 두고 보기요."

그러자 여지껏 입을 다물고 있던 말객 하나가 나섰다. 나중에 알고 보니 그가 바로 동훈이었다.

"길댬이 말이 그르디만은 않아 보입네다. 적이 예상하고 있는 방법보다는 적이 미텨 생각디 못하는 방법을 써야 이길 수 있을 것으로 사료됩네다. 기러니 길댬이 말을 들어보는 게 어떻갔습네까?"

"지끔 나한테 뎌런 길잡이 말이나 들으라는 겁메? 정벌대장인 나한테? 세 번이나 역적을 놓틴 자의 말을 들으라고?"

벌컥 화를 내자 말객이 목을 움츠리며 대꾸했다.

"기, 기런 게 아니라 우린 적을 모르디만 길댤이는 얼마간 아니 낀……."

"시끄럽소. 디나가는 개가 웃을 소리요. 뎌깟 놈들 무서워 진격하디 못하믄 어띠 고구려 용장이라 하갔소. 내 명을 따르시오. 안 기러믄 항명죄로 다스리갔소."

항명죄를 들고 나오자 말했던 그 말객뿐 아니라 모두가 찔끔 목을 움츠렸다. 전시 항명죄는 즉결처분 대상이 아닌가.

"선봉대 다섯 척이 하륙함과 동시에 나머지 병력들을 전부 하륙시켜 반역자 영과 그를 따르는 졸개들을 도륙하기로 하갔소. 명을 따르디 않거나 듁음을 두려워하는 병사는 즉결처분하여 군령의 위엄을 똑똑히 보이시오."

개수덕은 장수들이 자신의 말을 따르지 않을 것을 염려하는지 즉결처분이란 단어에 힘을 주어 말했다. 이 말은 자신의 명령에 따르지 않은 자는 그 자리에서 목을 베겠다는 말이나 다름없었기에 장내가 얼어붙은 건 더 말할 나위가 없었다.

결국 개수덕의 작전대로 했다가 참패를 당했다. 병사들의 기가 꺾인 것은 말할 필요도 없었고 장수들마저 잔뜩 위축되어 있었다. 그러나 개수덕은 자신의 잘못된 판단을 뉘우치기보다 상대의 방어 능력을 '얍쌀한 수'라고 평가절하하며 자신의 무능을 덮으려 하고 있었다. 그러니 누가 입을 열어 대책을 내놓겠는가. 누구도 입을 열지 않자 개수덕이 자신의 계획을 시달했고 명에 따르라 했다.

개수덕의 아집에 따라 봉시진형으로 정박하기로 했다. 바람이 불 때라 본진은 밀집대형으로 배와 배를 밧줄로 묶었고, 선봉대 세 척은 본진 앞에 배치하기로 했다. 선봉대는 적의 공격에 대비하여 배치한 게 아니라 날이 새면 낭도를 재공격하기 위해 전진 배치한 것이었다.

"기러니 오늘 밤은 내일을 위해 푹 재우기요. 보초니 경계병이니 세울 것 없이 모두 재우기요. 기래야 내일 아침부터 싸우디. 뎌 간나들은 우리가 야간공격이라도 할 듈 알고 잠도 제대로 못 잘 테니 우린 기걸 역이용해 때려답댜우."

선봉대장을 맡은 말객에게 명령을 하달했다. 그러자 말객이 머뭇거리며, 혹시나 개수덕이 고함이라도 지를까 두려워하며, 말을 붙였다.

"기렇디만 장군, 만약을 위해 경계를 강화해야 하디 않갔습네까? 낮에 보니 병법과 전략을 아는 장수가 있는 것 같던데. 병사들의 움딕임도……."

그러자 말객의 말을 자르며 개수덕이 소리를 질렀다.

"시끄럽소. 뎌 간나들을 두려워하는 거요?"

"기, 기게 아니라……."

"기럼 뭡메? 기게 두려워하는 거디. 배가 있어야 공격을 하고, 설혹 공격을 해온다 해도 불이 없이는 공격을 못 할 거 아니요? 만약 역도들이 불을 켜면 본진에서도 다 알게 될 거 아니요? 기러니 잔말 말고 내 명대로 하기요."

"기래도……."

"거 탬! 그렇게 겁을 내서야 어띠 전툴 하며, 전툴 한다 해도 어띠 이길 수 있갔소? 겁쟁이한텐 백방百方이 무효라 하디 않았소? 겁내디 말고 내 말대로 하기요."

"기래도 최소한의 경계만이라도⋯⋯. 작전에 실패한 장수는 용서할 수 있어도 경계에 실패한 장수는 용서받을 수 없다고 하디 않았습네까?"

"뭐라? 딕금 날 가르티려는 거네? 기런 거야?"

개수덕은 결국 반말로 언성을 높였다. 말객이기는 했지만 자신보다 한참 연배인 선봉대장에게. 제 뜻대로 되지 않으면 늘상 하던 짓이긴 했지만 상황이 상황인 만큼 다르려니 했는데 역시나였다. 그리되자 선봉대장은 어이가 없는지 뻥한 얼굴로 개수덕을 쳐다보기만 했다.

"단 한 명도 남기디 말고 모두 재우라. 보촐 세운다는 자체부터가 적을 두려워한다는 뜻이니 내 말대로 하라. 어길 시는 용서하디 않갔다. 알갔네?"

말객과의 입씨름에서 이기겠다는 건지, 아예 적을 무시하겠다는 건지는 모르겠지만 개수덕은 이 말을 끝으로 작전회의를 마쳐 버렸다. 첫 공격의 공과와 문제점, 그리고 향후 대책을 논의해야 할 자리인데도 화가 난다고, 선봉대장이 꼴 보기 싫다고 해산을 명해 버린 것.

"앞으로 작전회의에 들어올 땐 혓바닥들 먼뎌 씻고 오라. 구린 혓바닥 함부로 놀리디 말고."

안 그래도 심기가 상할 대로 상한 채 회의장을 나가는 장수들에게 뱉은 이 말은 그의 인격과 자질을 대변하고도 남음이 있었다.

침실로 돌아온 두치는 갈등하지 않을 수 없었다.

개수덕을 믿고 낭도를 공격할 수는 없을 것 같았다. 까딱하다간 공들여 건조한 전선들을 다 잃는 것은 물론이려니와 낭도에 하륙해 보지 못할 것 같았다. 개수덕이 있는 한, 개수덕이 바뀌지 않는 한, 장졸들이 기를 살려주지 않는 한 낭도 정벌은 불가능해 보였다.

전투란 무기나 장비, 인원으로 하는 게 아니라 병사들의 사기와 감사심敢死心으로 무장된 병사들의 패기로 하는 것이었다. 기가 꺾이고 죽음을 두려워하는 병사들을 이끌고 무슨 전투를 한단 말인가. 그건 하나마나였다. 숨기 바쁘고 도망갈 생각만 하는 병사들이 제 아무리 많아봐야 무슨 소용인가. 그런데 개수덕은 그런 걸 알고 있기나 한지, 그것마저도 제 마음대로 할 수 있다고 생각하는지 도대체 뭔 생각인지 알 수가 없었다.

그러나……

두치가 할 수 있는 일은 없었다. 개수덕은 두치의 입을 봉하는 것도 모자라 아예 투명인간 취급을 하고 있었다. 그렇다고 대모달에게 상황을 전할 수도 없었다. 전해봤자 정벌대장이 교체될 리 없었고, 대모달의 조언이나 충고를 수용하여 개수덕이 바뀔 리도 없었다. 잘못했다간 전언 사실이 개수덕에게 알려져, 안 그래도 눈엣가시처럼 여기는 두치를 없애려 할 것이었다.

산궁수진山窮水盡, 진퇴양난.

그럴수록 두치는 대모달이 야속했다. 정벌대장 자리가 안 되면 최소한의 자리라도 마련해 주었으면 이런 상황에 이르지는 않았을 것이었다. 어떻게든 두치가 작전에 개입할 여지를 마련해주었다면 두치가 앞장서서 문제를 해결해 나갈 수 있었다. 그런데 대모달은 두치를 전혀 안배하지도 고려하지도 않은 모양이었다. 장군 자리까지는 아니더라도 최소한 군사들을 이끌 만한 자리에 있게 해줬어야 했다. 그런데 길잡이가 뭔가, 길잡이가. 낭도까지 뱃길이나 안내하고 병사들이 하륙하걸랑 낭도 길이나 안내하라니.

그런데 더욱 가관인 것은 작전회의에 참석하라는 것이었다. 아무런 힘도 지위도 없이 작전회의에 참석하여 작전의 타당성을 검토하라니. 매의 날개를 잘라버리고, 털까지 다 뽑아버린 후에 하늘로 날아올라 사냥을 하라는 것이나 뭐가 다른가. 더군다나 개수덕 같은 인물 아래서.

그러저런 생각으로 잠을 못 이룬 채 몸을 굴리며 속을 끓이고 있자니 침실 안으로 한 사람이 살그머니 들어왔다. 두치는 반사적으로 몸을 돌려 왼쪽에 놓아둔 칼을 집었다. 그런 두치의 반응에 답하듯 낮고 빠르게 말을 붙여오는 목소리가 있었다.

"선봉대장입네. 소문대로 예민하기가 귀신도 닮갔습네."

소리의 주인공을 살펴보니, 갑옷을 벗어 평복을 입고 있었으나 선봉대장이 확실했다. 오른손에 병을 들고 있는 게 술이라도 들고 온 모양이었다.

"아, 아니. 대장께서 이 시각에 어떤 일이십네까?"

두치는 멋쩍게 몸을 일으키며 물었다.

"병사들 다 재우고 나니 할 일이 있어야디요. 기러다 공 생각이 나서 왔디요."

선봉대장은 공이란 호칭으로 두치를 높여 불렀다.

"공이라니 당치도 않습네. 길잡이한테 기런 호칭했다간 정벌대장께 호통 듣습네."

"어디 하루 이틀 듣습네까? 한 번 더 듣고 말디요."

선봉대장이 빙긋 웃는가 싶더니 한숨을 푹 쉬며 의자에 무겁게 몸을 내려놓았다. 스스럼없는 그의 행동에 두치는 칼을 내려놓고 그 곁으로 걸어갔다.

"소장이 이 시각에 공을 탓아온 건, 한 수 배울라고 기럽네다."

선봉대장은 두치가 앉기를 기다리지도 않고 속엣말을 주체하지 못하겠다는 듯 쏟아냈다.

"기, 기계?"

"기렇다고 긴장할 필요까딘 없이요. 아무래도 답답한 속을 풀어놓을 사람이 공밖에 없을 것 같아 온 거니 말입네다."

그렇게 말문을 연 선봉대장은 자신이 참전하게 된 사연부터 펼쳐놓았다.

뒷배도 끈도 없는데 개수덕에게까지 밉보여 남들이 피하는 수전에 참가한 사연은 듣는 사람의 가슴을 아리게 했다. 특히 자기 부하였던 개수덕을 상관으로 모시게 될 줄은 상상도 못했단다. 백전노장이 정벌군대장이 되든지 두치가 발탁될 줄 알고 자원했노라고. 하여 파견명이 떨어지자마자 서안평으로 건너와 군사들을 조련했지만 두치와는 일정한 거리를 뒀다고. 두치에게 잘 보이려고 하거나 남의 눈에 띄는 행동은 안 하는 게 나을 것 같았고, 두치에게 부담을 주기도 싫었다고. 낭중지추라 했으니 자기 자리에서 최선을 다하다 보면 자연스레 알려질 것이라 여겨. 그런데 생각지도 않았던 개수덕이 정벌군대장으로 오자 눈앞이 아득하더라고. 승차는 고사하고 불명예스러운 일이나 당하지 않기만을 바라게 됐다고.

원리원칙을 중시하는 선봉대장(참, 이름을 밝혔으니 이름을 불러주는 게 맞겠다. 본인은 이름을 밝히는 걸 꺼려했지만 부끄러운 이름이 아니지 않은가. 그의 이름은 동훈棟燻이라 했다.)은 개수덕을 좋아하지 않았다. 엄정한 군기와 혹독한 훈련으로 부하들을 엄하게 다루는 동훈은 매사를 건성으로 할 뿐 아니라 적극성과 자주성이 결여되어 있는 개수덕을 좋아할 수가 없었다. 시키는 것만 마지못해 하는 그는 부하로서도 군문 후배로서도 마뜩치 않았다. 한 마디로 그는 못마땅한 후배일 따름이었다.

그런데 운명은 동훈 편이 아니었다. 그의 사촌누이가 왕비로 간택된 것이었다. 동훈 눈 밖에 나 있었던 개수덕은 동훈의 휘하를 벗어나려고 줄을 댔고, 결국 말객으로 승차하여 동훈의 눈에서 멀어졌다.

그가 떠나자 앓던 이 빠진 것처럼 시원해 있었는데, 개수덕은 가는 곳마다 동훈에 대한 험담을 늘어놓기 시작했다. 보복이 시작된 것이었다. 자신의 단점이나 잘못을 인식하지 못하는 개수덕에게 동훈의 장점은 단점으로 보일 수밖에 없었으니 그걸 씹고 다녔고, 동훈의 단점을 침소봉대하여 군문에 뿌려댔다.

그러나 동훈은 모른 체했다. 이제 권력을 등에 업은 그와 입씨름해봤자 자기만 상처 입고 비참해질 것이기에 피했다. 똥이 무서워서 피하는 게 아니라 더러워서 피한다는 생각으로. 그리고 자기 자리에서 최선을 다하려고 했다. 남들이 꺼려하고 피하는 자리를 자원하여 자신의 능력을 보여주려고 노력했다. 별의별 외진 곳을 다다녔고, 전쟁이란 전쟁엔 다 참전하여 개가를 올리기도 했다.

그러나 그는 말객 이상 오를 수가 없었다. 그때 이미 동훈보다 계급이 높은 개수덕이 그를 집요하게 물어뜯었기 때문이었다. 그래서 마지막으로, 수전은 누구나 꺼려하는 전투라 편한 자리만 찾아다니는 개수덕은 절대 오지 않을 것이라 판단하여 낭도 정벌군에 자원했다. 그런데 개수덕이 정벌대장으로 왔으니 자기 입지가 어떻게 되리란 건 더 말할 필요가 없지 않느냐며 한숨을 쏟았다.

"기런 일이 있었기만요. 소인도 오늘 저녁 일을 이해할 수 없었는데 듣고 보니 둠 이해가 됩네다."

"기랬을 겁네. 이러녀런 사연을 몰르고선 이해할 수가 없었갔디요. 기래서 공을 탓아온 겁네다. 이런 얘길 어띠 다른 장수들한테 하갔습네까? 군문에선 이런 얘길 하는 걸 부끄럽게 생각하고 값싼 행동으로 보거든요. 입이 가벼운 걸 죄악시하디요. 기렇디만 공이라믄, 늘 개수덕에게 당하기만 하는 공이라믄 소장의 마음을 이해하리라 여겨 말씀드리는 겁네다. 공도 소장과 비슷한 사연이 있디 않을까 해서. 개수덕이 미워할 만한 일이 있나 싶어서 말입네다."

동병상련의 정을 느끼는지 동훈이 그윽하게 두치를 쳐다보았다. 자기 얘기를 들었으니 당신 얘길 들려주라는 뜻인 듯했다. 하여 두치도 입을 열지 않을 수 없었다. 잘 알지도 못하는 자신에게 속엣말을 털어놓았고, 마음을 나누고자 하는 그에게라면 자신의 얘기를 들려준다 해도 문제가 되지 않을 듯싶었다. 공범의식만큼 사람을 결속시키는 게 없으니 그와 비밀을 공유함으로써 공범이 되고 싶었다.

두치는 대모달에게 발탁된 사연으로부터 오늘까지 일을 간략하게 풀어놓았다. 그리고 길잡이이면서도 작전회의에 참여하게 된 사연까지. 말을 하자니 자꾸만 목이 말라 동훈이 가지고 온 술까지 기울여가며.

"역시 소장 판단이 크게 그릇되디 않았기만요. 결국 공이 제자릴 차지하디 못하게 된 것도 다 개수덕 때문이구요."

"소인이 대장 자릴 차지하디 못한 게 어띠 정벌대장 때문이라는 겁네까? 기건 돔……."

"몰르고 계셨습네까? 대왕이나 태후, 기러고 대모달은 도망자 영 처단을 기 무엇보다 앞에 두고 있디요. 기러니 도망자 영을 처단하기만 하믄 기야말로 세 사람이 앓던 일 뽑아듀는 거나 다름없으니, 승차는 따논 당상이구요. 어뗘면 일등공신이 될디도 모릅네다. 기래서 약삭빠른 개수덕이 자원했갔디요. 누가 봐도 이 일의 적임자인 공을 밀어내고 말입네다. 기런 천재일울 공에게 뺏기디 않기 위해 벼라별 공작을 다했갔디요. 뎌런 인간들이 기런 건 또 빠르디 않습네까."

동훈의 말을 듣는 순간, 두치는 꿰지디 않던 꿰미가 꿰지는 것 같았다. 아니, 머리가 화아 해지면서 맑아지는 것 같았다. 대모달이 궁에 갔다가 잔뜩 취해 돌아온 일이며, 한 동안 두치를 피했던 일이며, 도성 일은 자신이 알아서 할 테니 빨리 서안평으로 돌아가 있으라고 했던 일이며, 진수식 당일에야 개수덕이 나타난 이유며, 진수식에 대모달이 참석하지 않은 이유 등등이 싸아 하게 풀렸다. 그와 함께 이가 부드득 갈렸다. 대모달에게 가졌던 형형색색의 감정들이 마침내 과녁을 찾아 한 곳으로 날아가고 있었다.

"기거 탐!"

두치는 자신도 모르는 새에 감정을 드러내고 말았다. 그건 속에서 들끓던 용암이 지표를 뚫고 터져 나오는 소리요, 억눌렸던 감정들이 한꺼번에 삐져나오는 소리인지도 몰랐다.

그 소리를 듣더니 동훈은 한 동안 아무 말도 하지 않았다. 동훈도 그 감탄사가 어떤 것인지 누구보다 잘 알게 아닌가.

그렇게 한 동안 가만히 앉아 있던 동훈이 두치의 손을 잡으며 달래듯 말했다.

"기러나 어떻네까? 망종이야 어띠 되든 우리가 해야 할 일은 해야갔기에, 부하들을 다 듁일 수는 없기에 공께 부탁하러 왔습네다."

"……?"

"낭도 약점을 돔 알려듀십시오. 선봉대를 이끌고 하륙할 만한 장소나 공이 생각할 때 저항이 가댱 덕을 곳을 알려듀시라요. 소장이야 이미 끝난 몸이디만 부하들은 살려야 하디 않갔습네까?"

동훈은 정중하면서도 간절하게 부탁했다. 부하들을 살리겠다는 그의 의지는 그만큼 무거우면서도 간절한 것이었다. 하여 두치는 자신이 정벌대장이 되었을 때 구사하고 싶었던 공격 계획을 떠올리며 입을 열었다.

"소인은 먼뎌 하륙지점을 오늘 우리가 공격했던 몽돌포가 아니라 바로 옆에 있는……."

그러는데 갑자기 밖이 소란스러웠다. 불이야!란 소리와 함께 선봉대란 소리도 들리는 것 같았다. 그 소리와 동시에 동훈이 뛰어나갔다. 두치한테 귀신도 베겠다더니 자신은 귀신을 잡을 것처럼 눈 깜짝 할 새에 사라져 버렸다.

동훈은 눈으로 보면서도 자신의 눈을 믿을 수 없었다. 꿈일 거라고, 꿈이라고 믿고 싶었다.

어떻게 자신이 우려했던 대로, 그것도 자신이 예상했던 시간에 화공을 한단 말인가. 그것도 선봉대로 나선 세 척에만. 만약 자신도 배에 타고 있었다면 지금쯤 불타고 있을 거란 생각이 들자 부르르 몸이 떨렸다.

"결국 다 잃었구만. 부하들을 안 둑일려고 여길 탓아온 나만 살고 다 둑게 생겼어."

동훈은 더 이상 지켜볼 수 없어 급히 고물로 뛰었다. 전마선을 타고 가서 상황을 살펴봐야 할 것 같았다. 모두 숙면을 취하고 있어 살아남은 자가 몇 되지 않겠지만 어떻게든 살릴 수 있는 사람은 살려야 했다. 그러나 동훈은 배에서 내릴 수 없었다. 두치 공이 동훈을 막았다.

"딕금 어디 가시래는 겁네까?"

"우리 배로 가봐야디요. 살릴 수 있는 사람은 살려야디요."

"댬깐, 댬깐만……. 기건 안 될 말입네다."

"……?"

"선봉대장이 자릴 비운 사이에 화공이 있었다믄, 선봉대장을 첩자로 의심할 것이고, 기렇디 않는다 해도 자릴 비운 책임을 면키 어려울 겁네다. 기러니 딕금 배로 돌아가려는 건 둑으러 가는 길일 뿐입네다."

"기럼 어뗘란 말입네까?"

"기러니, 댬깐, 댬깐만 기다려 보시라요."

두치 공의 말을 듣고 보니 영 그른 말이 아니었다. 그러나 죽을 때 죽더라도 지금은 돌아가야 할 것 같았다. 혹독한 훈련을 견뎌낸, 정예 중 최정예부대인 선봉대를 다 잃을 수는 없었다.

"기래도 가야갔습네다. 소장을 놔두십시오."

"안 됩네다. 기렇게는 못하갔습네다. 대장이 간다한들 바뀔 상황이 아닙네다."

"기래도 빨리 가서 불을 꺼야 합네다. 선봉대 전선엔 낭돌 초토화시킬 계획으로 기름들을 잔뜩 실어놓았습네다. 기냥 놔두믄 단 한 명도 살아남디 못할 겁네다."

"아닙네다. 소인이 볼 때 선봉대는 기 어떤 부대보다 강하고 빼어납네다. 아무리 어려운 속에서도 살 길을 탛을 겁네다. 기러니 기다려보십세다. 바닷물 속으로 몸을 던디는 병사들이 눈에 보이는 게 살 길을 탛아 여기로 올 겁네다. 기러니 기다려보십세다."

정말 두치 공의 말대로 바다 속으로 뛰어드는 병사들이 늘고 있었다. 몸에 불이 붙은 병사들이 대부분이었지만 그렇지 않은 병사들도 눈에 띄었다. 살 길을 찾아 물속으로 뛰어들고 있었다.

그리고 잠시 후. 본대에서 전마선들이 선봉대를 향해 노를 젓기 시작했다. 누구의 명이 있었는지 모르지만 분명 선봉대를 구출하기 위해 가고 있었다.

"뎌기 보시라요. 선봉대를 구하갔다고 전마선들이 가디 않습네까? 기러니 소장도 날래 가봐야디요."

동훈이 소리를 지르자 두치 공이 동훈의 가슴팍을 후려갈겼다. 가까이에서 뻗은 손이라 큰 반동이 없을 줄 알았는데 동훈이 뒷걸음질 칠 정도로 셌다.

"미뎠습네까? 지끔 뭐하댜는 겁네까?"

"대장이야말로 미뎠습네다. 지끔 대장이 노를 저어가면 모든 사람들한테 자릴 비웠다는 걸 알리는 꼴인데 어띠 할래고 기럽네까?

급할수록 돌아가라는 말이 있듯 생각을 둠 해보댜우요."

그러더니 고물에 매어두었던 줄을 풀더니 바다로 던져버렸다. 그런 후 말했다.

"전마선을 없애야 대장이 삽네다. 기러고 대장은 병사들이 본진에 닿을 때뜸 움딕여도 늦디 않습네다."

그러더니 두치 공이 동훈이 취해야 할 행동들을 알려주었다. 살기 위해서, 살아남아서 부하들의 복수를 위해서 꼭 해야 할 행동이라며.

첫째, 선봉대 병사들이 거의 다 본진에 도착한 후 물속으로 뛰어든 후, 대장선으로 가서 구조를 요청할 것.

둘째, 잠결에 불이란 소리에 눈을 떴지만 연기에 가려 상황 파악이 어려웠다는 점을 강조할 것.

셋째, 마지막까지 전선을 지키다 도저히 안 될 것 같아 물속에 뛰어들어 헤엄쳐 왔다고 할 것.

넷째, 초병이나 경계병이 없어 적들이 언제 어떻게 쳐들어와 화공을 했는지 모른다고 할 것.

다섯째, 적군을 찾아봤지만 이미 도주한 후인지 적군을 찾을 수 없었다고 할 것.

여섯째, 개수덕이 어떤 말로 공갈 협박을 해도 지지 말 것이며, 오늘 상황을 대모달에게 알려야 한다고 강조할 것.

일곱째, 생존 선봉대를 이끌고 자신이 타고 있는 전함으로 보내달라고 할 것.

두치 공의 얘기를 듣고 있자니 부르르 몸서리가 일었다. 그 짧은 시간에 어떻게 그런 생각을 했는지 감히 상상조차 할 수 없었다.

왜 그래야 하는지 말하지 않았지만 그 이유를 분명히 알 수 있었고, 그러지 않으면 자신이 위험해진다는 사실까지 알 수 있었다.

동훈이 예상했던 것보다 두치 공은 훨씬 비상한 사람이었다.

두치 공이 미는 바람에 물에 빠진 동훈은 한동안 허우적거리지 않을 수 없었다. 헤엄이야 칠 줄 알았지만 차가운 물에 빠지자 몸이 굳어지는 것 같았고, 밤이라 두려움이 일었다. 그러나 이런 악조건 속에서 본대로 헤엄쳐온 선봉대원들을 생각하자니 더이상 허우적거려서는 안 될 것 같았다. 그들에게 가서 그들을 위로해 줘야 할 것 같았다.

마음을 다잡은 동훈은 천천히 대장선이 있는 본진 지휘부 쪽으로 헤엄치기 시작했다. 선봉대원들이 찾을 수 있게 배란 배엔 불이 훤히 켜져 있어 방향을 잡는 데는 어려움이 없었다. 헤엄치다 만나는 병사들에겐 힘내라고 다 왔다고 용기를 북돋았고, 배 위에다 대고 밧줄과 전마선을 내려달라고 소리를 지르기도 했다. 그렇게 선봉대장으로서의 역할을 수행하며 대장선으로 헤엄쳐 갔다. 그리고 마침내 대장선이 보이자 소리를 질렀다.

"선봉대장 동훈이다. 장군께 보고하러 왔으니 밧줄을 내리라."

그러나 밧줄은 한동안 내려오지 않았다. 다른 배들은 선봉대원들을 구출할 거라고 진작부터 횃불을 훤히 켜놓고 밧줄이며 전마선들을 내려놓고 있었는데 대장선은 그 어떤 조치도 하지 않고 있었다. 선봉대원들을 구출하려는 어떤 움직임도 없어 보였다.

그러기를 잠시. 한 병사가 횃불을 들고 나오더니 소리쳤다.

"장군께서 선봉대장 징표를 보이랍네."

그 말을 듣는 순간, 동훈은 숨이 턱 막혀왔다. 이 위급한 상황에도 개수덕은 자신이 공격당할 수 있다고 생각하는지, 오로지 자기만 살겠다고 징표를 요구하고 있으니 숨이 막히지 않을 수 없었다. 하여 물 밖으로 몸을 내밀며, 악을 쓰며, 마디마디 끊으며, 소리를 질렀다.

"이 위급하고 화급한 상황에 어띠 징표를 탱길 수 있갔냐고 전하라."

그러자 조금 있다 다시 배 위에서 소리를 질렀다.

"기럼 옛날 별명이라도 대보라신다."

결국 적병인지 아닌지를 확인하기 위해, 자기 목숨 보전을 위해 부하의 별명까지 묻고 있었다. 치가 떨리는 정도가 아니라 눈앞에 있다면 한 주먹에 박살내고 싶을 정도였다. 그러나 어쩔 수 없었다. 별명을 대는 수밖에.

"똥단지다."

똥단지란 별명은 부하 병사들이 붙여준 별명이었다. 자그마한 키에 고된 훈련을 시키고 엄하게 부하들을 다잡는다고 악의를 담아 붙인 것이었다. 동훈의 '동' 자를 '똥' 자로 발음하고 '질그릇 훈' 자를 '단지'라 발음하여 '똥단지'라 불렀었다. 개수덕은 그 별명을 알고 있었기에 그 별명으로 동훈의 신원을 확인하려는 모양이었다.

그리고 잠시 후, 병사들 손에 횃불들을 들린 채 개수덕이 낯짝을 드러냈다.

"똥단지란 별명을 아는 걸 보니 적은 아닌 것 같으니 올라오라. 기 대신, 혼차만 올라와야디 다른 사람은 올라오디 못한다. 기리 알라."

그러더니 다시 몸을 숨겨버렸다. 참, 저 따위가 정벌대장이라니 한심해도 너무 한심했다.

젖은 옷을 벗어 수건으로 몸을 대충 닦고 대장선에서 내주는 옷으로 갈아입었다. 물속에 오래 있지도 않았는데 이빨이 덜덜덜 떨릴 정도로 추웠다. 하는 수 없이 병사 하나가 내어준 가죽 깔개를 옷 위에 덮고 앉아 몸을 녹였다. 그러다 정벌대장이 부른다는 소리에 밖으로 나섰다.

벌써 희뿌옇게 날이 밝아오고 있었다. 선봉대 전선을 바라보니 폐선처럼 검은 빛으로 서 있었다. 잔불들을 정리하는지 병사들이 분주히 움직이는 모습도 보였다. 병사는 전장에서 삼일을 버티기 위해 삼년동안 훈련을 하고, 전선은 삼십 년을 써먹기 위해 삼년동안 공을 들인다는데, 띄워진 지 며칠 만에 검게 그을린 채 떠있는 모습을 보자니 자신의 모습을 보는 것 같아 눈이 시렸다.

개수덕이 어찌 된 상황인지 묻자 두치 공이 알려준 대로 고했다. 그러자 개수덕이 화를 냈다.

"기림 화공에 쓸 기름을 다 태워버렸다는 말이네? 기게 어떤 기름인데?"

말문이 막혔다. 부하들의 죽음보다 화공에 쓸 기름을 더 아까워하는 개수덕에게 무슨 말을 할 것인가. 하여 아무 말도 없이 서 있었다.

"왜 말이 없네? 뭔 말이든 해야 할 거 아니네?"

"무슨 말을……? 경계에 실패한 장수가 무슨 말을 하갔습네까?"

"기 말은? 나한테 들으라고 하는 말이네?"

"기게 아니오라…… 가장 기본적인 조치도 취하디 않고 잠자리에 든 소장을 탓하는 겝네다."

그 말엔 대꾸가 없었다. 더 이상 언급해봐야 자신의 무능만을 들 춰내게 된다는 것을 아는지 입을 다물었다. 그에 따라 동훈도 입을 다물 수밖에 없었다.

할 말이 없는 둘이 무추름히 서 있자니 장수들이 하나둘 모여들 기 시작했다.

선봉대원들의 구출 상황을 보고하기 위해 온 것이기도 하지만, 정벌대장이 어떤 말을 하는지 보러 오는 것 같았다.

"좌군 말객 충호 아룁네다. 좌군에서 구출한 인원은 총 8명으로 파악됐습네다. 중군에서 가장 많은 인원을 구출한 것으로 사료되는 바, 중군 장수가 와야 둠 더 정확한 집계가 가능할 것 같습네다."

"우군에서는 7명을 구출했습네다. 군관 2명에 병졸 5명입네다. 이상입네다."

우군 장수가 보고를 마치자 개수덕이 그를 쏘아보며 짜증을 섞어 물었다.

"기런데 만보는 왜 안 보이네?"

"기, 기건, 중군에 많은 인원들이 몰려있어 생존자를 파악하는데 둠 더 시간이 걸릴 것이라 사료되옵네다. 조끔만 기다려 보시디요."

"뭘해도 늦어. 늘작늘작. 전쟁을 하갔다는 건디 말갔다는 건디, 원."

개수덕은 마치 모든 문제가 굼뜬 만보 때문에 발생한 것처럼 짜 증을 냈다. 늘 그래왔듯이, 이번 일도 다른 사람을 탓함으로써 자신 의 잘못을 덮으려는 것 같았다. 개수덕은 화가 잔뜩 난 발걸음으로 회의실을 서성거렸다. 그리 되자 회의실에 모인 사람들도 앉지도 못한 채 멀쭘히 서 있을 수밖에.

그렇게 얼마나 지났을까. 개수덕이 도저히 못 참겠다는 듯 부관을 향해 소리를 질렀다.

"부관, 중군에 가 어띠 된 일인디 알아보라. 이거야 원 답답해서 어디 살갔네?"

"옛! 알갔습네."

부관이 막 회의실을 빠져나가려는데 중군 장군 만보가 회의실 안으로 들어섰다. 순간, 개수덕이 속사포로 쏘아댔다.

"뭘 이렇게 꾸물대는 겁메? 전쟁 다 끝나고 나서야 출전 준비할 겁메? 뭘해도 빠릿빠릿해야디, 이래서야 뭔 전쟁을 하갔습메?"

만보는 들어오다 말고 개수덕의 고함을 온몸으로 받는가 싶더니 무슨 일이 있었느냐는 듯 주위에 서 있는 사람들을 둘러봤다. 그리자 개수덕은 더욱 언성을 높여 만보를 나무랐다.

"늦게 왔으면 보고라도 빨리 하기요. 답답해서 못 살갔소, 답답해서."

그제서야 대충 상황을 파악하겠는지 만보가 입을 열었다.

"중군에서 구출한 병사는 총 15명입네. 인원 구출이 끝나댜마댜 바로 달려오는 길입네."

"선봉대장, 기럼 총 멧 명이나 구출된 거네?"

"예. 좌우군 8명에 7명, 그리고 중군 15명 해서 총 30명입네."

"30명이 아니고 31명이디. 선봉대장 당신은 선봉대 아니네?"

"아, 예. 기렇습네. 31명입네."

"기럼 일할 둠 넘게 살았구만."

"예? 아, 예……."

되묻다 말고 동훈은 속으로 쓰게 웃지 않을 수 없었다. 300명 중 일할밖에 살아남지 못했는데 동훈까지 포함해서 31명이 살았음을 강조하며 일할 조금 넘게 살아남았다는 개수덕의 알량한 셈법에 정나미가 떨어지지 않을 수 없었다. 그건 동훈만 느끼는 게 아닌 것 같았다. 회의실에 모인 사람들 모두가 쓰게 웃는 듯했다.

결국 대모달에게 상황을 알려 지원을 요청하자는 동훈의 제안은 받아들이지 않았다. 두치 공까지 나서 동훈을 거들었으나, 전장 상황을 일일이 알릴 필요가 없을뿐더러 지원군 요청에 대해서는 자신이 알아서 하겠다며 한사코 거부했다. 그러나 선봉대의 거취 문제에 대해서는 동훈이 알아서 하라고 선선히 허락해주었다. 그리하여 동훈은 부하들을 이끌고 좌군 후미에 있는 두치 공네 배에 오르게 됐다.

43

수덕은 당황스러웠다. 일이 꼬이고 있었다. 꼬이는 정도가 아니라 아차 하다간 낭도 무지렁이들한테 당할 수도 있겠다는 생각까지 들었다. 아니, 그보다 부하 장수들이 자신을 거부할지도 모르는 상황으로 전개되고 있었다.

몽돌포 진입 작전 실패에 이은 허를 찔린 한밤중 기습으로 정예 선봉대의 9할을 잃었고 전선 세 척이 전소되자 할 말이 없었다. 선봉대장에게 책임을 묻고 싶었으나 그럴 수도 없었다. 공개석상에서 그를 닦아세우며 단 한 명도 남기지 말고 모두 재우라는 명을 내렸고, 그 얘기를 엿들은 것처럼 적은 그 때를 놓치지 않고 기습 및 화공으로 선봉대를 궤멸시켜 버렸으니 그의 책임으로 돌릴 수가 없었다.

하는 수 없이, 늘쩍거리는 중군 대장 만보를 닦달해봤지만 화가 풀리기는커녕 화만 치솟아 올랐고, 그런 자신을 바라보는 부하 장수들의 표정도 심상치 않았다.

태후와 대모달의 사촌동생임을 내세워 눌러놓았는데, 그러면 고분고분 알아서 길 것이라 여겼는데, 갈수록 약발이 서질 않고 있었다. 잘못했다간 항명 정도가 아니라 하극상이라도 일으킬 것 같았다. 특히, 한때 자신의 상관이기도 했던 동훈의 눈빛이 예사롭지 않았다.

동훈은 처음부터 한때 자신의 부하였던 수덕을 만만히 보는 경향이 있었다. 사촌 잘 만나 하루아침에 출세했다고. 그걸 알고 있었기에 공공연히 그를 찍어 눌러 기를 꺾어놓았다. 그런데, 자신의 잘못된 판단으로 하룻밤에 그간 힘들여 양성한 정예군 3백을 단 한 방에 잃었으니 원망하는 정도가 아니라 모든 책임을 지라는 듯한 태도를 보이고 있었다. 하여 그의 반발심과 적개심을 잠재우기 위해 요구조건을 수용하지 않을 수 없었다.

"구사일생으로 탈출한 선봉대가 30명뿐이라믄 기 어떤 작전도 구사할 수 없는 만큼 후미에 빠뎌 마음을 튜스리고 전열을 가다듬은 후에, 필요하다믄 움딕일까 합네다."

"기럼 어디에 있갔다는 말입네까?"

수덕은 동훈의 성질을 자극하지 않기 위해 존댓말로 물었다. 아니, 화가 뻗힌 그의 얼굴과 몸짓을 보자 과거 그의 부하로 있던 날이 떠오르며 주눅이 들어버렸다. 하여 자신도 모르는 새에 존댓말을 하고 있었다. 그가 누군가. 산천초목마저 벌벌 떨던 똥단지가 아닌가.

"길쎄 기건…… 승선 인원이 적은 배를 타야 할 거 같은데…… 두치 공이 타고 있는 배가 좋디 않을까 합네다."

동훈은 일개 길잡이에 불과한 두치에게 공이란 칭호까지 붙여가며 그 배에 타겠다고 했다. 두치가 장졸들과 어울리지 못하게, 두치를 무력화시키는 한편 두치의 위상을 깎아내리기 위해 군량을 실은 배에 두치를 처박아뒀는데 그곳에 선봉대를 태우겠다니 어이가 없었다.

"기 밴 군사들이 있을 만한 배가 아닙네다. 군량을 실은 배에 어띠 정예군을 태운단 말입네까?"

"꼭 기릏게 생각할 건 아닌 것 같습네다. 적이 선봉대를 기습한 이유가 그 배에 기름이 실려있음을 알았기 때문이라면 다음엔 군량을 실은 배를 기습한 공산이 큽네다. 기러니 철통경계로 기걸 막고 싶습네다. 작전 실패는 용서할 수 있디만 경계 실패는 용서할 수 없다는 말도 있디 않습네까?"

놈은 또 경계 실패를 들먹이며 수덕의 치부를 들춰내는 한편, 작전회의실에 모인 장수들을 자극했다. 그 말은 자신의 말을 듣지 않았다가 오늘의 참사를 야기했으니 그 책임을 지라는, 경계에 실패한 장수가 바로 너 아니냐는 말이나 다름없었다. 하여 수덕은 더 이상 일이 확대되는 걸 막고 싶어 재빨리 그의 말에 동의해 버렸다.

하나를 얻는 대신 하나를 내줘야 했다. 동훈과 두치가 합심하여 밀어붙이는 대모달에게 현상황을 알려 지원군을 요청하자는 제안, 아니 협박만은 막아야 했기에 어쩔 수가 없었다.

"듣고 보니 기렇군요. 기럼 대장이 군량을 달 디켜듀시라요. 선봉 대원들이라믄 기 누구보다 단련된 병사들이니 적격자라 할 수 있갔네요."

그렇게 해서 수덕에게 반감을 가지고 있는 두치와 동훈을 한 배에 태웠다. 그러나 속은 뒤집혔다. 두 놈을 한 배에 태운다는 건 반발세력을 규합시켜 주는 꼴이었기 때문이었다.

작전회의를 마친 수덕은 침실로 들어갔다. 새벽잠을 설쳐선지, 예상치 못한 일격에 기를 뺏겨서 그런지 몸이 무겁고 축 늘어지는 게 한잠 자야 할 것 같았다. 어쩌면 두치와 동훈 두 놈을 한 배에 태울 수밖에 없는 상황에 대한 무력감인지도 몰랐다.

갑옷도 벗지 않은 채 침상에 누웠다. 몸은 천근만근이고 잠이 곧 쏟아질 것 같은데, 눈을 감아도 잠은 오지 않았다.

도망자 영쯤이야 사람 잡는 칼이 아닌 개 잡는 칼이면 족할 줄 알았다. 하여 전선 30척에 3천 병사를 이끌고 가라는 사촌형 휘의 말에 피식 웃었었다. 낭도 전체 인구가 겨우 천 명 정도니 오합지졸까지 다 합쳐야 군사는 5백도 채 되지 않을 것이었다. 그런데 병사 3천을 이끌고 가라니 웃음이 새어 나올 수밖에. 그러자 휘가 정색하며 말했다.

"만만히 봤다간 큰 코 다티니끼니 긴장 늦튜디 말라. 기러고 두치란 내 수족이 있으니 데려가 쓰라. 모든 작전은 기 자와 상의하고.

도망자 영과 낭도에 대해선 기 자만큼 아는 사람도 없고, 기간 나와 태후마마께 충성을 다해온 자니 우대하라. 무슨 말인디 알갔네? 두치 기 잘 술사나 군사로 삼아 움딕이란 말이다."

사촌형이었지만 사실상 군권을 장악하고 있는 대모달이었기에 수덕은 그의 말을 거부할 수 없었다. 사촌누님인 태후의 힘을 빌어 그를 누르긴 했지만, 그가 뻗대기라도 한다면 태후도 어쩔 수가 없을 것이기에 고분고분 순종하는 태도를 보여야 했다.

"예. 명심하갔습네다."

수덕은 대모달의 은혜에 감사하다는 말까지 마치고 사촌형 집을 나섰다.

그러나 대왕으로부터 정벌군대장으로 임명받자 마음이 달라지기 시작했다.

사촌형은 하루라도 빨리 전초기지인 서안평으로 가 군사들을 점검하고 훈련시키라 했지만 수덕은 늑장을 부렸다. 사촌형인 대모달에게 확답까지는 아니더라도 조건부 승낙이라도 받은 후에 떠나고 싶었다. 수덕이 생각하기에 태자도를 공격하여 오합지졸 5백을 쳐부수고 역적 영을 처단하는 일은 어려울 것 같지 않았다. 두치란 놈이 자신의 무능을 숨기고자 거짓 보고를 하는 게 분명해 보이는데도 사촌형은 두치 그 자의 말만 듣고 낭도 전력을 과대평가하고 있었다. 하여 수덕은 낭도를 박살내고 영을 처단한 후의 상훈에 대한 언질이라도 받고 싶었다. 승차 내지는 궁이나 도성 요직에 앉고 싶었다. 수렴청정으로 태후가 전권을 쥐고 있는 지금이 아니면 점점 어려워질 것이기에 미리 침이라도 발라놓고 싶었다. 그런데 사촌형은 그에 대해선 어떤 언급도 하지 않았다.

결국 참다못해 수덕은 사촌형을 찾아갔다.

"산전山戰보다 더 힘들다는 게 수전水戰인데, 휘하 장졸들을 어떤 당근과 태떡으로 다루는 게 동갔습네까? 당근과 태떡이 분명해야 장졸들을 제대로 다루디 않갔습네까?"

어렵게 사촌형을 만난 수덕은 낭도 정벌의 주의사항 아니, 쓸데 없는 잔소리를 들은 후에, 기회다 싶어 그동안 꾹 눌러 참아온 말을 던졌다. 수덕의 말에 사촌형은 수덕을 빤히 쳐다보았다. 여러 가지 의문을 담은 눈길이었다.

"나야 태후마마와 형님을 위해 위험을 무릅쓴다디만 장졸들은 다르디 않습네까?"

그 말에 사촌형은 결국 이걸 알고 싶어서 날 탓아온 거네? 하는 표정으로 수덕을 바라보았다. 그렇게 점점 매서워지는 눈길로 바라 보자 수덕은 가만히 있을 수가 없었다. 잘못하다간 사촌형의 눈 밖 에 날 수도 있었다.

"기런 걸 분명히 하디 않으믄 명이 안 설 거 같아 기럽네다."

얼떨결에, 속에 없었던 말까지 뱉어버렸다. 그 말에 결국 사촌형 이 화가 난 목소리로 말했다.

"전장에 나가는 장수가 어띠 떡고물부터 생각하는 거네? 다 자원 해서, 태후마말 들쑤셔서 한 일인 걸 내가 모르디 않거늘 어띠 기런 말을? 기래서…… 떡고물 먼뎌 탱길래고 안딕까디 임지로 안 가고 버티고 있는 거네? 뎡말 기런 거네?"

말을 하며 수덕을 쳐다보는 사촌형의 눈길이 매서워져 있었다. 수덕의 마음을 꿰뚫는 정도가 아니라 수덕의 마음속에 있는 썩은 부분까지 다 도려낼 듯한 눈길이었다. 수덕은 휘를 사촌형으로 만나고 있는데 휘는 수덕을 부하 장수로 만나고 있음이 느껴지자 수덕은 더듬거리지 않을 수 없었다.

"기, 기게 아니라…… 부하 장수들을 살페보니 결코 만만해 보이디 않아서리. 수전은 텨음이기도 하고. 기래서 부하 장수들을 휘어댑을 방법을 생각하다 기만."

수덕이 당황해하는 모습을 매섭게 노려보는가 싶더니, 다시 사촌형으로 돌아왔는지 어투를 조금 부드럽게 바꾸며 말했다.

"태후마마가 계시고 내가 있는데 뭘 걱명하네? 미덥딘 않디만 널 기 자리에 보낼 때는 다 생각이 있어서야. 그러니 딴생각 말고 듀어던 일이나 똑바로 하라. 팔이 안으로 휘디 밖으로 휘는 팔도 있네?"

더이상 할 말이 없었다. 그런 마음을 가지고 있는 사촌형에게 더이상 무슨 말을 한단 말인가. 더 말해봐야 입만 아플 것이었다. 하여 수덕은 입을 다물어 버렸다. 그러자 사촌형이 덧붙였다.

"모든 건 두치에게 말해뒀으니 아니, 두치가 알고 있으니 먼뎌 두칠 만나고 두치와 상의해서 처리하믄 어려움이 없을 게다. 두치 마음이 내 마음이니 기 잘 믿고 기 잘 곁에 두거라. 기러고…… 하루라도 빨리 임지로 가는 게 널 세우는 일임을 닛디 말고."

결국 또 두치 얘기였다. 그 자가 뭐길래, 어쨌길래 그러는지 알 수가 없었다. 아니, 화가 후욱 치밀어올랐다. 그러나 수덕은 고개를 숙이는 수밖에 없었다. 자신의 속을 내보인 게 부끄러웠고 자신의 속을 훤히 들여다보는 사촌형이 두려웠기 때문이었다.

다음날 수덕은 도성을 나섰다. 더 이상 출발을 미뤘다간 사촌형뿐만 아니라 태후의 눈 밖에 날 수도 있었기에 떠나지 않을 수 없었다.

그러나 서안평에 도착해서는 군영에 틀어박힌 채 꿈쩍도 하지 않았다. 두치를 만나지도 않았다. 두치란 자가 과연 어떤 자인지 파악부터 해야 할 것 같았다. 두치란 자가 사촌형을 휘어잡은 비법을 알고 싶었다.

두치란 자는 정식 군사교육을 받은 무관이었다.

궁에서 왕을 호위하던 호위무관이었는데 역적 영을 잡기 위해 사촌형이 특별히 뽑아간 자였다. 그런데 역적 영을 잡거나 처단하지 못해, 역적 영을 잡을 일념으로 사촌형 밑에 눌러있는 자라 했다. 역적 영을 잡기 위해 염전 일까지 했었고, 낭도에 잠입하여 낭도에 대한 정보를 파악했을 뿐 아니라 전선 건조 책임자로 전선 건조를 직접 지휘하고 있다고 했다.

두치에 대한 정보를 파악하자 수덕은 두치를 더욱 만나고 싶지 않았다. 정식군관에다 사촌형의 총애를 받는, 외곬인 그의 성격을 감당하기 어려울 것 같았다. 하여 그를 만나지 않기 위해 군영에 틀어박힌 채 진수식 날만 기다렸다.

진수식에 가서, 병사들과 군중들 앞에서 그의 기를 완전히 꺾어버릴 생각이었다. 하여 그의 위상을 깎아내리기 위해 이름을 부르기보다 '길잡이'란 호칭을 썼다. 일반 병사들보다도 못한 존재로 만들어야 병사들도 그를 말랑말랑하게 대할 것이었다.

그리고 진수식 당일 수덕은 두치의 기를 꺾어놓는 정도가 아니라 아주 깔아뭉갰다. 그런데도 두치는 별다른 반응을 보이지 않았다. 그 정도했으면 얼굴 표정이라도 변해야 할 텐데 그러지 않았다. 그럴수록 수덕은 골이 났다. 내력內力이 강한 자일수록 쉽게 무너지지 않고, 다루기 힘들다는 걸 수덕은 잘 알고 있었기 때문이었다.

보통 한미한 집안 출신이거나 조실부모하여 혼자 버텨온 자들에게서 나타나는 속성이었는데 그 내력은 수덕이 감당하기 어려운 것이었다. 수덕은 그들의 그런 속성을 약점 삼아 그들을 깔아뭉개려 해봤지만 쉽지 않았다. 오히려 자신의 약점만 노출되기 일쑤요, 자신이 위험에 빠지는 경우가 많았다. 그들은 자신의 약점 내지는 결여/결함을 알고 있었기에 그걸 담담히 인정하고 수용하는 한편 그걸 극복하기 위해 더 강인한 힘으로 버텼다. 특히 어려움에 처했을 때나 다급한 상황에서는 그런 내력이 강한 힘으로 표출되어 남들은 예상하지 못한 일을 해내곤 했다. 목숨까지 내걸기도 했다. 수덕은 그런 그들이 부러우면서도 무서웠다. 귀족 출신으로 보살핌과 예우에 익숙하고, 목숨을 걸 만한 일을 해보지 않았던 수덕으로선 이해할 수도 감당할 수도 없는 일이었다. 그런데 무관인 자신에겐 그런 그들의 내력이 절대적으로 필요했다. 감사심敢死心이 없이는 감당할 수 없는 게 무관의 길이 아닌가.

또한 그들의 그런 내력이 외부로 표출되기도 했으니 그런 자들은 자신을 만만히 볼 수 없게 하는 강한 인상을 가지고 있었다. 좀 만만히 보이고 약해 보여야 접근하기도 쉽고, 동정심이라도 일 텐데 그런 걸 사전에 차단하고 있었다. 말 대신 강한 인상으로 잘못 건드렸다간 죽을 줄 알라고 표현하고 있었다. 그런 걸 처음 느낀 게 바로 똥단지 동훈에게서였다.

그후 수덕은 그런 자들을 피해왔다. 아니, 그런 자들을 피할 수만은 없었기에 자신의 배경과 힘으로 눌러왔다. 똥단지 동훈이 그 대표적인 경우였는데 그의 승차와 꽃보직을 막음으로써 그가 자신보다 앞에 서는 걸 막아왔다. 부하로 있을 때 자신을 보살피고 예우하지 않은 보복을 그렇게 하고 있었다. 그런데 두치에게는 그런 방법이 안 통할 것 같았다. 사촌형 휘가 자신보다 두치를 더 믿고 있으니 그의 힘이나 가족의 힘을 빌릴 수가 없었다.

그렇다면 다른 방법이 없었다. 자신이 가지고 있는 힘으로 철저하게 누르는 수밖에. 하여 사촌형이자 실제적 군통수권자인 대모달의 명을 어기면서까지 두치를 구석에 처박아두었다. 모든 걸 그와 의논해서 결정하라는 대모달의 명을 거역할 수는 없었기에 작전회의에는 참석시키되 그 어떤 의견 개진이나 발언권도 주지 않음으로써 그를 무력화시켰다.

그런데……

하루라도 빨리 역적을 처단하여 도성에 들어가고 싶은 마음에, 태후와 대모달의 마음이 변하기 전에 돌아가야 한다는 생각에, 낭도 떨거지들을 너무 얕본 탓에, 두치의 말을 듣지 않았다가 초전에 낭패를 보았고, 맥없이 선봉대를 잃음으로써 정벌대장으로서의 체모를 상실한 것도 모자라 그가 가장 미워하고 경계했던 똥단지와 한 배에 태울 수밖에 없었으니 잠이 올 리 없었다.

지원 요청

44

"전군을 몽돌포 주변에 배치하시라요."

병택의 말에 모두들 의아한 표정이었으나 석권 장군만은 고개를 끄덕였다. 아무래도 병택의 의도를 아는 것 같았다. 하여 병택은 다음 말을 이었다.

"섣부른 판단인디 모르디만, 침략군엔 병법을 아는 자가 많디 않은 것 같기 때문입네다. 또는 병법을 아는 자가 모르는 자에게 눌리고 있거나. 어땠든…… 적군은 디금 흥분해 있을 기고, 설욕을 위해 오늘 몽돌포를 공격할 것이라 생각됩네다. 기런 만큼 몽돌포에 모든 병력을 집중시켜 막아냅세다. 아니, 이 기회에 침략군을 깨부수고 수장시켜 버립세다."

병택의 말에 모두들 눈빛을 밝혔다. 소극적인 방어에서 적극적인 방어로 선회했기 때문만은 아닌 것 같았다. 이미 오늘 새벽에 적함 세 척을 불태우고 적군 수백 명을 수장시키는 걸 눈으로 봤으니,

적의 허점과 약점을 파악하지 않았던가. 그러니 당연히 적극적인 방어, 나아가 공격으로 전환하리라 예상하고 있었던 모양이었다.

"어제는 선봉대가 나섰다면 오늘은 총공격을 단행할 테디요. 멧 척으로는 어림없음을 알았을 테니낀 말입네다. 기러니 기에 대한 대비도 하고, 이 기회에 다신 생각하디 못하게 혼쭐을 내듭시다."

병택은 모든 장수들의 불타오르는 눈빛을 다시 확인한 후 구체적인 작전 명령을 내렸다.

첫째, 오늘은 화공을 실시한다. 공성기로 돌을 날리는 대신 기름 먹은 짚에 불을 붙여 적선敵船을 공격한다. 적은 공성기의 위력을 알고 있는 만큼 한꺼번에 공격을 단행할 것이고, 그러기 위해 밀집 대형을 유지할 것이다. 밀집대형에선 돌보다 불이 위력을 발휘하니 공성기 주변에 기름 먹은 짚 뭉치를 쌓아두라.

둘째, 화살도 불화살을 사용한다. 화살로 적군 한두 명을 무력화시키기보다는 불을 이용해 적함을 불태우기로 한다. 적선은 잘 마른 목재를 사용했고, 가을 동안 비도 오지 않았으니, 불화살로도 적선을 태울 수 있을 것 같다. 어유魚油까지 다 동원하여 적선을 불태워 버리자.

셋째, 좌우군은 적 하륙에 대비한다. 화공은 중군에서 하고, 좌우 군은 적의 하륙에 대비하여 몽돌포 주변으로 이동한 후 지형지물을 활용하여 매복한다. 그리고 각 부대별로 상황에 맞게 하륙하는 적들을 분쇄한다. 특히 적선에서 뛰어내린 적군이 헤엄쳐 하륙할 수 있는 만큼 그에 대한 대비도 함께 해두라.

넷째, 적 감시를 더욱 강화한다. 적이 성동격서 작전을 펼칠 수 있는 만큼 각 부대는 낭두봉과 각 해안에 감시병을 세워 적의 움직임을 면밀히 파악하여 보고하라. 특히 몽돌포로 진격하는 적함보다 뒤에 쳐져있는 적함의 동태에 신경을 쓰라.

다섯째, 사정거리를 철저히 파악했다가 집중 공격한다. 적이 사정거리에 들어오기 전에는 어떤 공격도 하지 말라. 의욕만 앞세워 적이 사정거리에 들어오기 전에 공격했다간 짚 뭉치와 화살만 허비하게 되니 다소 두렵고 무섭더라도 완전히 사정거리에 들어온 후에 명령에 따라 공격을 실시하라.

여섯째, 2차 방어선까지 구축한다. 1차 방어선이 뚫렸을 때를 대비하여 각 부대의 1/4 병력으로 2차 방어선에 구축하라. 이 방어선에는 궁수보다 기마대와 검사를 배치하라. 특히 지형지물에 밝은 좌우군은 유인작전을 함께 구사해 하륙한 적들을 섬멸하라.

일곱째, 이 작전계획은 한시적인 계획이다. 오늘 작전계획은 적이 어떻게 나올지 모르는 상황에 대한 대응책인 만큼 한시적일 수밖에 없다. 그러니 군영을 이동하지 말고 병사들만 이동시켜라. 병사들의 힘을 아껴야 전투다운 전투를 할 수 있는 만큼 꼭 필요한 병기나 자재 외에는 이동하지 말라.

병택은 군막에 설치된 태자도 모형을 앞에 놓고 자세한 작전 계획을 알렸다. 그리고 제장을 돌아보며 물었다.

"질문 있으믄 하시라요."

그러나 누구 하나 입을 열지 않았다. 병택의 자세한 설명에 작전 내용을 충분히 숙지했는지, 부대 이동과 전투준비에 바쁜지, 서둘러 군막을 나서려는 눈치였다.

"동습네다. 질문이 없으믄 빨리 부대로 돌아가서 준비들 하시기 바랍네다."

명이 떨어지기 무섭게 장수들이 뛰어나갔다. 특히 마석과 범포 장군이 신이 난 듯 뛰어나가자 다른 장수들도 이에 질세라 뛰어나갔다. 그 모습을 보며 병택은 엷게 웃었다. 병택이 말리는 통에 적을 눈앞에 두고도 보고만 있자니 답답했을 것이었다. 그런데 이제 전투를 하게 됐으니 근질거리던 손발이 다 풀리는 모양이었다.

"마석과 범포 장군은 신이 난 것 같디요?"

모두 막사를 빠져나가자 병택은 석권 장군에게 말을 붙였다. 그러자 기다렸다는 듯이, 미안한 표정으로 대답했다.

"괜히 소장 때문에…… 적들이 우리 계획대로 움직여 둘까요?"

"장군 때문이라니요? 손발이 근질거린 게 어디 장군뿐이었갔습네까? 마석과 범포 장군이 춤출 듯 뛰어나가는 것 보디 못했습네까? 저도 군문에서 뼈가 굵은 사람인데 기걸 왜 모르갔습네까? 아마 장군이 아니었다면 오늘 분명 마석과 범포 장군의 항의를 받았을 겁네다. 가만히 보고만 있을 거냐고. 우리도 공격해야 하는 것 아니냐고. 그 말을 막아둔 사람이 바로 장군 아닙네까? 기래서 오히려 고맙게 생각합네다. 기러고 장군이 말씀하시디 않으셨습네까? 적장 수덕은 부하 장수들에게 신임을 잃어 내부 갈등이 심하다고요. 그러니 그걸 만회하기 위해서, 내부 갈등을 외부로 돌리기 위해서라도 총공격을 단행할 겁네다. 자신의 힘과 영도력을 보여야 부하들이 따를 거 아닙네까? 두고 보세요. 장군의 기습공격이 적장을 자극했을 게 분명하니. 또한 그는 재보다 잿밥에 관심이 더 많다고 하디 않으셨습네까? 기런 위인인 만큼 단기전으로 끝내려 할 거이고, 오늘이 바로 기날일 겁네다. 두고 보시라요."

병택의 말에 석권 장군이 고개를 끄덕이며 쓰게 웃었다. 자신과 같은 생각을 하는 병택을 믿겠다는 뜻인 것 같았다. 그러면서도 뒷일이 걱정되는지 웃음이 달지만은 않았다. 병택은 그런 석권 장군이 더욱 믿음직스러웠다. 나설 때와 물러설 때를 아는 그는 분명 빼어난 무장임이 분명했다.

"기럼 군사만 믿고 소장도 가서 준비를 하갔습네. 모르긴 해도 유격대장이 피를 말리고 있을 겁네다."

"기래시디요. 유격대장한테는 나중에 부르갔다고 전해듀시고요."

"예. 달 전달하갔습네다. 기럼."

석권 장군이 군례를 마치고 막사를 나섰다. 그 모습이 초복이처럼 보였다. 왜 그렇게 보였는지는 모르지만 초복이가 나서는 것만 같았다. 어쩌면 병택의 마음을 잘 읽어낸다는 공통성 때문일지도 몰랐다.

병택의 마음을 읽고 병택이 말하기 전에 행동화해줬던 초복이. 살아있다면 그도 벌써 불혹이 넘었을 텐데. 살아있기나 한지. 병택은 초복이의 얼굴을 떠올려보았다. 그러나 그의 얼굴은 떠오르지 않았다. 어머니 병문안을 위해 떠나던 뒷모습만 어렴풋이 떠올랐다. 아무래도 이승에는 없는 것 같았다.

45

군사의 예상대로 아침 물때를 이용하여 적들이 몽돌포로 달려왔다. 어제처럼 몇 척이 아니라 수십 척이 밀물처럼, 밀물을 타고 돛까지 올린 채 몽돌포를 향해 밀려들었다.

봉시진과 어란진의 혼합 형태로 앞쪽은 전형적인 돌격대형이었다. 앞쪽 선봉대는 봉시진으로 기마대를 이끌고 적진을 돌파할 때 사용함직한 진형이었다. 그리고 뒤쪽은 어란진 형태로 선봉대가 열어놓은 길을 따라 재빨리 돌파하여 하륙하겠다는 의지를 담고 있었다. 전형적인 지상전의 전술로, 기보騎步 합동작전에 사용할 만한 전법이었다.

그런데 그들이 모르는 것이 있었다. 첫째는 밀물의 힘이었다. 밀물을 타면 정조 때까지는 의도한 대로 배를 움직일 수 없다는 점을 간과하고 있었다. 한꺼번에 몰려와 하륙에 성공한다면 별 문제가 없겠지만 그러지 못할 때는 한꺼번에 몰살당할 수도 있다는 점.

또한 몽돌포구는 만灣의 형태를 취하고 있어 삼면에서 동시 공격할 수 있다는 점을 염두에 두지 않거나 가볍게 보고 있었다. 고구려 성의 구조를 안다면, 화하족이 고구려 성을 두려워하는 이유를 안다면, 몽돌포구는 고구려 성이나 다름없이 방어에 유리한 구조로 되어 있다는 점을 염두에 두어야 했다. 어제 선봉대가 당하는 걸 보고도 깨닫지 못했다면 그야말로 매 안 타는 고양이라 할 수 있었다.

셋째로 몽돌포 입구에 좌우군이 만반의 준비를 하고 매복하고 있음을 모르는 듯했다. 일정한 거리에 들어서면 화살에 의한 집중 사격과 화공을 준비해놓고 있음을 생각지도 않는 것 같았다. 모든 공격이나 후퇴 때는 매복을 염두에 두어야 한다는 사실은 그야말로 상식 중의 상식이었다. 그런데도 그런 점을 전혀 고려하고 있는 것 같지 않았다. 한 마디로 태자도 방어군을 얕봤거나 앞뒤 생각없이 덤비고 있는 것 같았다.

"역시 군사의 예상이 맞았구만 기래. 설욕할 생각만 했디 우리에 대한 정보가 없는 것 같구만. 기러고 수전에 대한 개념도 없는 것 같고."

석권은 몽돌포가 내려다보이는 지휘소에 선 채, 몽돌포로 진격해 오는 적선들을 바라보며 혼자 중얼거렸다.

'긴데 군산 기걸 어뚫게 알았디? 어떤 근거로 기런 판단을 내렸을까?'

석권은 생각할수록 군사의 예견력이 놀라웠다. 군사의 성격상 총공격을 위해 몽돌포로 접근할 것이란 확신이 서지 않았다면 좌우군을 이동시키는 도박을 할 리 없었다. 그런데도 군사는 일말의 망설임도 없이 군사를 몽돌포 주변에 집결시켰다. 확신이 없다면 불가능한 일이었다. 그렇다면 석권이 짐작하지 못하는 근거를 가지고 있다는 뜻이었다. 그게 무언지 석권은 궁금하지 않을 수 없었다.

"난 아딕 멀었구만⋯⋯."

석권은 군사가 다시금 보였다. 하여 군사를 믿기로 했고, 군사의 명이 떨어지기만을 기다리고 있었다. 또한 오늘 작전은 단독작전이 아니라 합동작전이었기에 부대간 일치된 호흡과 일사불란한 대응이 그 무엇보다 중요했다. 그게 어그러진다면 승리를 기대할 수 없을 것이고 방어는 실패로 끝날 것이었다.

선봉에 선 전선 다섯 척이 몽돌포 안으로 들어섰다. 좌우 언덕에 매복해 있는 좌우군의 사정권은 물론 중군의 사정권 안으로 들어온 것이었다. 굳이 공성기를 사용하지 않더라도, 활만으로도 공격이 가능한 지근거리에 적함들이 들어오고 있었다. 석권이 생각할 때 공격 최적기였다. 그러나 석권은 기다렸다. 공격 명령을 내리고 싶어 입이 근질거렸으나 참았다. 군사도 지금 지휘소에서 모든 상황을 파악하고 있을 것이고 당신이 생각하기에 딱 맞는 공격시점을 잡기 위해 호흡을 가다듬고 있을 것이었다. 그러니 군사를 믿고 기다려야 했다.

선봉대가 몽돌포구 안으로 들어서는가 싶더니 돛을 내리기 시작했다. 이제 밀물의 힘만으로도 물양장에 접안시킬 수 있다고 판단한 모양이었다. 접안만 시키면 바로 하륙을 개시할 것이었다.

앞선 선봉대가 그러는 사이 뒤따르던 적함들도 몽돌포구 안으로 들어섰다. 이제 적함 반 이상이 비좁은 몽돌포 안으로 들어선 셈이었다. 한 척에 병사 백 명씩만 타고 있다 해도 2천에 가까운 군사들이 몽돌포 안으로 들어온 것이었다.

만약 그들이 하륙이라도 한다면 방어군은 그들을 감당하기 어려울 것이었다. 적을 분쇄한다 해도 아군 피해가 만만치 않을 터였다. 그러나 석권은 기다렸다. 손이 떨리고 속이 바작거렸지만 군사를 믿어야 했다. 분명 복안이 있을 것이었다. 공격 명령이 떨어지기를 기다리는 건 석권보다 해안 곳곳에 매복해 있는 병사들을 지휘하는 마석과 범포 장군이 더할 것이었다. 그들도 미동하지 않고 군사의 명령을 기다리고 있는데 자신이 안달할 일은 아닌 것 같았다.

적군 중앙에 있던 장군선이 마악 몽돌포 입구에 모습을 드러내는 순간이었다. 효시가 날아올랐다. 그와 동시에 북소리가 몽돌포를 가득 메웠다. 그 소리에 몽돌포 입구 좌우 언덕에 매복해있던 병사들이 몸을 일으키는가 싶더니 화살을 날리기 시작했다. 화살비가 몽돌포 안으로 들어온 적함 위로 쏟아졌다. 화살비만이 아니었다. 불화살도 날아오르더니 적함에 가서 꽂혔다. 목표물을 잘못 찾은 화살이 바다 위에 떨어져 꺼지기도 했지만 엄청난 화살이 적함 위에 꽂혔다.

그에 따라 적함은 순식간에 아수라장이 되었다.

방패를 들어 화살을 막기도 했으나 불화살이 방패에 꽂히자 불을 끄기 위해 대열이 흐트러지는 그 틈을 놓치지 않고 다음 화살이 날아드니 갑판 위가 혼란스러울 수밖에. 부지불식간에 불을 만난 개미떼처럼 도망가야 할지 말지, 어디로 숨어야 할지, 혼자 도망쳐야 할지 동료들과 함께 있어야 할지를 몰라 허둥거리고 덤벙거리고 안절부절 못하고 있었다.

그뿐이면 다행이게. 중군 공성기에서 쏘아올린 불붙은 짚더미가 덮치자 그야말로 갑판은 엉망진창이었다. 불화살이 날아왔을 때만 하더라도 어떻게든 버텨보려는 것 같더니 불포탄이 떨어지자 피하기 바빴고 도망가기 바빴다. 불포탄에 맞기도 하고, 불포탄에서 떨어진 불똥들에 데기도 하고, 불포탄이 무서워 물속으로 뛰어들기도 했다. 어제 돌로 공격했을 때와는 전혀 다른 양상을 보이고 있었다. 돌은 피하기만 하면 그만이고, 배가 가라앉지 않으면 버틸 만했지만 불 공격엔 견디질 못하는 것 같았다. 거기에다 바람마저 불고 있어서 불 공격은 예상보다 훨씬 위력을 발휘하고 있었다.

그러나 군사의 전략 중 가장 압권은 적함을 몽돌포 안으로 최대한 끌어들인 후 적군을 둘로 쪼갠 것이었다. 대장선을 비롯하여 지휘부는 몽돌포로 진입하지 못하게 하고, 선봉에 선 적선들만 몽돌포 안으로 진입시켜 분쇄하려 했던 것이었다. 모든 병력을 몽돌포에 진입시켰다간 위험할 수도 있다고 판단하고 지휘부와 공격부대를 떼어놓은 것이었다.

더군다나 밀물 때라 한 번 몽돌포로 들어온 배는 나갈 수가 없었다. 여러 개의 노가 있다면 노를 이용해 힘들게 빠져나가기라도 하겠지만 적선에는 포구에서 바다로 나갈 때 사용할 노 두어 개뿐이어서 노를 이용해 역주행한다는 것은 엄두도 낼 수 없는 일이었다. 비좁은 몽돌포 안에 적함 스무 척 정도가 들어왔으니 서로 엉키고 설키는가 하면 서로 부딪치며 서로가 서로의 길을 막고 있었다. 같은 편끼리 서로의 목덜미를 잡는 격이었다. 그에 따라 방어군과의 전투는 엄두도 내지 못하고 자기들끼리 부딪치고 깨어지지 않기 위해 고전하고 있었고, 그 혼란 속에 화살과 불화살, 불포탄이 날아드니 견뎌낼 재간이 없었다.

순식간에 무너지고 도망치는 적군을 보며 석권은 두려움에 떨지 않을 수 없었다. 병택 군사가 문득 두려웠기 때문이었다.

만약 고구려가 기습으로 낙랑의 항복을 받아내지 않았다면, 병택 군사와 교전이라도 벌였다면, 고구려군은 패배했을 것 같았다. 적장의 심리까지 완벽히 읽어내어 상대를 유인하는 한편 지형지물을 활용하여 적군을 분쇄하는데, 지형지물에 밝지 못하고 적장을 제대로 알지 못하는 고구려군은 패했을 것이었다. 석권이 머리로 전투를 수행한다면 병택 군사는 천세天勢, 지세地勢, 인세人勢까지 활용하여 작전을 펼침으로써 상대를 제압하고 있었다. 그게 두려웠다.

"난 아딕 멀었어."

석권은 실전 경험이 없었기에 적응 능력이 모자라도 한참 모자람을 느끼지 않을 수 없었다. 자신은 병서를 참고하여 전체적인 윤곽을 잡을 수는 있을지 몰라도 여러 상황을 종합하여 실전에 활용할 능력은 없었다. 그런데 병택 군사는 정반대였다. 병법이나 전술에 대해서는 모르는 척했지만 거의 모든 병법과 전술을 알고 있을 뿐 아니라 상황에 맞게 적용·변형시키는 능력도 완벽에 가까웠다. 하회도 전투에서 패한 이유는 피하고 기댈 성이 완성되지 않았기 때문이었지, 성만 있었다면 한나라와 맞붙어 싸워 이김은 물론 그 기세를 몰아 대조선의 옛땅을 회복했을 것 같았다. 어쩌면 산동반도뿐 아니라 대륙 깊숙이 들어온 화하족을 본래 자리인 남방으로 내쫓았을지도 몰랐다. 그만큼 그는 전쟁을 위해 태어난 사람처럼 보였다.

방어군의 공격에 견디지 못해 물로 뛰어든 적군들은 많았지만 몽돌포구 밖으로 빠져나간 인원은 극소수였다. 밀물은 그들을 몽돌포 안으로 밀어붙였지만 밖으로 실어 날라주지 않았기 때문이었다. 하여 대부분 몽돌포 주변으로 올라왔으나 미리 대기 중이던 방어군의 창칼에 목숨을 잃었다. 그에 따라 몽돌포 주변은 고구려군의 시체로 뒤덮혔고, 몽돌포의 물빛은 뻘겋게 변해 있었다. 천 명 넘는 적병을 한 시진만에 섬멸했으니 바닥들 갯간들 말짱할 리 없었다. 적군 시체를 정리하는 데만도 제법 많은 시간이 걸릴 듯했다.

46

또 처절한 패배였다.

역모군逆謀軍의 지형지물을 활용한 방어능력이 빼어난 것도 사실이었지만 적을 과소평가하고 수적 우위만 믿고 돌격했다가 처절하게 당한 것이었다. 적의 능력이나 적장에 대한 분석 없이, 감정만을 앞세워, 오직 자신의 무능을 감추기 위해 무작정 공격했다가 당한

참패였다.

　동훈과 함께 보급선 갑판 위에서 전투 상황을 지켜본 두치는 혀를 차고 화를 내지 않을 수 없었다.

　적의 유인작전에 휘말리고 있는 것 같은데 개수덕은 그걸 모르는지 계속 돌격 명령을 내리고 있었다. 단 한 번의 공격으로 낭도를 점령하고, 낭도를 짓밟아 뭉개려는지 과욕을 부리고 있었다. 적의 방어능력이나 역공을 생각하지 않고, 오직 자기 계획대로 될 것이라 믿고 부하들을 사지로 몰아놓고 있었다. 자신과 동훈의 충고를 귀담아 듣거나 말리는 말이라도 들었으면, 아니 두 사람의 말은 거부하더라도 말리는 이유를 한 번쯤만이라도 생각해봤다면, 그리 무모한 짓을 하지 않을 것이란 생각이 들자 지켜보기 힘들었고 몸까지 바들바들 떨렸다. 반대를 위한 반대, 자기 고집만으로 일관하다 죄 없는 부하들을 죽이고 말 것이라 생각하니 치가 떨렸다. 당장이라도 달려가 개수덕의 목을 쳐버리고 싶었다.

　그러면서도 자신이 죽는 건 두려운지, 아무런 대응도 하지 않는 적이 갑자기 두려워졌는지, 개수덕은 중군과 함께 몽돌포 안으로 들어가다 말고, 몽돌포 초입에서 뱃머리를 돌렸다. 밖으로 빠져 나오려는 모양이었다. 밀물에 실려 몽돌포 안으로 빨려 들어가는 걸 노꾼들의 힘을 이용해 빠져나오려는가 보았다. 다른 배에는 노꾼들이 없었지만 대장선과 장군선에는 노꾼들이 있었기에 그들의 힘을 빌려 빠져나오려는 모양이었다. 그걸 본 중군 장군선도 대장선을 따라 뱃머리를 돌리려는 찰나였다.

　북소리와 함께 역모군이 공격을 개시했다.

　몽돌포 좌우, 중앙에 매복해 있던 적군이 일제히 모습을 드러내더니 화공을 시작했다. 명령에 따라 일사불란하게 맨 화살과 불화살을 교대로 화집점(火集點. 화력이 집중되는 곳)을 향해 날렸다. 한 꺼번에 화살을 날리지도 않았다. 궁수들을 둘로 나눠 일정한 간격으로, 질서정연하게 화살을 날렸다. 누가 지휘하는지는 몰라도 아군의 상황을 다 지켜보며, 정확한 화집점을 형성하여 화살을 날리고 있었다. 그러니 그 위력은 클 수밖에. 거기에다 어제 돌을 날렸던 공성기에서도 불더미가 날았다. 공성기가 석 대인 줄 알았는데 몇 대를 숨겨놓고 있었는지 좌우, 중앙에서 쉴 새 없이 날았다. 그걸 피하려는 듯 대장선과 중군 장군선이 방향을 트는 걸 보던 두치는 이를 갈며 소리를 지르고 말았다.

"뎌, 뎌런 듁일…… 댜기들만 살갔다고 도망티는 꼴이라니……."

빠른 속도로 좌측으로 뱃머리를 돌린 후 몽돌포에서 빠져나오는 대장선과 장군선을 보며 두치가 이를 갈며 소리치자 옆에 섰던 동훈이 두치의 손을 잡으며 달랬다.

"탐으시라요. 어디 한두 번이고 하루 이틀입네까? 소장이 개수덕일 싫어하고 미워한 게 바로 뎌런 자기밖에 모르는 생각과 행동 때문이었고, 듁음을 두려워하는 똘장부적 기질 때문이었습네."

그 말에 동훈을 쳐다보며 그게 무슨 말이냐고 묻자 동훈이 자신과 개수덕과 함께 근무할 때 개수덕의 행태에 대해 간략히 말했다.

"기랬었기만요. 말을 들으니 이데야 독금 이해가 되고 얽혔던 실타래가 풀리는 것 같습네다."

두치는 동훈이 안쓰러워 슬쩍 돌아다봤다. 쓴 약을 삼킨 사람처럼 잔뜩 찡그린 얼굴에 쓰게 입을 다시고 있었다.

"기래서 말입네다만…… 아무래도 이데 대모달께 보고해야 하디 않갔습네까? 이데 남은 병력이나 전선으로 역적들을 틸 수 없을 거이고, 까딱하다간 적에게 역공을 당할 수도 있으니 지원군을 요청해야 하디 않갔습네까? 정벌대장이야 반대할디 몰라도 더이상 미뤄둘 순 없을 것 같습네다."

"기릏기는 한데…… 소장도 공과 생각은 같은데 지원군을 요청한다 해도 전선이 문제 아닙네까? 전선을 하루아침에 뚝딱 만들 수도 없는 일이고……."

"기 일은 걱정 안 해도 될 겁네다."

"……?"

동훈이 돌아보자 두치는 서안평에서 건조 중인 나머지 70척의 전선에 대한 얘기를 했다. 산동반도를 칠 준비를 하고 있었다는 말에 동훈은 놀라기도 하고 대모달의 위대한 뜻에 경의를 표하기도 했고, 그런 전선을 이 전투에 투입해야 하는 걸 아쉬워하기도 했다.

왜 안 그렇겠는가. 고구려의 국시가 '多勿(다물)'이었고, 그 근원은 강인한 체력과 정신력으로 무장한 군대니 무장인 동훈으로선 듣기만 해도 가슴 설레는 얘기면서 가슴 아픈 얘길 수밖에. 대륙을 차지하고 있는 한나라를 몰아내 대조선의 고토를 회복해야 할 전선을 이 작은 낭도 정벌에 써야 하는 게 아플 것이었다.

"기릏다믄 이데 개수덕의 판단만 남은 셈이군요. 참펠 대모달께 알리는 게 듁기보다 싫을 테디만 더 이상 방법이래 없으니 결단을 내리갔디요."

동훈은 생각할수록 딱하고 안타까우면서도 화가 나고 기가 찬지 한숨과 함께 말을 맺었다. 그만큼 그의 가슴에 쌓이고 맺힌 게 많다는 뜻이기도 했다.

47

대승이었다.

몽돌포 안으로 진입한 열여덟 척을 제압했고, 천 명이 넘는 적군을 수장 내지는 척살했고, 조금만 손을 보면 바로 전선으로 쓸 수 있는 적선을 아홉 척이나 노획했고, 전선에 실려 있던 무기며 물품들까지 덤으로 얻었으니 환호할 만했다.

몽돌포 좌우에 매복해 있던 좌우군은 함성 시합이라도 하듯, 주거니 받거니 소리를 질렀다. 기습작전의 기회를 중군에게 빼앗겨 서운해하던 차에, 진영까지 옮겨 중군을 도우라는 명에 속이 상했던 병사들은 자기 손으로 침략군을 물리쳤으니 이제 중군이나 좌우군은 비겼다고 생각하는지 목을 찢어가며 고함을 질렀다.

병택은 전령들이 물어오는 소식을 들으며 석권·마석·범포 장군이 오기만 기다리고 있었다. 그들이 와야 궁에 들어가 세 주군께 전황을 보고할 텐데 계속 전령만 보낼 뿐 한 사람도 나타나지 않았다. 성질 급하기로는 범포, 마석, 석권 장군 순이었으나 오늘은 석권 장군이 제일 먼저 나타날 것 같았다. 오늘 전투를 승리로 이끈 사람은 바로 석권 장군이었기 때문이었다.

적군의 허를 찔러 야간기습작전을 감행한 것도 그였고, 그러면 총공격을 해 올 테니 그때 처절하게 응징하자고 했던 사람도 그였고, 구체적인 작전 계획에 동참하여 병택의 고민을 해결해준 사람도 그였으니 그가 승리의 주역이자 일등공신이었다. 그러니 그가 제일 먼저 달려올 것 같았다.

그런데 전투를 끝낸 지 한참이나 지났고, 전리품 보고까지 마쳤으니 전장 정리가 얼추 끝난 셈인데도 세 사람은 나타나지 않았다.

날이 저물어도 마찬가지였다. 지금쯤이면 세 사람과 함께 궁에 들어가 세 주군에게 전황을 보고해야 할 시간이었다. 세 주군이 기다리고 있을 터였다.

기다리다 못한 병택은 전령을 보냈다. 전장을 대충 정리했으면 함께 궁으로 들어가 전황을 보고하자고. 그런데 돌아온 답변은 병택을 놀래키기에 충분했다.

"중군과 좌우군 모두 전투 배치를 마티고 대기 중이랍네다. 저녁 밀물 땔 이용해 재공격할디 모르니긴 기에 대비하고 있다고 합네다."

그 보고를 받는 순간 병택은 놀라지 않을 수 없었다. 세 사람이 태자도를 방어하고 세 분의 주군과 백성들을 지키겠다는 의지는 병택의 상상을 초월하고 있었다. 혹시나 모를 상황에 대비하느라 주군들께 전황을 보고할 시간까지 아끼고 있었다. 전황 보고는 나중에라도 할 수 있지만 적의 공격을 막지 못하면 모든 게 도로徒勞가 될 수 있다고 생각하는 것 같았다. 그것도 셋이 모두 한 마음으로. 말없이 통하는 마음. 더 이상 쫓기지 않을 것이고, 쫓겨서도 안 된다는 의지는 그 무엇보다도 강한 것이었다.

밀물이 멈춘, 술시가 지나서야 궁으로 들어갈 수 있었다. 이제 날물이니 적군의 접근이 쉽지 않을 것이고, 공격을 한다 해도 대대적인 공격은 어려울 테니 경계수위를 낮춘 후 넷이 함께.

"정말 대단합네다. 정말 수고 많았습네다."

첫째주군을 시작으로 찬사와 격려가 이어졌다. 둘째와 셋째주군도 틈틈이 당신들이 느꼈던 감격과 감동, 든든함을 표현했다. 동석한 구비·명이·철근도 마찬가지였다. 자신들의 눈을 믿을 수 없어 몇 번이나 눈을 부비며 다시 봤노라고, 너무 감동·감격적이었다고 침을 튀겼다.

그러나 병택을 비롯하여 나머지 셋은 모든 공을 서로에게 돌리며, 서로를 칭찬하느라 바빴다. 그렇듯 오늘 전투는 서로가 서로에게 놀란 전투였고, 서로를 신뢰할 수 있게 만든 전투이기도 했다.

합동훈련을 여러 번 해봤지만 실전은 처음이었기에 서로에 대한 신뢰도는 그리 높은 편이 아니었다. 특히 외인부대라 할 수 있는 중군에 대한 신뢰가 부족했었는데 오늘 전투를 통해 그들을 완전 신뢰하게 된 것도 오늘 전투의 성과라면 성과였다.

"중군이 기렇게 되기까디는 석권 장군의 머리와 땀 때문이니 오늘 승리의 주역은 아무래도 석권 장군이라고 할 수 있갔디요."

범포 장군이 석권 장군을 쓰윽 쳐다보며 말했다. 그러자 석권 장군을 앞질러 마석 장군이 받았다.

"두 말하믄 잔소리고, 세 말하믄 입 아프디. 나도 눈을 의심할 정도였어. 용감하고 일사불란한 건 둘때티고 어떤 명령이든 소화해내고 실행하는 능력은 텨음부터 한 솥밥을 먹은 우리보다도 훨씬 낫더구만. 기래서 시종 놀랄 수밖에 없었디."

그러자 석권 장군이 부끄럽다는 듯 한 마디 했다.

"소장은 군사께서 시키는 대로 했을 뿐입네다. 몸만 빌려듀었디 소장이 한 일은 없습네다."

그 말을 옆에 앉았던 구비 박사가 바로 받았다.

"야, 돌주먹 너가 웬 일이가? 전투 한 번 하더니 어른이 다 됐구나야."

그러자 명이 박사가 그에 질세라 한 수 더 떴다.

"이데 물가에 내놓아도 걱정 않게 생겼구나야. 기동안 업어 키우느라 내 등골이 다 휘어졌는데……."

그 말에 석권 장군이 두 박사를 돌아보며 소리를 높였다.

"간나 새끼들, 어느 안전인데 개주뎅일 함부로 놀리고 디랄이네. 너들 눈엔 세 주군도 안 보이네? 때와 장솔 둠 가려라, 이 무식한 놈들아."

그런 그들의 모습을 지켜보는 마석과 범포 장군이 서로의 옆구리를 찌르며 웃었고, 첫째주군도 두 아우들에게 저들 보란 듯이 손가락질을 하며 웃었다. 그러자 병택과 철근 장군도 따라 웃지 않을 수 없었다. 상황에 맞게 재치를 발휘하여 그 어떤 승전보보다 더 사람을 기껍게 하는 세 벗이 병택은 너무나 부러웠다.

48

휘는 자신의 귀를 의심하지 않을 수 없었다.

지원 요청이라니?

전초기지인 서안평을 떠난 게 며칠이나 됐다고 벌써 병력의 반 이상을 잃었다니 이해할 수 없었다. 낭도에 둥지를 틀고 있는 역도들이 아무리 강하다한들, 그들의 전력과 저항이 아무리 강하다한들 있을 수도 없고 이해할 수도 없는 일이었다. 500도 안 되는 역도들에게 1,500 이상이, 그것도 단 이틀 만에 당했다는데 그 말을 어떻게 믿을 수 있고 이해할 수 있단 말인가.

"내 이래서 기만큼 말렸거늘……. 기만큼 역도들을 만만히 보디 말라고 기리 일렀거늘……."

휘는 전황보고서를 구기며 소리를 지르지 않을 수 없었다. 그 서슬에 앞에 꿇어있던 전령이 몸을 움찔했다. 모든 잘못이 제게 있는 양 몸 둘 바를 몰라했다. 그 모습을 보고 있노라니 사촌동생 수덕의 모습이 보이는 듯했다. 지금쯤 전령과 같은 모습으로 떨고 있을.

그러나 다시 생각하니 수덕은 결코 전령처럼 떨고 있지 않을 것 같았다. 뻔뻔하고 뉘우칠 줄 모르는, 남의 감정이나 기분 따위는 생각지도 않는 놈이라, 자신의 문제가 뭔지, 뭘 잘못했는지도 모른 채, 뻔뻔하고 뺀질거리는 얼굴로 사촌형인 자신의 답을 기다리고 있을 것 같았다. 하여 더욱 부아가 치밀어 올랐다. 그렇지만 그걸 다 표현할 수는 없었다. 자신은 군을 통솔하는 대모달이었고 수덕은 사촌아우였다.

"기래 정벌군이래 뭘 하고 있고, 정벌대장은 또 뭘 하고 있느냐?"

수덕에 대한 생각 끝에 불쑥 전령에게 물었다. 짜증이 오를 대로 오른 얼굴로. 화가 잔뜩 난 목소리로. 그러자 전령이 고개를 들더니 뻥한 얼굴로 휘를 쳐다보았다. 질문 의도를 모르겠다는 얼굴이었다.

"패배에 대한 정리를 어띠 하고 있고, 대책은 뭐라 하더냔 말이다."

"기, 기건 소인이 달……. 지원군만 기다리는 둘 압네다."

"지원군만 파견하믄 모든 게 해결된다더냐? 무슨 대책이든 세우고 있을 게 아니냐?"

수덕에게 낼 짜증과 화가 치밀어, 수덕에게 퍼붓듯이 퍼부었다.

"기, 기걸 소인이 어띠……. 소인은 정벌대장의 명을 받고 달려왔을 뿐 아무 것도 모릅네다."

전령은 자신의 위치와 역할에 맞지 않은 질문이라는 듯 고개를 숙였다. 그 모습에 괜한 전령만 닦달하고 있는 자신을 발견한 휘는 목소리를 바꾸며 말했다.

"기래 알았으니 나가 기다리고 있거라."

"옛! 대모달."

전령이 힘 빠진 걸음으로, 맥없이 사랑에서 나가자 휘는 전황보고서를 다시 한 번 찬찬히 읽어봤다.

왜 그렇게 많은 병력을 초단시간에 잃었는지, 앞으로의 계획은 무엇인지, 요구하는 지원군은 얼마인지에 대한 애기는 전혀 없었다. 역모군이 생각보다 강하고, 생각보다 많으니 하루라도 빨리 지원군을 보내달라는 요청뿐이었다. 이 기회에 역적 영을 비롯하여 역도들을 없애 태후와 대모달뿐만 아니라 중실씨의 세상을 만들겠다는 헛된 약속만 늘어놓고 있었다.

'역도들을 만만히 봤다가 매복을 당했거나, 총공격을 단행했다가 아군끼리 엉켰던 모양이구만. 안 기랬다믄 그 땲은 시간에 어띠 이럴 수가 있단 말인가? 그러고 두치랜 뭐 했던 기야? 기러려런 걸 알려듀고 통제하라고 같이 보냈더니. ……혹시?'

생각이 여기에 이르자 휘는 주저없이 밖에다 대고 소리를 질렀다.

"전령 밖에 있으믄 들오라."

전령이 다 들어오기도 전에 휘는 급히 물었다.

"두치랜, 두치랜 뭣하고 있네?"

휘가 너무 서둘렀는지 전령이 들어오다 말고 우뚝 멈춰서더니 휘를 쳐다보았다. 그러자 더 조급한 목소리로 물었다.

"두치 말이다. 두친 뭐했길래 이런 참패를 당했냔 말이다."

"예? 두, 두치라 하심은? ……?"

그렇게 되묻더니 전령이 잠시 생각하는 것 같았다. 두치를 모르는 것 같았다.

그러나 두치를 모를 리 없었다. 수덕의 전령이라면 당연히 두치를 알고 있을 터였다. 수덕 옆에 붙어 모든 작전과 명령을 돕는, 수덕의 오른팔을 전령이 모를 리 없었다.

"두칠 모르네? 서안평에서 전선을 건조했던 건조 책임자 말이다."

멍하니 시간을 끄는, 똘똘치 못한 전령이 답답한 나머지 휘는 소리를 질렀다.

"예? 아, 그, 그 길닦이 말씀이십네까?"

"뭐? 길닦이?"

"예. 전선 건조 책임자였던 기 잔 길닦이가 되어 길을 안내하고 있습네."

"뭐라?"

휘는 말문이 막혀버렸다. 그러나 이제 모든 게 이해되기 시작했다. 두치를 활용하지 않은 정도가 아니라 길잡이 정도로 처박아둔 모양이었다. 그만큼 두치를 중용하고 자신을 대하듯 하라 했거늘 두치의 팔다리를 모두 잘라버리고 처박아둔 게 참패의 원인인 것 같았다.

"기럼 기 잔 어디에 있느냐? 어디에서 뭘 하고 있단 말이더냐?"

화가 치밀어 올라 다시 목소리를 높이자 전령이 기어드는 소리로 답했다.

"기 자가 기 잔디는 달 모르갔디만, 전선 건조 책임잔 지끔 식량보급선에 탄 태 보급선을 디키는 걸로 알고 있습네다."

"뭐? 식량보급선을 디켜?"

"예, 기러하옵네다."

"기럼 정벌대장과는? 아니, 작전회의나 주요 지휘관 회의에는 참석하더냐?"

"기, 기, 기것이……."

"뭘 더듬대느냐? 이실직고하디 않았다간 군령으로 다스리갔다."

"기, 기것이…… 회의에는 참석하는 것 같았습네다."

전령에게서 들은 상황은 기가 막히고 코가 막힐 정도였다. 두치의 팔다리만 자른 게 아니라 혀도 잘라버리고 입까지 틀어막은 셈이었다. 그러니 참패를 당할 수밖에. 너무나 당연한 일이었다.

전령을 내보낸 휘는 생각을 정리하려고 애를 썼다. 그런데 수덕의 뻔질거리는 얼굴과 뻔뻔한 웃음이 자꾸만 생각을 흐트러뜨렸다. 사촌동생만 아니라면 단칼에 베어버리고 싶을 정도였다. 대모달인 자신의 명을 어기고 제멋대로 인선을 하는 것도 모자라 능력도 없으면서 자존심만 내세워 함부로 군사들을 다루는 그를 용납할 수가 없었다. 자신의 집안에 그런 인간이 있다는 게 부끄러웠다.

그러나 침착하고 냉정해야 했다. 감정에 쏠렸다간 낭도 정벌은 고사하고 이제 겨우 체제를 갖춰가는 수군이 흔들릴 수 있었다.

한나라와 백제를 견제하고 제압하기 위해선 수군이 절대적으로 필요했다. 한나라를 공략하여 대조선의 옛 땅을 수복하고, 조선반도를 제압하여 풍부한 농토와 물산을 확보해야 했다. 대제국의 꿈은 거기에서부터 시작되어야 했다. 그 원대한 꿈을 실현할 수 있을지를 낭도 정벌을 통해 확인하려 하지 않았던가. 낭도 정벌을 시금석 삼아. 그런데 공격다운 공격도 한 번 해보지 못한 채 일방적으로 당했으니.

수군을 활용하여, 하륙작전을 감행하고, 하륙한 병력을 이용하여 바다와 지상에서 양동작전을 펼쳐보려고 했었다. 그걸 시험하기 위해 전선보다 더 많은 보급선에 말을 싣고 가지 않았던가. 하륙작전 자체보다 하륙 후 지상작전을 염두에 두고. 그런데 하륙도 못해보고 처절히 당했다니 기가 막혔다. 자신의 계획을 제대로 수행할 능력이 있으면 총관으로 임명하여 한나라와 백제 정벌의 주역으로 삼으려 했는데 아무래도 놈은 그럴 감이 아닌 게 확실했다.

그러나 낭도 정벌은 어떻게든 예정대로 진행할 수밖에 없었다.

역적 영을 없애지 않는 한 자신과 태후, 그리고 중실씨 가문은 위태로울 수밖에 없었다. 와신상담에 절치부심하고 있을 역적을 살려둔다는 것은 문을 다 열어둔 채 깊은 잠을 자는 것과 다름없었다.

또한 수군을 양성하지 않을 수도 없었다. 황해와 강을 활용하지 않고서는 한나라나 백제를 도모할 수가 없을 것이었고, 한나라와 백제를 도모하지 않고서 국력을 키운다는 건 그야말로 어불성설이었다. 곡창지대인 한수 유역과 요하 지역(현재의 난하지역)을 차지하여 식량을 확보해야만 대제국을 꿈꿀 수 있을 것이었다.

정벌대장 교체를 생각해봤다. 그러나 그건 불가능해 보였다. 태후야 어떻게 설득해보겠지만 숙부와 다른 사촌들이 가만히 있지 않을 것이었다. 막내숙부에겐 아들이라곤 수덕뿐이어서, 수덕을 손대는 순간 막내숙부가 가만히 있지 않을 것이었다. 그리고 막내숙부는 결국 형제들을 움직일 것이고, 중부와 다른 숙부들을 비롯하여 사촌들이 움직인다면 자신뿐만 아니라 태후마저도 위태로울 수 있었다. 거사는 맏이인 아버지가 주도했지만 동생들의 든든한 지원이 없었다면 불가능한 일이었기에 중부나 숙부 그리고 사촌들을 염두에 두어야 했다.

수덕을 교체하는 순간, 그 뻔뻔하고 자신밖에 모르는 인간이 가만히 있지 않을 것이었다. 중·숙부는 물론 사촌들까지 들쑤실 것은 너무나 자명했다. 자신의 잘못을 뉘우치기는커녕 휘를 사촌마저 숙청한 파렴치한으로 몰아갈 것이 뻔했다. 그리되면 숙부들과는 물론 사촌들과도 척을 질 수밖에 없고, 그건 자기 무덤을 파는 일이나 다름없을 것이었다.

생각에 생각을 거듭한 휘는 결국 하나의 결론에 도달했다. 수덕은 그대로 놔두되 두치의 위상을 높여 수덕과 대등한 위치에 둠으로써 정벌군을 통제하게 하는 방법이었다. 자신의 명이 아닌 대왕의 명으로 두치가 수덕을 통제할 수 있게 한다면 두치가 수덕을 적절히 견제·조절할 것이었다.

결단을 내린 휘는 궁으로 들어갈 채비를 서둘렀다. 하루라도 빨리 지원군을 급파하지 않았다간 정벌군이 전멸할 수도 있었고, 두치를 제 자리에 앉히지 않아도 결과는 마찬가지일 테니 두 일을 동시에 시행하는 수밖에 없어 보였다.

49

건들거리던 바람이 제법 갈기를 세우며 달려오고 있었다. 바야흐로 겨울바람이 불기 시작한 것이었다.

바람이 태자도 앞바다를 거칠게 긁고 가자 입만 오물거리던 바다가 드디어 흰 이빨을 드러내기 시작했다. 10월초부터 먼 바다가 희끗희끗해지는가 싶더니 열흘이 지나자 가까운 바다까지 희게 변해갔다.

그렇게 바람을 업은 파도가 태자도로 몰려오기 시작하자 몽돌포는 제 목소리로 살아나고 있었다.

자르륵, 자르륵.

몽돌을 굴리며 노래를 시작한 것이었다. 그러나 파도라고 다 몽돌을 굴리는 건 아니었다. 몽돌을 굴리기는커녕 몽돌 속으로 숨는지 가끔은 퍽 소리와 함께 제 모습을 감춰버리기도 했다.

석권은 몽돌과 파도의 합창소리를 들으며 적선들을 내려다보고 있었다. 파도의 움직임은 그리 크게 느껴지지 않는데 배의 움직임은 크기만 했다. 가까이 가면 팔다리, 어깨, 온몸이 쑤시고 결린다고 앓는 소리가 들릴 것처럼 상하좌우로 잠시도 쉬지 않고 몸을 뒤틀고 있었다. 그에 따라 배에 타고 있는 적들도 한계점에 다다르고 있을 것이었다. 괜한 오기 부리다간 멀미로 나뒹굴 수도 있었다. 그러니 상황을 판단할 줄 아는 장수라면 배를 이동시키는 게 현명한 선택이었다. 그런데도 적함은 전혀 이동할 기미를 보이지 않았다. 벌써 열흘 가까이 그 자리에서 꼼짝도 않고 있었다.

그렇다고 공격을 하거나 다른 전술을 구사하는 것도 아니었다.

몽돌포를 지키기 위해 바다에 떠 있는 것처럼 붙박여 있었다. 아무래도 몽돌포를 봉쇄하려는가 보았다. 배가 빠져나가거나 들어오지 못하게 함으로써 태자도를 고립시키려는가 보았다. 정면돌파로는 승산이 없음을 확인하고 태자도를 말리려는 속셈인 것 같았다.

'이 정도 바람과 파도라믄 배끼리 꽁꽁 묶디 않곤 못 배기럇다?'

석권을 적함을 바라보며 고개를 끄덕였다. 오늘 밤까지 적함이 이동하지 않으면 다시 화공을 시도해볼 계획이었다. 배와 배를 서로 결박하여 귀허리잡기(네 귀를 잡고 튼튼하게 사귀짜기를 해놓고도 바람을 염려하여 이물과 선창에 보강하는 줄을 걸어 결박하는 방법)를 할 테니 그 절호의 기회를 놓칠 수 없었다.

'기래, 오늘 밤까디만 기대로 있으라. 그러믄 내래 또 다시 뜨거운 맛을 보여듈 테니낀.'

석권은 몽돌포 입구에서 적선까지의 거리를 눈으로 계산하며 비릿하게 웃었다.

50

"대장, 배를 이동시켜야 합네다."

두치는 개수덕과 말도 섞기 싫었지만 더이상 자신이 건조한 전선을 잃고 싶지 않았기에 간곡하게 아뢨다.

적을 만만히 봐선 안 된다고, 정면 돌파하려다간 적의 전술에 휘말릴 수 있다고, 그만큼 말렸건만 두치의 말을 안 듣고 정면 돌파하다 결국 2/3에 가까운 전력을 허망하게 잃은 직후라 두치의 말에 귀를 기울일 줄 알았다. 그런데 개수덕은 여전히 두치의 말은 들은 체도 안 했다.

"적이 또 다시 기습침투야 하딘 않갔디만 무슨 계책을 쓸디 모릅네다. 기러니 지원군이 올 때까딘 피해 있는 게 상책입네다."

두치의 말에 동훈까지 가세하여 전함 이동을 건의했으나 개수덕은 끝까지 고집을 꺾지 않았다.

"겨우 역도 나부랭이가 무서워서 도망티댜는 겁메? 기러고도 고구려 장수라 할 수 있갔습메?"

"대장, 나설 때 나서고 물러설 때 물러서는 게 어띠 비겁한 행위네까? 기걸 제대로 못 하는 게 오히려 부끄러운 일 아닙네까? 기래서 병법에도 36계가 있는 것 아닙네까? 도망틸 상황에서 도망티는 일은 부끄러운 일이 아니라 하나의 계책이라고. 또한 지끔은 도망티댜는 게 아니라 전열을 가다듬기 위해 피하댜는 것인데 어띠 기런 말씀을 하십네까?"

"듣기 싫소. 내 비록 낭도에 하륙해 역적 영을 듁이딘 못하디만 역적을 피 말려 듁이기 위해 이 자리를 뜨디 않갔으니 기리 아시오."

"대장, 기건 지원군이 온 후에 해도 늦디 않습네다. 오히려 지원군이 온 후에 낭도를 삥 둘러싸 해안을 봉쇄한다면 더 효과를 볼 수 있을 겁네다. 기러니 지끔은 일단 피하는 게 상책입네다."

두치가 다시 간곡하게 건의했지만 개수덕은 또 다시 인신공격을 해왔다.

"그러니깐 역정 영을 세 번씩이나 놓텼갔디. 안 기랬으믄, 기때 역적을 텨듁었다믄 오늘 같은 일도 없었갔디. 안 기래?"

그리나오자 두치는 입을 다물 수밖에 없었다. 두치의 말을 안 듣고 곤경에 처했으니 이제 말을 좀 들으려니 했는데 오히려 두치를 향해 이빨을 드러내고 있으니…… 미친개의 이빨은 피하는 게 상책이었다.

그런데 알 수 없는 건 역도들의 행보였다.

전선이 몇 척 남아 있지 않았고, 군사들도 반 이상 줄었는데 역도들은 그 어떤 행동도 취하지 않고 있었다. 전령을 급파해 지원군을 기다리는 자신들처럼 무언가를 기다리는지, 아니면 다른 꿍꿍이가 있는지 꼼짝 않고 시간만 죽이고 있었다.

그리 되자 경계를 최고단계로 끌어올려 밤낮없이 적군의 공격을 대비하는 아군은 극도의 피로감을 느낄 수밖에 없었다. 전함마다 20명씩 밤낮없이 경계를 하자니 몸에 무리가 올 수밖에. 전함 한 척당 병사 100명씩 승선해 있었지만 군관과 부상자를 빼면 70명도 제대로 되지 않았다. 거기다 대장선과 중군 지휘선 경계에 일반 전함보다 더 많은 인원을 투입해야 하니 병졸들은 한 나절 이상을 경계근무만 해야 했다. 그에 따라 병졸들은 점점 견디기 힘든 상황에 이르고 있었다.

설상가상으로 그제부터는 바람이 세지고 파도도 거칠어지고 있었다. 더이상 바다에 배를 띄워둘 수 없는 상황으로 치닫고 있었다. 뱃멀미도 문제려니와 배끼리의 충돌을 막고 유실을 막기 위해선 배를 더욱 단단히 고정할 수밖에 없었다. 배와 배를 밧줄로 단단히 묶어야 했다. 이럴 때 화공이라도 해온다면 그야말로 꼼짝 없이 당할 판이었다.

거기에 생각이 미친 두치는 급히 대장선으로 건너갔다. 그리고 자신의 생각을 전했다. 적들이 어떤 행동도 하지 않고 지금까지 죽은 듯이 있었던 이유가 바로 바람과 파도를 기다렸다가 화공을 하기 위해서였음을 분명히 알렸다.

"이제 더 이상 여길 고집하다간, 바람과 파도를 피한다고 배들끼리 꽁꽁 묶어뒀다간 화공을 당하고 말 겁네다. 기게 오늘이 될디 내일이 될디도 모르고 말입네다. 기러니 지끔 배를 이동하디 않았다간 몰살당하고 말 겁네다."

그렇게 화공을 경고한 두치는 입을 다물어 버렸다. 너무 조이거나 압박하면 개수덕이 또 튕길 수 있었다. 쓸데없는 자존심으로 똘똘 뭉친 그를 더 이상 자극하지 않는 게 좋을 것 같았다. 그 정도 했으니 그가 어떤 결정을 내릴지 지켜보는 게 나을 것 같았다. 두치의 말은 일단 거부하고 보는 게 개수덕의 기본 입장이 아닌가. 하여 두치는 개수덕을 자극하지 않기 위해 말을 아꼈다. 절체절명의 순간이라 생각했기에 개수덕의 반대를 위한 반대를 막고 싶었다.

그래서였을까? 연이은 패배에 정신이 좀 든 걸까? 아니면 몰살이란 말에 두려움을 느꼈던 것일까? 개수덕이 예상치 못한 말을 뱉어냈다.

"오늘이나 내일이라고?"

멀미를 하는지 어지러운 표정으로 개수덕이 물었다. 그러나 두치는 바로 대답하지 않았다. 그 질문은 두치에게 하는 질문이라기보다 자신에게 하는 질문에 가까웠기 때문이었다. 그렇지만 두치의 말에 반응을 보였다는 건 그만큼 흔들리고 있다는 증거였기에 가만히 기다리기로 했다.

"기럼 지끔 배를 이동시키댜는 거네?"

"기러합네다."

그 말엔 대답해야 할 것 같아 바로 대답했다. 흔들리고 있을 때 매듭을 짓지 않으면 때를 놓칠 수도 있었기에 확실히 매듭지어 버리고 싶었다.

"기럼 어디로, 낭도엔 접근됴탸 못 하는데 어디로 간단 말이네?"

"여기서 북쪽으로 둑금만 가믄 군도群島가 있습네다. 비록 섬들은 크디 않디만 우리가 머물기에는 큰 어려움이 없을 겁네다."

"군도라?"

군도란 말을 씹으며 곰곰이 생각하는 것 같더니 개수덕이 드디어 결정을 내린 모양이었다.

"알갔다. 기대가 권했으니 기대가 알아서 밸 이동시키라. 여긴 나보다 기대가 더 달 알고 있디 않네. 기러니 기대가 알아서 하라."

개수덕이 처음으로 두치의 말을 받아들였다. 무슨 생각에선지는 모르지만 두치의 말에 귀를 열다니 하늘이 놀랄 만한 일이었다.

개수덕의 위임을 받은 두치는 서둘러 배를 이동시켰다. 바람과 파도가 더 세지기 전에, 날이 어둡기 전에 이동시키기 위해선 서두르는 수밖에 없었다. 군도로 이동하자고 권하기는 했지만 자신도 멀리서 눈으로만 봤지 군도에 가본 적이 없었기에 서두르지 않으면 안 될 것 같았다. 바람과 파도를 막아주며 자신들의 배를 접안시킬 수 있는 섬이 있기나 한지 걱정스러웠기 때문이었다.

두치는 군량수송선에서 노꾼과 노가 있는 좌군 지휘선으로 옮겨 탔다. 같이 타고 있던 동훈은 물론 동훈의 부하들까지 다 데리고. 그리고 군도를 향해 배를 몰았다.

바다는 하얀 이를 드러내며 금방이라도 배를 물어뜯을 듯이 덤볐

다. 그러나 화공에 또 당할 수는 없었기에, 그냥 있다가 바람과 파도
에 당할 수는 더욱 없었기에 군도를 향해 배를 몰았다.

51

　적들이 똥섬(태자도 동쪽에 있는 네 개의 섬을 총칭. 동자기섬인
데 태자도 주민들은 똥새기섬, 또는 똥섬이라 낮춰 부름)으로 이동
하자 경계수위를 낮추는 한편 좌우군을 제자리로 돌려보냈다. 그리
고 은밀히 첩자 색출 작업을 재개했다.

　태자도의 상황이 낱낱이 새나간다는 느낌을 받은 것은 벌써 오래
전이었다. 중요 정보는 아니지만 제법 많은 정보들이 새나가고 있
었다. 그러다 지난번 한섬이 와서 구체적인 이름까지 들먹이자 병
택은 첩자 색출에 돌입했다.

　첩자가 이쪽 정보를 팔고 있지 않다면 바람과 파도가 거칠어지는
초겨울에 군사를 낼 리 없었다. 태자도 상황을 속속들이 알고 있고,
해안가에 구축하고 있는 방어망이 완성되기 전에 공격하지 않으면
승산이 없다는 걸 알기에 무리인 줄 알면서도 군사를 내는 게 아닌
가. 그런데 한섬이 세포들을 알려준 것이었다.

　하여 한섬이 알려준 이름을 중심으로 은밀히 꼬리를 밟기 시작했
다. 그러나 꼬리는 드러나는데 몸통과 머리는 좀체 드러나질 않았
다. 그럴수록 병택은 신경을 곤두세우지 않을 수 없었다. 몸통과
머리가 드러나지 않는다는 건 생각보다 거물일 수 있고, 거물일수
록 위험하기 때문이었다. 하여 세포들을 끈질기게 감시하고 미행한

결과 몸통의 윤곽을 얼마간 잡아낼 수 있었다.

그런데 적군이 몰려오는 통에, 몽돌포에서 적군을 물리치느라 신경을 쓸 수 없었는데 이제 몸통과 머리를 찾아내 처단할 때가 된 것 같았다. 더 이상 미뤄뒀다간 위험할 수 있었다.

병택은 먼저 부장 바우를 시켜 꼬리임이 분명한 사공, 이주민, 원주민 여섯을 잡아들였다. 바우와 평소 친분이 있다기에 바우를 시켜 훈련장 옆에 설치해둔 옥에 가둔 채 심문을 했다. 그러나 순순히 토설할 리가 없었다.

간첩임을 토설하는 순간 살아남기 어려울 것이기에 그들은 끝까지 오리발을 내밀었다. 바우를 통해 어르고 달래봤으나 별 효과가 없었다. 병사들을 시켜 고신을 해봐도 마찬가지였다. 자신들은 간첩이 아닐뿐더러 그 어떤 정보도 발설하지 않았다는 것. 그러니 윗선을 찾는 일은 엄두도 낼 수 없었다.

"고신을 해도 소용없다믄 이제 더이상 방법이 없다는 건가?"

병택이 답답하여 한숨을 내쉬고 있자니 바우 부장이 그들을 석방하자고 했다. 그 말을 듣는 순간 병택은 그를 빤히 쳐다봤다. 무슨 뜻이냐고. 그게 말이 되느냐고. 그러자 바우 부장이 자신의 계획을 얘기했다.

"죄가 없다고 잡아떼는 사람들을 옥에 오래 가둬봤자 아무 소용이 없을 뿐 아니라, 그들이 접선할 사람마저 놓칠 바에야 그들을 풀어주고 사람을 붙이는 게 낫지 않겠습네까?"

들어보니 맞는 말이었고, 발본색원을 위한 한 방법일 것 같았다. 하여 바우 부장의 건의를 받아들여, 바우 부장의 간곡한 청으로 석방하는 것으로 하여 내보냈다. 그리고 은밀히 사람을 붙여 감시했다. 물론 태자도를 벗어나지 못하게 막았고.

바우 부장의 예상이 빗나갔는지, 여섯 명에게 혐의가 없었던 건지 그들의 움직임에 별다른 이상 징후는 포착되지 않았다. 그에 따라 첩자 색출에 대한 관심은 식어갔다.

그런데……

적군이 전선 진수를 마치고 곧 태자도로 떠나려고 한다는 소식이 뭍으로부터 들어오고 며칠 후였다. 적군 침입에 대비하여 모든 관심을 방어에 두고 있자니 바우 부장이 병택 막사로 들어오더니 불쑥 말했다.

"군사! 아무래도 좌우군에 윗선이 있는 것 같습네다. 첩자들이 메틸 전부터 그들을 만나 뭔갈 획책하는 것 같답네다."

"기래요? 기게 누구라 합데까?"

병택의 물음에 바우 부장이 다소 망설이는가 싶더니 두 사람의 이름을 입에 올렸다. 그 이름을 듣는 순간 병택을 깜짝 놀라지 않을 수 없었다. 그들은 자기도 잘 아는 사람들이었고, 결코 그럴 만한 사람이 아니라고 생각했던 사람들이었기 때문이었다. 천길 물속은 알아도 한길 사람 속은 모른다더니 도저히 믿을 수가 없었다.

"기래, 이 사실을 아는 사람은 멧이나 됩네까?"

병택은 말이 퍼졌을까 걱정되어 물었다. 그리되면 그들이 자취를 감춰버릴 수 있었고, 탄로난 걸 알면 궁지에 몰렸다고 생각해 엉뚱한 짓을 할 수도 있었다. 그걸 막아야 했다. 해서 묻자 바우 부장이 대답했다.

"기건 걱명 마십시오, 군사. 소장과 그들의 만남을 보고한 감시자 외에 누구도 모르고 있으니깐요. 기러고 기 감시자의 입단속도 철저히 시켜놨구요."

"딜 하셨기만요. 기래야 일망타진하디요. 이덴 첩자들을 감시할 게 아니라 기 둘을 감시해야 하갔기만요."

"안기래도 기리 명을 내려뒀습네다. 우리에게 노출된 사람보다 노출되지 않았을 거라 생각하는 자가 더 활발히 움딕일 테니까 말입네다."

"기렇디요. 기렇고 말고요. 아무튼 부장 때문에 한시름 놓게 생겼습네다."

병택은 입에 발린 소리가 아닌 진심을 담아 말했다. 그러자 바우 부장이 쑥쓰러운 듯 툭 던진 이 말은 병택을 놀래키고 감동시키기에 충분했다.

"싸워서 딜 수는 있디만 첩자에게 딜 수는 없디 않갔습네까?"

그 말을 하며 바우 부장은 씽긋 웃었지만 병택은 웃을 수가 없었다. 첩보전의 중요성을 바우 부장만큼이라도 깨달았다면 하회도를 허망하게 잃지 않았을 것이고, 여기까지 쫓겨오지도 않았을 것이기에 바우 부장의 말은 병택의 폐부를 찔렀고 그런 바우 부장을 보며 감동하지 않을 수 없었다.

병택이 찾아낸 첩자는 전혀 생각지도 못한 인물이었다. 그 일로 인해 태자궁은 전에 없던 소용돌이 속으로 빨려들었다.

"군사, 명확한 증좌 가디고 닮은 게 맞갔디요?"

범포가 도저히 믿기지 않는다는 듯, 어떻게 그런 일이 있을 수 있느냐는 듯 물었다. 그러자 병택이 슬픈 얼굴로, 자신도 믿기지 않는다는 듯이 범포의 얼굴을 바라보며 고개를 끄덕였다. 마석은 넋을 잃은 사람처럼 멍하니 앉아 있기만 했다.

고량부나 구명석뿐만 아니라 신료들도 믿기지 않는 건 마찬가진지 말을 잊은 채 가만히 앉아 있기만 했다. 영은 꽤 충격이 큰지 머리를 감싸쥐기까지 했다.

"물론 둘이 자백도 했갔디요?"

마석이 다시 확인하려는 듯 침울하게 물었다. 그 물음에 병택은 이번에도 마찬가지로 대답 대신 무겁게 고개를 끄덕일 뿐이었다. 그걸 안 했을 리 있겠냐는 얼굴이었다.

그렇게 회의장은 순식간에 침묵 속에 가라앉았다. 예상하지 못했던 일이라 모두들 말문이 막혀버린 것 같았다. 그러기를 잠시. 영이 무겁게 입을 열었다.

"첩자야 늘 가까이에 있다디만 기 둘이 첩자였다는 게 믿어디디 않습네다. 기렇디만…… 뚜렷한 증좌에 자백까지 있었다니 안 믿을 수도 없고. 이데 넋 놓고 있을 수만은 없으니 자초지종을 들어봅세다. 군사, 기래 둘 수 있갔디요?"

"예, 전하!"

대답을 한 후 뒤에 서있는 바우를 바라보자 바우가 앞으로 나서더니 첩자 색출 과정과 체포, 자백 과정을 보고했다.

바우의 보고에 모두들 더욱 침통한 표정으로 입을 다물었다. 그런데 범포가 분을 참지 못하겠는지 부드득 이를 갈더니 소리를 질렀다.

"주군! 소장의 부하 권룡을 소장에게 넘가듀십시오. 주군을 배신하고 상관을 기만한 죄를 물어 군영에서 때려듁여 버리갔습네다. 기래야 모든 병졸들이 첩자의 최후를 똑똑히 기억함은 물론 앞으로 두 마음을 품디 않을 거 아닙네까? 기런 자를 자결하게 하거나 참수하는 건 너무나 관대한 처분이고, 앞으로 일어날디도 모르는 일에 대한 예방책도 아닐 것입네다. 기러니 소장에게 넘가듀십시오."

범포의 말에 영은 아무런 반응도 보이지 않았다. 가타부타를 떠나 범포의 말에 반응을 보일 것 같은데 그러질 않았다. 마치 딴생각을 하는 것처럼 보였다. 그건 무범과 인섭도 마찬가지였다. 무슨 생각들을 하고 있는지 범포의 말에 반응을 보이지 않았다. 그러자 범포가 참지 못하겠다는 듯 벌떡 자리에서 일어서며 소리를 질렀다.

"권룡이 기 간나새낀 텨음부터 내 부하였고 지끔도 내 부하니 내 손으로 처리하고 말갔소. 기러니 기리 아시오."

누구에게 하는 말인지, 반말조로 보아 고량부에게 하는 말은 아닌 것 같은데, 그렇다면 병택에게 하는 말일 텐데 고량부 앞에서 너무 무엄하고 발칙스러운 언동이었다. 그러자 기다렸다는 듯이 병택이 일어서며 범포를 꾸짖었다.

"범포 장군은 말을 삼가시오. 지끔 이 자리가 어떤 자리요? 세 주군을 모신 자리요. 긴데 어띠 기런 망발을 한단 말입네까? 설령 주군이 안 계신다고 해도, 군사인 나 정도는 눈에 보이디도 않는다는 뜻입네까? 정녕 기런 겁네까?"

병택의 엄한 목소리로 범포에게 쏘아붙이자 범포가 앗 뜨거라 하는 표정으로 병택을 쳐다봤다. 첫째주군의 중부요, 태자도의 원래 주인이었지만 지금은 병택 군사의 휘하에 있는 장군일 뿐이라는 사실이 떠오른 모양이었다. 병택이 그렇게 나올 줄은 몰랐던 것 같았다.

좀 해선 큰소리를 내지 않고, 어떤 경우에도 감정을 드러내지 않는 병택이 그렇게 나오자 회의실은 한 순간에 얼어붙는 것 같았다. 그걸 느꼈는지, 자신이 나서지 않으면 안 되겠다 싶었는지 영이 말했다.

"모두들 감정을 가라앉히세요. 지끔은 대책을 세워야 할 때디 감정을 드러낼 땐 아닌 것 같습네다. 기러니 기 첩자들을 어뜧게 할디에 대해 의견들을 내보세요."

영의 말에 병택과 범포가 자리에 앉았다. 둘 다 숨소리는 높았지만 죄스럽고 부끄러운 모양이었다.

그 둘이 숨소리가 가라앉기를 기다렸다가 바우가 조심스레 병택 옆으로 다가가 무슨 말인가를 하는가 싶더니 병택이 조용히 머리를 끄덕였다. 그러자 바우가 한 발 앞으로 나서며 조용히 말문을 열었다.

"군사와 소장의 애초 계획을 말씀드릴까 합네다. 권룡과 대운 두 말객이 첩자 노릇을 한 건 사실입네다. 기렇디만 자신들이 원해서 하는 건 아니었습네다. 조사 과정에서, 가족이 볼모로 답혀 있어서 어쩔 수 없이 우리 정보를 넘겨듀었다는 사실을 알게 됐습네다. 하여 군사와 소장은 정상을 참작하여, 세 주군과 여기 모이신 대신들, 그리고 장수들께 역간으로 활용할 수 있게 해달라고 부탁드리려 했었습네다."

바우의 얘기가 끝나자 회의실이 술렁거렸다. 전에 없던 웅성거림이었다. 아무래도 바우의 얘기가 충격인 모양이었다.

그런 웅성거림은 한 동안 계속됐다. 그러나 범포와 병택은 입을 다문 채 자리에 앉아 있었다. 그러기를 일각쯤. 범포가 다시 일어서더니 자신의 입장을 밝혔다.

"지끔 건의는 추상 같은 군령을 생명으로 삼는 군문에선 있을 수 없는 일입네다. 기러니 원칙대로 처리하심이 동을 듯합네다."

그러자 병택이 일어서며 그 말에 제동을 걸었다.

"기건 기렇디 않습네다. 범포 장군의 배신감 내지 당혹감이야 모르디 않디만, 권룡을 동아하고 총애했던 사실을 모르딘 않디만, 지끔 권룡과 대운이 첩자라는 사실을 아는 사람은 여기 모인 사람들뿐입네다. 기러니 역간으로 활용하여 기간의 잘못을 씻을 기회를 둠과 아울러 적군을 기만할 수 있다면 이보다 더 동은 전략은 없을 것이라 사료됩네다. 일부러 적진에 첩자를 보내기도 하는데 적의 첩자를 역으로 활용할 수 있다믄 기야말로 일거양득이 아니갔습네까? 세 분 주군과 여러 신료들은 이 점을 살페듀시기 바랍네다."

병택의 말에 회의장은 다시 술렁거렸다.

그러자 더 듣고 있기가 힘든지 마석이 조용히 일어서더니 밖으로 나갔다. 그걸 본 범포도 기다렸다는 듯이 따라 나갔다.

두 사람이 나간 후에도 회의장은 한동안 가라앉지 않았다. 자신의 생각을 가감 없이 표현하고 있었다. 회의를 하는 게 아니라 삼삼오오 모여 의견 조율이라도 하는 것 같았다. 그러기를 잠시.

"댬깐만! 소장이 한 마디 하갔습네."

구비·명이와 이야기를 나누던 석권이 자리에서 일어서더니 주위를 돌아보며 웅성거림이 가라앉기를 기다렸다. 아무래도 구비·명이와 의견 조율이 끝난 모양이었다.

"소장이 생각하기엔 지끔 이 사안은 이 자리에서 논할 일이 아닌 것 같습네다. 군사께선 무슨 생각에 이 사안을 이 자리에서 발표하는디 모르갔디만 이 사안은 토론 대상이 아니라 생각합네다. 세 분 전하와 군사가 결정하시고 그대로 시행하믄 될 것 같습네다."

그러자 병택이 다시 일어서더니 석권과 고량부를 번갈아 바라보며 말을 시작했다.

"석권 장군의 말씀이 천만 지당합네다. 소직 또한 기럴까 하는 생각도 해봤고 기러는 게 바른 처리법일 것 같기도 했습네다. 기런데…… 범포와 마석 장군을 생각하디 않을 수 없었습네다. 마팀 지끔 자리에 안 계신 틈을 이용해 말씀드리댜믄, 세 분 전하와 소직이 결정했다고 하믄 받아들이디 않을 것 같았기 때문입네다. 두 분의 성정이야 여기 계신 모든 분들이 알고 있디 않습네까? 두 분의 자존심이 기걸 허락하디 않을 것이고, 어떤 일을 할디 걱정도 됐습네다. 기렇디만 이 자리에서 난상토론 끝에 확정된다믄 두 분은 받아들일 수밖에 없을 거라 생각하고 이 방법을 쓴 겁네다. 뒤에서 몰래 결정한 일이 아니라 모든 신료와 장수들이 모인 자리에서 결정된 일을 거부하거나 재고를 요구하기 쉽지 않을 테니낀 말입네다."

그 말에 석권이 고개를 끄덕였다. 자기보다 한 수를 더 읽은 포석이었음을 알겠다는 뜻인 것 같았다. 그러더니 제장들을 향해 말했다.

"군사의 뜻이 기렇다믄 이데 결정을 내릴 때가 된 것 같습네다. 마팀 당사자 두 분이 안 계시니 객관적이고 합당한 결정을 내릴 수 있을 것 같습네다."

석권의 말에 고량부뿐만 아니라 신료들이며 장수들까지 고개를 끄덕였다. 동의한다는 뜻인 것 같았다.

"자, 이데 충분히 논의를 한 것 같으니 군사께선 계획하신 대로 일을 진행시키시더요."

석권이 말을 마치고 앉자 병택이 고량부를 향해 인사를 하더니 참석자들의 의견을 물었다.

"자, 말객 권룡과 대운을 역간으로 활용하는데 반대하시는 분은 손을 들어주시기 바랍네다."

손을 드는 사람은 하나도 없었다. 그러자 병택이 다시 한 번 확인했다.

"말객 권룡과 대운을 역간으로 활용하는 방안에 반대하는 분은 한 분도 안 계신 게 맞습니까?"

"예."

모두들 한 목소리로 대답했다.

그렇게 해서 권룡과 대운을 살려 역간으로 활용하기로 결정했다. 그런데 범포와 마석이 수용하지 않으려 하자 영이 끝까지 설득하여 수용하겠다는 대답을 들었다.

회의를 마치고 모든 사람들이 회의실에서 나갔지만 마석과 범포, 병택과 바우는 회의실에 남아 있었다. 약속은 하지 않았지만 네 사람은 할 말이 남아 있는 것 같았다.

"자, 이덴 우리도 가야디요. 할 일이 태산이디 않습네까?"

병택이 바우를 보며 말해놓고 회의실을 나가려는데 범포가 갑자기 무릎을 꿇으며 목소리를 높였다.

"군사, 기러고 부장 고맙고 부끄럽습네다. 이 은헨 꼭 갚갔습네다. 너무 사랑하고 아끼는 부하들이라 남의 손을 타디 않게 해듀려고 했는데 두 분께선 이미 우리 마음을 읽으시고 이런 은혜를 베풀어 듀시니 백골난망일 따름입네다."

그러고 있는데 마석도 무릎을 꿇더니 백골난망이라는 말을 되뇌였다.

"이러디들 마시라요. 취조 과정에서 소직 또한 두 사람을 잃고 싶디 않아서 기런 거디 두 장군께 이런 인사 받을라고 기런 게 아닙네다. 기러니 어여 일나세요. 민망합네다. 소직은 두 분 장군과 두 말객의 관계가 부럽기 그지없을 뿐입네다. 상관이 다틸까봐 염려하고 걱정하는 마음이 소직을 움직였던 겁네다. 부디 둏은 인연 이어가시기 바랍네다."

병택은 한사코 뿌리치는 두 사람의 손을 잡아 일으켰다. 마치 세 사람이 서로의 손을 맞잡기 위해 그랬던 것처럼.

그런 모습을 바우가 곁에서 뜨거운 눈으로 지켜보고 있었고.

해안 봉쇄

53

지원군이 도착했단다.

지원군이 도착했다는 보고에 수덕은 부관의 말도 다 듣지 않고 군막에서 뛰쳐나갔다. 지원군이 도착했다는 게 중요했지 나머지는 하나도 중요하지 않았다. 사촌형인 대모달과 사촌누이인 태후가 자신이 어려움에 처해있음을 알고 지원군을 파견했다는 사실이 중요했다. 자신은 아직까지도 건재하다는 사실이 중요할 뿐이었다.

군막에서 뛰어나와 발밑에 있는 바다를 바라보니 전선들이 자신을 향해 인사라도 하듯 용골들을 끄덕이고 있었다. 처음 출전할 때 끌고 왔던 전선보다 크면서도 늠름해 보이는 전선들이었다. 뒤에 보급선까지 거느리고 있었다. 그 모습을 보니 이젠 살았구나 싶었다.

그런데 이상한 점이 있었다. 배들이 포구 안으로 들어와 접안하지 않고 포구에서 제법 떨어진 곳에 닻을 내리고 있었다. 배끼리 밧줄로 연결하여 단단히 묶어 놓은 게 거기 정박하려나 보았다.

"왜 배들이 뎌기 있는 거네? 지원군 책임잗 또 어디 갔고? 왔으믄 정벌대장인 나한테 와서 보골 하고 내 명을 받아야디."

수덕은 곁에 서 있는 부관에게 짜증을 섞어 말했다.

"기, 기게⋯⋯."

"뭘 더듬대는 게냐? 지원군 책임잗 어디 있느냐니깐?"

"기, 기게 두치 장군께 바로 갔습네다. 대모달의 명이라믄서."

"뭐, 두치 장군? 뭐, 대모달의 명? 대톄 뭔소릴 하는 거네?"

"기, 기건 소인도 달⋯⋯."

"됐다. 책임잗 지끔 어디 있네?"

"두치 장군을 만나뵈러⋯⋯."

"장군은 무슨 얼어듁을 장군이네? 달해봤댜 길잽이에 불과한 놈한테."

수덕은 부관의 뺨이라도 한 대 올려붙이고 싶었다. 말끝마다 장군이란 소릴 해대는 녀석이 얄밉기 그지없었다. 무슨 일이 있었고 무슨 일인지 모르지만 말끝마다 두치를 장군, 장군 하는 녀석의 혓줄기라도 뽑아버리고 싶었다. 두치에 대한 자신의 반감을 다 알지는 못한다 해도 자신이 두치를 대하는 태도로 보아 대충 짐작을 하고 있을 텐데 두치에게 장군이라는 호칭을 하는 꼴이라니. 곱게 보일 리 없었다.

"헛소리 댝댝 하고 앞서라. 지원군 책임잘 만나봐야갔다. 가자."

수덕은 부관을 앞세워 군영 한 구석에 박아둔 두치의 막사로 향했다.

화가 치밀어 올랐고, 속이 꼬이고, 머리마저 어지럽자 걸음마저 허청거렸다. 다른 사람도 아닌 자기 부관이 두치를 장군이라 부를 때는 그만한 이유가 있을 것이고, 그 이유란 다름 아닌 대모달이나 태후의 명일 것이었다. 그렇지 않다면 다른 곳도 아닌 자기 앞에서 감히, 두치에게, 장군이란 호칭을, 할 리 없었다.

두치의 군막이 군영 끝자락에 있어 멀기도 했지만 심기가 불편해 선지 실제 거리보다 한참이나 멀게 느껴졌다. 그와 함께 지원군 책임자를 만나러 가는 게 자존심이 상했다. 정벌군 대장이 지원군 책임자를 만나러, 그것도 꼴도 보기 싫은 두치와 동훈의 막사로 가려니 체면도 자존심도 말이 아니었다. 그냥 돌아가 버릴까 하는 생각도 들었다. 그러나 대모달의 자기에게 무슨 명을 내렸고 무슨 말을 전하라 했는지 궁금했기에 돌아갈 수도 없었다.

갈피를 잡지 못하고 걷는 걸음이라 그런지 발에 채이고 걸리는 게 많았다. 나무 밑동에다, 잘린 나뭇가지, 칡넝쿨이며 마른 풀잎들이 발에 채이고 걸리며 짜증을 돋웠다.

"뭐 이리 채이고 걸리는 게 많아? 이것들부터 좀 정리하라 해라."

수덕이 짜증을 내자 부관이 이해할 수 없다는 표정으로 수덕을 쳐다봤다.

"뭘 기릏게 쳐다보네? 내가 못할 말했네?"

수덕이 벌컥 화를 내자 부관이 황급히 고개를 숙이며 대답했다.

"아, 아닙네다. 바로 정리하라 하갔습네다."

대답은 그리 하면서도 부관은 샐쭉한 표정을 지었다. 그러자 떠오르는 게 있었다. 이 섬에 들어오던 날 부관에게 했던 말이었다.

두치와 동훈을 최대한 먼 곳에, 자신의 눈에 띄지 않은 곳에 자리잡게 하고 길도 닦지 말아서 될 수 있는 한 자신을 찾아오지 못하게 하라고 했던 말이었다. 그러니 부관은 자기 명에 따라 했을 뿐인데,

이제 와서 길을 정리하라니 어느 장단에 춤을 춰야 할지 모르겠다는 표정을 지을 수밖에.

이처럼 수덕은 섬으로 들어와서도 두치를 철저히 멀리 하고 있었다. 섬으로 온 것도 두치의 의견을 받아들여서가 아니라 바람과 파도가 심상치 않았고, 화공이란 말에 화들짝 겁이 났기 때문이었다. 정말 화공이라도 당한다면 살아남기 힘들 것이고, 그리 되면 출셋길로 생각했던 낭도 정벌이 저승길이 될 수도 있었기에 서둘러 피한 것에 지나지 않았다.

그런데도 두치 그 놈은 수덕이 자신의 말을 들어주는 줄 알고 앞장서서 이 섬으로 수덕을 인도했고, 섬을 돌아본 후 군영지까지 찾아내어 군영에 방어시설까지 다 갖춘 후 수덕을 맞아들이기까지 했다. 아무리 눈치가 없고 멍청하다 해도 그 정도는 감지할 텐데 그것도 모르는 천하제일바보가 바로 두치일 것이었다.

산비탈을 타고 올라 두치가 머무는 막사에 도착하자 한 번도 본 적 없는 군관 하나가 막사에서 나오고 있었다. 마침 용무를 마치고 돌아가려던 참이었던 모양이었다. 그런데, 그 자를 따라 나오는 자가 있었으니 바로 두치였다.

장군 갑옷에 투구, 지휘도까지 다 갖춘 장군의 모습이었다. 그걸 보는 순간 수덕은 입을 다물 수가 없었다.

두치의 늠름한 풍모도 풍모지만, 두치에게 군례를 올리는 군관도 군관이었지만, 장군복을 입은 두치는 더도 덜도 없이 고구려 장군이었다. 북방을 호령하며 대륙을 주름잡는 고구려 무장 그대로였다. 자기는 아직까지 두치를 길에서 흔히 마주치는 거지쯤으로 봐왔는데 자기보다 나았으면 나았지 결코 뒤지지 않을 위엄과 풍모를 갖추고 있었다. 그게 눈꼴사나웠다. 아니, 기가 죽는 것 같았다.

그러나 자기가 누군가. 태후와 대모달의 사촌아우가 아닌가. 더군다나 정벌군 대장이 아닌가. 그러니 이 섬에서 자기보다 높은 사람은 있을 수 없었다. 하여 지원군 책임자로 보이는 군관에게 냅다 소리를 질렀다.

"누군데 감히 정벌대장 허락도 없이 전초기지인 여길 들어왔고, 어띠 내 허락 없이 함부로 길잽일 만나고 다니는 거네? 첩자네? 기렇디 않다믄 어띠 감히……?"

수덕이 고함을 지르자 군관이 허겁지겁 달려오더니 군례를 올렸다. 그러자 수덕은 더욱 엄한 목소리로 꾸짖었다.

"지휘계통도 모르는 오랑캐네? 어띠 감히 이런 딧을 하는 게야? 군령의 지엄함을 보여듀랴?"

"아, 아닙네다, 대장. 소관은 대왕마마의 어명대로 했을 뿐입네다. 대모달께서도 한 치의 어긋남이 없이 시행하라 하셨습네다."

"뭐? 대왕마마? 기럼 어명이라도 받고 왔다는 거네? 기러고 정벌대장인 나를 거티디 말고 바로 뎌 길잽이한테 전하라 했고?"

"예. 말씀하신 바로 기대롭네다. 대왕마마께서 어명과 장군복 그리고 지휘검을 그 누구도 거티디 말고 직접 두치 장군에게 제일 먼뎌 전하라 명하셨고, 기 자리에 배석하셨던 대모달께서도 어명을 한 티의 어긋남 없이 시행하라 강조하셨습네다. 기래서 이 섬에 닿댜마댜 어명을 시행한 후 딕금 대장을 뵈러 가려던 탐이었습네다."

"뭐, 뭐라?"

수덕은 할 말이 없었다. 대왕과 대모달의 명도 명이었지만 자신과 군관이 주고받는 말을 다 들으며 비릿하면서도 엷은 미소를 입에 물고 있는 두치를 보자 말문이 막혀버렸다. 그러거나 말거나 군관은 자신의 임무를 다하겠다는 듯 말을 이었다.

"두치 장군을 정벌군 부장에 임명하며 새로 지원하는 군사 이천과 전선 스무 척, 기리고 보급선은 두치 장군이 직접 지휘하게 할 것이며, 낭도 정벌의 모든 작전은 두 분 장군께서 합의한 후 결정·시행하라는 어명도 있으셨습네다. 또한 이 내용을 꼭 정벌대장과 두치 장군이 함께 있는 자리에서 알리라 하셨습네다. 기 내용은 여기 왕명에 적혀 있다 했습네다."

그러더니 왼쪽 팔에 끼고 있던 두루마리를 내밀었다. 그러자 수덕은 황급히 군례를 갖춘 후 두루마리를 받아 읽기 시작했다. 왕명에는 군관이 말한 내용이 다 적혀 있었다. 그뿐이 아니었다. 이번 정벌이 어떤 의미를 가지는지 너무나 잘 알고 있을 테니 목숨을 걸고 완수하라는 명까지 적혀 있었다.

왕명을 다 읽은 수덕은 풀썩 주저앉지 않을 수 없었다. 아무래도 낭도 정벌이 순탄치 않을 것 같았고, 성공한다 해도 모든 공은 두치에게 돌아갈 것 같았다. 진즉 대모달의 말을 들어 두치를 우대하며 그의 말을 들을 걸 하는 후회가 물밀 듯 밀려들었다. 그러나 이미 때는 늦어 있었다.

54

두치가 대왕으로부터 장군 임명을 받았고 정벌군 부장이 됐는데도 개수덕의 태도는 달라지지 않았다. 오히려 전보다 더 두치를 괴롭히고 있었다. 길잡이 취급하며 두치를 깔볼 때는 무시하는 정도로 끝났지만 지원군이 온 후에는 더 악랄하고 치사한 방법으로 두치를 괴롭혔다.

지원군에 대한 지휘권을 행사하지 못하자 사사건건 시비를 걸었고, 부하들이 보는 데서도 창피를 주는 정도가 아니라 아예 일자무식꾼으로 몰아붙이기 일쑤였다. 또한 도저히 성공 가능성이 없는 임무를 부여하기도 했다. 그 대표적인 예가 낭도 정찰 및 해안 통제였다.

날이 좋은 날은 응당 그럴 수 있었다. 맑은 날을 이용해 낭도에 숨어 있는 역도들이 무슨 짓을 할지 모르기 때문이었다. 그러나 파도가 높은 날 낭도 상황을 점검해 오라지를 않나, 악천후 속에서 역도들이 배를 움직일 수 있으니 몽돌포와 잇개, 뒷개를 지키라고도 했다. 임무를 부여한다기보다 두치와 부하들을 사지로 내몰아 하루라도 빨리 죽이려는 심산이었다.

그러나 두치는 거부할 수 없었고 거부하고 싶지도 않았다. 아무리 부당한 명령일지라도 부장으로서 정벌대장의 명을 거역할 수 없었고, 개수덕과의 싸움에서 지고 싶지도 않았다. 또한 악조건 속에서 임무를 수행하며 그걸 하나의 기회로 활용하고 싶었다.

겨울이라 사나흘에 한 번씩 바다가 험했지만 역도들이 무슨 짓을 할지 몰랐기에 그걸 사전에 차단하기 위해서는 감시를 게을리 할수 없었다. 하여 풍랑이 아주 심한 날을 제외하고는 거의 매일 정찰과 감시에 나섰다. 세 가지 효과를 노려 20척의 전선을 돌아가며 작전에 투입했다.

첫째는 악천후 속에 견디는 훈련을 실시하여 병사들이 거친 바다에 적응하는 능력을 배양했다. 훈련을 통해 바다에 익숙지 않은 장졸들에게 수전의 어려움과 바다의 속성을 이해시키는 한편 전투능력을 키워 나갔다. 초반에는 반 이상의 병사들이 나가 떨어졌으나 시간이 갈수록 적응해 나갔고, 자신감도 갖는 것 같았다.

둘째는 역도들에 대한 두려움을 불식시켜 나갔다. 초전에 대패했다는 사실만으로 병사들은 역도들에 대한 두려움 내지는 공포심을 가지고 있었다. 직접 부딪쳐보지도 않고 말로만 들은 적에 대한 두려움과 공포심은 생각보다 컸다. 하여 이를 불식시키기 위해 몽돌포 앞까지 갔다가 적들이 공격을 시작하면 후퇴하는 방법으로 적들에 대한 두려움과 공포심을 불식시켜 나갔다. 또한 적들이 구사하는 전법을 알게 하여 실제 전투에 활용할수 있도록 했다.

셋째 낭도에 잠입시킨 첩자들로부터 정보를 수집했다. 몽돌포에 접근하면 어김없이 화살이 날아왔는데, 화살 중에는 첩자가 보낸 서신이 섞여 있었다. 그 서신을 통해 낭도에 대한 정보를 입수했다. 특히 말객 둘이 전언하는 내용은 수뇌부가 아니면 접하기 힘든 고급정보여서 작전을 세우거나 병사들을 운용하는데 많은 도움을 받을 수 있었다.

그런 일련의 행동을 통해 두치는 전투 준비를 착실히 할 수 있었고, 개수덕은 감히 생각지도 못할 작전을 수립하게 됐다.

두치가 볼 때 바람과 파도가 자는 봄이 아니면 전면적인 공격은 힘들 것 같았다. 처음 두치가 전선 서너 척을 몰고 몽돌포에 접근했을 때는 강력한 대응을 하더니 갈수록 대응이 시들해졌다. 또 나타났구나 하는 식이었다. 아군 쪽에서 먼저 공격하지 않으면 아예 화살을 쏘지 않는 경우도 있었다. 화살을 아끼기 위해서인 것 같았다. 그러니 몽돌포로 접근을 시도해도 별다른 효과를 내지 못하고 있었다.

그런데 정기적, 비정기적으로 순찰 및 감시활동을 하다 보니 예기치 않은 변화를 감지할 수 있었다. 두치네가 몽돌포에 모습을 드러내면 낭도 배들이 꼼짝도 않는다는 사실이었다. 처음에는 몽돌포를 향하던 배가 서둘러 돌아가더니 시간이 지날수록 몽돌포엔 배가 얼씬하지 않았다. 한 마디로 해안을 봉쇄하는 효과를 낸 것.

'어라? 이것들 봐라.'

생각지도 않은 반응에 두치는 한 가지 작전을 구상할 수 있었다. 바로 해안 봉쇄작전이었다. 직접적으로 낭도를 공격하기보다 낭도 주변을 전선으로 에워싸 모든 바닷길을 차단한다면 낭도는 고립무원의 섬이 될 것이었다. 쌀을 외부에서 반입하는 만큼 해안을 봉쇄한다면 식량난에 허덕일 수밖에 없을 것이고, 결국 자멸할 수밖에 없었다. 특히 춘궁기에 해안을 봉쇄한다면 그 어떤 공격보다 큰 효과를 낼 수 있을 것이었다.

"그래, 바로 기거였어."

두치는 쾌재를 부르며 전초기지로 돌아갔다. 개수덕에게 알려 당장 내일부터 해안을 봉쇄하자고 제안할 생각이었다. 그리되면 배를 끌고 나와 덤비든지 정벌군 눈을 피해 배를 띄우든지 할 것이었다. 그때 전선을 이끌고 가서 아작을 낸다면 몇 달 안에 낭도를 정벌하는 정도가 아니라 낭도를 무인도로 만들어 버릴 수 있었다.

"기럼 내년 여름까디 여기 있댜는 말이오?"

두치가 해안 봉쇄작전에 대해 언급하자 개수덕이 펄쩍 뛰었다.

"안 기래도 이 겨울을 여서 어띠 보낼디 걱뎡인데 내년 여름까디 여서 어떻게 견딘단 말이오? 안 될 말이요, 안 되고 말고."

개수덕은 그에 대해서 더이상 언급하지 말라는 듯 몸을 돌려버렸다.

"다른 방법이래 없디 않습네까?"

"왜 없어? 능력 있고 전술이 빼어난 부장이니 다른 계획이 있을 게 아니오? 2천의 병살 거느리고 있으믄서 기거 하날 해결 못 하믄 고구려 장군이라 할 수 없디."

개수덕은 몸을 돌려 자기 얘기만 해놓고 다시 등을 돌려버렸다. 반대를 위한 반대로 일관하겠다는 건지, 빨리 집으로 가고 싶다는 건지, 자긴 모르니 알아서 하라는 건지, 도대체 뭘 하자는 건지 이해할 수가 없었다. 하여 두치는 마지막 방법을 쓰지 않을 수 없었다. 이것마저 먹혀들지 않으면 다른 방법이 없어 보였다.

"똫습네다. 기룽다믄 대모달께 알려 기 명을 따르갔습네다."

"뭐 대모달?"

깜짝 놀라며 몸을 휙 돌리더니 개수덕이 도끼눈을 하고 째려보았다. 그러기를 잠시. 마음을 가다듬었는지 두치를 노려보며 혀가 아닌 이빨로 말을 뱉어냈다.

"지끔 날 협박하는 거요?"

"협박하는 게 아니라 어명을 받들라는 겁네다. 모든 작전은 두 사람이 상의해서 결정하라고 명하셨는데 대장께서는 모든 걸 불가하다고만 하시니 다른 방법이 없어서 대모달께 여쭤보고댜 하는 겁네다. 대모달께서 말리시믄 소장도 물러나갔습네다."

두치가 능글거리는 목소리로 말을 마치자 개수덕이 비아냥거렸다.

"대모달이 부장 형님이라도 되는 모양이오? 사촌아우인 나보다 더 대모달께 기대는 게?

"기게 아니라……."

"시끄럽소. 비록 패배하더라도, 내가 비록 전사하는 한이 있더라도 올 겨울을 넘기디 못하니 기리 아시오. 나가 보시오."

"대장, 다시 한 번만……."

"나가라 하디 않소. 하극상이라도 해보갔다는 거요?"

개수덕이 또 하극상을 들먹였다. 뻑 하면 명령불복종 내지 하극상이란 말로 상대를 억압하는데 넌더리가 났지만, 더이상 버티었다간 목이 성하지 못할 것이기에 물러나는 수밖에 없었다.

개수덕이 어찌 나오든 두치는 날이 아주 궂지 않으면 전선을 이끌고 가 몽돌포와 잇개, 뒷개를 봉쇄했다. 날씨가 좋은 날은 밤에도 전선끼리 사귀짜기를 해서 몽돌포 앞에 세워두었다. 물론 같은 실수를 반복하지 않기 위해 철저한 경계는 기본으로 하면서.

그러기를 한 달여.

드디어 낭도에 심어놓은 첩자로부터 태자도 식량난에 대한 보고가 날아들었다. 배를 띄울 수 없어 식량 부족 사태가 벌어지고 있다는 보고였다. 그리고 며칠 안에 낭도 뒤쪽에 있는 옴팡포에서 배를 낼 것 같다는 정보도 함께 보내왔다. 그에 따라 두치는 자기 휘하에 있는 전선 열 척을 동원하여 낭도 주변을 철저히 감시·봉쇄했다.

그리고 나흘째 되던 날 새벽, 옴팡포에서 빠져나가려는 양식 수송선 세 척을 발견하고는 겁을 주어 포구 안으로 몰아넣었다. 그리되자 첩자로부터 기대했던 결과가 나타나고 있다는 보고가 날아들었다.

내부와 외부의 협동작전은 낭도를 굶주림의 섬으로 만들고 있고, 낭도는 굶주림에 허덕이며 가쁜 숨을 몰아쉬고 있다고. 이제 낭도는 태자도가 아니라 아귀도가 되고 있다고 했다. 조금만 더 조이면 안 나가고는 못 배길 것이라는 보고도 도착했고.

두치는 안에서 보내오는 첩자들의 보고를 받으며 모든 준비를 마치고 역도들이 밖으로 기어나오기만을 기다리고 있었다.

55

낭두봉에서 북과 징이 울었다. 비상을 알리는 소리였다.

소리를 들은 병택은 즉각 막사에서 뛰어나갔다. 바우 부장도 곧바로 병택의 막사로 달려왔다.

"여기선 안딕 안 보이는데…… 산꼭대기에선 보이는 모양이디요?"

바우 부장이 바다를 바라보더니 병택에게 말을 붙였다. 그러자 병택은 거두절미하고 바우 부장을 재촉했다.

"갑세다. 봐야 뭘 하든 말든 하디요."

병택이 말에 오르자 바우 부장도 곧바로 말에 올랐다. 그리고 달리기 시작했다. 말을 몰아 도착한 곳은 낭두봉 꼭대기에 있는 관측소였다. 말고삐를 목에 걸어주고 둘이 수평선을 바라보았다.

적들이 또 몰려오고 있었다. 몽돌포 해안에서 철수하여 제자리에 돌아간 지 겨우 보름 만이었다.

적군임을 확인한 병택은 바로 비상 대기 중인 전군에 전투 배치 명령을 내렸다. 적군이 몽돌포로 온다고 장담할 수는 없었지만 어디로 오든 대비해둬서 나쁠 것은 없었다. 그런 후, 관측소 옆에 선

채로 적선敵船의 숫자를 헤아려 봤다. 어림잡아도 쉰 척은 더 돼 보였다.

"쉰 턱은 넘어 보이디요?"

병택은 걱정스러워 곁에 서 있는 바우 부장에게 물었다.

"길쎄요. 소장의 눈에도 쉰 턱은 넘어 보입네다."

"기릏다믄…… 기 배들이 완성됐다는 얘긴데……. 기 배들을 여기 투입하고 있다는 거고?"

병택은 한숨이 절로 나왔다. 생각했던 것보다 판이 커지고 있고, 침략군의 집요함 내지는 오기가 느껴졌기 때문이었다.

어쩌면 이 기회에 태자를 제거하려는 게 아니라 태자와 그를 따르는 모든 사람들을 없애려 하는 게 아닌가 하는 생각까지 들었다. 그건 한나라를 치기 위해 서안평에서 건조한 전선을 대거 투입하고 있기 때문이었다. 태자도를 그만큼 비중 있게 보고 있고 태자와 추종세력을 두려워하고 있다는 뜻이기도 했다. 그러니 수단과 방법을 가리지 않고 공격해올 것이고. 그게 걱정스러웠다. 그러니 한숨이 안 나올 수 없었다.

"기런 것 같습네다. 기릏다믄 이데……."

바우 부장은 뒷말을 삼켜버렸다. 입에 올리기도 싫은지, 입에 올리는 순간 그 말대로 될 것 같아 걱정스러운지 말을 아꼈다.

"기맇디요. 준비해야갔디요."

병택은 고개를 끄덕이며 바우 부장을 쳐다보았다. 병택의 무거운 마음이 고스란히 바우 부장에게 옮겨갔는지 그의 어깨가 너무나 무거워보였다. 그런 그를 바라보는 병택도 덩달아 무거워질 수밖에 없었고.

"기럼 가시디요. 저항이래 만만티 않갔디만 결국은 넘어야 할 산이니낀."

무거운 마음을 최대한 가볍게 하고 싶어서 병택은 어깨를 털어내며 빙긋 웃었다. 그 웃음의 의미를 너무나 잘 알고 있을 바우 부장도 병택을 향해 빙긋 웃어주었다. 이럴 땐 웃음이 약이고, 웃음으로 털어내며 살아야디요. 바우 부장의 웃음에는 이런 말이 담겨있는 것 같았다.

석권 장군의 적정보고敵情報告가 끝나자 모두들 한동안 말이 없었다.

지원군 증파 소식은 태자도 방어가 그만큼 힘들어질 것이란 뜻이었기에 몸도 마음도 무거운 모양이었다. 누구도 말이 없었다. 하여 병택이 먼저 입을 열었다.

"2천 정도의 지원군뿐이라믄 다행이디만 기것으로 끝나디 않을 것 같아 걱명입네다."

병택은 서안평에서 건조 중인 70척에 대해 얘기하고 싶었으나 참았다. 그 내용은 주군 세 분과 석권·마석·범포·바우 장군만 알고 있는 내용이기에 구체적인 언급은 삼가는 게 좋을 것 같았다. 하여 그 정도만 언급하고 다음 말을 하려는데 첫째주군이 말을 걸어왔다.

"군사! 기렇게 변죽만 울리디 말고 구체적인 내용을 알려듀시디요. 기게 둏디 않갔습네까?"

"기, 기게……. 기 내용이 알려디믄 백성들이 동요할 것 같아 됴심스럽습네다."

"아니디요. 民無信不立(민무신불립) 즉, 백성이 믿디 않으믄 나라가 설 수 없다고 하디 않았습네까? 백성들을 믿게 하려믄 거딧이 없어야 하고, 거딧이 없어야 백성들이 우릴 믿고 따를 것입네다. 기러니 일말의 숨김이나 거딧 없이 알리시디요. 기러려런 걸 다 알고 태자도를 디키갔다는 의지를 세우게 해야디요. 기러니 이 댜리에서 모든 장수들에게 다 알려 백성들에게도 알리게 하시디요."

"전하! 기릏게 하믄 기 파장을 감당하기 힘들디도 모릅네다. 첩자들이 백성들에게 불안감을 조성할 수도 있고, 백성들을 책동할디도 모르고 말입네다."

"기래서 텨음부터 낱낱이 알리댜는 겁네다. 상황에 따라 띨끔띨끔 알려듀면 결국 백성들은 우릴 믿디 못할 거이고, 기릏게 되믄 괴리감만 커디게 됩네다. 기러니 텨음부터 다 알리기로 하시디요."

첫째주군의 말을 이해하지 못하는 것도 아니요, 틀린 말도 아니요, 그 마음을 모르는 바도 아니었지만 병택은 머뭇거리지 않을 수 없었다. 의도보다 파장을 고려해야 할 것 같았다. 하여 망설이고 있자니 병택의 그런 마음을 읽었는지 석권 장군이 나섰다.

"전하! 전하의 뜻을 모르는 바 아니디만 소장도 군사와 생각이 같습네다. 딕금은 파장을 먼뎌 생각해야 할 때인 것 같습네다."

석권 장군의 말을 신호탄으로 마석과 범포 장군도 병택을 거들었다. 현장에서 병사들을 지휘하는 사람들이라 생각이 같은 모양이었다. 하여 병택은 든든했다. 이들과 함께라면 지옥불 속에 던져진다 해도 버틸 수 있을 것 같았다.

그런데 첫째주군은 생각을 바꿀 마음이 없는지 두 동생을 돌아보며 물었다.

"현장에서 병사들을 지휘하는 장군들의 뜻은 같은 모양인데 두

아우들 생각은 어떻네?"

그러자 그걸 기다렸다는 듯이 셋째주군이 먼저 나섰다.

"이 아우는 큰형과 생각이 같습네다. 백성들의 믿음을 얻디 못한 다른 침략군을 막아낸다한들 무슨 소용이 있갔습네까? 기러니 하나도 빠딤없이 병사들과 백성들에게 알리는 게 뚷을 것 같습네다."

셋째주군의 말에 병택은 충격을 받지 않을 수 없었다. 좀처럼 자신의 뜻을 개진하거나 나서는 사람이 아닌데 둘째주군을 젖히고 나선 것도 놀라웠거니와 첫째주군의 뜻을 적극적으로 옹호하고 있었기 때문이었다. 그건 병택만 느끼는 게 아닌지 모든 사람들이 셋째주군을 멍한 눈길로 쳐다보았다. 그러거나 말거나 셋째주군은 한마디를 덧붙였다.

"이 댜리에서 난상토론을 하는 것도 한 방법이 아닐까 생각합네다."

난상토론을 제의하며 셋째주군이 말을 마치자 이에 질세라 둘째주군이 말을 넘겨받았다.

"저 또한 형과 뜻이 같습네다. 인섭 아우도 얘기했디만, 백성의 믿음을 잃는다는 건 모든 걸 다 잃은 것이기 때문입네다. 기러니 낱낱이 알려서 모든 판단은 백성들이 하게 해야 할 것입네다. 백성들이 어띠 나올디, 사기가 떨어딜디 올라갈디 모르갔디만 기건 우리가 결정할 사항이 아니라 백성들 스스로 결정할 문제라 생각합네다. 기러니 알리는 게 맞을 것 같습네다."

둘째주군까지 첫째주군의 뜻에 동조하자 회의실은 완전히 두 부류로 양분되고 말았다. 현장에서 병사들을 지휘하는 지휘관과 백성들을 다스리는 주군들로. 그러니 더이상 논의가 힘들 것 같았다.

하여 병택은 잠시 숨을 골랐다. 어느 한쪽으로 쏠리는 걸 막고 싶었다. 둘째주군의 제안처럼 난상토론을 하려해도 숨을 가라앉혀야 할 것 같았다.

그렇게 숨을 고르고 있으려니 실로 예상 밖의 인물이 병택의 숨 고르기를 방해하며 나섰다.

"소장이 낄 땐 아닌 것 같습네다만 소장이 한 말씀 올려도 되갔습네까?"

말객 석규였다. 그의 전제처럼 지금은 그가 나설 자리가 아니었다. 하여 병택이 저지하려 하자 벌써 첫째주군이 손으로 말해보라고 신호를 보내고 있었다.

"예, 전하. 말씀 올리갔습네다. ……소장 또한 세 분 전하와 같은 생각입네다. 소장은 일찍이 장사를 핑계로 떠나온 고국에 몰래 잠입했던 덕이 있었습네다. 기때 소장은 우리 셋째주군을 잊은, 잊어버린, 갈사국 백성들을 이해할 수가 없었습네다. 기 짧은 시간 동안에 어띠 기럴 수 있는디 침이라도 뱉고 싶었습네다. 아니, 전부 때려둑이고 싶었습네다. 기런데…… 시간이 디나 생각해보니 기건 백성들의 달못이 아니라, 백성들 뇌리에 각인시키디 못한 우리들의 잘못이란 생각이 들었습네다. 백성들 뇌리에 각인됐다면 결코 그러디 않았을 테니긴 말입네다. 백성들이 들고 일어서거나 셋째주군을 탓아나서게 만들었어야 했는데 기걸 못했다는 생각은 탐으로 뼈아픈 것이었습네다. 기래서 하는 말인데, 모든 걸 백성들에게 알려 세 분 주군을 믿고 따르게 하는 게 당장의 전투에서는 질지 몰라도 전쟁에서는 이기는 길이라 생각합네다. 주제넘게 나서서 죄송하디만 기게 백성을 살리는 길이요, 태자도를 디키는 길이라 생각합네다."

산에 묻혀 살았던 산골뜨기였다는데 눈을 비비고 볼 정도였다. 세 주군 앞이요 나이나 경륜으로 봐도 자기보다 한참이나 윗사람들 앞인데도 결코 주눅 들거나 머뭇거림 없이 얘기하는 것도 그렇지만 논리도 정연한 게 산골뜨기라 볼 수 없었다. 셋째주군이 오늘까지 목숨을 보존할 수 있었던 게 철근 박사와 석규 말객 때문이 아니었을까 하는 생각까지 들었다.

그러나 병택은 그가 주제넘어 보였다. 자기 상관들의 뜻에 반하는 논지를 펼치는 것도 그렇지만 전쟁의 속성도 제대로 모르면서 자신의 일천한 경험을 일반화시키고 확대해석하는 것이 마음에 들지 않았다.

어쨌든 석규의 주장으로 회의실의 분위기는 급속히 세 주군 편으로 선회하고 있었다. 장수들마저도 석규의 말에 고개를 끄덕이는 이들이 많았다. 가장 우려했던 상황으로 치닫고 있었다.

그 후에도 많은 말들이 오갔다. 그러나 병택을 비롯하여 장군들의 뜻을 지지하는 사람들보다 주군들의 뜻에 동의하고 지지하는 사람들이 많았다. 특히 외인부대 장수들은 거의 전부가 주군 쪽을 지지하는 분위기였다. 그런 분위기를 읽은 첫째주군이 병택에게 들으라는 듯 결론을 내려버렸다.

"더이상 미룰 일이 아닌 것 같으니 적군의 현재 상황이며 서안평에서 건조 중인 전선에 대해서도 낱낱이 알립세다. 기게 뎡말로 백성들을 위하는 길임을, 백성들을 살리는 길임을 잊디 맙세다."

그렇게 회의는 끝나버렸다. 그에 따라 병사들과 백성들에게 비밀에 붙여 결속력을 다짐으로써 태자도를 지켜내려 했던 병택과 부장 바우의 계획은 틀어질 수밖에 없었고.

밤배놀이

56

경신년(庚申年. 60년) 정월 보름. 마석과 범포는 우장군 막사에 마주앉아 있었다.

단둘이 마주앉은 것은 영이 두 사람을 엄중히 감시하라는 명을 내린 후, 그러니까 근 한 달만이었다. 영이 두 사람에 대한 집중 감시 명령을 내린 것은 마석과 범포가 쌀을 구해오겠다는 말을 한 직후였다.

마석과 범포 두 사람은 한 달 전부터 쌀을 구해오겠다고, 쌀을 구해오지 않으면 버티기 힘들 거라며 영의 용단을 재촉했었다. 그러나 영은 일언지하에 거절했다. 해안이 봉쇄되어 있는데 쌀을 구해오겠다는 말은 적들과 교전을 하겠다는 말이었고, 교전을 한다면 두 장군이 살아남지 못할 것이라고 소수 인원으로 30척에 3천 명이 넘는 적과 교전한다는 건 자살행위나 다름없는 일이었기에 허락할 수가 없다고.

그러나 둘도 물러서지 않았다.

"싸우다 듁으나 굶어 듁으나 듁는 건 마탄가디 아닙네까? 굶어 듁으믄 흔적도 없이 사라디갔디만, 싸우다 듁으믄 태자도 백성들의 가슴에 남기라도 하갔디요. 기러니 주군께서 용단을 내려듀십시오."

범포가 이미 죽음을 각오한 사람처럼 얘기하자 영은 흠칫 놀라는 것 같았다. 그러기를 잠시. 영이 착 가라앉은 목소리로 말했다.

"이미 을지광 대로를 잃고 난 후 끝도 없이 방황하는 걸 보디 않으셨습네까? 기걸 다 보시고도 기런 말씀이 나옵네까? 이데 중부 두 분을 한꺼번에 잃으믄 전 어뚷게 살라고요? 두 사람을 동시에 잃게 되면 전 도뎌히 견뎌낼 자신이 없습네다. 더군다나 범포 장군께서는 이 섬의 원래 주인이 아닙네까? 그런 장군을 어케 듁음으로 내몬단 말입네까? 챠라리 이 섬에서 나가라 하십시오. 저한텐 기게 챠라리 편하갔습네다."

이런 말로 말렸다. 그리고 덧붙였다.

"두 분이 달못 되는 날이 저도 달못 되는 날이니 저의 눈을 속이려 하디 마십시오. 뎨발 부탁입네다."

결국 마석과 범포는 물러날 수밖에 없었다. 더이상 얘기해봤자 허락하지 않을 것을 누구보다 잘 알고 있었기 때문이었다.

그러나 마석과 범포는 호시탐탐 기회를 엿보고 있었다. 쌀을 구해오지 않으면 더이상 버티기 힘든 상태였기 때문이었다.

군량이 바닥을 드러내기 시작해 제한급식을 실시한 지는 오래됐고, 태자도에 쌀이 남은 곳은 이제 없었다. 궁에서마저도 제한급식을 실시한다고 했다. 그러니 하루라도 빨리 쌀을 구해오지 않으면 굶어죽을 판이었다. 그러니 어떻게든 기회를 엿보다 자신들의 계획을 결행할 생각이었다.

그런 두 사람의 마음을 읽었는지 영은 두 사람을 집중 감시하라는 명을 내렸다.

병택에겐 두 사람을 유심히 살피고 있다 배를 띄울 낌새가 있거든 즉시 지휘권을 박탈하여 감금시키라는 명까지 내려놓았다. 그렇게 해놓고도 마음이 안 놓이는지 두 사람을 매일 아침 태자궁에 들리라 했다. 이른바 문안인사(?)를 드리라는 것. 자신이 불안해서 그러니 매일 얼굴을 보여 자신을 안정시켜 달라고. 그렇게 영이 이중삼중으로 방어벽을 치자 두 사람도 어쩔 수가 없었다. 기회를 엿보며 때를 기다리는 수밖에.

영의 명에 따라 병택이 둘의 동태를 파악하고 있었고, 석권마저도 둘을 예의 주시하고 있어 둘이 좀처럼 만날 수가 없었다. 매일 아침 영에게 문안인사를 드리러 갈 때 외엔 얼굴조차 보기 힘들었다. 문안인사를 드리러 갈 때도 병택이 보낸 호위병(?)들을 대동해야 했다. 한 마디로 군영 연금 상태였다. 문안인사를 갈 때는 평상시처럼 아웅다웅, 옥신각신할 수야 있었지만 속엣말을 나눌 수는 없었다. 어떻게든 속엣말을 하고 싶은 눈치였으나 좀체 기회를 내지 못하는 것 같았다.

그러던 어제, 드디어 기회가 찾아왔다. 권룡과 대운이 범포를 찾아온 것.

두치에게 적당한 정보를 줘야 할 텐데 마땅히 줄 정보가 없고, 너무 오래 정보를 주지 않으면 두치가 의심하지 않을까 걱정이라고. 그간 정기적·비정기적으로 두치에게 정보를 흘려왔는데 한 달 넘게 정보를 주지 못해서 그게 걱정이라고.

"알갔다. 내래 텻때주군께 낼 보고할 테니끼 낼 아팀에 열로 오라."

대답하는 범포의 얼굴엔 흡족한 미소가 번졌다. 뭔가 수를 찾은 모양이었다. 그리고 오늘 아침 첫째주군께 문안인사를 올리는 자리에서 권룡과 대운의 상황을 보고했다. 그리고 넷이 의논하여 적당한 정보를 흘려주라는 허락을 받아냈다.

"알갔습네다. 기럼 지끔 권룡과 대운을 소장의 막사로 불러 의논하갔습네다."

범포의 대답에 영이 물었다.

"지끔 말입네까?"

"기러합네다, 전하. 오작교가 만들어뎠을 때 만나야디 안 기러믄 시간 닽기가 힘들 거입네다. 기러니 여서 나가는 대로 바로 만나 처리하는 게 돟을 것 같습네다."

"기렇기는 하디만…… 저 몰래 딴생각하는 건 아니갔디요?"

"기럴 리가 있갔습네까? 소장들은 죄인의 몸이라 몸을 함부로 움딕이기 어렵고, 또한 넷이 은밀히 만날래믄 병사들이 아침을 먹는 지끔이 돟을 것 같아 기럽네다."

"알갔습네다. 아무튼 누구도 눈치태디 못하게 달 처리해 듀시라요."

"예, 전하."

그렇게 영의 허락을 받은 둘은 문안인사를 마치자마자 바로 우장군 막사로 들었다. 그리고 부관에게 명령하여 장군 막사 주위엔 그 누구도 얼씬하지 못하게 하라고 엄명을 내렸다.

　태자도가 변해가고 있었다.

　고량부의 뜻에 따라, 2천의 지원군이 똥섬에 당도했고, 서안평에
는 건조 막바지에 이른 50척의 전선이 더 있다는 사실을 백성들에
게 알리자 태자도는 그날부터 앓는 소리를 내기 시작했다.

　적군을 감당하기 힘들 것이란 판단이 걱정과 앓는 소리로 삐져나
오는 모양이었다. 특히 원주민들의 앓는 소리는 듣기에도 민망할
정도였다. 영을 비롯하여 고량부 전부를 원망하기도 했고, 지금이
라도 섬에서 떠나 자신들을 살려야 할 것 아니냐는 말까지 서슴없
이 뱉어내기도 했다.

　병사들도 크게 다르지 않았다. 싸워보기도 전에, 싸워보지도 않고
지레 겁을 먹고 좌불안석, 전전긍긍하는 자가 늘기 시작했다. 그러니
방어선 구축에 힘이 들어갈 리 없었고 훈련인들 제대로 이루어질
리 없었다. 청명에 죽으나 한식에 죽으나 하루 차이 아니냐는 자포자
기적인 말까지 뱉어내며 의욕을 내려 하지 않았다. 병택을 비롯하여
삼군 장군들이 우려했던 바가 현실로 나타나고 있었다.

　그런 상황에, 엎친 데 덮친 격으로 침략군은 직접 공격을 피하고
태자도로 들고나는 해안을 봉쇄해 뭍으로 가는 길을 모두 막아 버
렸다. 처음엔 패배에 대한 응징을 하려는 듯, 공격 기회를 엿보기도
했다. 기회가 된다면 쳐들어올 생각인 것 같았다. 그러더니 며칠
지나지 않아 전술을 바꿨다. 직접적인 전투를 포기한 채 정기적·
비정기적으로 태자도 해안을 돌며 감시를 시작했다. 봉쇄에 모든
초점을 맞춘 듯 점점 많은 전선을 투입해 태자도를 둘러싸버렸다.

그렇게 고량부를 원망하면서도 두 달은 그럭저럭 넘겼다. 가을에 추수한 곡식도 있었고, 월동준비도 마친 상태라 해안 봉쇄가 당장 문제가 된 건 아니었기 때문이었다. 뭍으로 오갈 수 없는 답답함이야 상인들이나 뱃사람들이나 느끼는 거였지 일반 백성들에게 미치는 영향은 미미했다. 가끔씩 보제기(어부)들이 고기잡이를 할 수 없는 상황에 대해 볼멘소리를 토해내기는 했지만 그 파장은 크지 않았다. 갯가에서 해산물을 채취하거나 바다 양식糧食을 거둬들이는 데는 별 문제가 없었기 때문이었다.

그러나 두 달이 지나 해밑이 가까워지자 백성들의 동요가 점점 심해져 갔다. 양식이 마르기 시작했고, 뭍에 나가 양식을 구해오지 못하면 겨울나기가 쉽지 않을 것이란 걱정 때문이었다. 너나없이 가난이 재산이었기에 예년에도 이맘때면 양식 걱정에 짧은 해를 넘기기가 일쑤였고, 배곯기를 밥 먹듯 했던 사람들이건만 그 모든 게 고량부 탓인 양 고량부 때문에 죽게 생겼다는 말을 입버릇처럼 하고 다녔다.

새해가 밝아왔으나 태자도는 침울하기만 했다. 새해맞이 잔치로 시끄러울 땐데도 잔치는 고사하고 만나면 양식 걱정에 침략군의 공격 걱정에 한숨만 쏟아냈고, 그 한숨이 바람이 되어 날아다니는지 예년에 없었던 바람과 파도가 태자도의 고립감을 더욱 부채질하고 있었다.

권룡과 대운이 오기 전에 둘은 어떤 정보를 흘려야 할지 결정해야 했기에 머리를 맞댔다.

그러나 딱히 넘길 정보가 없었다. 쓸 만한 정보들은 거의 넘겨준

상태였다. 거짓정보를 흘리기에 앞서 두치를 믿게 만들려고 진짜정보를 넘겨주고 있었는데 더이상 줄 정보가 없었다. 그렇다고 위험한 정보를 넘겨줄 수도 없었고.

그간 몇 일 밤에 배를 띄우려 한다든지, 환해장성과 진성이 거의 완성됐다든지, 고구려군이 서안평에서 전선 50척을 더 건조하고 있다는 사실을 백성들에게 알려지자 백성들이 동요하고 있다든지, 해안을 봉쇄하자 쌀이 없어 굶주리는 백성들이 많다든지 하는 정보를 넘겨줬었다.

그리고 맨 마지막에 흘린 정보는 양식이 거의 바닥이라 얼마 없어 쌀을 구하러 나갈 것 같다는 정보를 줬었다. 그래야 적군이 눈에 불을 켜고 태자도를 감시할 것이고, 그래야 바람과 파도가 센 겨울 바다를 휘젓고 다니느라 고생을 할 것이고, 그래야 진짜 양식 수송선을 띄우는 날을 속일 수 있을 것이기 때문이었다.

그런데 더이상 줄 정보가 없자 권룡과 대운이 범포에게 물으러 온 것이었다. 하여 둘이 머리를 맞댔으나 뾰족한 수가 있을 수 없었다. 그렇다고 시시한 정보나 거짓정보를 줄 수도 없고.

둘이 방법을 찾지 못해 한참을 앉아 있었다. 한 자리에 앉아 있으면서도 서로 다른 생각을 하느라 머리를 분주히 돌리고 있었다. 그러다 마석이 먼저 입을 열었다.

"양식을 구하러 곧 출발할 것 같다고 했으니 어떤 형태로든 배를 움직여야 의심을 안 할 텐데…… 언제쯤 배를 띄웠다가 돌아온다? 올겨울은 유난스레 바람과 파도가 쎄서 배 띄우기도 쉽디 않은데……."

마석이 걱정하자 옆에 앉아 있던 범포가 불쑥 뚱딴지같은 소리를 했다.

"기러디 말고 이 탐에 정말 양식 수송선을 띄워버릴까?"

"기, 기게 무슨 소리네? 안 기래도 텃때주군이 눈 시퍼렇게 뜨고 우릴 감시하고 있는 마당에."

"기러니 말이야. 주군께는 적을 속이기 위해 배를 움딕인다고 보고해놓고 내가 몰래 다녀오믄 되디 않네? 실제로 배를 띄우든 거딧으로 띄우든 밴 띄워야 하니긴 말이야."

"기럼 올 때는? 올 땐 어뜩하고?"

"이런 빙충을 봤나? 올 땐 노란 깃발을 배에 달고 있을 테니 낭두봉에서 우리 배가 보이믄 너가 호위하러 오믄 되디 뭐."

"뭐? 기럼 거딧 출항이 아니라 거딧 출항을 가장하고 딘따로 갔다오댠 말이네?"

"기렇디. 기러믄 적들과 주군을 동시에 쇡일 수 있으니까 기야말로 일석이조 아니네."

범포의 말에 마석이 잠시 생각하는 듯하더니 잠시 후 몸을 고쳐 앉으며 말했다.

"역시 해적딜했던 놈이라 기런 거 하난 빠르구만기래. 기래 해보자. 우리 둘만 듁을 각오하믄 태자도 전쳴 살릴 수 있는데 해봐야디. 암, 해봐야 하고말고. 굶어 듁으나 양식 싣고 오다가 듁으나 듁는 건 마찬가디디만 기 결관 완전 다르니긴 한 번 해봐야디."

둘은 그렇게, 너무나 쉽게, 의기투합했다. 마치 오래 전부터 그런 생각들을 나눠온 것처럼 너무나 짧은 시간에 결정을 내려버렸다.

 며칠 내로 몽돌포에서 양식 수송선이 뜬다는 정보를 흘리란 범포
의 말에 권룡과 대운은 뻥한 얼굴로 범포를 쳐다보았다. 그런 거짓
정보를 흘렸다간 저쪽이 의심할 게 뻔하지 않느냐는 얼굴이었다.
그러자 마석이 먼저 나섰다.

 "이번 날이 동으면 몽돌포에서 적들에게 빼앗은 전선 다섯 턱을
움딕일 기야. 기러니 기리 알고 기 정볼 흘리라."

 "장군! 기러믄 기 배에 타고 있는 사람들은 어케 됩네까?"

 권룡의 물음에 범포가 귀찮다는 듯 받았다.

 "기런 걱명은 붙들어매라. 내래 이 태자돌 손금 보는 것보다 뻔한
사람 아니네. 기러니 기런 걱명 말고 정보나 흘리라."

 "기럼 명말로 밸 띄울 생각입네까? 듁음을 감수하믄서도 말입네
까?"

 이번에는 대운이 안 된다는 뜻으로 말했다.

 "거 탐! 기건 우리 둘이 알아서 할 테니낀 너들은 시키는 대로
하믄 될 게 아니네? 지끔 너들은 적에게 흘릴 정보가 필요한 거
아니네? 기러니 우리가 시키는 대로 하라."

 범포의 엄명에 둘은 입을 다물었다. 그리고 뭔가를 골똘히 생각하
는 눈치였다. 그러기를 잠시. 권룡이 집히는 게 있는지 불쑥 물었다.

 "기렇다믄 혹시?"

 그와 거의 동시에 대운이 물었다.

 "그럼 혹시? 몽돌포에서 밸 띄우는 턱하고 옴팡포나 다른 데서
명말로 양식 수송선을 띄우려는 겁네까?"

그러자 범포가 소리를 질렀다.

"거 탐, 죄인들이 말도 많네. 왜 기거까디 적군에게 팔아먹으려고 기러네?"

범포가 둘의 입을 막으려는 듯 지른 그 소리는 당장 효과가 나타났다. 덤벼들던 기세를 팍 꺾고 둘이 입을 닫은 채 조용히 고개를 숙였기 때문이었다. 그러나 그 효과도 잠시. 오히려 역효과를 내고 말았다.

조용히 뭔가를 생각하는 듯싶던 권룡이 갑자기 자리에서 일어서더니 바닥에 무릎을 꿇었다. 그러자 대운도 권룡과 거의 동시에 권룡과 함께 무릎을 꿇었다.

"장군! 소장들의 죄를 씻을 수 있는 기회를 주십시오."

"기러하옵네다, 장군. 또한 기런 위험한 작전에 장군들을 보내드릴 수가 없습네다."

대운까지 가세하자 범포는 난감한 모양이었다. 아니, 괜히 얘길 꺼냈다고 후회하는 빛이 역력했다.

"어띠 이러네? 우리래 적을 기만하기 위해 눈속임을 할래는 거디딘따로 뱀 띄울래고 기러는 게 아니닿네?"

마석이 말리는 말에 대운이 대답했다.

"장군, 소장들을 바보로 아십네까? 다 알아먹었습네다. 또한 기런 일은 소장들도 충분히 해낼 수 있습네다. 기런데 왜 장군들께서 가시갔다는 겁네까?."

"기러하옵네다, 장군. 기런 일은 소장들도 충분히……."

그러나 권룡은 말을 마칠 수가 없었다. 범포가 권룡의 말을 자르며 들어왔기 때문이었다.

"지끔까디 뭔 소릴 들은 게야? 너놈들은 죄인이 아니더냐? 죄인이 어띠 이 태자돌 벗어나갔다는 게야? 기러고…… 너놈들이 또 적군과 내통하디 말라는 법이 어딨네?"

범포의 얘기는 꿇어앉은 둘에게 먹히지 않는 것 같았다. 범포의 말에 권룡이 지지 않고 받아쳤다.

"기런 마음에도 없는 말씀으로 소장들을 단념시키려고 하디 마십시오. 소장들은 어떤 일이 있어도 물러설 수가 없습네다."

"기러하옵네다, 장군. 소장들은 이미 석 달 전에 듁은 사람들입네다. 이데와 무엇을 두려워하고 무엇을 피하갔습네까?"

대운이 한술 더 뜨자 범포도 더이상은 어쩔 수 없는지 어허, 거탐! 하며 한 발 물러섰다. 그러면서도 마석을 바라보며 둘 쪽으로 목을 흔드는 게 마석이 나서서 좀 말려보라는 뜻인 듯했다.

그러자 마석이 목소리를 낮추며 두 사람에게 말하기 시작했다.

"이보게들, 우리 이데 곧 환갑이네. 살믄 얼마나 더 살갔나? 기래도 만년운이 있어 이렇게 세 주군을 모시고 살았는데 또 뭘 더 바라갔나? 기러니 태자돌 위해 늙은 목숨, 얼마 안 남은 목숨 바틸 수 있게 해듀게. 썩어 문드러딜 이름이 아니라 태자도 백성들의 가슴에 살아남을 이름으로 남게 말일세."

그 말엔 두 사람도 얼마간 흔들리는 것 같았다. 마석과 범포 두 사람의 충성심과 태자도 사랑을 누구보다 잘 알고 있었기 때문이었다.

그러나 둘은 물러설 마음이 끝내 없는 것 같았다. 잠시 생각하는 듯싶더니 권룡이 말했다.

"기건 아니 되옵네다. 두 분께선 끝까디 세 주군을 모셔야 하고, 이 태자도를 디켜야 하옵네다. 기런 위험한 일은 소장들에게 맡겨

듀십시오."

그러자 범포가 다시 입을 열었다.

"권룡이 네 이놈! 내 명이라면 목숨까디 내놓갔다고 하디 않았느냐? 기런데 이데 와서 뭔 소릴 디껄이느냐? 기럼 그 말이 거딧이었단 말이네?"

"장군! 기런 억디가 어덨습네까? 기거와 이건 다르디 않습네까?"

"어케 다르단 말이네? 이 또한 내 명이디 기럼 농이란 말이네?"

"장군!"

"더이상 말하디 말라. 내 명은 하나다. 너들은 우리가 섬을 빠뎌나갈 수 있게 적장에게 거딧 정보만 흘려라. 이게 너들이 해야 할 일이고, 이것 또한 내 명이다."

"장군!"

꿇어앉은 둘이 고개를 숙이자 앉아있는 둘도 고개를 숙였다. 꿇어앉은 둘은 흐느껴 울었지만 앉아있는 둘은 끝까지 울음을 참는 것 같았다.

그러기를 잠시. 안됐다 싶은지 마석이 꽉 막힌 목소리로 두 사람을 달랬다.

"다른 건 몰라도 거딧정보로 적군을 쇡이기 위해선 너그 둘이 있어야 하디 않간? 기러고 일이 달못 되어 너들이 적에게 노출되거나 답히기라도 한다믄 기야말로 더이상 방법이 없딜 않네. 기러니 적을 쇡이기 위해서라도 너그들이 가선 안 돼. 기리 알고 너그들은 이번 날씨가 돟아디믄 쌀을 구하러 몽돌포에서 적에게 빼앗은 전선 다섯 텩이 출발한다고 거딧정볼 흘려라. 기러면 우리 둘이 알아서 옴팡포에서 새로 건조한 배를 띄울 테니낀. 기렇게 해듀갔디?"

그 말에 무릎을 꿇은 채 울고 있던 권룡과 대운은 더 크게 흐느끼기 시작했다.

"자, 우리 먼저 나가니깐 마음 정리 좀 한 후에 돌아가라."

두 사람은 이제야 자신들의 존재가치를 발휘할 때라 생각하는지 기쁜 걸음으로 막사를 빠져나갔다. 권룡과 대운은 젖은 눈으로 막사를 나서는 두 사람의 모습을 뚫어지게 쳐다봤고.

두 사람은 자신들이 가려는 길이 어떤 길인지 똑똑히 알면서도 둘이 함께 가게 된 걸 기쁘게 생각하는지, 기분 좋게 농담까지 하며 나섰다.

둘이 함께라면 죽음마저도 달콤한지.

58

거짓정보에 속아 침략군들이 속속 몽돌포를 향하고 있다고 했다.

똥섬을 출발한 배가 스무 척이라 했다. 그렇다면 지원군 전체가 움직인다는 뜻이었고, 해안을 봉쇄했던 모든 배들이 몽돌포를 향하고 있다는 뜻이기도 했다.

파도는 좀 높았지만 배를 띄워야 했다. 적들에게 흘린 거짓정보를 역이용하려면 몽돌포에서 배를 띄우는 수밖에 없었다. 전형적인 삼한사온의 날씨가 계속되고 있었고, 보제기(어부)들이 당분간 큰 바람과 파도는 없을 것이란 말도 마석의 마음을 놓이게 했다.

날이 저물기 시작하자 마석은 몽돌포에서 배들을 점검하기 시작했다. 적들이 보고 있을 테니 그들이 딴 데 신경 못쓰게, 모든 신경을 몽돌포에 집중시키기 위해 분주히 움직이게 했다.

한편 옴팡포에선 모든 출항 준비를 마치고 대기 중이었다.
이제 썰물이 나면 배를 띄워야 했기에 모든 준비를 마치고 범포
의 명이 떨어지기만을 기다리고 있었다. 새로 건조한 다섯 척의 영
주호(영주 배와 비슷하다고 하여 사공들이 붙인 명칭)에는 원래 범
포와 해적질을 함께 했던 사공과 군사들이 열다섯 명 내외로 타고
있었다. 단순히 쌀을 사러 가는 게 아니라 필요하면 도적질도 해야
하니 50명의 군사를 차출하여 태운 것.
애초 범포는 몽돌포에서 배를 띄우려고 했었다. 똥섬에 있는 침
략군이 접근하기 힘든 곳은 옴팡포가 아니라 몽돌포였기 때문이었
다. 거리로 보나 감시의 유불리로 보나 그게 당연한 일이었다. 그런
데 마석이 정반대의 주장을 했다.
"모든 점에서 볼 때 밸 띄운다믄 몽돌포에서 띄울 거라 생각하갔
디. 기러니 기걸 역이용해야 하디 않갔네?"
"역이용이라니?"
"소린 몽돌포에서 내고 밴 옴팡포에서 띄우댜는 거디. 성동격서."
"옴팡포에서 밸 띄우믄 똥섬에서도 훤히 보일 건데 말이 되네?"
"아니야. 스무사흗날이니낀 썰물이 밤과 저녁이야. 어탸피 물땔
이용하댜믄 밤에 움딕여야 하니낀 몽돌포라 했든 옴팡포라 했든
적은 의심하디 않을 기야. 기러니 몽돌포에서 출항한다는 거딧정볼
흘리믄 적들은 몽돌포에 모든 신경을 집중할 테니 기땔 이용해서
옴팡포에서 출항하는 거디. 영춧배가 적선들보다 빠르니낀 적들이
알아탰다 해도 따라붙딘 못할 기야. 어떻네?"

마석의 말에 범포가 한 동안 조용히 생각하는 듯하더니 마음의 결정을 내린 듯 마석에게 소릴 질렀다.

"일이 달못 됐을 땐 듁을 둘 알라. 애기업개 말도 들으라 했으니 돌대가리 말도 한 번은 들어둬야디."

"너한테 난 게오 애기업개네? 기럼 넌 안딕 기디도 못하는 물애기다."

마석이 범포의 가슴을 툭 치며 웃었다.

그렇게 결정을 내린 두 사람은 권룡과 대운에게 거짓정보를 흘리라 했다.

날이 어두워지자 썰물이 났다 했다.

그러나 범포는 기다렸다. 옴팡포에서 썰물만 타면 바로 한바다로 나설 수 있고, 한바다에 나서기만 하면 적들에게 발각될 염려는 거의 없었다. 스무사흘이라 달도 없고, 불을 켜지 않는 한 배를 움직인다는 사실을 들킬 리도 없었다. 더군다나 배를 모는 사공들이 태자도 지형지물을 손금 보듯 하는 사람들이라 더 어두워진다고 해도 문제 될 건 없었다. 또한 마석에게 적들을 속일, 몽돌포에 묶어둘 시간을 충분히 줘야 했다. 하여 조바심과 초조함을 누르며 기다리고 있었다.

날이 어두워지기 시작하자 해안 여기저기서 불빛이 새어나오기 시작했다. 그랬다고 너무 많은 불을 밝히면 적들이 의심할지 모른다는 생각에 최소한의 불만 켜라고 미리 명령을 내려놓았기에 열 개 남짓의 불빛이 몽돌포의 윤곽을 그려내고 있었다.

그리고 썰물이 났다는 보고에 모든 불을 끄게 했다.

'범포래 기다리고 있갔디? 기럼 이데 밸 띄워봐? 너무 기다리게 했다간 성질 급한 기 간나 난릴 틸 테디? 어뗘면 벌써 난리티고 있을디도 모르고.'

해안가에 돋아난 불빛을 돌아보던 마석이 희미하게 웃음을 물었다. 모든 게 자신의 뜻에 맞는가 보았다. 그러더니 옆에 선 권룡과 대운에게 조용히 말했다.

"자, 이데 밤배놀이를 해봐야디. 자네들은 이데 들어가 있으라."

"예, 알갔습네다."

대답을 한 두 사람이 돌아서자 마석이 부관에게 가만히 명을 내렸다.

"출항하자. 놈들과 밤배놀일 시작하자."

그러자 부관이 횃불을 좌우로 흔들었다. 출항하라는 신호였다.

그와 함께 부관 뒤에 대기 중이던 말 한 마리가 급히 마을을 향해 달리기 시작했다. 범포에게 출항 소식을 알리기 위한 전령이 탄 말이었다.

삐걱거리는 소리와 여영차 소리와 함께 배가 움직이기 시작했다. 적들로부터 노획한 다섯 척의 배였다.

만약을 대비해 모든 사공들에게 갑옷을 입고 투구까지 쓰라고 해서 그런지, 사공들이 여태껏 몰았던 배와는 비교도 안 될 만큼 커서 그런지 배의 움직임은 거의 느껴지지 않았다. 하기야 열 명에 가까운 인원이 몰아야 할 배에 다섯 명씩밖에 안 탔으니 배가 제대로 움직일 리 없었다. 그럴수록 사공들은 조바심이 나는지, 배 하나도 제대로 다루지 못한다는 소릴 들을까봐 그러는지 용을 쓰며 배를 밀어냈다.

"뱃놀이하는데 너무 힘쓰디 말라. 몽돌포 나갔다가 돌아올 건데 뭐 그리 힘을 쓰네?"

"기거야 기렇디만 뱃놀일 제대로 할래믄 물땔 맞튜어야 합네다. 안 기랬다간 엉뚱한 곳으로 흘러서리 위험해딜 수도 있습네다."

"기래도 뚱으니깐 너무 힘쓰디 말라. 우리야 뚬 위험해디믄 어때? 범포래 안전하믄 되디. 기러니 마디막 불빛이나 달 확인하라."

"예. 걱뎡마십시오. 몽돌포에서야 불빛이 없어도, 눈 감고도 밸 몰 수 있습네다."

"기래, 기래야디. 기래야 뱃놀일 제대로 하고 오디."

"예. 달 알갔습네다."

마석은 옴팡포에서 출발하는 범포 일행이 무사하기만을 바라며 몽돌포 해안에 켜져 있는 불빛들을 돌아보았다. 오른쪽 맨 끝에 켜져 있는 불빛을 따라 오른쪽으로 틀기 이해선 정확한 위치 파악이 필요했기에 말을 하면서도 뚫어지게 불빛을 쳐다보았다. 물길이 나뉜다는 이른바 울목에서 왼쪽으로 들었다간 적들과 부딪칠 수밖에 없었다. 밀물 때는 거의 표시가 나지 않지만 썰물 때는 확연하게 물 흐름이 다른 그곳을 태자도 사공들은 너무나 잘 알고 있었다. 하여 적과 부딪치지 않고, 흐르는 물을 따라 오른쪽으로 갔다가 정조 때 다시 돌아오기로 되어 있었다. 해서 적을 유인하는 곳을 몽돌포로 잡았던 것이었고. 그러저런 사정을 알 리 없는 적은 썰물 때 물이 흐르는 곳에 포진한 채 배가 바다로 나서기만을 기다리고 있었고. 그들이 물이 도는 곳을 알 리 없었다.

낭두봉에서 불꽃이 세 번 일었다. 마석이 보낸 신호였다.

신호를 받은 범포는 낮게 명령을 내렸다.

"출항하라. 만약을 대비해 군사들은 제 위치에서 전투 준비하고."

범포의 명령에 모든 준비를 마치고 대기 중이던 배가 꿈틀거렸다. 잠을 자고 갓 일어나 기지개라도 켜는 것 같았다. 사공들이 고물에서 삿대로 배를 밀어내기 시작한 것이었다.

'간나 내래 기다릴까봐 서둘렀기만. 안 기랬다믄 세월아 네월아 하고 있을 긴데.'

범포는 마석의 마음이 읽혀지자 자신도 모르는 새에 웃음이 삐져나왔다. 그와 함께 자신이 없어진 걸 안 후에 닦일 마석이 걱정스럽기도 했다. 아무리 발뺌을 해도 첫째주군과 병택 군사는 마석의 말을 곧이듣지 않은 것이었다. 범포 장군의 행볼 마석 장군이 모른다는 게 말이 됩네까? 바느질을 했지만 바늘이 디나가디 않았다고 우기세요. 이러면서 진실을 밝히라고 쪼고 닦아세울 게 뻔했다. 그러면 잔머리나 융통성이라곤 없는 마석은 쩔쩔매며 땀깨나 흘릴 것이고 마음고생깨나 할 테고.

"간나 속깨나 태우갔구만, 기래."

범포는 자신도 모르게 혼자 중얼거렸다. 그러자 곁에 섰던 부장이 물었다.

"누구 말입네까?"

"누군 누구네. 마석이디."

"아, 예. 소장도 마석 장군이래 걱정돼서리 발길이 무겁습네다."

"걱정 말라. 기래 뵈도 기놈 보통 능구랭이가 아니야. 달 버텨낼 기야. 기러니 내 뜻에 따랐디 안 기랬으믄 둑갔다고 덤볐을 걸. 간나 다 생각해둔 게 있을 기야."

"기랬다믄 다행이고요."

마석은 물길을 확인하며 안전하게 돌아올 걸 걱정하고 있었지만 범포는 자신들의 위험보다 자신이 없어진 후 혼자 당할 마석을 걱정하느라 적들도 잠시 잊을 정도였다.

그 걱정이 무겁게, 범포네 배를 옴팡포에서 밀어내고 있었다.

<5권 끝. 6권에서 계속>

| 지은이 소개 |

이성준 李成俊
제주 조천朝天 출생

2000년 시집 『억새의 노래』 출간
2006년 시집 『못난 아비의 노래』 출간
2010년 시집 『나를 위한 연가』 출간
2010년 『이청준과 임권택의 황홀한 만남』 출간
2010년 『이야기로 풀어가는 우리 시조』 출간
2011년 『읽기만 하면 기억되는 고사성어 365(상)』 출간
2011년 『글쓰기의 이해와 활용』 출간
2012년 창작본풀이 『설문대할마님, 어떵 옵데가』 출간
2012년 소설집 『달의 시간을 찾아서』 출간
2013년 시집 『발길 머무는 곳 그곳이 세상이고 하늘이거니』 출간
2013년 『통섭의 자리에 서서』 출간
2015년 장편소설 『탐라, 노을 속에 지다 1·2』 출간
2018년 장편소설 『해녀, 어머니의 또 다른 이름 1·2』 출간
2021년 대하소설 『탐라의 여명 1·2』 순차적 출간
2022년 대하소설 『탐라의 여명 3·4』 동시 출간
2023년 대하소설 『탐라의 여명 5·6』 동시 출간

탐라의 여명 5

초판 인쇄   2023년 12월 18일
초판 발행   2023년 12월 30일

지 은 이 | 이성준
펴 낸 이 | 하운근
펴 낸 곳 | 學古房

주   소 | 경기도 고양시 덕양구 통일로 140 삼송테크노밸리 A동 B224
전   화 | (02)353-9908 편집부(02)356-9903
팩   스 | (02)6959-8234
홈페이지 | http://hakgobang.co.kr/
전자우편 | hakgobang@naver.com, hakgobang@chol.com
등록번호 | 제311-1994-000001호

ISBN 979-11-6995-476-1 04810
       979-11-6586-128-5 (세트)

값 : 25,000원